鹰刀

YINGDAO
TUJIDUI

突击队

宋曙春◎著

中国言实出版社

图书在版编目(CIP)数据

鹰刀突击队 / 宋曙春著 . -- 北京 : 中国言实出版社, 2022.7

ISBN 978-7-5171-4235-5

Ⅰ.①鹰… Ⅱ.①宋… Ⅲ.①长篇小说－中国－当代 Ⅳ.①I247.5

中国版本图书馆 CIP 数据核字（2022）第 110640 号

鹰刀突击队

责任编辑：张　丽
责任校对：代青霞

出版发行：中国言实出版社

地　　址：北京市朝阳区北苑路180号加利大厦5号楼105室
邮　　编：100101
编辑部：北京市海淀区花园路6号院B座6层
邮　　编：100088
电　　话：010-64924853（总编室）　010-64924716（发行部）
网　　址：www.zgyscbs.cn　电子邮箱：zgyscbs@263.net

经　　销：新华书店
印　　刷：北京温林源印刷有限公司
版　　次：2022年9月第1版　2022年9月第1次印刷
规　　格：710毫米×1000毫米　1/16　16.25印张
字　　数：265千字

定　　价：58.00元
书　　号：ISBN 978-7-5171-4235-5

目 录

楔　子

　　一场深夜里的激烈枪战，让一群年轻而精悍的战士们，在解放东北的战场上，开始纵横驰骋，奔突厮杀。他们出生入死，冲锋陷阵，出奇制胜，屡建功勋……

　　这天深夜，云层遮住了月亮，夜色更显浓重。

　　黑暗里，阵阵枪声打破了深夜的寂静。

　　这是 1947 年 9 月的一个初秋之夜。吉林城东龙潭山下的密哈站附近，铁路工人和百姓混居区一条狭窄小街上，一个人影贴着低矮平房的墙壁迅速移动着，身后不时响着枪声，点点弹光像烧着了翅膀的飞蛾，带着吱吱的叫声四处乱窜。他身轻如燕，行动迅捷，一会儿靠在左边墙角，一会儿又跃起身来，扑向右边，两支枪持续打着点射，追赶的人不时被撂倒几个。

　　准确的枪法让追赶者轻易不敢露头，他们伏在墙边，趴在地上，咋呼着，号叫着："共党分子，你已经被包围啦，跑不了啦，快投降吧！"

　　话音未落，他的双枪又吐出两道火舌，趁拦截者慌忙躲避，回身翻上一座小屋房顶，立刻藏身屋脊。追兵等了半天，听不见枪声，慢慢探出头来，在长官的驱赶下，猫着腰，缩着头，朝深巷里追去。

　　吉林地下党出了叛徒，供出这一带有秘密联络点，国民党吉林保安司令部侦缉队正在这里搜捕。鹰刀突击队年轻的队长乌海冬身负秘密使命，潜入吉林城与地下党取得联系，完成任务准备出城，遇上了侦缉队的追杀。他凭着机警和敏捷，迅速出枪打倒几个特务，反身钻进胡同，借着有利地形和房屋的掩护，隐蔽起来。特务们沿着小街继续搜索，出了胡同进入漆黑的松花江边，围住一片树林，却不敢撵进去，一边叫喊，一边打枪。

趁着敌人在江边折腾，乌海冬越过一片连脊的屋顶，在小街的另一头溜下房来出了胡同，向龙潭山下奔去……

乌海冬本名为乌尔汉·乌斯楞，而汉名"海冬"，则取自一种有名的猛禽"海冬青"。这是飞得最高和最快的鹰，是肃慎即满族的图腾，代表勇敢、智慧、搏击和胜利，康熙大帝曾赞美海冬青："羽虫三百有六十，神俊最数海冬青。性秉金灵含火德，异材上映瑶光星。"意为海冬青性情刚毅而激猛，品质优秀可与星星相辉映。父亲以其音为儿子取名为海冬，是希望他能征善战。

而乌海冬率领的鹰刀突击队，就是在战火硝烟中诞生，在战斗中成长起来的。

1946 年的夏初，正在与国民党进行争夺东北拉锯战的中国共产党实行"让开大路，占领两厢"的战略转变，调整部署，为应对东北复杂困难局势做好准备。因此，东北民主联军不与敌人纠缠，与部分刚成立的民主政府一起，撤离大城市，在松花江流域边远地域，进行剿匪清霸，开展土地改革运动。

于是，1946 年 6 月至 10 月，东北这片黑土地上有了一段短暂的平和。

在这表面平和之景的掩盖下，国民党出动七个主力军及地方部队近六十万军队卷土重来，再次占领了共产党主动放弃的重要城市及中长路、吉海路两侧的大部分地区，其中包括当时的吉林省首府吉林城。国民党部分兵力在松江以南监视北满的东北民主联军，暗中集结主力，欲先夺南满，再向北满进攻。中国共产党识破蒋介石及其幕僚们谋划的"南攻北守，先南后北"伎俩，在休战期间总结东北斗争经验教训，指导东北民主联军制定了"坚持南满，巩固北满，南打北拉，北打南拉，南北配合，集中优势，主动出击"的战略方针，在此后几个月里，给了国民党沉重的打击，为东北战场由战略撤退转入战略进攻做好了准备，也为辽沈战役的胜利奠定了基础。

1947 年秋天，乌尔汉·乌斯楞已经长成大小伙子了。他从十四岁起就带着十几个小伙伴随父亲乌尔汉·乌力嘎跟东洋小鬼子干仗，算得上是一个有经验的"老兵"了。乌尔汉·乌力嘎是自发打鬼子走上革命道路，后来担任东北民主联军山林支队司令员。乌斯楞跟着父亲在作战中不断成熟，并率领伙伴们执行重要任务，成为山林支队领导下的一个年轻的战斗团队。他们经常改装执行侦察任务，在敌我态势千变万化中，准确掌握敌人动向，确保首长们运筹帷幄，决胜千里，也曾多次出色完成诸如护送、救援、捕俘、奔袭、穿插等重要任务，民主联军首长们称赞他们是一把得心应手、出神入化的利刃。

乌尔汉·乌斯楞，也就是乌海冬，从小就使用一柄刀把上雕刻一只鹰头的短刀，他所率领的小兄弟们，都有一柄这样的短刀。因此，以乌海冬为首的二十八个小伙子和两个姑娘组建的突击作战小分队，便命名为"鹰刀突击队"，代号"鹰刀"。

第一章　　鹰刀首刃

1

"三下江南，四保临江"取得胜利后，东北民主联军于 1947 年 9 月发动秋季攻势，国民党在东北战场上转攻为守。潜伏在国民党六十军作战处的中共地下党员杨忠良，获取了敌人新的防守部署，不料，因叛徒告密被追杀，陷入险境，幸有吉林城内地下党组织接应，暂时隐蔽在一个秘密联络点。但敌人已严密封锁了出城道路，在城内大肆搜捕，杨忠良随时可能落入虎口。

民主联军首长也在急切地等待这份极其重要的情报，形势万分危急。山林支队司令员乌尔汉·乌力嘎命令儿子海冬，由鹰刀突击队组成一个十人小分队，迅速解救杨忠良送回情报，并伺机诛杀叛徒。海冬是四天前潜入吉林城，通过地下党组织得知杨忠良藏身的联络点，又摆脱敌人追击，绕过龙潭山赶到荒山嘴子，骑上藏在那里的一匹快马飞驰而去，在黎明前赶回浑天岭。

国民党再次占领吉林城后，山林支队一直在百里之外的浑天岭一带活动，吉林地方保安旅和城防司令部侦缉队多次搜剿均无果。乌海冬跟随父亲与山林支队同国民党拉锯两年来，打了几场大仗，善打善骑，在山林里如鱼得水。进吉林城化装侦察，取情报送秘信，可谓轻车熟路。这一回的任务，在他看来，也非难事，就像白羽鹰叔叔讲的，《三国演义》中的猛张飞，于百万军中取上将首级，如探囊取物耳。

他对父亲说："请老爹放心。不，请首长放心，我们保证完成任务。"

乌司令严肃训斥："黄毛小子，不知轻重，得意个啥！孤军深入，轻敌为大忌。你只有十个人，敌人可是布下了几千人的围堵，且有摩托、汽车，机动能力很强，即使你们能很快救出杨忠良，又能很快杀掉叛徒，可能不能安全撤出，能不能摆脱敌人追击？现在夸海口早了些！等你真正完成任务再吹牛吧！"

父亲的训斥和担心，让海冬不由收起了嬉笑，他挺直腰板说："是！绝不轻敌，绝不恋战，保证把情报带回来，绝不给爹丢脸，绝不给山林支队丢脸！"

"有种！是俺的儿！"乌力嘎亲手把用得浑熟的驳壳枪交给儿子，他希望儿子像长山赵子龙，像小将岳云，能杀得进去，突得出来，更希望他像当年山林支队大闹吉林城一样，鬼子连他的影子都摸不着。

晚上，海冬坐在山洞里的石桌前，手里玩着那把短刀，脑子里琢磨着行动计划，按行动步骤和不同任务，思索着挑选最合适的人组成小分队。洞口棉帘子突然被挑开，一股冷风扑进来，随后一个女孩冲进来。海冬抬眼一瞥，是队里最泼辣的女孩白翎。未等海冬发话，白翎噔噔噔地走到他跟前，抢过他的短刀拍在石桌上，伶牙俐齿地叫道："哥，你倒是发句话呀，到底让哪个弟兄进小分队？咱可先说好了，排头一个俺号下啦，谁也甭跟俺抢！"

白翎是海冬小姨柳桃妹和小姨父白羽鹰的女儿。从抗战到东北拉锯战，柳桃妹与白羽鹰同率骑兵大队，两人一同征战数年，后来结为夫妻生下白翎。白翎虽说刚刚十六岁，几年来跟随父母从战火中闯过来，泼辣火爆的性格颇似当年柳桃妹。山林支队正在组建小分队，她几天前就缠着姨父乌力嘎打听情况，乌力嘎说，小女孩参加这次任务可能更利于掩护身份。这等于默许，所以她理直气壮地要求参加这次特别行动。但海冬不仅是队长，还是表哥，保证白翎的安全，是他双重责任。同时，也怕她炮筒子脾气一来劲，不管不顾地耽误事，所以一时还未决定。

挑十个小伙伴去闯吉林城的狼窝虎穴，最合适的人选，其实在海冬心里早就有数。这些十七八岁的小弟兄，有山林支队的后代，有这些年山林支队在吉林城一带出没时收留的流浪儿。从十二三岁就随山林支队与鬼子多次打交道，虽说不比长辈作战经验丰富，却也称得上骁勇小将。有几个还曾独立执行过侦察或送信任务，单挑哪一个，都有一手，都能凭着不同于他人的本事完成任务。除了这几个小伙子，海冬还真想过，这回进吉林城，白翎这小姑娘也许正能用得上。像父亲所说，到敌人窝里蹚一趟浑水，她可是有更有利的条件和优势，女孩不太引人注意，恰能掩人耳目，蒙蔽敌人。海冬考虑人手时，已把她算作小分队成员了。

此时，夜至三更，海冬已经快回到浑天岭了，山外那几条连通着南满北满的山道上，三匹快马也正在星夜兼程。

从双城民主联军司令部赶回浑天岭的一匹枣红马，已经跑得汗水淋漓，马背上的小骑手，是鹰刀突击队里有"小龙驹"绰号的李响。

"小龙驹"李响是山林支队二大队大队长"白龙驹"李贵的儿子，马上功夫与海冬不相上下。1947年春天开始担任山林支队骑兵通信员，东北民主联军还有不少部队未装备电台，各地情况和上级指示主要靠骑兵通信员传送，"小龙驹"李响就曾多次往返吉林城与双城传递情报，并带回首长重要指示。他前天早上去双城送情报，昨天晚上往回赶，快天亮时，已经赶到浑天岭下老黑屯，两天两夜来回跑了差不多八百里地，再有几十里就能进山了。地下党员未能送出情报，首长再次严令山林支队，务必在三日内找到这位同志，拿到敌人最新防守部署，送回双城。"小龙驹"李响心急如焚赶了一夜路，深秋夜里的冷风吹得脸上结霜，身上却是大汗不止，他顾不上汗水湿衣，不断快马加鞭，向浑天岭上奔驰。

从驻扎在东满延吉的吉辽军区返回的，是山林支队一大队大队长关胜的儿子关杰。他同样伴随山林支队战斗经历长大，成为鹰刀突击队一员，目前担负延吉方面联络工作。山林支队暂由吉辽军区代管，按规定十天报送一次情况。他也是前天向吉辽军区报告山林支队奉命解救杨忠良，请首长派一支小部队，在吉林城东设伏拦截敌人追兵，掩护小分队撤回。此时，正带着作战计划，赶回浑天岭。

浑天岭东边山林小路上，徐义彪也正飞马回返。他小名叫彪子，他爹徐林虎，绰号"穿山虎"，是山林支队三大队队长。彪子和他爹一样，穿山林，蹚雪原，一天一夜跑二百里不是难事，他傍晚从磐石出发，跑了三个时辰，也将在子时前赶回浑天岭。这小子不愧是"穿山虎"的儿子，虽说刚刚满十八岁，却也是历经多次战斗的小老兵。他趁夜雾初起，摸出了磐石，在镇子外小村上了马，跑上大路时遇到了巡逻队，没等懒散的敌兵反应过来，他打马加速，冲进了敌队，敌人顿时乱了阵脚，来不及抵抗，纷纷在他的马蹄下抱头鼠窜。他的坐骑转眼消失在黑夜，就连敌人设下的两道轱辘马，也没挡住他。过淞凌城外哨卡时，他借夜色掩护，藏身马肚，跑到跟前时，突然跃上马背，驳壳枪连续点射打倒三个敌兵。他一连闯过了两道封锁，不管天黑，不顾路险，风一般疾驰，掠过城镇，穿过山林……

用白翎她爹白羽鹰的话说，乌海冬和这三个小伙子，一个是秦将王翦，少时领兵，攻城九邑，横扫三晋；一个是隋唐小罗成，年十四……击贼潍水上……刺杀数人；一个是岳飞之子岳云，十六岁随父出征，一杆铁锥枪，上下翻飞，收复国土；一个是山西呼延庆，不畏强敌，报仇雪恨……而翎子，则是天波府杨排风，性格泼辣，敢作敢当！

有了这三个兄弟，无论冲锋打仗，还是化装侦察，都是手足相抵，让海冬如同猛虎添翼，哪一回都是兄弟同心、其利断金。这一次领了任务，海冬最先想到的就是他们和白翎。海冬又把所有伙伴过了一遍筛子，根据他们各自的特长，挑选了五个有过快速作战经历的小队员，组成了十人小分队，分成三个小组并作了细致分工。又在吉林城区地图上标明了进出路线，确定由他自己、关杰和徐义彪各自带领三个作战小组，分头行动。海冬与小龙驹和桂春河一组，负责进入秘密联络点接出地下党员杨忠良，拿到重要情报，出城转移到荒山嘴子，再护送他返回双城。关杰小组三人负责秘密联络点外围警戒，一旦遇到敌人巡逻队，坚决阻击，确保海冬小组安全出城。徐义彪小组两人负责秘密联络点近边街路巡视，如有敌人援兵，就把他们引向小分队出城路线的反方向，而最佳方向和路线，就是向城北玄天岭一侧转移，甩掉敌人后，从玄天岭下绕道返回荒山嘴子。白翎和山妮两个小姑娘，负责进城后侦察，确认情况安全，再通知海冬小组开始行动。

此时，海冬四人如期而归，浑天岭上飘起深秋初雪，山林里很快铺出了一层白色绒毯，恰好辉映着东方欲晓，一片黎明之光。

2

浑天岭上，鹰刀突击队营地的山洞前，一棵高大的红松粗壮的枝杈上面，蹲着一只硕大的海冬青，黑亮的眼睛盯着洞口，看见海冬走出来，扑啦啦飞下来，落在他臂膀上。海冬拍拍它的头，叫着它的名字"巴图鲁"（满语英雄的简化音），给了它一块牛肉干，一抬手臂，送它飞上树枝。

在巴图鲁的注视下，海冬率小分队秘密离开了静悄悄的营地，十匹战马裹着马蹄，无声无息地消失在山道上。

山上下了初雪，山下还是景色怡然，秋叶正红，秋水流银，似乎波澜不惊。而这暂时的平静之中，暗孕一场闪电般的博弈。

这是 1947 年 9 月 28 日，中秋节前一天。

吉林城里一大早就热闹起来，城郊的几个集市涌满从十里八村来赶集的百姓，他们带着蘑菇、木耳、松子、榛子等各样山货，还有自家喂养的鸡、鸭、鹅，来集上换取些生活用品和中秋节的好嚼果（味道鲜美的食物）。把守进出城区各道口的保安团士兵们，也急切等待着能过一个有酒有肉的中秋。对酒肉的期待，胜过了警戒的责任，他们对过往的行人几乎不做认真盘查，百姓们也都乐得顺利出入。

海冬和小分队黎明前到达吉林城郊松花江东岸的荒山嘴子，在山下一个只有十几户人家的小村里藏了马匹，天一亮，就过了江，从东郊哨口进入城区。

东郊哨口的警戒也同样松弛，穿着普通百姓衣着混在人群当中，小分队十个人顺利通过关口，进入城区。按照分工，三个小组分别向不同方向迅速分散，各自到达指定地点，执行预定的侦察、探路、布控和联络等各项任务。

其实，城里敌人的阴谋正是外松内紧。

潜伏的地下党员被叛徒出卖，未能及时撤出吉林送出情报，保安司令部侦缉队和保安团连日来加紧搜查，却无收效。而沈阳"东北行营"又再次严令，共产党一定会派人解救带有重要情报的重要人物，务必在中秋节抓获这个共党分子。侦缉队派出大批便衣特务，撒在城内各处暗中监守。驻守吉林城的国民党机动部队全部处于战斗状态，随时出动配合特务机构围追堵截。六十军军法处一个中校军官，带着荷枪实弹的执法队，押解着叛徒每天在街头巡视，配合侦缉队进行搜索。

百姓们都忙乎着准备过中秋，谁也想不到，这个时候，国民党大批军警特已经在城里布下了一张大网。

日上三竿，朝阳门外东商埠街也热闹起来。街上行人熙熙攘攘，轻轻拂面的凉爽秋风里，飘着饭馆酒肆的香味。尽管不时有一些军警和侦缉队的黑衣人，狐假虎威，虚张声势，晃着膀子横逛，百姓们却见惯不怪，谁也没当回事。人们更想不到，军警特务们要抓的地下党，就藏在这闹中取静的一处宅院里。

东商埠街两条主街是南北走向，横竖有许多条东西走向各不相同的小胡同，胡同里有小饭馆、杂货铺、卖菜的棚子、卖瓜果梨桃的摊子，也有平民的小平房、富户的高门楼，还有青砖院墙围着的大宅子。不熟悉的人走进来，就像陷入迷宫一样，一时半会儿找不到出口。地下党秘密交通站，就隐藏在其中的戏园胡同。

白翎和山妮挎着装瓜子核桃的小筐，挨个胡同串着，一边叫卖，一边审视着行人。进进出出走了几趟，把几条胡同进口出口和连接着哪条大街都摸得清清楚楚，也记牢了联络站的位置，以及戏园胡同两头通向相邻大街的方向。

临近中午，徐义彪和林生各挑着两捆柴火，送到东商埠街西北街角的茶棚，向老板讨了柴火钱，又讨碗茶水，蹲在街边慢慢喝着，盯着一支巡逻队从巴虎门方向走来，沿着东商埠街北口向火车站走去。两人喝完水，又帮着茶棚小伙计劈柴，约莫半个时辰，巡逻队转回巴虎门。从巴虎门到火车站一去一回，大约在一个小时之内，这个时间差正是进入秘密交通站最佳时机。两人离开茶棚，向巴虎门继续侦察，确认遇有敌人援兵时撤向玄天岭的道路，然后回到茶棚附近待命。

东商埠街北头，一条铁轨由北向南延伸，铁路和城区道路交叉的道口很窄，勉强能通过一辆马车。关杰选定这里为阻击阵地，地形地物都有利，即便敌人大批人马追踪而来，在这狭窄地段也很难展开攻击，关杰守在这里，一夫当关，万夫莫开。而海冬小组通过这个道口，很快就能绕到城东荒山嘴子。

日头偏西时，海冬和桂春河、小龙驹化装成学生模样，背着破书包，蹲在东商埠戏园子门口街灯下弹玻璃球。白翎和山妮挎着小筐走来，海冬招呼着："来来来，小丫头，有啥好吃的，让俺瞅瞅。"他一边翻着小筐，一边小声问："踩了盘子啦？窑口点儿亮不？"海冬和小伙伴们跟随山林支队多次与土匪打交道，自然熟悉他们的黑话，他问的是侦察情况如何，目标是否清楚。

白翎也是打小听惯这些江湖切口，一问一答，轻车熟路："点正风清，等人烧香（目标清楚，等待行动）。"

海冬又问："打眼的，上托的，都撒出去了啦（放哨和掩护的都到位了）？"

"树下草窑哨水，掐灯花上托（在街头茶棚等待，晚上行动）。"

海冬点点头，一扬手："你这也没啥好嚼果，滚一边去！"

白翎和山妮假作害怕，快步离开，海冬对小龙驹和桂春河说："检查武器，准备行动。"随后，三人搂脖抱腰地向小街里走去。

东商埠一带从伪满时期逐步发展，已经有了一定规模，沿街盖了些二层小楼，其中一幢位于戏园胡同口，原是日本商人住宅。北墙有一条铁制简易爬梯，二楼南面有个小阳台，冲着戏园胡同里，站在阳台上，戏园胡同尽收眼底。鬼子投降后，这里由吉林城商会占据，白天进出人很多，到了晚上，就只剩一个打更老头守在一楼门房。海冬白天在这里转了几圈，看中了这幢房子，若在这放一个人，居高临下，视野开阔，攻可狙击，退可速撤，还能打掩护。天刚擦黑，海冬就带着小龙驹和桂春河，悄悄地向这里靠近。

3

位于戏园胡同口街边有个小戏园子，这条胡同就是因为小戏园子才得名的。戏园子不大，但也热闹，据说著名京剧表演艺术家唐韵笙先生还曾经在这里演出过《追韩信》《徐策跑城》《古城会》，所以，一到晚上，看客盈门。

地下党吉林支部秘密交通站，就在这热闹的胡同里，人来人往的地方，反倒不惹人注意，恰是闹中取静，暗中掩护。白翎和山妮正在戏园子门口一边卖瓜子，一边瞭望侦察。

海冬顺着商会小楼爬梯攀上了二楼小阳台，桂春河靠近商会前门，躲在路灯阴影里隐蔽着，一旦打更老头发现有动静，就冲上去控制住他。小龙驹蹲在胡同口一个烤地瓜炉子前烤火取暖，等待海冬指令。海冬事先已有交代，他的任务是拿到情报带着杨忠良立即撤出，不管这里发生什么情况都不要回头，经东郊荒山嘴子骑马出城，直奔双城。

距离接头时间还有一个多时辰，海冬伏在阳台上，观察戏园胡同里那座青砖大院。这是一个两进四合院，前院面临戏园胡同是正门，东西厢房跨度有五十多米，西厢房又开了一个门，门楣上挂盏灯，照着一块匾额，上面写着"翰文印书铺"。大院北墙贴着北小街，戏园胡同和北小街两头，都通向东商埠大街上的主街路，如遇不测，从两条胡同都可迅速撤离。

一个时辰后，戏园子开戏了，锣鼓声间杂着看客的叫好，一切都像往日一样，没什么异常。海冬正准备下楼奔"翰文印书铺"接头。突然，他发现，书铺门上两个红灯笼熄灭了一个，这是危险信号。他再次向四周瞭望，又发现商埠大街上有三三两两好几伙黑衣人，正向胡同靠近。海冬太熟悉这几伙黑衣人的装束了，这是便衣特务通常的打扮，看来，今晚情况有变，贸然接头十分危险。可规定的时间不容拖延，首长们急切等待拿到敌人新的防御部署，谋划又一次新的战役。

今晚必须完成任务。不进"翰文印书铺"，就无法接头。海冬决定使用第二套方案，抢在敌人前头。

"翰文印书铺"里，小伙计纪玉良也正在焦急。纪玉良他爹是吉林城有名的大龙武馆掌门人万松岩大弟子纪锁子，抗战那会儿就已经成为地下党交通员，玉良十二岁时就跟他爹给抗联送信，成为小交通员，后来被地下党安排在"翰文印书铺"当学徒作为职业掩护。他等在书铺里，就是为了向海冬转达地下党新指令。

下午，潜伏在吉林警备队的眼线报告了敌人的新动向，叛徒隐约知道，地下党秘密交通站就在东商埠一带。敌人已在这里布下人马，等待接头人上钩后收网。纪玉良已将门上两个红灯笼熄灭一个，发出了危险信号，但还必须向小分队传达下一步行动计划。这时，他走出门来，装作仔细清扫门前灰土，虽然低着头，却是悄悄地向四周观察，分辨着不时走过来的每一个人。

尽管敌人知道这里有地下党交通站，却并不清楚具体位置，海冬正是抢在敌人尚未搞清确切地点之前，与纪玉良通过暗语接上头，明确了下一步行动计划。

海冬顺墙边梯子下了商会小楼，绕到前门，对桂春河耳语一番。

桂春河马上跑到东商埠街西北口的茶棚，冲徐义彪和林生喊道："天都黑了，你们还在这嘎达（地方）蹲着干哈（啥）？快回家！"

徐义彪明白情况有变，他对林生一摆头，两人向火车站方向跑去。

约莫有三五分钟，火车站小广场边上的警察分所门前炸开两颗手榴弹，门前岗楼里一个警察应声倒下。徐义彪和林生冲上去，朝着警察分所的窗户打出两个点射，警察们哆哆嗦嗦涌出门来，只见两个人影迅速窜向北边，一会儿就没影了。警察们大呼小叫地向北追赶，一边胡乱地打枪。

枪声惊动了东商埠大街附近埋伏的警备队和保安团的人，领头一个便衣尖声叫喊着："快快快，共党在北边露头啦，快追啊！抓住共党有赏啊！"

在他的指挥下，一群黑衣人一窝蜂似的向北边撵去。

趁这当口，海冬快步来到"翰文印书铺"门前。他的书包里藏着一支驳壳枪，裤子里打着绑腿，绑腿里插着一把鹰刀。快要走到纪玉良身边时，他突然发现，身后房屋阴影里走出两个人，同样是穿着一身黑衣。海冬心里咯噔一下，看来调虎离山之计未能奏效，狡猾的敌人还暗地里留下了"钉子"。可这时又不能露出丝毫破绽，他继续向纪玉良走过去，一只手悄悄把背后的书包挪到胸前，准备随时抽出枪来对付敌人。

两个黑衣人拦住海冬，厉声喝问："小兔崽子，这么晚了，来这里干啥？"

海冬从书包里掏出一张纸条说："俺是来取书的，俺老师在这新印了《弟子规》，明天上课要用呢。"

一个黑衣人抢过纸条，就着门上仅剩的一盏灯笼翻来覆去地看了半天，果然是一张取书凭证。又问纪玉良："这是你们的取书票吗？"

纪玉良接过来看了看："是俺们的取书票。不过，这些书在这放不下了，你们要的《弟子规》，临时放到戏园子门房里了，你们得上那儿去取啦。"

海冬听明白了，已经对上了暗号，取书，就是来接头的。可书已经送到另一个地方，这就是说，情况有变，杨忠良已从书铺转移到了小戏园。他转身要走，却被黑衣人叫住："站住，小兔崽子！这么晚了，一个小孩来取书？还把书藏在戏园子里？别是玩啥把戏吧？给我搜搜，看看有没有违禁东西。"说着就要检查海冬的书包。

书包里的驳壳枪眼看就要露馅，纪玉良急忙打岔说："俺们书铺地方小，经常把印好的书存放在戏园里，不信，你们跟我去看。"说着就向戏园子走去。

两个黑衣人撇下海冬，撵着玉良后脚，跟着往戏园子走去。海冬当机立断，必须干掉这俩特务，否则既无法与杨忠良接头，"翰文印书铺"这个联络点也会暴露。他抬起腿飞快地撸起裤腿，抽出鹰刀，藏在袖里，跟在了黑衣人后面。

戏园子门前卖瓜子的白翎看见有人走来，又看见海冬在后面向她翘着下巴又努嘴，立马明白这俩人不是好人，她让过纪玉良，和山妮一起向黑衣人迎上来，端起小筐叫着："卖瓜子喽，尝尝吧。"就势拦住了两个特务。海冬一步蹿上来，一把鹰刀猛地插进一个特务后心，白翎从小筐里抽出鹰刀，插进另一个特务前胸，无声地结果了他们。玉良帮着一起，把两个特务拖到戏园子墙下阴影里。这时，小龙驹也赶了过来，跟着一起进了戏园子，留下白翎和山妮继续守门。

4

戏园子不大，却挺热闹，台上拉开丝绒大幕，台下前几排是"雅座""包厢""池座"，设有茶桌，放置茶水点心等。戏园子里十分嘈杂，一边唱戏，一边有吆喝卖香蕉糖、薄荷糖、芝麻糖，还有手巾把左右飞抛，不时有人为角儿叫好。

纪玉良走到最后一排边座，叫起一个穿长衫的中年人，带他来到海冬跟前。

突然，山妮闯进来低声道："哥，跳子上水（敌人来啦）！快滑（快撤）！"

海冬掏出驳壳枪，一抬手，打灭了屋顶一只吊灯，戏园子里顿时乱了营，看客们拥挤着抢着往外跑。海冬拽着一位中年人刚出门，就听见白翎在喊："狗娘养的，尝尝姑奶奶的花生米吧！"随后就是一阵枪响，对面街上登时倒下几个人影。

吉林保安司令部侦缉队队长刘老道今晚带队在东商埠抓捕地下党，这个诡计多端的老牌特务，鬼子占领时期潜伏在吉林城一个道观里，抗战胜利当了侦缉队队长，肆无忌惮地抓捕共产党人，人送外号"刘老道"。刚才东商埠北头响了一阵枪，一部分保安团去追击共产党，他却隐蔽在街边没动窝，他猜出这一定是共产党调虎离山之计，说明共产党重要人物就藏在这里。所以，他押着叛徒李子臣藏在这里，等待时机。

果然，李子臣在跑出戏园的人群中，认出了那位中年人，大声号叫："那个穿长衫的就是共党分子杨忠良，抓住他啊！"

杨忠良意识到自己难以脱身，立即拉住海冬，把一对核桃塞在海冬手心里，指着李子臣说："那就是叛徒李子臣，记住他，干掉他！我引开敌人，你们快撤！赶快把情报送出去！"说着，掏出手枪向胡同里跑去，一边向敌人开了枪。

刘老道带着李子臣和十几个手下，追进胡同。海冬趁机打了一个响亮的口哨，命令小龙驹、白翎、山妮一起撤退，混在戏园里跑出来的看客群里，向大街北头跑去。纪玉良也趁乱裹在人群里跑回了印书铺。

杨忠良在胡同里与刘老道和侦缉队对峙，干掉几个特务，打完最后一颗子弹，拉响手榴弹与几个特务同归于尽。他牵制了敌人，掩护海冬和伙伴们顺利撤出。彪子和林生也甩开敌人，从巴虎门外玄天岭绕道返回了荒山嘴子等待会合。

海冬带着小龙驹和白翎、山妮向东商埠北边铁道口赶去，命令关杰小组压后掩护，然后迅速通过铁道口，沿铁路摸向约二里地之外的一个扳道房。这里就是备用联络点，当晚值班扳道工就是地下党联络员。海冬进了扳道房，把一对核桃交给了小龙驹，命令他和桂春河立即赶去荒山嘴子，向白羽鹰报告城里情况有变，按照第二套方案，由徐义彪和林生护送小龙驹直奔双城，确保后天早上把情报送到首长手里。海冬和其他队员继续留在城里，伺机诛杀叛徒。

小龙驹把核桃藏在贴身一个小皮囊里，这皮囊里还装着一个小巧的美式手雷，一旦遇险无法脱身时，就引爆手雷销毁情报。鹰刀突击队每个队员都有一个这样的小皮囊，贴身放在心脏旁，那是要在最后关头与敌人同归于尽，绝不当俘虏。

小龙驹和桂春河离开时，关杰小组正在二里地之外的铁道口与敌人交火。

侦缉队早在城里四处布下暗哨，小分队的行动没能避开敌人眼线。刘老道得到小分队行踪，立刻纠集手下特务和保安团、巡逻队向铁道口追来，但他们遇上了关杰小组顽强阻击。这个小组三个人都带着苏式冲锋枪，这是出发前山林支队首长特意给鹰刀小分队配备的。这种枪较鬼子的三八式要短小，折叠枪托易于隐藏，既能点射，又能连射，火力较强，特别适合执行特殊任务时使用。

关杰三人连续射击，虽暂时阻挡了敌人，但他们弹药不多，很难长时间坚持。

海冬听出关杰小组枪声时断时续，判断出情况危急，但这个联络点绝对不能暴露，立即带着白翎和山妮撤出扳道房，赶去增援。正当关杰小组几乎挡不住敌人大批人马进攻时，海冬三个人的驳壳枪打响了，瞬间增强的火力压制了敌人进攻。

海冬命令关杰："分头撤，你向东，到荒山嘴子去找白叔叔，我向西，进城区隐蔽，明天上午在北山会面。"

关杰说："不行，你是队长，小分队必须你来指挥，你不能留下，你去荒山嘴子，我掩护，明天我在北山等你。"

"别争了，我带俩女孩藏在城里目标不大，你们容易暴露，还是你走！"

海冬拉着白翎和山妮向铁道西边跑去。趁敌人趴到地上躲避子弹，关杰小组三人也拔腿向铁道东面撤退，很快隐入一片小树林。

枪声停了，刘老道带人冲过道口，四下里却不见人影，气得大骂手下笨蛋。

突然，东面小树林里又响了两枪，这是关杰为掩护海冬而吸引敌人，刘老道果然中招，又向东面撵去。海冬三人在这个空当里，迅速穿过铁道，沿着没有路灯的小街，进入巴虎门外一排排低矮的民房区，藏进了这里的另一个联络点。

一辆机车开过来，司机放慢车速向关杰摆手，三人跳上机车，向东驶去……

5

1947 年 9 月 29 日，中秋节。吉林北山一早就热闹起来。

北山位于吉林古城北部，山上有建于清朝年间的佛教、道教等庙宇道观建筑群和"北山双塔""药寺晚钟"等多处风景，香客朝山进香，拜庙祈神，人气很旺，因而成为关东名山。而这里又是距百姓居住区最近的一处山地公园，中秋节里，人们自然要到这里游玩。艳阳高照，微风吹来，花香四溢，山上山下，人头攒动，有人湖上荡桨乘舟；有人亭中小憩品茗，而热闹之中，正暗藏杀机。中秋这天是吉林地下党组织两月一次的例行接头日，叛徒李子臣也知道这个日子和北山这个接头地点，他一定会在这天带着特务来北山抓捕地下党。

海冬便是趁这人多杂乱之时，与关杰小组在此携手，乱中寻机，诛杀叛徒。

一大早，海冬会合了凌晨时分从荒山嘴子迂回过来的关杰小组。海冬和他们扮成卖艺的小半拉子，在玉皇阁、坎离宫和菩提院之间的空场上摆摊练武。地上摆着三个麻袋包，上面摆着红缨枪和长棍短刀，三支冲锋枪弹夹压满子弹，藏在麻袋里，随时都能开火射击。白翎与山妮守在山下荷花湖畔的卧波桥头，在叛徒出现时向山上发出信号。

原在荒山嘴子担任阻击掩护的白羽鹰，把队伍分为两部分：一部分留存原地隐蔽，准备接应从城里撤出来的鹰刀小分队；一部分由他率领，在凌晨时分潜入了北山后山柳条沟，天亮后分散进入北山园区，分头占据有利地形。其中两人在东西峰之间的罗锅桥下，把住两峰之间的道路；还有两人藏在北山东门里山坡下的小树林里，看守撤离的通道。

白羽鹰身穿绫绸长衫，头戴瓜皮小帽，脸上扣着圆圆的黑墨镜，装扮成算命先生。他带着一个小战士，在罗锅桥上凭栏纵观，山上山下情况，尽收眼底。

八点多，北山脚下游人如织，人们涌进山门，通过卧波桥，沿山道向药王庙、关帝庙方向攀上来。白翎已在人群中认出李子臣，尽管他戴着礼帽和墨镜，还换了一身长衫，装作悠闲地摇着黑绸扇子，可他尖嘴猴腮的猥琐样，左顾右盼的神情，还有身前身后几个贼眉鼠眼的黑衣特务，逃不过她鹰一样的眼睛。她立刻举起长长的竹竿，捕蜻蜓的白纱网，在空中摇了三下，稍停后，又摇了三下。罗锅桥上的白羽鹰看得清楚，回身对小战士摆摆头，小战士一溜小跑给海冬去送信。

按照约定，今天例行接头地点是坎离宫正门前的旗杆下。坎离宫东侧是一个下坡，坡下有片小树林，林中有条小道直通北山东门。确定这里为接头地点，是为了完成任务后，能迅速通过小路撤向东门。出了东门是一片贫民区，有三条路：一条通向北极门外的九龙口，那里是前清时期的杀人刑场，草深蒿密，藏个把人十分隐秘；一条可直接进入致和门，通向居民较密集区域，同样便于隐蔽；还有一条通向德胜门，可进城，也可向城外撤退，或打或撤，都极其便利。今天正赶上节日，而叛徒又带来了大批便衣特务混在百姓当中，为了既诛杀叛徒，又不伤到百姓，必须把他引向坡下这片小林子再动手。

白羽鹰在罗锅桥上看见白翎向山上走来，便晃动手里算命布幡，向桥下发出准备行动的信号，然后悠闲地向坎离宫踱去。不多时，李子臣也到了坎离宫外地空场上，四下里一望，便在人群中看见了坎离宫门前旗杆下的白羽鹰。

李子臣告诉身边特务，穿绫绸长衫，头戴瓜皮小帽，脸上扣着圆圆的黑墨镜的算命先生，就是地下党接头人。一个特务掏出枪就要动手。李子臣却稳住他，自己先向白羽鹰靠过去。

这时，白翎和山妮也到了空场上，并向海冬发出信号，海冬和关杰小组三人收了摊子，悄悄向李子臣身后围拢过去，摆成了半月形的弧圈，堵住了他和两个便衣特务的后路。

李子臣得意地靠近白羽鹰，低声说：“先生，我给你算一命如何？我可是来指点迷途君子，唤醒久困英雄的啊！”

白羽鹰一笑：“先生原是打坐听禅的，怎么干起偷经盗香的勾当了？”

李子臣有些警觉，立起眼睛又问：“我看你不是算命的，你是来取命的吧！”

白羽鹰又笑答：“人命有长短，去留不可知。你不是天庭饱满，也非地阁方圆，命里就缺大富大贵啊！”

“命里缺的，老子能补。抓住你这个共党，老子就能升官发财！我劝你跟我去自首，投靠党国门下，有你好吃好喝的！"李子臣面露凶相，试图劝降。

"别看你改换门庭另谋高就，可惜仍然印堂发黑，已有血光之灾临头，到了穷途末路啦！"白羽鹰嘲笑着，虽是说笑，语气却是杀气腾腾，足以令叛徒胆寒。

李子臣感到头皮一激灵，狠狠地掏出枪叫道："我是穷途，你也无路。今儿个你是走不了啦，交出你的枪来！来人啊，给我抓住这个假算命先生！"

可是无人应答，两个便衣特务，已经被海冬和关杰等人在身后顶上了锋利的鹰刀，吓得他们一声不敢吭，一动也不敢动。白羽鹰抢上一步，左手按住李子臣手里的枪，右手的枪抵在他胸前，低声喝道："不许回头，到前面坡下去！"

白翎和山妮在空场边上点燃了两束"蹿天猴"，一支支烟花发出了尖利的呼啸声，接连飞上天空炸开，引得四周百姓围观叫好，连混在人堆里的便衣特务也跟着看西洋景，谁也没发现，有几个人影闪进了旁边山坡下的小树林。

鸣叫的烟花炮声，其实是给罗锅桥下白羽鹰的两个队员发出信号，他们随即向空中鸣枪。山道上立马炸了庙，人们蜂拥着向山下跑去，混在百姓中的便衣特务无法向山上围堵，被拥挤着、裹挟着，无奈地随着人流向山下走去。百姓唯恐躲避不及，纷纷逃命，谁也不知道这里发生了什么。

北山东侧山坡下诛杀叛徒这件事，淹没在翠绿的树林中，许多年都无人知晓。

这一仗其实是有惊无险，海冬在小树林中手刃叛徒后，立刻带领鹰刀小分队，随同白羽鹰的人马，悄悄穿过林子下了山，出了东门，沿街通过北极门，绕到荒山嘴子，当天就在吉辽军区一支部队的掩护下，突破敌人封锁线，赶回了浑天岭。

第三天清晨，小龙驹、彪子与林生到达了双城，把那对核桃交给了民主联军首长。核桃里藏着两个胶卷，正是敌人最新防御部署图。

两天后，刘老道才带人在树林里找到失踪的李子臣和两个便衣特务，李子臣早已过了奈何桥上了黄泉不归路，胸口上插着一把刀柄上刻着鹰头的短刀。两个便衣特务被堵住嘴，捆在树上，都已经饿得奄奄一息了。刘老道根本问不出任何有价值的情况，气得给每人抽了几鞭子。

一场闪击战，只用了两发子弹，像是给一幅画龙图点上了两只眼睛，完成得极其漂亮，却又是悄无声息，不显山不露水。那只神龙，似乎飞天而去，毫无踪影。那把鹰刀，后来成了吉林城百姓传说的评书段子里的神器，说中秋那天，有天兵天将下凡，领头的肩膀上驾着老鹰，一闪间，化成了鹰刀，杀了那恶人……

小分队赶回浑天岭，几天后，又接受了一个艰巨任务。

第二章　千里穿插

6

关东十月，早已大雪纷飞。白毛风裹着大烟泡呼啸山林，黑瞎子蹲仓猫冬了，野猪躲藏在山洞里睡大觉，狐狼豺狗不出来打食儿了，山鸡和野兔也都趴窝了。四下里白茫茫一片，呼啸的西北风刮着白沙子一样的雪粒，打得人都睁不开眼，几丈开外，啥也瞅不见。

鹰刀突击队却在这野兽都不出洞的日子里，再次出发了。

华北地区党组织选调的一批干部，正陆续派往东北参与土地改革和剿匪清霸斗争。10月初，由四名干部组成的冀东派遣组，带着一部电台出山海关再经辽西转道北满至吉林。鹰刀突击队迅速赶往山海关，接应并护送四名干部，安全通过敌占区，十天之内赶回吉林。这一个往返近一千四百公里，而这个时候，从山海关至辽西辽中，集结着廖耀湘兵团和新六军、新五军、四十九军等精锐部队，准备在南满地区及北宁路以西与民主联军主力决战。鹰刀突击队二十几个人，要带着冀东派遣组和电台，穿越数十万敌军的封锁线，困难和危险可想而知。

深夜，浑天岭上一片宁静，下了两天的大雪停了，但月亮还没出来，夜幕掩护着鹰刀突击队穿过密林，悄悄下山了。队员们精神抖擞，虽然都是平民装束，却个个透着机警。每人身上除了锋利的鹰刀和一支驳壳枪、二百发子弹，还配备了四个美式手雷。海冬和小龙驹及白翎都配的是双枪，山妮和桂春河负责救护，分别带着三十多个急救包，海冬小队带着三支有简易瞄准镜的步枪，关杰小队有三挺捷克式轻机枪，徐义彪小队有七支苏式冲锋枪，这样强劲的火力配备，让姑娘小伙们底气十足。正如山林支队政委那武所说，我们的鹰刀突击队最能啃硬骨头，最善于穿插奔袭突击快打速战速决！我相信你们一定能再次圆满完成任务！

鹰刀突击队在丛林雪原向西北飞马行进，三天三夜行程六百余里，穿过中长铁路，绕过了奉天，进入辽中地区，又从彰武和新民之间敌七十九师和新五军防线接合部空当里钻过，赶到了新开河西岸汉族人和蒙古族人混居地区的吴家窝棚。这是一个堡垒村，党组织派人在这里和他们接上了头，并协助他们安排下一步行程。从新开河向南，经盘锦、锦州、葫芦岛，一直到山海关，大多是山地和丘陵地带，二十多人的马队继续行进，很容易被活动在这一带的敌人发现，为了不暴露行动意图，必须在这里分散行动。

小窝棚里，海冬就着小油灯摊开地图，与关杰、桂春河、徐义彪定下了分头行动方案。海冬小队向南，到新民上火车；关杰小队继续西进，到大虎山上火车；徐义彪小队延后一天再出发，回头北上，到章古台子上车，两天后，晚八点前，在山海关东边孟姜镇会合，那里就是鹰刀突击队与冀东派遣组接头的地点。

海冬说："这一段行军必须保证时间，更要紧的是武器不能暴露，沿途一定有敌人严密盘查，而且七十九师搜索队就在这一带活动，情况变化不定，危险很大，你们碰见啥事都得眯着，别逞强，别动手，必须保证秘密安全到达孟姜镇！"

关杰一边给驳壳枪弹夹压满子弹，一边瞅着地图："从这到大虎山估摸也就百八十里，俺们把长武器拆开，和羊皮牛皮一起装麻袋，用勒勒车拉，一路上遇到盘查，都能混过去，到车站再装上拉货的闷罐车，人在枪在，保证不出问题。"

徐义彪说："现在这日子口，城镇里正需要烧柴取暖，俺们拉上几车，再把武器藏在烧柴里，没人会怀疑的。到章古台子卖了柴火，买两麻袋苞米，把枪支弹药一起装上货车，派两人在货车上守着，有麻烦就跟狗日的干！"

"你就知道干，那还不暴露啦，下一步咋整？"关杰的训斥，透着成熟老练。

"出发前，上级首长反复叮嘱好几回，有情况不能拿枪就干，要用脑子想，咱得按点到那里，又不被敌人发现。彪子你是这一队弟兄们的队长，你给我记往了，你得带着他们完成任务，还得全须全尾地都带回家！"海冬严厉地告诫徐义彪。

"行，俺听你的，敌人骑俺头上拉屎，俺也憋着不出声。等咱开打时，俺把他的屎踹回他肚里去！"徐义彪挠挠头，嘿嘿笑着应承着。

海冬了解从小一块长大的弟兄，彪子虽然性子火爆些，但这会儿毕竟是完成任务重要，他还分得出轻重来。海冬没再多说，拿出一张纸，让关杰和徐义彪把各个车站和车次、时间记牢，然后在炭火盆里烧掉。

夜风劲吹，呼啸的声音像群狼嚎叫，在天地间上演一场你死我活的争战……

清晨，风势渐停，天还是灰蒙蒙的，休整了一天的各个小队做好了出发准备。这里的党组织秘密动员了一些蒙古族牧民，征集到了几辆勒勒车，海冬又拿出一些东北"流通券"，向牧民们买了一大堆羊皮牛皮和烧柴，各小队把长武器拆卸成零件藏好装车，按不同时间和方向分头行动。

当晚九点，海冬小队到达新民站上了车，混入老百姓当中，在满是旱烟和臭汗的味道里，迷迷糊糊地睡着。其实，昨晚都养足了精神，此时，每个人都在眯着眼，警惕地关注周围的动静。十一点，关杰小队赶到大虎山也上了这趟车，与海冬小队会合。他们在车上挨过了难熬的夜晚，又挨过了最困倦的清晨，次日上午八点到了孟姜镇。

两队人马下了车，分成三人一伙五人一帮，前后脚进了镇，在街东头一个院门上挂着三只红灯笼的车马店里集合，这里就是辽西党组织交通站。

徐义彪小队也按时赶到章古台子上了车，这天傍晚到达孟姜镇，在车站东边树林里隐蔽起来做外围警戒，等待接应冀东派遣组。

7

一切似乎很顺利，冀东派遣组沿京哈线乘坐火车一路行来，也是无惊无险。锦州至山海关一线，民主联军正实施秋季攻势，在威远堡、法库等地已经歼灭敌五十三军两个团和保安第七支队，攻克了彰武，敌人已顾不上铁路线了，鹰刀突击队和冀东派遣组接下来的一段路程，暂时安全，除了少数败兵，不会遇到大批的敌人。

冀东派遣组和护送人员一起下车，陆续出了站，分散在站前小街口左右，像是在等待接站。冀东派遣组组长苏连生看见昏暗的路灯下，白翎和山妮正挎着小筐叫卖烤地瓜，便走过去问："小姑娘，你这地瓜是白瓤的还是红瓤的啊？"

白翎回道："俺这地瓜都是红瓤的，是俺老家的，老甜啦，先生尝尝。"

苏连生又问："咋卖啊，论斤还是论个？一斤能称几个？买一个多少钱啊？"

白翎又答："你咋买，俺就咋卖。按斤卖，老头票五分钱一斤，论个卖，看大小，大的要二分，小的要一分。先生是四个人吧？来四个大的，八分！"

苏连生不禁夸赞："小姑娘嘴好厉害，账也算得利落，好，就四个大的，钱货两清！"说着在筐里拿了一个，对旁边人说，"来吧，趁热乎，填饱肚子好赶路。"

白翎又说："俺家还有更甜更热乎的，不远，东边二里地，坐驴车就行。"

这是事先约好的接头暗语，红瓤就是自己人，老家就是根据地，东边二里地就是地下交通站，驴车就是接头人准备的交通工具。对过暗语，接上了头，白翎摆手叫来接站拉脚的驴车，化装成车夫的海冬牵着毛驴，颠颠地跑过来招呼客人。一行人分乘两车驴车，在夜色的遮掩下，分别绕道从东西两面进了孟姜镇。

车马店三大间正房热气腾腾，一些经常往来关里关外的老客都聚在这里，东北人大多豪爽，认识不认识的，都是赶路人，就能聚在一起喝酒，猜拳行令，大碗相碰，你请我敬，一派豪情。正房的喧嚣，倒让院子里显得清静，趁着客人们热闹之时，店主老山东把海冬一行分别安排在东西两侧的厢房里。

西厢房最北头一间，冀东派遣组的同志架好电台和手摇发电机，很快收到民主联军首长的下一步行动指示，苏连生与海冬和关杰再次确认了下一步行动方案和路线。

老苏说："以后行程都是你熟悉的地方，你是虎归山林、龙入大海啊，从现在开始，由你统一指挥。"

海冬说："俺才打过几回仗，老同志更有经验，要紧时还得给俺指路。"

老苏拍拍他肩膀："你为主，我为副，携手共进，千里穿插！"

为保证在遇到敌人围追堵截时，冀东派遣组不至于都被裹在一起损失惨重，海冬又将人马重新分组。各小队按武器不同混编为四个组，达到每组都有较强的火力配置。老苏和电台与海冬为一组，既可保证老苏和电台的安全，又便于两人共同指挥全队行动。关杰小队分为两组，重点保护另两位同志。徐义彪小队还是原班人马，负责断后掩护。

能做到如此精细严密，海冬是从父亲那儿学的。山林支队司令乌尔汉·乌力嘎率领队伍打鬼子，多次采用这种梯次行进战术。大多数战斗都不是一窝蜂无章法地乱冲乱打，事先有侦察，行动时有对敌监视，撤退时有掩护。负责断后掩护的，要清除痕迹，若敌人追得紧，还得绕道把他们引开。鹰刀突击队这次是千里穿插，情况会千变万化，意外也会时而突发，间隔时间和距离的行动方式，既可迷惑敌人作出错误判断，又可迅速摆脱敌人追击，以保证冀东派遣组的安全。

交通站为这次行动安排了四辆马车和四个非常可靠的车老板，按计划在三天之内，把鹰刀突击队和冀东派遣组送到吴家窝棚。四辆大车都有一匹雄壮的高头大马驾辕，两匹大骡子拉套，脚力有劲，速度很快，拉开二三里距离，相继出发，很快就回到吴家窝棚。

过了锦州再向东，这一路虽然有国民党部队把守各个关口，但民主联军八纵九纵几支部队也在这一带，小股敌人不大敢出来，所以，两天的行程，没有遇到什么异常，顺利到达了吴家窝棚。四辆马车随后返回孟姜镇，老苏和海冬决定，在吴家窝棚休整一天，再准备一辆马车，供不会骑马的冀东派遣组四人乘坐。

当鹰刀突击队和冀东派遣组继续向八面城行进时，情况变了。

民主联军从9月中旬实施的秋季攻势，这时正打得热闹，已经开始向中长路沈阳以北国民党军各据点守军发起攻击。蒋介石急从华北战场调兵增援，又指令兴安省、嫩江省派兵驰援辽中，一支骑兵正从兴安省东部向八面城疾驰……

等待鹰刀突击队和冀东派遣组的，是一场近在咫尺的突发遭遇战。

8

鹰刀突击队和冀东派遣组仍然是原定的分组梯次行进，小龙驹和几个队员仍然为先导组，海冬与白翎和山妮居中，并负责护卫冀东派遣组四人乘坐的马车，关杰小队和桂春河小队分别在两翼掩护，徐义彪小队继续担任后卫。

行至八面城与昌图之间的四合屯时，小龙驹小组与一队敌人骑兵碰头了。

听到远处轰隆隆的马蹄声，隐约看到滚滚烟尘中黑压压的人影，小龙驹立刻意识到，从这里到吉林别无他路，如顶头迎上去就会暴露，大批敌人马上就会把鹰刀突击队和冀东派遣组包围。他紧急勒马，掉转马头，带着队员们迅速后撤，同时鸣枪，给海冬报信。

枪声吸引了敌人，不一会儿，这伙敌人分出一拨向西追去，大队却继续前行。

距离五六里地之外，海冬听到枪声，立刻和桂春河带着马车离开大路，隐蔽在路边一座小土坡后面，又派李高粱飞马给关杰和彪子送信。李高粱双腿紧踢着马肚加速行进，迎上关杰小队，他抽出一面小红旗左右挥动，示意关杰小队赶快隐蔽。他又跑了四五里，截住徐义彪小队，一起撤向大路两边洼地。不到半个时辰，敌人骑兵大队呼啸而过，他们急着赶路，未注意路边有什么情况。海冬不知前边情况如何，也不知后面是否还有敌人，只好按兵不动，静待响箭。

因为没有配备电台，鹰刀突击队各小队早就约定相互联系方式，就是沿用古时作战传递消息的方法，远距离用烽火狼烟，近处就用烟花响箭。千里关东百十号民间武装，无论是与朝廷抗争还是打小鬼子，都没少用快马送信、飞鸽传书、狼烟引导、响箭报警……老辈人曾经使用过的法子，鹰刀突击队用起来得心应手。

可海冬未闻响箭，却听枪声，差不多在十里左右，他分辨出是马枪、捷克式轻机枪，多种枪声混在一起，响成一片。小龙驹小组没有配备这几种武器，一定是敌人。听起来，敌人火力较猛，小龙驹情况危急。海冬立刻命令白翎和山妮及杨顺子、二林两个队员保护老苏四人。

这时，小龙驹向关杰和徐义彪隐蔽的方向放出了一支响箭。

随着锐利的尖叫声掠过天空，三支马队飞驰向前，很快兜住了敌人小股骑兵的屁股。原来，小龙驹四人吸引敌人跑出五六里地，迅速占据路边小土坡，断断续续打出冷枪，意图牵制更多的敌人。谁知敌人并没把这几个人放在眼里，大队人马仍继续向前行进。小龙驹担心海冬和冀东派遣组被敌人发现，便命队员加强火力，尽快干掉这小股敌人，以便增援海冬。相持近二十分钟，这小股敌人却以绝对优势的火力进行对抗，打得他们抬不起头。紧急时刻，他放出了响箭。

这队骑兵非常善战，马枪虽然是单射，却拉开一线，占据左右，分批射击，左边射击时，右边装子弹，右边射击时，左边装子弹，缩小了单发武器射击后子弹上膛的间隔。两挺机枪，一挺先打，一挺延后半分钟，不间断继续射击，持续循环，火力不间断。小龙驹指挥队员干掉了几个，却抵挡不住这样组合的密集射击。眼看就要被敌人包抄时，援兵到了。

左翼是关杰小队，在马背上平端机枪，边扫射边冲锋；彪子小队从右翼突进，七支冲锋枪吐着火舌；海冬小队中路推进，数支驳壳枪也不间断。敌人腹背受敌，纷纷落马，剩下的十几人，掉转马头，挥舞马刀，近乎疯狂地扑了上来。如果敌我双方绞在一起，再使用长短枪会误伤自己人，而这些十七八岁的小孩子，单凭短小的鹰刀，根本干不过敌人的马刀，海冬急忙呼叫分头撤退，以分散敌人兵力。关杰小队向路南撤向山坡，彪子小队撤向路北，海冬小队沿路向西吸引敌人，小龙驹小队随后追来，堵住敌人后路。

队员们马上功夫都不差，有的镫里藏身，有的匍匐马背，有的坠在马脖下。这股敌人紧在后面，在行进中连续射击，子弹嗖嗖地飞，却打不中目标。各小队很快与敌人拉开了距离，又从三路聚合成一路，勒马回头，展开扇形防御阵势，再次向敌人开火。小龙驹一组也追上来，堵住敌人后路。不知是计的十几个敌兵，被围在中间，纷飞的子弹交织成密集火网，片刻间让他们人仰马翻，滚落一地。

敌人骑兵大队想不到这个小队会这么快就全军覆灭，根本没有回援，这就使鹰刀突击队获得全歼敌人的战机。收拾了这小股骑兵，关杰带人很快接回白翎和老苏等人，从缴获的敌军马匹中，挑选出几匹眼睛有神、毛色光亮、四肢有力的，由关杰小队每人牵带一匹，准备途中有马匹发生意外及时更替，以免贻误行军速度。

鹰刀突击队各小队按原定行军序列，转道向东，穿越敌人八兵团和五十三军的防守接合部的间隙，又经过西丰等地，向吉林境内行进。

直到这天晚上，敌人骑兵大队才发觉一小队人马没有跟进，派人顺来路去查，才知道已经全部被歼，他们马上向上峰报告，在四合屯北面发现共军主力。敌军指挥部认为，共军部分主力可能会在北面进行围堵，对八兵团和五十三军形成包抄，便从彰武、法库急调两个团向四合屯方面增援。这无形中减轻了民主联军攻克彰武的压力，两天后，民主联军四纵十九师在彰武全歼敌暂编第五十七师一个团。

民主联军首长来电赞扬鹰刀突击队敢于主动出击，既保护了自己又牵制了敌人。同时，我军在威远堡、八棵树、貂皮屯、法库和彰武一带的胜利，也为鹰刀突击队和冀东派遣组顺利穿过敌占区返回吉林打开了通道。

9

鹰刀突击队和冀东派遣组过了西丰进入吉林境内，到达一个叫石驿的小镇，按规定时间在晚上九点进行联络。首长电告，部分敌军已经在几天前，从开原向西丰方向溃逃，意图进入通化北部山林隐藏。首长要求鹰刀突击队密切注意敌人动向，亡命之徒，穷凶极恶，沿途会向百姓掠抢，遇到我们小部队也一定会有报复行动，要尽量避开敌人，万不得已，勿与纠缠。

这一带多为山路，马车不便行驶，海冬让彪子把马车赶到镇上集市卖掉，换些兔子、野鸡、干粮和草料，以备进了山区人烟稀少，买不到粮食草料，人马饿着肚子，遇有敌情，不能打不能跑，还不得让人家包圆了。备足了人吃的干粮、马嚼的草料，休息一天后，全体队员改为骑马继续行进。桂春河与小龙驹等四人，担任探路尖兵，已先行十里。他们依然约定，遇有敌情，响箭为号，后续各队，相机行事。不会骑马的冀东派遣组四人，分别由关杰小队四名队员带着同骑一匹马，仍然居中，白翎和山妮随行护卫。海冬在前，随时根据情况变化，发出作战指令。徐义彪殿后，另两人延后五里，边行进边警戒，如有情况，再次发出响箭报警。

山路愈加崎岖，队员们只能中速行进，一天一夜后，将近五更时分，途经一个小山村。山洼里雾气弥漫，朦胧中似有火光，不时有马匹打着响鼻和有人低声吆喝。发现火光又听到声音，尖兵组立刻放慢行速，桂春河勒转马头离开山道，钻进侧翼山坡上的林子里，下马徒步靠近村庄，透过雾霾仔细分辨村中情形。隐约看见，村口有两个哨兵，距离村口二三十米的小路上也有两个，还有两个流动哨，每组两人。如此戒备，说明村里还住着更多的人，应该是他们的头领。

首长事先已经通报，这一带没有自己部队，这无疑是敌军或土匪，这时候放响箭等于给他们报信。桂春河让小龙驹沿来路返回，向海冬报告，他和三名队员轻轻打开驳壳枪的机头，如果敌人觉察，几梭子弹扫过去撂倒他几个，先声夺人，造成重兵压境的气势。

在距离小村几百米处，小龙驹迎上了海冬，报告了村里情况。海冬立即指挥队伍散入路边林子，与老苏和关杰、白翎围在一起，在雪地上摊开地图，拉开棉衣遮挡，拧亮一支日军歪脖子手电，查看前后路线，商量如何对付眼前这伙敌军。

关杰说："这股敌人极可能就是首长所说的，从西丰溃逃而来的败兵，此时，也一定是累得跑不动路了，即使人数可能众多，短时间内也根本不可能形成较强战斗力。趁敌人还未察觉，咱们抓住时机，冲过去！"

沉稳的老苏摇摇头："不行，这伙敌人虽为败军，但基本的警惕和防卫还不会完全丧失。村头的六个哨兵，说明敌人还是有所防备。"

海冬沉吟道："此地唯有这一条进山通道，如果硬闯，惊动敌人，引起反扑，我们必然陷入包围。"

老苏继续分析："眼下，敌人兵力多少，是分散百姓家里，还是集中一处，武器装备如何，是否有机动能力，都不清楚，还是上山迂回，绕过去。"

"从地图上看，这座山应当是长白山的一条支脉，海拔1200米，上山绕道，没有路，只能摸着走，等绕回我们预定的路线，少说也得一天一夜，人困马乏，如果再遇上敌人，仓促应战，于我不利啊。"海冬说出不同意绕道的理由。

正说着，担任后卫的徐义彪赶了上来，听说遇到敌人，掂着两支驳壳枪，满不在乎地说："怕个屌，俺在前开路，机枪一起上，突突几下子，造蒙他个狗日的。咱大队人马紧跟着，边打边冲！他们还能挡得住俺鹰刀弟兄们？"

老苏解释说："胆大还得心细啊。我们必须把最不利的可能都考虑到，不管遇到啥情况，随时都可以应对。"

海冬看看关杰和徐义彪，见两人都点头，便说："敌人也一样疲劳，五更天一定还未清醒，我们可趁此时冲过去。老苏同志，你看可否？"

"快打慢，少胜多。古时就有兵法这样说。咱也不是孬种。我跟你们一起冲！"老苏也同意快打快冲。

海冬立刻分配任务："彪子，你和小龙驹带五个人，增援春河，原地坚守，以我枪响为号，一起冲过村子。关杰，你从北面山坡绕到村口待命，待我枪响后，一同冲过去。"

关杰、徐义彪和小龙驹各自带领队员们，分头向小村前后运动。

海冬又说："白翎、妮子护卫老苏同志和冀东（派遣）组，一起跟进，冲过村子会合。"

当鹰刀队员们在小村南北两面山坡居高临下布好阵势，天才蒙蒙亮。

海冬命令三个步枪手，用瞄准镜套住三个敌人哨兵，关杰和白翎对付另两个，自己负责干掉最后一个。只听他一声枪响，所有人同时开了火，同一时间干掉六个哨兵，南北两面一齐冲下山坡，敌人刚从睡梦中惊醒，他们已纵马冲进了村庄。

关杰小队冲在前，三挺机枪连续扫射，来不及穿衣就跑出门来的十几个敌兵都被打翻在地。海冬一队紧跟着冲进村里，一路旋风掠过，窗户里探出头来的敌人，几乎都被子弹穿透了脑壳，打瞎了眼睛。快出村的时候，海冬发现一座房子墙边停着一辆中吉普，车上架着电台天线，他勒住马，把两颗手雷塞进车里，又继续向村外冲去，身后随即轰隆两声爆炸，破碎的车门车窗和天线残骸飞上了天。随后，硝烟里冲出徐义彪和白翎，冲锋枪、驳壳枪护卫着冀东派遣组同志，迅速穿过村子。桂春河与小龙驹尖兵变后卫，接应徐义彪小队最后压阵的三人一同撤出，又扔出了几颗手雷，阻挡住慌乱中纠集起来的追兵。

前后不到五分钟，鹰刀突击队和冀东派遣组已经远远地把这座小村抛在了身后。

这时，太阳刚刚露头，绯红的天幕下，映着一队战马，渐行渐远……

10

前路未卜，安危不知，山重水复，马踏冰河，龙骧虎步，刀光剑影。

这是山林支队政委那武在开庆功会的时候，对鹰刀突击队护送冀东派遣组千里穿插之战的精彩评说。其实，鹰刀突击队尚未归队时，他也是手里捏把汗。

三天前，鹰刀突击队进入吉林磐石山区，又遇险情。

关东已是大雪纷飞，他们踏雪行进了几天后，到达老虎顶子山下哨口镇歇了一晚。第二天恰是集市，海冬叫关杰和白翎及山妮走一趟，既侦察情况，也是补充粮草。

老虎顶子一带藏着一股被民主联军打散的匪徒，头领报号"李大牙"。不管哪路的，只要有马有粮，或者小股武装，看见就抢。

小镇集市平常人就不多，关杰和白翎的行动，被李大牙的眼线瞄上了，跟踪到住处，发现二十多半大小子，好马好枪，还有俩姑娘。他立马给李大牙送飞叶子（报信）。肥肉送到嘴边岂能放过？李大牙亲自率队，在哨口镇通向山里老林子的路上，设下了埋伏。

山道越来越陡峭，林子越来越茂密，阳光已经被密林遮挡，显得阴森森。

临近正午，小龙驹尖兵小组进入一道山谷，三匹马顺着两山夹一沟的爬犁道拉开距离，放慢速度，搜索前进。小龙驹看似信马由缰，冲锋枪却随时准备射击。

李大牙是个惯匪，放亮子、别梁子、砸窑、设局（放火、劫道、抢劫、设套）都玩得烂熟。这道山谷，在他看来最适于埋兵设阵拦路抢劫，崖上埋伏，两边一堵，神仙也飞不了。

突然，山林里飞起一只鹰，在林梢盘旋，发出一声惊空遏云的鹰唳。小龙驹从鹰喙到胸脯那醒目的白色羽毛上，认出这是"巴图鲁"，此时它出现在这里，又发出警告，这里一定有情况。小龙驹马上让一个队员回马报信，他和另一个队员跳下马来，隐身路边一棵大树后面。

李大牙发现情况有变，一枪把报信的队员打下马来，匪徒们十几条破枪乱打一气。小龙驹的冲锋枪打出一梭子，立马压住稀稀拉拉的火力。

关杰小队刚进山口，立刻分散两侧，依托山石树木准备阻击敌人。后续队员在山口外下马，掩护冀东派遣组藏进林子。海冬从枪声断定这不是敌军，是小股散兵或土匪，便发出命令，守住山口，准备反击。

忽然，枪声停了，双方都在静观其变。

曾与土匪多次打交道，海冬知道怎样对付他们。他发出一声呼哨，巴图鲁飞落肩头。他驾着鹰，晃着膀子走上前，显出一副土匪做派，高声问道："上边是哪个绺子？是碰是顶，报个蔓（上面是哪个帮伙？有交情没交情，报上姓名），俺借道走镖碰上里口的啦（押货来此碰上本地盘的），行个方便，日后重谢！"

"嘿，听这口条，不是空子是溜子（听你说话，不是外行是同行）啊。几个小崽子是皮子（刚入伙的）吧？管子喷子（长枪短枪）都不错，还有碎嘴子（机枪）？敢情是大绺子啊！哪个山头的？大当家是哪位爷啊？"李大牙接茬问。

　　"这位爷是大柜（大头领）吧？敢问贵号？"海冬不动声色，继续盘问。

　　"嘿，小爷有钢条（挺硬气）啊！跟老子盘起道（查问）来啦？好吧，俺先报个蔓，让你见识见识。俺是一脚门（姓李），诨号靠山瓢子（外号大牙）。"

　　海冬不知他底细如何，接着探底："原来是李前辈，大水冲了龙王庙了。俺是补丁蔓（姓冯），单字福寿双（全），俺爷冯麟阁，俺爹冯中，前辈一定有知。"

　　海冬跟父亲学了不少对付土匪的经验，他报出二十年前辽西土匪大绺子总瓢把子冯麟阁和其次子冯中的名号，自然让李大牙放松了警觉。

　　李大牙带着人马下了山崖，继续说道："还真是碰不是顶。冯总瓢把子是俺佩服的江湖前辈，你爹是舍了命打鬼子的硬汉子，俺也佩服。不过，这年头俺也不是有钱的主，也得让弟兄们吃上喝上穿上，也得添些管子飞子，那都得要银子。既然冯小爷来了，赏俺这小绺子几口饭吃吧。"

　　这是在勒索，江湖都是贼不走空，不舍出点啥，看来不易脱身。海冬笑了笑："好，前辈痛快，来啊，龙驹兄弟，留下两匹好马，咱好赶路！"

　　小龙驹明白海冬用意，牵来两匹缴获的战马。队员们和冀东派遣组已经上马准备动身。李大牙却拦住白翎马头："等等，俺还有话。小爷枪好马壮，啥好玩意儿整不来？俺们憋在沟里可是老些日子没开荤啦，留下这小娘子陪俺乐和乐和吧。"

　　关杰顿时横眉立目，立马就要出枪。白翎在他心里可是白玉一样圣洁，岂能容得他人玷污。海冬不动声色，按住关杰的枪，他向关杰和徐义彪看了一眼，长久以来形成的默契，两人都明白他的意思，暗地里打开了驳壳枪机头。

　　白翎桃花粉脸立时涨得通红，嗖地抽出鹰刀顶在李大牙脖颈上。李大牙在地上够不着马上的白翎，无法还手，在她刀下又不敢乱动。海冬上前缴了他的枪，顶在他后腰："让你的人闪开一条路！"

　　两个拼命救主的匪徒举枪反抗，关杰和徐义彪一人一枪，揭了他们的天灵盖。鹰刀队员的冲锋枪机枪都对准了匪徒，没人敢再动了。

　　白翎一刀划开了李大牙的脖子，双脚一磕马肚蹿了出去。海冬飞快翻身上马，鹰刀突击队护卫冀东派遣组及负伤的队员，一道冲出了山谷。

　　巴图鲁突然又从空中俯冲下来，随着队伍一起奔驰，几次想要落在海冬肩上。

　　于是，海冬在它的鹰哨里，取出一纸命令……

第三章 童子牵牛

11

护送冀东派遣组穿越山区回到浑天岭时，新的任务，又让鹰刀突击队兴奋起来。

我军主力已经歼灭辽西辽中大批敌人。国民党军遭此打击后，将长春新编第一军主力南调四平，新编第六军主力自锦州撤返铁岭，以加强四平地区防御。总部首长为创造新战机，又以大量兵力在北宁路、中长路展开破袭战。国民党急从华北战场调来六个师驰援东北，妄图扭转战局。民主联军以六个纵队在北线发动攻击，10月中旬，各部开始向新立屯、黑山、阜新等地运动，很快形成包围。

总部首长定下一个"童子牵牛"的计策，以小部队引诱调动敌人，创造歼敌于运动中的战机，同时，运用渗透奔袭战法，歼灭分散守备之敌。

童子牵牛的典故，说的是为老子牵牛的徐甲，从老子在周朝辞官归故里潜心学道起，到函谷关令尹喜迎老子到楼观台讲学时，他已为老子牧牛二百年了。这期间，徐甲专心致志下苦功进行修炼，终成正果。而年轻的鹰刀队员们经过了多次战斗的历练，已是个个善骑，均为马上好手，他们的快速机动能力，正可作为首长们用来牵制敌人这头"牛"的"童子"。

国民党新编第一军、第六十军等部队，驻守吉林市附近桦皮厂、九站、乌拉街、九台和农安、德惠等地，为了把龟缩在城镇里的敌人调出来各个击破，鹰刀突击队在吉林外围迂回运动，诱惑和牵制敌人，为主力部队创造诱敌围歼的战机。

为加强鹰刀突击队火力，山林支队首长们又为他们增配部分武器装备。从各大队调集来的一批枪械，摆在支队指挥部门前操场上，有日式轻机枪、美式汤姆枪、英制斯登冲锋枪等，最惹人眼的还是德国造二十响驳壳枪。海冬一使眼色，小龙驹抢上一步，把六支驳壳枪收到自己怀里，彪子拎起两挺日式歪把子机枪，关杰却拿了一支美式伽蓝德步枪。

首长们都笑了，一大队长白羽鹰说："小伙子们个个懂行啊，这几种武器可是目前最先进的了。可这美式机枪咋不用呢？"

彪子应道："鹰大叔，您能不知道？老美机枪比鬼子机枪重，带着跑路累。"

关胜看见儿子在这许多机枪冲锋枪等自动枪中选了一支单发步枪，故意问："儿子，放着这多好枪不要，咋就偏挑这打单发的呢？"

"爹，咱鹰刀突击队已有不少连发武器，就是缺少能够精度射击的。老美的这个伽蓝德，一次压弹好几发，也不用打一发拉下枪栓，不耽误快打，还能装瞄准镜当狙击枪，到较劲的时候，老管用啦。"

关杰有意显摆自己，关胜在他后脑勺上打了一下，既是赞许，也有教训之意。

海冬说："我们是小部队行动，当然武器要好，但轻装是头一条最重要的。我们挑的这几种，都算得上是分量轻又顺手的，用起来，还不是手拿把掐！"

"小子们，行啊，赶上你们的爹啦！"司令员乌力嘎哈哈大笑。政委那武说："这说明我们的鹰刀突击队越来越成为作战的行家里手了。但我还是要跟你们交代一下，你们的对手已经不是鬼子和土匪了，是美式装备且机动速度很快的国民党正规军，他们的作战经验和应变能力也较强。这就要求你们也必须学会应变。穿插在敌群中，必要时还得要做好伪装。我的意见是，苏式冲锋枪换成美式汤姆枪，鬼子歪把子机枪换成美式轻机枪，德国二十响还可以用，因为蒋军部队里下级军官仍在使用，海冬和白翎还要带两支勃朗宁手枪，武器和敌军一样，便于你们化装敌军时不露马脚。"

乌力嘎立马赞同："还是政委想得细，好，就这样，小子们，都换过来。"

鹰刀突击队人马换成美式装备，越发显得个个精神抖擞。

"小龙驹"李响胸前扎着一排驳壳枪的子弹带，深褐色的牛皮锃亮锃亮，插在子弹袋里的两支驳壳枪也一样闪闪发光。二大队队长"白龙驹"李贵看着自己的儿子，得意地说："看俺儿，多有双枪英雄汉的样儿！知道不？俺那支二十响可是干掉了十几个小鬼子呢，到了俺儿手里，照样能干掉他十几个国民党！"

三大队队长"草上飞"说："可惜俺没儿子，姑娘又太小，要不然，咋说俺也得让孩子参加鹰刀队，分你老乌一份家底！"

一大队副队长柳桃妹讥讽道："等你那姑娘长大了，这仗早他娘的打完啦。我看，别让她舞刀弄枪了，学学女红，念念书本，等着嫁给哪个小伙子吧！"

人们哄笑起来，"草上飞"却厚着脸皮说："妈了个巴子，男大当婚，女大当嫁，这是天经地义的，有啥可笑的，你家姑娘不嫁人啊？"

长辈们谈笑婚嫁之事，谁都没有发现，白翎装作不经意间偷偷地瞅了瞅关杰。关杰却似乎有些腼腆，并未回应白翎火辣的眼神。

浑天岭上一派喜庆，似乎不是送鹰刀出征，倒像是已经喝上了庆功酒……

关东十月，已是初冬，山里大雪覆盖，但尚未在路上形成冰面，并不妨碍鹰刀突击队年轻战士们施展快速机动。

拂晓，队员们悄悄离开浑天岭，借晨雾掩护穿过密林，疾行二百余里，临近中午，到达吉林与蛟河之间的江密峰西侧山岭下。几天前，民主联军一支部队已经包围这一带，准备聚歼江密峰守敌。鹰刀突击队的任务是在外围佯动，实施"童子牵牛"计划，吸引吉林方向增援的敌军，以策应我军拿下江密峰，达到肃清吉林外围大部守敌之目的。

海冬命令队员们在林子边上插上红旗，拴好马匹，就地休息，搭灶做饭。这是做给敌人探子看的，这一带有国民党收编的伪满部队和政治土匪组成的"先遣军"，他们经常派人化装成百姓，刺探我军情报。鹰刀突击队故意搭了十几个地灶，拢起火来，弄得烟气缭绕，红旗飘舞，战马嘶鸣，热闹气派。

情报很快送到六十军指挥部，他们认为这是增援江密峰的部队，即刻派出代号为"野马"的一个团向这里赶来。野马团自认既可堵截我军增援，又可解江密峰之围，一箭双雕，可为大功。他们进行速度很快，汽车、炮车、辎重队，轰隆隆地沿公路开进，临近傍晚，便到达距江密峰西侧山林三公里处，在野地里扎下帐篷，摆开阵式，军官们驱赶士兵沿山地展开战斗队形，很快包围了这一片山林。

　　鹰刀突击队已经完成吸引一部分敌人的战术动作，但二十几人如何从一个团的敌人围追堵截中成功脱身？鹰刀突击队又将经历怎样的艰难？海冬其实胸有成竹。他命令队员们留下灶坑里的余火和红旗，继续迷惑敌人，而全体队员早已在傍晚之前撤离了，此时已跳出了敌人包围，就近攀上了一座小山。

12

　　民主联军十纵二十九师一部已经开始对敌进攻，枪声炮声响成一片。守敌连续向上峰发出求援电报，敌指挥部又连续电令野马团，要求迅速解决外围这股共军，向江密峰开进。

　　野马团前卫侦察看到炊烟袅袅，还有红旗隐约飘动，以为共军还在休息吃饭，情报传回团部，一帮军官兴奋得直搓手，吃掉这股尚未警觉的共军是小菜一碟，一个小时足够了，回马增援江密峰，唾手可得。

　　一个榴弹炮营刚拉开阵势，开炮的命令就下来了，忙乱之中，一群群炮弹飞进树林，半个小时后，硝烟未尽，步兵开始冲锋，抵近山林边缘才发现，除了炸成碎片的红旗、树木和一地烂土，根本没有共军的人影。指挥官看着地图好一阵子才确定，共军可能会向东逃窜，那个方向有一条通往老爷岭的公路，沿这条路可进入更密更险的深山老林。于是，指挥官下令，南、北、西三面的部队进入山林深处搜索，东面部队把守通往公路的小山口，堵住共军退路。

　　第一次国内革命战争时期就有这样的话，蒋介石的算盘珠子，是由共产党来拨动的。从四次反"围剿"的战果、遵义会议后的四渡赤水，到长征胜利，大到一场战争战役，小到局部战斗战术，国民党军队多数时候都是被共产党调动的。野马团自然也逃不脱噩运，他们的如意算盘，很快被现实打成齑粉。战场上情况瞬息万变，野马团根本不知道下一分钟会发生什么。

　　这片林子不大，方圆仅有五六平方公里，南、北、西三面基本是平原丘陵，东侧有一座不高的小山峰，鹰刀突击队就藏在那上面，居高临下，敌人动静尽在眼中。

　　西侧敌军动作较快，进入林中约一千米时，遇到了爆炸，十几个士兵和两名军官被炸得血肉模糊，断臂残腿挂在断裂的枝杈上，破碎的军装，像晾着的一块块尿布。鹰刀突击队撤离时，在林中拴上了十几颗美式手雷，细细的线绳，把拉火环牵在几棵树林间的草丛里，盲目摸进树林的敌兵，根本没有发现，只能挨炸了。

他们丢下伤兵收拾残部继续向林子深处搜索，靠近小山脚下，快与东侧伏兵接头时，海冬指挥队员们又扔出十几颗手雷，同时，机枪冲锋枪一齐开火，射向把守山口的敌人。两边的敌人突然遭到攻击，手忙脚乱，蒙头转向地胡乱开枪。南北方向的敌人以为自己人堵住了共军，加速向林中推进，一边冲锋一边射击，带着火光的子弹像萤火虫一样乱飞。昏暗的林中，只听枪声爆炸声，却分不清对方多少人马，先行进入林中的敌人以为被共军包围，趴在地上回击，几股敌人互相对打起来。各部火力都很猛，一时间谁也无法前进，各方形成对峙，越打越热闹。

林中枪声暴雨一样密集激烈，而小山上，鹰刀突击队却已经偃旗息鼓，不发一枪，大伙都伏在山坡上，互相传递着兴奋的眼神，乐呵呵地坐山观虎斗。

山下的自相残杀，持续十几分钟，野马团指挥官误认已经围住了的共军，大喜过望，命令后续预备队全部压进林子。林子里的人，这时发觉是自己人打起来了，停止了射击，各方抵近，几个军官跳着脚互骂起来。好一会儿，带预备队冲进来的野马团副官才明白是上了当，共军一定是已经逃窜了。连忙重整队伍，准备向通往老爷岭的公路追击。

海冬发出命令，鹰刀突击队轻重武器再次开火，山峰上又响起激烈的枪声，敌人又一次遭受突然打击，呼啦啦卧倒一片。副官一时搞不清对方到底是国军还是共军，不敢盲目还击，藏在树后拼命喊话："上面的是哪部分？是国军吗？我们野马团啊，别打误会了！"

听到喊话，海冬知道敌人尚未了解自己底细，便心生一计。大部敌人还藏在林子里，此时天黑，看不清敌人位置，不利于更多歼敌，得把他们放出来，出了林子到山口空旷地带，再揍他们。便向山下回话："原来是野马团弟兄们啊，我们奉命堵截共军，差点打了自己人，好啦，你们放心过去吧。"说着小声传令，让鹰刀队员们准备好手雷和弹药，等敌人靠近了，再集中投弹射击。

一阵自相残杀，野马团一千多人已经溃不成军，这时拖伤带残出了林子，在山口处乱哄哄地挤在一起，正要趁空歇息一会儿。不想，头上又飞来一颗颗手雷，再次炸得人仰马翻，接着又遭到一阵猛烈枪击，又一次炸了窝，乱了营，漫山遍野到处逃窜。无论军官们怎样叫骂，队伍还是无法归拢，更无反击之力。

野马团团长在林子外面，听到报话机里传来呼救声，却无法确定坐标不能开炮，双方混在一起，怕再伤到自己人，只能干瞪眼，听着部下们号叫着。

趁敌人乱营之机，鹰刀突击队迅速下山，穿过树林里继续向野马团后翼运动。

这是海冬的第二步计划，短距离快速穿插，在敌人还摸不着头脑的时候，逼近野马团，发起突袭，打掉他的指挥部，让野马团变成瞎马、瘸马、死马，把他们牢牢钉在这里，无法增援江密峰。

13

鹰刀突击队快马疾驰，沿山林兜了一圈，绕到敌人背后。月上梢头时，队员们在一条小河边下了马，把马藏在林子里，检查武器，补充弹药，稍事休息。海冬带着关杰、彪子和两个队员，先行侦察，悄悄接近了野马团指挥部。

海冬在望远镜里看到，旷野下，月光如水，三四个帐篷里亮着汽灯，晃动着一些忙乱的人影，电报嘀嘀嗒嗒响个不停，不时有敌兵跑来跑去，向各处传递命令。帐篷外三四百米，停靠一队汽车，车上堆着些弹药。再向远看，是炮兵阵地，月光照在炮筒子上，反射出幽蓝的暗光，炮兵们显然已经懒得动弹，都蜷曲在地上或靠在炮身上打盹。

这时，围堵山林的大批敌军没捉捕到任何踪迹，正按命令沿公路向老爷岭方向搜索。海冬与关杰商量决定，趁野马团指挥部兵力空虚，从三个方向发起突袭。

海冬带一个战斗小组，冲到几个帐篷外面，抵近二十米突发攻击。几支冲锋枪吐着火舌，来不及反应的哨兵纷纷倒地，帐篷也顷刻间被打出无数窟窿，电台哑了，灯光灭了，随着连续的手雷爆炸，帐篷轰然坍塌，接着又一阵扫射，篷布下蠕动的身躯没了声息……

关杰带一个组，扑向车队，手雷在车上炸开，立刻引起连锁爆炸，烈焰腾空而起，照亮了半边天……

彪子带一个组，直插敌人炮兵阵地，机枪冲锋枪打成一片，还在困倦中的敌人，连身子都没站起来，就永远睡在地下了……

负责留守的小龙驹，本来打算能与回援的敌人干一场，可仅仅一刻钟，一场闪击战就结束了，三个战斗小组已经撤回到小河边，大批敌人连影都没见着。小龙驹懊恼地发牢骚："回回让我留守，哪一回也没捞上痛痛快快地干上他一家伙，连彪子这傻乎乎的，都能上阵打冲锋，俺咋啦？你们是不是嫌俺本事小啊？"

"说谁傻乎乎啊？俺是傻乎乎的，所以每回冲在前。你尖你精，人小鬼大，有情况能很快应付，所以才让你留守断后！逮着了便宜还卖乖，有意显摆是吧？"彪子在背后踹了他一脚，半是骂，半是夸，半是讥讽，还带点酸。

海冬说："俺是队长，当然得知道谁有啥本事，到啥时候，看啥情况，用谁干啥，俺心里有数，你发啥牢骚？彪子，你小子才是逮着便宜还卖乖哪！肥肉让你吃了，他连汤都没喝上，能不说两句吗？你又在这煽风点火，成心捣乱啊！"

彪子嘿嘿笑着，拍拍小龙驹肩膀："俺兄弟可是龙种，有你用武的时候！"

关杰提醒海冬："不能再耽搁了，山那边的敌人很快就会赶回来，别让他们堵了路，咱得赶快奔下一个目标啊。"

海冬说："刚才光顾着打了，没抢些弹药回来，咱们还得再补充些子弹啊！"

关杰说："这还用你操心吗？俺们抢出了三箱子，清一水的汤姆式子弹！"

海冬向关杰拱手："小哥足智多谋啊，你可算得上咱鹰刀的军师啦！"

关杰摆摆手："不是俺，是春河关键时提醒了俺，说车上弹药咱得留下些。"

桂春河是绰号"鬼脸三"的山林支队参谋长桂连山的儿子，天生就和他爹一样，聪明机智，鬼主意不少。也正是他的提醒，让鹰刀突击队及时补充了弹药，三箱子弹加起来六千发，队员们每人增加二百多发子弹，更让他们底气十足。

海冬并没有忘记，主力部队的攻坚还未结束，还会有敌人向这里增援，如果会合野马团剩余兵力，主力部队侧翼就会有危险，必须在大批敌人赶到这里之前，占据要道，继续实施牵制，这是海冬的第三步计划。

虽然野马团指挥中枢被摧毁，但战斗力并未减弱，三个营的兵力只损失部分，剩余的正在收缩。而且，敌人已经得到野马团战报，从这股共军武器配备和战斗力看，应当是一个团的正规部队，至少也是一个营的整建制。后又得知野马团指挥中枢已经瘫痪，证明这股共军果然战斗力极强，于是，又派出一个团星夜赶来。鹰刀突击队仍然重任在肩，必须牢牢牵住他们，这也是出发前首长们分析战斗进展会遇到的情况变化，对海冬交代的。所以，海冬的第三步计划，是继续不断袭扰，继续把援敌引向老爷岭，牵着牛鼻子，拖着他们越走越远。首长已经调动另一支主力，正向老爷岭围上来，一口吃掉这两个团。

时至子夜，野马团剩余部队拖着疲惫脚步，已经陆续从几公里之外赶回团部驻地，但他们还未能恢复统一指挥，也不知共军去向，只好就地待命。

海冬带着队员们趴在枯草丛里，看到不远处火光纷乱，一堆堆敌人围着火堆取暖，稀稀拉拉排出三里多地。天寒地冻加上刚刚吃了败仗，已经没有士气，松松垮垮毫无戒备，甚至连哨兵都不放。海冬对关杰和彪子说："趁敌人没有防备，咱们上马，分三拨冲他一下，冲锋枪手榴弹一齐招呼，然后立马向东撤离。我打头阵，关杰接着上，彪子最后再秃噜他一遍，不要恋战，打完就走！"

小龙驹又急了："咋的？又没俺事啊？这回不用留守，那俺干啥？"

"给你四个人，原地监视，我们撤走半个时辰后，敌人要是没动静，你再上去干他一家伙，把动静闹得越大越好，然后去追我们。要故意暴露行踪，要让敌人跟着你们撵上来，我们在前面接应你，咱们交替掩护，把他们拖到老爷岭。"

小龙驹这才点头，一拍大腿："放心吧，哥，俺错不了！"

海冬拍拍小龙驹肩膀，竖起大拇指，小龙驹也竖起大拇指。这是鹰刀队员们的惯用动作，既表示明白，也带有一定成功的意思。

海冬带着第一梯队纵马向敌群冲去，他们排开一字雁阵，平端着汤姆式机枪，持续打着连射，好似一条条喷火长蛇，向暗夜席卷过去。围坐火堆的敌兵，懵懵懂懂地被后背射来的子弹打得七倒八歪，有的刚爬起身，就被击中，向火堆里扑倒过去，又被烧得吱哇乱叫。几个军官仓促组织反击，海冬和第一梯队已经策马远去。

敌人步兵追不上鹰刀马队，只能干瞪眼瞅着他们隐入黑夜里。他们惊魂未定，蹲在地上喘息，还没缓过神，关杰第二梯队上来了。他们伏在马背上，不发一枪，抖着缰绳，快速前冲，敌人惊愕地发现又一拨共军冲上来，头上已经飞来了乌鸦一样的手雷。第二梯队根本没停留，旋风般地刮过，留下一阵阵爆炸和号叫。

敌人被炸得晕头转向，到底也没弄清共军是从哪个方向来，又向哪个方向去了，公路上散乱的队伍，就像被斩成三四截的蛇，无法相顾。没容他们喘息，彪子带着第三梯队又上来了，又一阵子弹旋风刮过，敌人阵营更加乱套了。

如海冬所料，大约半个时辰，敌人才收缩了队伍，却不追击，报务兵哇啦哇啦向上峰报告，共军不断骚扰，我部又遭重创，只能原地待援。上峰却命令，务必连夜追击，咬住这股共军。可共军不知去向，茫茫黑夜，凶多吉少，敌人不敢擅动。

小龙驹乐了，该俺出手啦！纵身上马，五个小伙子一起向前冲去，冲锋枪哒哒地打着点射，嘴里还嗷嗷地叫着。没等敌人抵挡，他们掉转马头向东，放慢速度，回身继续打着点射，星星点点的曳光，渐渐远去……

14

短促激战，让敌军首脑十分惊疑，突袭野马团的战斗力如此强悍，一定是一支主力，于是，立即又派一个团，赶来增援。

小龙驹五人且战且退，枪声和火光，给敌人指示方向，把他们引向老爷岭。野马团残部接到上峰严令，又得知增援部队即将到达，便爬上尚能开动的汽车，壮着胆向黑夜里追来，同时，向上峰报告，谎称他们已经咬住了共军，请求援兵迅速向老爷岭合围。

赶来增援的这个团号称"狼牙"，因善于攻坚而得名。他们接到命令之后，正乘车向老爷岭方向围过来。

总部首长决定就在老爷岭下，彻底打垮"野马"，敲碎"狼牙"。鹰刀继续执行"牵牛"计划，紧紧拖住"野马"和"狼牙"，把他们牢牢牵制在老爷岭下。此时，我军攻击江密峰的部队已经结束战斗，正与另一主力团同时向老爷岭迂回。

鹰刀突击队奔波作战已有两天，姑娘小伙们虽然经历几年的战斗历练，但毕竟年轻，刚刚结束的深夜闪击战，紧张急速，快打快撤，马上颠簸，很有些疲惫了。海冬非常清楚，身后的野马团尚未完全进入首长预定的伏击地域，这时绝不能让牛鼻子脱钩。鹰刀突击队作为诱饵，还得继续给他们造成错觉，将这股残敌引入死穴。他命令队员们下马，隐蔽路边，接应小龙驹小组。但他不知道，另一批敌人也正向他们围来，情况十分危急。

此时，总部首长也很焦急，两支主力若不能及时赶到老爷岭下完成设伏合围，一旦敌人察觉他们追击的只是一支小部队，可能会放弃追击鹰刀突击队撤回巢穴，那样，"童子牵牛"行动将会无果，也会让敌人跑掉。首长立即发出命令，两支主力部队的电台加大频率密切联络，使用已被敌人破译但并未废弃仍用于迷惑敌人的密码，故意暴露部队正向老爷岭行进。同时，加快速度，两条腿要跑过敌人的汽车轮子，两个小时急行军，拂晓前赶到老爷岭。

于是，茫茫黑夜下的旷野上，双方展开了速度的较量。

轰隆隆的汽车声，越来越近，车灯射出几条光柱，在夜空中乱颤，夜幕上好像是硕大的鬼怪眼睛发出凶狠的蓝光。野马团很快撵上来，距离小龙驹五人小组不到一里地了。小龙驹倒是松了一口气，敌人上钩了，一声口哨，伙伴们快马加鞭，隐入了黑夜，又把野马团甩了很远。

鹰刀突击队没有配备电台，无法得知首长指令，也不知主力到了何处，他们像茫茫夜海里一叶孤舟，全凭海冬机智判断，在情况可能突变的波峰浪谷里掌舵领航，稳妥前行。与小龙驹小组会合时，海冬也看到了远处的灯光，伸出手指测算距离，同时测出了敌人行进的速度为五公里左右，路况不好，夜间行速也不快，估计二十分钟能到眼前。此时离拂晓还有两个小时，不能让敌人提前到达老爷岭，必须在这里进行阻击，拦截敌人。海冬在不知首长新计划的情况下，清醒地自主判断和决定，争取了时间，保证了两支主力抢在敌人之前进入设伏地域。

鹰刀突击队所在，距离老爷岭约有四十里，路边一侧是高约三十米的石壁，一侧是长满树林的斜坡，虽然打阻击并非十分理想，但时间紧迫，海冬立刻下令，关杰和彪子小队迅速攀上石壁，占领了制高点。海冬和小龙驹小队及白翎等，进入斜坡上的林子里，凭借树林隐蔽，待敌靠近。

随时根据情况变化采取相应的对策，在海冬来说不是少数，独立指挥小分队快速作战，亦是驾轻就熟。目前，鹰刀突击队仅一人负伤，因为敌在明处，我在暗处，快打快撤，敌人不及反应，而现在面对数倍于己且装备精良的国民党正规部队打阵地战，双方实力显然有些悬殊。海冬估摸着弹药数量，仅够坚持一小时，而且除了石壁，林中无险可守，敌人两次冲锋就可能突破防线。与其就地阻击，不如分出一部主动跳出，绕到敌人侧翼出击牵制敌人。他马上命令小龙驹和白翎，带着队员们牵着马，悄悄向敌人后侧运动。

野马团的汽车刚开近路边石壁，海冬发出一支响箭，这是鹰刀惯例，不必临时约定，听箭即开火，配合极默契。关杰和彪子两个小队的机枪、汤姆枪、手雷一齐招呼，头车立马爆了车胎碎了玻璃，车上十几个士兵，稀里糊涂成了鬼。后面几辆紧急刹车，军官号叫着命令士兵们向石壁前冲锋，子弹迎头而来，像发光的蝗虫一样，在他们身前身后嗖嗖飞舞，随即便有连声的惨叫，接着就倒下一片。几名炮手在车后架起迫击炮，向石壁上轰击。鹰刀突击队来不及构筑防炮工事，连续的爆炸，让毫无掩护的鹰刀队员遭受重创，李高粱、杨顺子等四名队员牺牲，两名队员负伤，关杰的左臂也被弹片扯掉一块肉。

石壁上的阻击受挫，枪声明显稀落，一批敌人趁机再次发起冲锋，另一批把堵在路上的第一辆车推向路边，打开了通道，继续向纵深突进，又反过来包围石壁。虽然陡峭的石壁难于攀缘，但炮击和密集的火力，压得鹰刀队员们抬不起头，关杰只好下令撤离石壁，向山坡下转移，在路上迟滞敌人。

石壁上的阻击停止了，士兵们爬上车，继续向前方开进，身后突然响起枪声，他们又跳下车回过头来反冲锋。海冬一声呼哨，掉转马头，带着队员们向路边林子里撤去。敌人突然又消失了对手，盲目乱打一气，夜幕里已经没了声息。

当他们再次爬上车没开多远，后面又响起枪声，再下车反击，共军又没了影，如此反复数次，军官气急败坏，驱赶劳累不堪的士兵，继续向树林里搜索。电台又传来上峰指令，不要上当，甩开小股共军纠缠，迅速与狼牙团合拢，向老爷岭方向围歼共军主力。

当他们终于明白这是小股共军的拖延计策时，天都快亮了。

15

又一支带火光的响箭，在夜空中划出一道鲜亮的轨迹。

这支响箭和火光，是关杰报告自己的方位，海冬立刻明白，他们在右前方，即东面三里左右。二十分钟后，鹰刀突击队聚齐了，白翎看到关杰负伤，心里一疼，眼中一热，想埋怨又忍住了，立刻和山妮给关杰和两名队员包扎好伤口。队员们草草掩埋牺牲的战友，又策马前行，不到半小时后，就赶到了敌人的前头。

敌人失去目标，不知何处寻觅，突然发现，前方树林里，乱哄哄地跑出一队人马，沿公路向东仓皇逃窜。他们像狼发现了猎物，瞪着发绿的眼睛，紧跟着撵上来，同时，又通过报话机呼叫狼牙团向共军逃跑方向围追。

曚昽晨光里，起伏的山峦现出巍峨的轮廓，像一道屏障耸立在东方。

海冬知道，老爷岭已经不远了，他命小龙驹飞马联络打围部队。小龙驹跑出没多远，就带回一名来联络鹰刀突击队的骑兵通信员，他告诉海冬，一个主力团已经沿着老爷岭山谷两侧，布下了口袋，另一支部队也正在向狼牙团背后兜过来。首长命令鹰刀突击队，继续边打边撤，放慢速度，一步步把野马团残余引向山谷深处，待狼牙团全部进入伏击圈，堵住山口，再关门打狗。

天空渐渐从幽暗的蓝色变成鱼肚白，晨风从山林里吹出一团团浓雾，公路上能见度不足百米。就在这灰蒙蒙的迷离里，又钻出一串串流星般的子弹，再次打乱敌人队伍，待他们重新整队展开进攻，对手又不见影了。正踌躇不前，狼牙团赶到了，两部合成一股，进入了山谷。只见前方一队人马正仓促撤退，军官们兴奋起来，命令加大油门，开足马力，全速追击。

在东北战场上，歼灭敌人整团建制已不鲜见，民主联军首长运筹帷幄，调动部队运动作战，设下诱饵牵制敌人，纵横百里奔袭围歼，常常一招制胜。吉林守敌通过监听共军电讯联络，确认有一部共军已经到达老爷岭等待增援，而狼牙团和野马团也咬住了他们的尾巴，便再次发出电令，立即向老爷岭下发起攻击。同时，又急调一个团从蛟河向老爷岭包围过来，堵死共军退路。可他们怎么也想不到，老爷岭下的战事，翻云覆雨，似乎山穷水尽的共军，突然像天降神兵，漫山遍野的人马，铺天盖地，洪水一般扑来，瞬间即成灭顶之灾，两个团的兵力，即将成为人家瓮中之鳖。

蓝色的天空中，巴图鲁在飞翔，不时发出一声声尖利的长唳……

完成吸引敌人的任务，海冬带着鹰刀突击队已经从另一头冲出了山谷，身后，枪炮声开锅似的响起来。老爷岭下这个早晨的热闹，不足一小时就收了摊子，就像一个烹饪大师神速制作了一顿快捷却十分丰盛的早餐，让民主联军吃掉了整个狼牙团和野马团剩余残部。

狭窄的山谷，两侧是山崖，公路几乎被挤成一根羊肠，前面车辆遇到突袭，后面无法开动，也无法掉头，只能停在那里挨打。短时间内，那些火炮机枪等重武器施展不了，居高临下，暴风骤雨般的打击，他们根本招架不住，尸体倒了一地。除了少数溃兵向山上逃窜，剩下活着的，纷纷缴械投降，满山谷的俘虏，像被轰赶的羊群……

按照上级命令，鹰刀突击队立即又向另一批敌人迎去，继续牵着这头"牛"，在老爷岭下绕圈子。野马团和狼牙团被歼灭的同时，民主联军二纵、六纵、十纵集结一部分主力正向吉林外围攻击，而这部分敌人被牵制在山林里，无法回援。我军三天内连续攻克乌拉街、大屯等据点和欢喜岭、团山子等重要阵地，肃清吉林外围大部守敌，将吉林城团团围困，断绝了六十军的给养。随后，首长们调整部署突然撤围吉林，敌人摸不透我军意图，不敢出击。

而这时，鹰刀突击队已经甩开敌人，返回了浑天岭。

第四章　孤村救难

16

浑天岭上，鹰刀突击队的山洞里，年轻的战士们摆酒庆功。酒是秋天采摘的山葡萄酿成的汁，发酵后的味道像酒，虽没有粮食酿造的老烧锅那样烈性，却也能煽起豪情，加之又赢得"童子牵牛"这一场胜利，大伙更是兴高采烈。彪子和小龙驹学着父亲们的样子猜拳行令，大伙跟着不断干杯，搪瓷缸子撞得叮当响，又是连声叫好，场面很是热闹。

这已经是鹰刀突击队伙伴们返回营地后的半个多月了，经过休整和医护的精心治疗，关杰的伤基本愈合，很想喝点酒，便和大伙一起连着干杯。白翎不时抢过关杰的酒缸子，嗔怪地训斥："不知道自己有伤啊？还不要命地喝！"

关杰还要喝："打了胜仗，这点小伤算个啥。老辈子都说，喝酒能疗伤啊。"

白翎抓着酒缸子不放，彪子一把抢过来，嘲讽道："还没到你来管他的时候，再说这也不算是酒啊，让他喝个够。他要是醉了，就不是爷们！你就别要他了！"

关杰和白翎四五岁被从老乡家里接回山林支队，十几年来，从不分男女的小伙伴，到懂得男女有别的兄妹，再到少男少女的羞涩，微妙的情感变化，小伙伴们都看在眼里，但谁也没说破。白翎也是心里想着，又羞于启齿，只是在一些场合，不经意流露出对关杰的特殊表示。因为关杰有伤，便忍不住出手阻拦他喝酒。

小伙们起哄架秧子，怂恿关杰继续喝。白翎无奈，关杰有些歉意地笑笑，又喝了一缸子。大伙哄笑着，一起举杯，山洞里持续着热烈的气氛。

夜里，山洞中长条木桌的一端，站着精神抖擞的巴图鲁。海冬带着温情给它梳理羽毛，关杰用鹰刀把一条鲜肉切成碎块，仔细喂给它。白翎饶有兴致地看着，山妮在一旁问："姐，你说，巴图鲁咋知道咱们在老虎顶子呢？又咋知道咱们在老爷岭呢？"

"这你就不懂了，巴图鲁的眼睛和鼻子可厉害啦，隔着十多里地，就能看见咱队伍，也能闻到冬哥的气味，它就奔咱们来了呗。"白翎一边看一边应着。

"冬哥身上啥味啊，俺咋闻不出来？"山妮好奇地继续追问。

关杰听山妮问，随口答道："你冬哥半年没洗澡，一身臭味！"

"你也半年没洗澡啦，也一身臭味！巴图鲁咋不找你？"白翎伶牙俐齿，迅速反诘，话音中、眼神里，却都带着一种特殊的意味，

"嘿嘿，这个，你也不懂，巴图鲁是海冬'熬'出来的，它最服海冬，平常都是海冬伺候它，喂它食喂它水给它梳理羽毛，它当然最知道海冬的味道了。"关杰一副老成的样子，慢条斯理地说。

山妮笑起来："啊，俺知道'熬鹰'，就是逮着鹰不给它吃、不让它睡，跟它比瞪眼，看谁厉害，时间长了，再凶猛的鹰也能驯服。"

关杰也笑着说："那是光不睡觉就能成的？驯服它得有真功夫呢！海冬青脾气大，是最难'熬'的，你得豁出来自己掉几两肉，几天几夜不吃不喝不睡地跟它磨，它耐不过你，才服你，才听你话。说多你也不懂，小姑娘家干不了这活。"

"嘿，你还别瞧不起俺，说不定哪天俺逮只鹰，就'熬'给你看！"

巴图鲁突然张开翅膀飞上洞顶，锋利的鹰爪抓着凸起的一块岩石，站得稳稳当当的，发出几声短促的尖唳，好像在说："你来试试！"

山妮站起来喊叫："好你个巴图鲁，跟姑奶奶叫板啊？"

"这是哪个姑娘跟咱们巴图鲁斗气呢？"随着声音，乌力嘎司令员走了进来，后面跟着那武政委和白羽鹰、李贵、徐林虎几位大队长，海冬等马上起立敬礼。

乌司令招呼大伙围过来坐下："想要驯服海冬青这样的猛禽，除了勇气毅

力，还需要时间啊。先放放，等不打仗了再说，现在有更重要的任务等着你们。"

那政委说："刚刚得到情报，逃到石驿镇被你们鹰刀突击队打散的那伙溃兵，没了电台无法联络上峰，只得加入地方地主武装，多次参与袭击乡村，迫害农村干部和群众，枪杀党员和农民协会的骨干，制造多起事件。所以总部首长命令，派一支精悍的小部队追剿这些反动武装。这就是你们的新任务。"

为肃清辽西敌军，孤立沈阳之敌，东北民主联军总部决定利用入冬江河封冻便于机动的有利条件，集中九个纵队的兵力发动冬季攻势，不久前出其不意包围了法库和新立屯。敌新六军及新三军一部分别由铁岭、沈阳出援，山林支队奉命阻击敌人援兵，追剿反动武装的任务便交给鹰刀突击队。

大雪弥漫了东北大地，原野上一片茫茫，白毛风把雪片撕扯成一片片棉絮，如同无数疯女人乱飞的长发，呼啸着，翻卷着，遮天蔽日，肆虐着山林旷野，把原本柔软的雪花凝成比豆粒还大还硬的雪球，打在人脸上，像密集的机枪子弹，让人不敢露出正脸。白毛风一起，四下里浑蒙蒙，啥也看不见。鹰刀突击队从浑天岭下来时，顶着白毛风，跑了一百多里地，很快赶到了老黑山地区的松树岭。

这是千里长白山的一条支脉，满山生长着高大的红松、落叶松和常青的柏树，大山的沟壑里，就是因岭上松林而得名的松树岭镇。镇上已经建立了民主政权，还驻有区委派来的土改工作队，各村开展了轰轰烈烈的土改，翻身的农民得到了土地，第一次收获了属于自己的粮食。但是，近来松树岭镇所属村屯中有四个连续遭遇洗劫，地主还乡团和国民党残兵及土匪疯狂袭扰，工作队干部和农民协会的积极分子被杀害，有的村子被掠夺一空，烧光了房屋，百姓再次陷入饥寒交迫。

队员们到达镇上时，土改工作队正和镇上干部为逃难来的乡亲们安排住处。海冬实在不忍心再把他们挤到冰天雪地里去，带领队员们，在镇上一座破庙旁边一条灌满雪的山沟里，挖出几个雪洞宿营。

洞里有厚厚的雪壁，洞口有临时堵上的干枯的松枝，呼啸的风雪被挡在了洞外。洞里点上两只马灯，照在雪壁上，不时跳动着迷离的幻影，让奔波了一天的队员们禁不住困意连连，不一会儿就睡着了。海冬却还在同关杰和桂春河对着地图反复比量着，分析敌人在近日可能向哪里进行袭扰。

洞外，风雪未停，夜空上没有一丝云朵，没有一粒星星，更看不见月牙。

鹰刀突击队的两名暗哨，正隐蔽在暗中，警惕地守卫着……

17

地图上四个黑色的圆圈，标示着已经被敌人突袭过的村子，旁边的小字记录着敌人行动的时间，分别是，12 月 12 日、16 日、20 日、23 日。四个村子都在松树岭镇的东北方，各距松树岭镇八十里、一百一十里和一百二十里，最远的不到一百五十里。

海冬说："从这几个村子的分布距离看，都不算近，再加上漫天风雪，不管是平地还是山区，路早就被封了，粮草辎重行进十分困难，根本不适于重兵在三四天内进行上百里的长途运动，可以断定，这批敌人为数应在二百人左右。"

"从敌人几次出动时间间隔看，他们不会离松树岭镇太远，应在一百里至一百五十里范围内，这些散匪懒兵，是不会在几日内不休整地连续作战的。今天是 27 号了，快到腊月了，乡亲们也都在准备过年，敌人一定会抢在年前再干一把。咱得先算计出敌人下一个目标是哪里。"关杰说出自己的想法。

"我想找到他们藏身的老窝，咱再突袭掏他一把！"海冬说出自己的想法。

"风雪这么大，路这么难走，敌在暗处，我在明处，敌人是以逸待劳，我们是百里奔袭，这是兵家大忌啊。"桂春河跟父亲读过兵书，知晓一些战术。

海冬眉头一挑，似有惊觉："对呀！那些狗日的猫在暗处，一边睡觉养大爷，一边等着咱送上门。咱们赶路累够呛，咋还有劲头打仗呢？不行，咱得换个招法，咱得反过来，让敌人疲劳，让敌人处于被动，咱得主动，想咋打就咋打！"

关杰说："要占主动，就得先知道敌人在哪儿，他们想往哪儿去，想干啥。可现在，咱是两眼一抹黑啊，只知道敌人在老黑山这一带活动，也一定有他们的老巢，不然，这大雪泡天的，早他娘的冻死了。可这些狗日的到底在哪儿藏着呢？"

三人对着地图琢磨着，半晌，海冬忽有所悟："俺爹和政委不是告诉咱，要依靠地方党组织吗？春河，你留下值班，我俩去找镇上领导和工作队同志请教。"

他们走出雪窝子，蹚着过膝深的雪进了镇里。

小镇不大，一条街不过五百米长，街中是原先国民党的镇公所，现在是镇党支部、武装委员会、农民协会组成的民主政府驻地。支部书记老槐正和工作队长李永茂商量，要在镇政府给鹰刀队员们腾出个地方，让他们住得暖和些，能吃上口热乎饭。正合计着，海冬和关杰进来了。

老槐和李永茂跟两人握手，老槐抱歉地说："这大冷的天，也没来得及给小同志们安排个暖和地方，让你们在雪地里挨冻啦。我正和李队长合计，给你们腾出个地方，让大伙住进政府里来，有事咱也好就近商量。"

海冬急着说："吃住的事不忙张罗，俺们都习惯了。俺和关杰来向领导请示，敌人不知道在哪里，咱这仗咋个打法。领导们熟悉情况，给咱出个主意吧。"

李队长把两人让到桌前，地图上几个红点上边画着一条弧线，他指着地图说："我们也在想，这伙敌人近日频繁出动，在这几个村子烧杀抢夺，行动很快，打了就跑，三两天接着又打，他们肯定是离着不远，出来两天就缩回去，没吃的再出来抢。从活动半径看，在东北面形成半个弧形，这说明，他们就藏在这半个弧形之外的一个点上。从活动时间和距离分析，很可能就在东北面老黑山上。"

海冬说："照一般军事常识，要连续向这几个点出击，出发地距离出击点应当在一百里左右。老黑山恰好离这里一百一十里，分别向这几个村子偷袭，都离不太远，便于出动，也便于逃离。"

李队长说："据老乡说，有人打猎曾进过老黑山，那里有条抗联密道直通山顶。我们觉得，敌人正是利用了这条密道出入老黑山，瞅着机会就下来打一下。"

"李队长的意思是，咱们打上老黑山？可那里山高林密地势险要，春夏时进山都很难走，冬天下了大雪就更难上去了。"关杰的顾虑也是现实情况。

"不，人手不够，又没重武器，攻山不是上策。老槐书记已派人去老黑山近处几个村子摸情况了，这两天就能回来。我们是想在敌人出动时，打他的伏击。"

海冬说："前提是得先知道他们要往哪儿去，况且我们才二十多人，如果兵力过于分散，力量太弱，需请各村民兵配合，但人多了行动不便，容易暴露行踪啊。"

李永茂一拍桌子："正好你俩来了，咱们商量一个稳妥的办法。"

老槐叫人送来两碗热乎乎的玉米糊，说："天太晚了，没啥准备，对付喝两口，暖暖身子吧。我们接到上级指示，全力配合你们消灭这伙匪徒，各村的民兵都在等消息，一有动静就出发。"

关杰脱口说出不同意见："敌人是突袭，等我们知道消息，他们早跑了，咱们这是让人家牵着鼻子拖来拖去啊，跑路跑得很累，再让人家打个伏击，那不是傻小子撵狼，反被狼咬吗？"他忽然觉得这么说有些不尊，连忙解释："俺是打个比方，老槐叔别怪俺。首长派我们来，就是船小好掉头，小部队能隐蔽，行动快，打突击取胜的把握大。"

海冬接着说："俺们想法是，到离老黑山最近的村子去，藏下来。快到年关了，敌人一定要下山来抢东西好过年。俺和关杰算计过，在山下不远的村子里守株待兔，以逸待劳，敌人来了，我们拖住他们，只要能拖住他们半天，民兵就能赶到，从屁股后面兜住他，断了后路，才能把他们收拾干净。"

李永茂再次查看地图，指点着两处说："你们是看中了这两个地方吧？黑瞎子沟和榆树屯离老黑山最近，差不多有五十里到七十里，离我们有六十里左右，要在那里打响，民兵半天准能赶到。这个办法好。老槐书记，你说呢？"

老槐嘿嘿地笑了："俺刚学会看地图，这俩小伙脑瓜好使，想到咱前头了。行，俺负责召集民兵做准备，咱的民兵差不多都会滑雪，六十来里地半天准到。还得给小伙子们弄些嚼果啊，这冰天雪地的，吃不上东西哪行啊！"

海冬谢过老槐，又说："还得请镇上或村里同志给俺们准备滑雪板和爬犁，雪地骑马很困难，我们把马匹留在镇上，我们队员都会滑雪，行动更快。"

然而，就在海冬和老槐李永茂商议作战方案仅一天后，匪徒先动手了。

18

1947 年 12 月 28 日，离新年只剩三天。老黑山上洞穴里，匪徒们也在议事。

这批匪徒是三个部分纠集在一起的，其中有从老爷岭围歼中逃出的野马团一部几十人，有在石驿镇与鹰刀突击队遭遇被打散的败兵，还有在老虎顶子被白翎一刀挑死的李大牙绺子的一些残匪。不久前，国民党吉林保安司令部派人带着电台找到他们，把他们编入了"先遣军"，命令他们在老黑山一带进行骚扰破坏活动。

这帮残匪的头领是于曾礼，是一个曾经当过土匪，又给鬼子带过路讨伐抗联的山林通。抗战胜利后，投靠了吉林保安司令部，因为他熟悉老黑山周边情况，被委任为联络残匪的特派员。他带着电台穿过我军驻防区域，摸到老黑山，沿途收罗一些散兵，又在山下遇到一伙还乡团，一并带上老黑山。这伙人加起来，正是海冬预计的近二百人。就是这个于曾礼指挥匪徒血洗四个村子，欠下一笔又一笔血债。虽然几次抢劫得到一些粮食，也抢了村里民兵的枪支，补充了些弹药，但粮食仅仅能维持几天，想要度过整个冬天，想要新年春节都有吃有喝的，还得下山。他的眼睛盯上了黑瞎子沟。

其实，黑瞎子沟离老黑山有七十多里，为啥不去近在五十里的榆树屯呢？匪徒头目们争吵起来。野马团残兵为首的是一个叫马胡的少校营长，他不愿再远途奔波劳累，主张就近打榆树屯。匪首们自然赞同马胡的主张，都反对于曾礼的决定。山洞里架着用一棵粗大的红松锯开一半做成的条案，上面搁着几只油灯，乱七八糟扔了一桌的土豆、地瓜和粗糙的黑瓷碗，碗里盛着低劣的地瓜烧，散发着呛人嗓子的苦涩的酒味。几个人围着条案，喝着劣等的烧酒，瞪着满是血丝的眼，七嘴八舌地抢白于曾礼。

于曾礼此时倒有点像舌战群儒，尽管他对诸葛孔明不过只是听说些皮毛，根本不懂得孔明用啥计策，他只是借用了兔子不吃窝边草的规则，把窝边的榆树屯留在以后享用，先吃远处的黑瞎子沟，免得日后大雪泡天时近处没草而饿肚子。简单的生存法则一时难以说服众匪，眼都饿得发绿的兔子们还能放着窝边草不吃？

马胡吼道："眼下只剩这百十号人，上峰早就撒下咱不管了，弟兄们肚里没啥油水了，还讲啥战术啥策略，就近整他一家伙，给大伙拉拉（解解）馋。"

李大牙匪绺二当家哈二虎也跟着起哄："咱也该开开荤啦，这俩月光啃老苞米咸菜疙瘩，都他娘的成牲口啦，再不整点好嚼果，弟兄们还不得反水下山投共产党去啊？"

"你们几个就是他娘的一个大棒槌（傻瓜），就想着吃喝，上峰的命令都吃狗肚子里啦？别忘了破坏民主政权，杀杀穷棒子的威风才是大事！但咱也得整明白情况，不能瞎摸乎地乱干。我已派人下山踩盘子了，昨天，探子回报，我才决定先打黑瞎子沟。因为榆树屯是个大屯子，光几十号民兵就够咱胡噜一阵子了，还有共军土改工作队十几个人，有两挺机枪，那是好惹的？黑瞎子沟只有四十几户人家，三个工作队员，十来个民兵，几条破枪，那是个软柿子，不捏他捏谁？"

马胡这才明白特派员的心机，贼眼一转，心想，这个软柿子好对付，得让自己弟兄多得些好处，马上拍胸脯："我带弟兄打头阵，一把搂光这四十来家。"

哈二虎也不示弱："马兄，别见便宜就抢，你吃了肉，咋也得给咱绺子留点汤啊，二一添作五，一家一半！"

其他几个头目不干了，都争抢起来。于曾礼冷冷一笑："行了，都别争啦，听我命令。马营长的队伍战斗力强，这次以他们为主。老马的弟兄分成两队，一队负责干掉工作队和民兵，一队进村入户，把能吃的能喝的能穿的能用的一律搜光，再带上几个娘们，再点把火，烧光他们的房子。只要干掉工作队和民兵，那些穷棒子不要去管，不要浪费子弹去杀人，连冻带饿就要了他们的命。二虎，你的弟兄负责村外警戒，没我的命令不许进村，哪个要想乱抢东西，军法从事！其他人留守山上，看好老窝，万一共军摸到咱的底细打上山来，你们得给我拼死对抗，守住这老黑山，咱们才有活路。"

分派了各帮匪徒的任务，于曾礼又严厉地交代："回山后，所有人得到的东西要全部交出来，由我统一分派，至少要能挺上一两个月。咱在山上猫上俩月，养精蓄锐，让共党摸不着踪迹，等他们松了套，我们出其不意地下山，年前再拿下榆树屯。"

土匪出身的于曾礼用的还是土匪惯用的招数，饿虎扑食，群狼围攻，火烧连营，推大沟（全村烧光）。此时，他要在黑瞎子沟重演这些惨案。

19

后打榆树屯，先打黑瞎子沟，这舍近求远的招数，让于曾礼很有些得意，但他却想不到会有变数。

那天夜晚，李队长和老槐书记对海冬和关杰的想法做了进一步分析，补充了一些细节，确定鹰刀突击队兵分两路，迅速赶往榆树屯和黑瞎子沟。海冬率小龙驹、桂春河小队和白翎、山妮为第一队，前往黑瞎子沟。关杰率徐义彪、林生小队为第二队，负责榆树屯的警戒。多年在松树岭镇担任支部书记，老槐对方圆二百多里的各村屯分布和周边地形极为熟悉，出发前，他向海冬和关杰再次详细交代了两个村屯的自然条件，尤其是其中自然生成的特殊山形地貌，给鹰刀突击队行动提供了极为有效的帮助。

榆树屯和黑瞎子沟相距三十多里，中间隔着一座山岭，叫分水岭。岭上有三个连绵相接的山头，各山头上还立着抗战时期的"消息树"，可通过"消息树"传递情况。密林中有一条猎人出入的小道，危急时可通过小道相互支援。

为了隐蔽行踪，李永茂和老槐决定傍晚行动。鹰刀队员们个个精神抖擞，集合待命。镇政府向各家征集的滑雪板，这时已经送到队员们手里。海冬告诉李队长和老槐，鹰刀突击队驯养了一只勇猛的海冬青，叫巴图鲁，十分灵性，可做通信帮手，如果敌人果然袭扰榆树屯或黑瞎子沟，他会放飞这只鹰回到松树岭镇。海冬招手把小龙驹叫到跟前，从他背后的一个黑色布袋里放出了巴图鲁，摘下它的眼罩，手掌向上一送，巴图鲁振翅飞上天空，在镇口盘旋了三圈。海冬又扬起手臂，巴图鲁迅捷飞回，稳稳地落在他的右臂上。海冬解下系在巴图鲁一只腿上的红布条，拴在了镇政府门边的一棵大松树上，微风中，红布条款款飘飞，在朦胧的暮色里，很是显眼。海冬再次放飞巴图鲁，让它绕着大松树飞了三遭才又召回，给它戴上眼罩，装进了布袋。

李队长仔细地检查鹰刀队员们的行装，一边看，一边发出"啧啧"赞叹。虽然他是经历多次战斗的老八路，可鹰刀队员们的装备让他看得抑不住露出眼馋和一丝嫉妒。他盯着小龙驹、桂春河小队，从头到脚，上下左右，前前后后看个够。小伙子们个个头戴长毛狗皮帽子，军装板板正正，风纪扣扣得严严实实。胸前一水的褐色牛皮子弹带，配着清一色美制汤姆式冲锋枪，左腰间挂着四枚木柄手榴弹，右腰间挂着四颗美式铁壳手雷。再向下看，每人小腿都紧紧地打着绑腿，一层层压褶像一排排鱼鳞，一条也不乱，右边绑腿里插一柄刀把上刻着鹰头的鹰刀，这就是鹰刀突击队的标志。再看徐义彪、林生小队，除了汤姆式，还有四挺美式轻机枪，簇新的烤漆直放蓝光。与大伙不同的是，关杰背着一支用草绿帆布套起来的长枪……队伍的最后，是一架双马拉的爬犁，上面紧紧地捆着十几个弹药箱。

李永茂满意地说："这些武器装备，我还头一回看见，战斗力一定差不了！"

"请首长下命令吧，鹰刀突击队保证完成任务！"海冬向李永茂和老槐敬礼。

李永茂精神大振，高声说："小伙子们，去拿下匪徒的人头！出发吧！"

冬日的傍晚，尽管依然极其寒冷，但夕阳显得很温柔，照在雪地上，反射着七彩的光弧。鹰刀队员们脚蹬滑雪板，在渐渐暗下来的山道上飞驰，一层层雪浪在滑雪板下飞溅，像雪仙子抛洒着密绒绒的雪花。他们穿出一片松林，山坡上几匹野狼惊异地看到一队飞速闪过的身影，慌忙掉头钻进茂密的丛林，向远处蹿去。

月亮升高时，鹰刀突击队到了分水岭下，这里有两条岔道，分别通向黑瞎子沟和榆树屯。海冬叫过山妮，她背着一块马蹄表，虽然已经很破旧，但山妮却让它走得很准，因为鹰刀就靠它来掌握时间。借着月光，海冬看到，时针正指八点。他和关杰查看地图，这里距黑瞎子沟和榆树屯都不到四十里，他们要在这里分兵。海冬重新分配火力，两挺机枪分别跟随两个小队，另两挺机枪和四个队员留在这里宿营，哪个方向有情况，就向那里增援。随机处置是海冬的精明之处，事实也证明，这样的安排，节省了预备火力向两地增援的时间，保证了迅速制胜。

两队人马按分工，分头向黑瞎子沟和榆树屯前进。黑暗中行进两个多小时，海冬带着小龙驹和桂春河小队，接近了黑瞎子沟。

尽管海冬预料敌人会向这里突袭，但他们还是比匪徒晚到了一步。

两侧高山下的一条沟壑里，散落着一些草房，在凄冷的月光下显得孤零无助。沟谷南口，一座几乎坍塌的土地庙墙缝里，透出一线微弱灯光，让这个寂静的村落，尚有一丝游荡的气息。松树岭镇工作队指导员沈芹和一个女兵就住在这里，连日来，她们依靠贫苦农民为骨干，发起民主改革，建立村委会，工作很有成效。

此时，沈芹正在油灯下写工作汇报，她们不知道，危险已经逼近。

20

马胡和哈二虎两伙人天黑时赶到黑瞎子沟外，藏在林子里，待入夜村人睡熟时动手。十一点，探子来报，两个女共军住在村头土地庙，村口有一个游动哨。

马胡咧嘴笑了："小菜一碟，弟兄们，压上去啊！活捉女共军有赏！"

匪徒们向村口涌去，大呼小叫冲向土地庙。村口的民兵立即伏在树后开了枪，打倒了一个，但他立刻就被冲上来的匪徒乱枪打死。沈芹在屋里听到枪声，一口气吹灭油灯，迅速操起驳壳枪，叫醒女兵。两人合力把一只破木桌推到门口，顶住了门，沈芹和女兵分别藏在屋门两旁。

枪声惊动了村里的民兵，他们从各自住处冲出来，向村口土地庙集中。迎头遇上了冲进村来的哈二虎一伙，双方对打起来，民兵火力极弱，抵挡不住匪徒们的密集射击，只好向后退去。依托矮墙和屋角，他们边打边撤，但不多时，都被匪徒撂倒了。匪徒们纷纷涌向各家，踹门砸窗，入户抢掠。惊醒的村民们发出惨叫，灾难，像鬼魂在村里游蹿……

匪徒用枪托砸开了土地庙的院门，却弄不开院里小屋的门。沈芹和女兵从窗口向外射击，连续打倒几个，匪徒们慌忙躲避，土地庙里一时出现僵局。

枪响时，鹰刀突击队的第一分队蹬着滑雪板，从黑瞎子沟东面山林里鱼贯而出，位于队列最前方的海冬，迅速刹住脚，队员们立刻在他身后围成一排。海冬已经从枪声中断定，这里距离黑瞎子沟不过三里地，敌人袭扰不出他所料，幸好他们及时赶来。他命令桂春河小队为一梯队，加快速度迅速接敌展开攻击，尽最大可能解救乡亲们。小龙驹小队为二梯队，占领村外制高点，掩护桂春河小队进攻，并阻击反扑的敌人。他一边说，一边飞快地解开小龙驹背上的布袋，放出了巴图鲁，解下一只脚上的红布条，在它眼前晃了晃，手臂用力一扬，巴图鲁振动双翅飞入夜色，同时发出一声尖利的鹰啸。小龙驹射出的一支响箭，也钻上空中，在暗蓝色的天上发出信号。

关杰和徐义彪、林生小队，以及在分水岭待命的两挺机枪和四个射手，看到响箭，都立刻向黑瞎子沟赶来。

十分钟后，桂春河的一梯队赶到村口，随即听到破庙里轰然两声爆炸，火光腾起。光影中，院子内外的匪徒，在队员们密集的子弹中，倒下七八个。马胡号叫着，一部分匪徒退回院内，一挺机枪架在门口，向外扫射。剩下的七八十人，趴在庙外雪地上，躲在树后，乱枪对射。

在村里烧杀的匪徒，又在哈二虎驱赶下，向村口蜂拥而来。一梯队边打边撤，把敌人引向村外。这时，海冬和二梯队已经占领村外一个山坡，随即开火，掩护一梯队向侧翼撤退。海冬让白翎和山妮带两个队员，从山坡迂回潜入村里，带领老乡向村外撤离，并守在村后，阻击向西逃窜的匪徒。

白翎四人摸进村子，从村西开始，挨家入户，指挥着惊慌无措的村民们向后山转移。村里的动静却被哈二虎发现，他又叫手下杀回去堵截百姓。海冬带着二梯队跳下山坡，撵着哈二虎屁股扫射，牵制敌人，为老乡们解围。马胡趁机收拢手下，向村里冲去，把海冬等人夹在了中间，小村街巷里形成混战，海冬和二梯队加起来只有十几人，明显寡不敌众。海冬呼叫队员们向村街中段一盘大石磨靠拢，老槐已告诉他，石磨下有条暗道，通向土地庙后面山崖。海冬和小龙驹小队利用暗道，跳出了敌人两面夹击，攀上了山崖。

哈二虎失去目标，便放弃村中搜索，与马胡合成一股，又向村口冲来。桂春河与一梯队在村外侧翼小高坡上持续阻击，打退一百多匪徒三次进攻，但毕竟人枪较少，敌我力量悬殊，海冬等人又分散在各处，一时不能会合。敌人已经发起第四次进攻，而且更加凶猛，他们是打算天亮前解决这小股共军。在这危急时刻，关杰带队赶到了，机枪和汤姆枪织成一片火网，把敌人拦截在村头洼地里。

后山崖上，海冬命令小龙驹二梯队绕过土地庙，插向敌人身后，策应桂春河与关杰、徐义彪，把敌人赶向黑瞎子沟南面。村口仍然持续激战，海冬在夜色掩护下，翻墙进入土地庙。庙里房屋几乎炸塌一半，凄冷月光下，沈芹和女兵倒在门口，手里还紧紧攥着枪，海冬伸手试试她们的呼吸，已经没有一丝热气了……

第四次进攻再次被打退，匪徒们缩进村里，准备再次进攻。在这间隙里，海冬绕到村口，带领队员向敌人发起反冲锋。马胡想不到这小股共军还有能力反攻，一下子乱了阵脚。眼看天快亮了，共军无撤退迹象，再打下去，只能增加伤亡，更无能力纠集起散乱的队伍再次反冲锋，便和哈二虎带着残部，穿过村街向西面涌去。村外山坡上，突然响起枪声，封锁了通向西面山林的道路，马胡误认为这里埋伏更多共军，西面通道已经被截断，他不能在这里等死，侧耳一听，东、西、北方向都是枪声不绝，只有村南没有动静，似乎那里是共军围堵的疏漏。

其实这是海冬预先设计的。黑瞎子沟南面一条路，通向松树岭镇，鹰刀队员在东西北三面堵截匪徒，把他们逼向南面，工作队和民兵来增援，正好迎头痛击。

巴图鲁很快就把消息送到了松树岭镇，它在拴着红布条的大树周围盘旋，发出短促的鹰啸。李永茂正在等消息，听到巴图鲁在叫，立即跑出来，在它腿上鹰哨里找到海冬的字条，上面写着：黑瞎子沟。

李永茂马上命令通信员，立即通知工作队和民兵集合，火速增援黑瞎子沟！

敌人果然按照海冬预计的，向南面撤退。马胡原打算从南面绕回老黑山，无奈追兵紧跟在后面，堵住了退路，只好继续向南逃窜。拂晓时分，李永茂带着工作队和民兵在黑瞎子沟南面三里之外截住了匪徒，形成了合围……

围歼匪徒的战斗在早晨结束，马胡等三十几个匪徒被击毙，四十多个当了俘虏。只有哈二虎带着几十个残匪乘乱窜进密林，连滚带爬逃回老黑山。

鹰刀队员、工作队员与黑瞎子沟百姓一起，把沈芹和女兵安葬在村外小山坡上。

一株枝干遒劲的白蜡梅，在冰天雪地开出许多白色小花，霞光中，白花像染了血，那是烈士的血，让花朵更加艳丽……

鹰刀突击队翻身上马，马蹄踏踏，掠起一阵白雾，像又一场战火硝烟……

第五章　真假密本

21

一场大雪掩盖了山道上一行马蹄印，昏暗中掠过一阵疾风。

海冬和关杰及白翎还有三名队员正疾驰在龙山脚下，他们要赶在当晚七点搭乘从沈阳开来的一列火车。这列火车的软卧车厢第3号包厢里，坐着国民党东北"剿总"少将高参赵知非，他带着东北"剿总"最新制定的密码本，正是海冬一行的目标。

火车将在龙山小站停靠一分钟，他们要以不同方式一分钟内登上火车，在到达吉林之前三小时之内完成任务。出发前，山林支队乌司令和那武政委定下两个行动方案：第一方案是偷拍，敌人不会知道我军已经掌握新密码，而继续使用；第二方案是，必要时公开强行夺取，敌人就会再派人传送新的密码，那么，我们就有机会，再次秘密获取新密码。

因此，桂春河与徐义彪两个小队作为第二梯队，隐蔽在距离小龙车站十里的山林里，如果海冬第一梯队失手，他们就截车强攻，干掉赵知非，夺取密码本。

列车鸣响进站汽笛，海冬等四人已买好车票，等在站台上了

列车进站刚刚停稳，关杰和队员二林在气雾的掩护下，攀上了车头。司机和司炉很快从惊愕中明白，他们必须听从命令。

一分钟后，列车再次起动。行进中，海冬四人穿过两节硬卧车厢，停在8号硬卧车厢连接餐车一头的列车员休息室门口。白翎敲开门，列车员刚探出头，就被驳壳枪顶住脑袋，白翎挤进去，盯着他说："龙山站上来你的几个亲戚，想补两张软卧票，一张要2号，一张要3号，给你双倍价钱。"

"想补3号的票，好说，一倍就成，2号的价钱可不是双倍，得四倍喽。"

列车员拨开顶着自己脑袋的驳壳枪，眼睛里带着笑意对上了接头暗语。原来他就是铁路上的地下党老张，从沈阳出发前接受任务，配合鹰刀行动。他说的价钱额度，就是2号和3号车厢里的人数。

白翎在门上敲出两节三声连响，海冬拉门进来，与老张握手。老张说："目标共五人，赵知非有四个警卫，两个站岗。两个在2号包厢，四个警卫四支汤姆枪，戒备极严。咱们不能明打硬上，不能打草惊蛇。"

海冬说："是的，咱们计划就是在酒菜里下手，餐车有自己人吗？"

"软卧服务员王兰，是自己人，负责在酒菜里下药，这没问题。难题是只能给姓赵的一人下药，警卫不能全都睡过去，我和你们一起对付警卫。"

海冬又问："姓赵的几点去餐车吃饭？"

老张看看表："他不到餐车，晚上七点准时送餐，现在离送餐还有二十分钟。九点药性发作，咱们再动手。"

8号车厢里有旅客走过来，海冬掏出钱，大声说要补票。老张拿出票夹，查看空铺，一边对走过来的旅客说："餐车一会儿才开餐，请回到自己铺位上等候片刻，一会儿到点我会告诉你们。"说着领着海冬四人走进车厢，给他们找到几个分散在车厢里的空着的下铺，让他们休息。然后回到车厢连接处，在通往软卧车厢的门玻璃上晃动手里的钥匙。王兰正等在门口，看见老张晃动钥匙，明白他的暗示，知道自己人已按时上车，便回到软卧车厢里。

两名警卫站在3号包厢门口，汤姆枪顶上了子弹，随时准备射击。另两名警卫在隔壁2号包厢里打瞌睡，隔着门都能听见打呼噜的声音。王兰打开门看了看，回头对站岗的警卫说："老总辛苦，一会儿我就去给你们拿些酒菜。"

两个警卫并不作声，只是木然地点点头，手里始终握着枪。

王兰侧耳听了听，3号包厢里没有任何动静，她便向餐车走去。

车头上，关杰对司机和司炉说："我们是民主联军，只要按我说的做，不会伤害你们。你们不把我们上车的事说出去，也不会有啥麻烦。"

司机始终全神贯注在操作，点点头表示明白。司炉也连连点头，操起铁锹添煤，炉膛里，火正红，烧得呼呼作响……

天色已经完全暗了下来，车头上的大灯穿透黑夜，照得前方铁轨闪亮。亮起灯光的列车，像一条长龙闪耀浑身鳞片，在山林间穿行……

餐车灶间里，也是炉火通红，香味四溢，锅铲和铁锅快速碰撞，叮当山响。

王兰走进餐车，在靠门的位置坐下来，迅速扫视每个坐在座位上的人，忽然觉得有目光在盯着自己，那目光就在5号餐桌上，她马上漫不经心地越过这目光，向灶间望去，做出等待的样子。白翎走进餐车，背对餐车里的人，坐在了王兰的对面，慢慢张开手掌，露出手里的列车钥匙，钥匙上拴着一朵玉片做成的白色玉兰花，那是她熟悉的，是老张为她买的一枚饰品，这次出车前拴在了他的钥匙上。她马上知道了，对面这个姑娘是上车执行任务的自己人，她把右手放在餐桌上，食指在桌上轻轻点了三下。白翎露出微笑，对王兰眨了眨眼。王兰眉头一挑，抬了抬下颌。白翎立刻明白，餐车里有特殊的"旅客"，她把上衣微微敞开一条缝，亮了亮里面的驳壳枪，然后又拿出两盒美国骆驼烟，在手里摆弄着，两人心照不宣，都明白该怎么做。

列车在黑夜中行进着，一切似乎没有异常。

22

王兰站起身来走进灶间，不一会儿就提出了一个食盒，她故意把食盒放在5号餐桌上，再次走进灶间，端出了几盘菜，又端出两个白瓷酒壶。她在那个目光注视下，把酒菜一一放进食盒，提着食盒，拎着酒壶，向餐车门口走去。5号餐桌一个戴鸭舌帽穿皮夹克的人，也随后起身，在王兰身后不远跟着她。

白翎已经先于王兰一步到了餐车和软卧车厢连接处，她让过王兰，堵住"鸭舌帽"，向他晃了晃手里的骆驼香烟，又装作给进出餐车的旅客让路，把他拉到车门处，使他的视线离开了王兰。她继续推销香烟："先生，骆驼香烟，真正的美国货，又便宜又好，买两盒吧。"

"鸭舌帽"急于摆脱白翎纠缠："去去去，没工夫搭理你。"

白翎拉住他的衣襟，把香烟装进他的口袋里："先生，俺比别人卖得都便宜啊，你就行行好，给两个糊口钱吧。"

"鸭舌帽"连忙掏出香烟，想还给白翎，但她就是不接，还是拉着他的衣袖要钱。"鸭舌帽"反手抓住白翎的手，把香烟塞给她，白翎装作失手，香烟掉在了地上，她蹲下身挡住他的去路。就在这不过十秒钟的"纠缠"中，王兰已经把麻醉药倒进了两个酒壶。

"鸭舌帽"追上她，眼看着她进了3号包厢，又跟随她回到餐车，监视她给赵知非的警卫送来饭菜，一路并未发现异常，便打开4号包厢走了进去。

白翎走过来，王兰向她示意4号包厢，然后回到自己休息室。白翎到8号车厢列车员室向海冬报告："4号包厢多了一个，总共六个了。怎么办？干掉他？"

海冬指指她手里的骆驼烟："套路不变，不到万不得已，不能见血！咱先眯着，八点五十动手，十分钟就撤。"

老张慢吞吞卷完一根纸烟点燃，深吸一口，吐出一团烟雾："你们放手干，其他交给我，那几个兵，不过是一盘豆芽菜。"

海冬和白翎回到各自铺位上睡下来。大约八点半时，海冬起身穿过车厢，走向另一头连接处。在半睡半醒的旅客中眯眼半靠的石柱，站起来，伸了个懒腰，装作迷迷糊糊的样子，晃晃荡荡地跟过去。海冬对石柱悄悄耳语。石柱进了厕所打开窗户钻了出去，顶着猛烈的寒风，攀上车顶，向车头爬去，钻进了驾驶室。

突然钻进一个满身满脸煤屑的人来，驾驶室里的人都吓了一跳，关杰和二林的驳壳枪立马对准他。石柱拍拍身上的煤灰，急忙说："俺是柱子。快看几点了，冬哥说，九点整让火车紧急刹车，别误了事！"

关杰要过司机的怀表，还有十分钟九点，便说："师傅，到时看你的了。"

司机点点头，一手拿着怀表，一手握住了刹车手柄："放心吧，误不了点。"

列车行驶在山间峡谷，车窗外一片漆黑。软卧车厢走廊里昏暗的灯光，让长久站立的两名警卫昏昏欲睡。王兰轻轻打开软卧车厢门，白翎闪身而入，径直走到3号包厢门口，对警卫说："老总，买两盒骆驼烟吧，这可是正宗的美国货，还能提神呢。来，先抽一根，尝尝美国味道。"说着抽出两支烟，分给两名警卫。

一个警卫打着呵欠，伸手接过烟："妈的，站了一个多点了，够累的，真得提提神了。"他的困意感染了另一个警卫，两人接过这不花钱的烟，大口吸起来，几分钟后两人都睁不开眼了。根宝和老张立刻走进来扶住他们坐在门边，然后守在 4 号包厢门口。

海冬随后走进来，贴在 3 号包厢门上，清晰地听见沉重的鼾声。王兰打开门，推了推赵知非，他喝了溶入麻醉药的酒，已睡得很沉了。海冬和白翎迅速进入，从他身上搜出密码本。当他们用微型照相机把每页都拍完，距九点刚好差一分钟。

4 号包厢里，"鸭舌帽"好像察觉了动静，起身要开门，列车突然发出猛烈震动，车轮发出尖利的摩擦声，哐当一下停了下来，巨大的惯性把他摔倒在铺上。

车头上，司机一手紧拉住刹车手柄，一手举着怀表给关杰看，时间正是九点。关杰长出一口气，一把握住司机举着怀表的手，使劲摇了摇。司机在行车记录本上写下一行字给关杰看："某月某日，晚九时。行至双岭区间一百一十五公里处，轨道突现滚石，紧急制动，清除障碍，用时三分，继续行进。"

关杰看了两遍，点点头，又对石柱说："你守在这里，应付意外，告诉队长，我们在这下车，明天上午在荒山嘴子会合。"说完，带着二林跳下了车。

三分钟后，一声汽笛长鸣，列车又开动起来。

"鸭舌帽"好一会儿才清醒，慌忙起身，拉开包厢门，拎着手枪刚迈出门，列车前行的发力，又把他再次摔倒。再起来时，老张和王兰已站在门口。

老张解释说："先生，不要慌，没啥事，这一带山坡上常有石头滚下来，列车临时停车，现在已经清理完，继续行进。请回到包厢。"

"鸭舌帽"推开老张和王兰，冲出来，只见两名警卫已经醒来，正坐在地上，揉着紧急刹车时撞痛的脑袋。2 号包厢两个警卫也在梦里被撞到地上，此时醒来，晃晃悠悠走出来问发生了什么事。"鸭舌帽"并不理睬他们，冲进 3 号包厢，赵知非坐在地上，愣愣地看着他。"鸭舌帽"连忙扶起他，让他查看密码本是否安全。赵知非迷迷糊糊从内衣口袋里掏出密码本看了看，又放了回去，呼出一口浓烈的酒气，回身倒在铺上又呼呼地睡了起来……

与此同时，漆黑的夜里，一辆美式中吉普正行驶在四平至吉林公路上。跳荡的灯影，像鬼魅眼里射出的诡异凶光。

23

列车上短暂一瞬，有惊无险，密码本完好安在，丝毫无恙。

可这列火车为什么会在路上突然停车？这里面会不会有什么隐秘？

那个"鸭舌帽"，是保密局沈阳站老牌特务章行，秘密护送赵知非前往吉林。第二天他带着保密局吉林站行动队的特务们，闯进吉林火车站调度室，查看行车记录，昨晚双岭区间一百一十五公里处有落石滚到铁轨上，所幸未酿成列车颠覆事故。章行又带人驱车百里去查看，路基边上果然躺着一块大石头，这才解了狐疑。

关杰和一名队员当晚在双岭下车后，就从路边山坡上撬下一块石头，放在路基上，做成滚石滑落现场。虽然这一招瞒过狡猾多疑的章行，但这个老牌特务并没有马上返回沈阳，他在吉林还有特殊使命，甚至连吉林守敌长官也不知道，他要在这里干什么。

鹰刀突击队与这个老牌特务还会有一番斗智斗勇……

民主联军改为东北野战军后，东野司令部仍驻双城。小龙驹带着胶卷，一骑快马飞驰，赶到那里交给首长。三天后带回首长命令，经东野总部二局破译，确认赵知非身上的密码本是假的。赵知非此行四个警卫加上章行这个老牌特务护送，如此张扬的阵势，却送来一本假密码本，敌人玩了"明修栈道，暗度陈仓"的把戏，显然已经通过另一种方式传送了密码真本。鹰刀突击队新的任务，是迅速追踪并获取密码真本。

原来，那辆行驶在深夜的中吉普，已经把密码真本送达了吉林城防司令部。

1948年元旦刚过，春节将至，但吉林城里并无热闹喜庆，人们都惶惶不安，生怕不小心丢了性命。保密局吉林站行动队这些天像疯狗一样到处乱窜，街上行人随时可能被当作共党给抓去。章行虽然不知道假密码已经被我军得知，但他知道更换新密码的消息根本无法保密，共军一定会对新密码采取行动，他的任务仍然是要保护密码真本的安全。所以，他撒出行动队的人马，在城里大肆搜捕可能已经进城的共军特工人员。

但章行想不到，进城的共军特工，却是一些不惹人注目的半大孩子，这让他一开始就错误地确定搜捕目标。直到发现了白翎，他才猛然反应过来，把火车上卖烟的小姑娘和赵知非被人下药迷醉联系起来。当他想起去抓捕软卧上那个女列车员时，王兰早已不知去向了，这证明共军已经向赵知非下手了。

章行是在城防司令部附近又遇见白翎的。那天下午，白翎在城防司令部门外街头拐角处放了个擦鞋箱子，正为进出司令部的军官擦皮鞋。章行也过来擦鞋，小女孩的脸似曾相识，可一时想不起来在哪儿见过，回到自己的办公室还在绞尽脑汁。忽而，老牌特务的警觉让他猛然大悟，擦皮鞋一般都是较小的孩子，可这女孩至少有十六七岁了，这不合常理。等他返身再出门，擦鞋女孩却不见了。

晚上，章行审了几个临时抓来的小乞丐和靠擦皮鞋为生的孩子，可谁都不认识那个女孩。他明白自己在车上就已被蒙骗了，这孩子是有特殊任务的，现在又在城防司令部门外出现，这意味着对手已经开始对密码真本有所行动了。

白翎发觉章行注意自己，迅速撤回城隍庙胡同临时驻地。海冬也立马明白，敌人已经注意到鹰刀年轻的队员们了，半大孩子的伪装已不能再隐匿他们的身份，行动将面临更大难度和更多危险。他立刻让小龙驹把正在城防司令部附近侦察打探的山妮、根宝、石柱都叫了回来，趁天黑敌人戒严前，派根宝和石柱把白翎和山妮送到荒山嘴子，与桂春河、徐义彪两个小队会合待命。

海冬对关杰说："按规定，必须马上向地下党报告情况，才能确定怎样继续完成任务。咱俩年龄大点，个头高些，不易被敌人察觉，今晚就行动。"

关杰和海冬已经想到了一起，听海冬这样说，马上回答："几个月来多次出击，特务一定已经对鹰刀突击队的情况有所了解，现在也只有咱俩能够露面。"

"咱人手少，任务急，时间短，麻烦多，必须有地下党同志支持配合。"

"按规定，不到联络时间，怎么办？敌人一定在加紧盘查，我们不便出行，还得想个办法啊？"关杰考虑到眼下情况，提出疑问。

海冬又说："所以就得主动找上门去，还得避开敌人巡逻队，咱们声东击西，调虎离山，让彪子先在城东弄出动静，把巡逻队和特务引过去，咱再行动。"

关杰马上找出地图查看："对，还在密哈站那里吧，那里地形复杂，敌人不摸底，便于咱们行动。"

"咱俩想到一起了。对，就在密哈站袭击守卫车站的敌人。"海冬叫来小龙驹，叫他马上到荒山嘴子，通知徐义彪小队按计划行动。

傍晚，海冬和关杰穿上行动前就准备好的国民党军服，胳膊上套着执法队白色袖标，戴上钢盔，挎上汤姆枪，蹬上翻毛皮鞋，绑腿里藏着鹰刀，走出老城隍庙胡同，沿着西大街路柳树一排暗影，悄悄走向新开门，等待徐义彪开始行动。

天刚黑下来，城东传来密集的枪声。巡逻队、侦缉队、保密局吉林站行动队，乘坐几辆汽车向城东扑去。海冬和关杰一路无阻，很快到了白旗堆子邱记裁缝店。按首长指示，鹰刀突击队进城后，紧急关头可到这个秘密联络站与地下党联系。

昏暗的街上，低矮的路灯，散出点点光晕，像罩在雾里的小蜡头，又像乞丐无精打采的眼睛。海冬和关杰走到白旗堆子胡同一头，又转回来走到另一头，胡同里一个人都没有，连野猫都没有，静静的，黑黑的，恰是最好的掩护。

海冬推开虚掩着的门，关杰紧跟着他，一起进了邱记裁缝店。

24

海冬与老裁缝邱师傅对上接头暗语，说明来意。邱师傅说："已经接到上级指示，正等你来呢。我们已经定了一个方案，目标是城防司令部电讯处长李子林，密码本就在他身上时刻不离。我们探听到，礼拜天晚上，李子林的小姨子在鸿宾楼办结婚酒席，李子林一定会参加，我们就在那里动手。"

海冬问："酒席人一定很多，怎样动手？"

邱师傅拿出一张图展开："这是鸿宾楼内部布局和楼外地形，李子林在二楼大堂第一桌，大堂西侧有两间休息室。参加婚礼的商会董事林老板是咱们的人，他会协助你们。酒宴有唱戏，武戏开打乱场时就动手。记住，休息室阳台有楼梯通一楼杂物间，杂物间西窗下是一条通江边的胡同，你们得手后从那里撤离，胡同里有咱们的人做掩护。"

海冬和关杰看过之后，邱师傅划根火柴烧了这张图，又说："今天是礼拜五，有两天时间准备。林老板礼拜天当晚会穿一件棕色棉袍，外罩狐狸皮坎肩，他左手拇指戴一枚祖母绿的翡翠扳指。扳指的边缘有一个红点，像一只鱼眼。"邱师傅又拿出一枚绿色的扳指，"这个是用绿玻璃仿造的，也有一个红点，你们把它和林老板的对在一起，就是一对鱼眼。这是接头暗号。"

海冬把玻璃扳指藏在内衣口袋里，又问："城防司令部电讯处位置在哪里？"

邱师傅说："早想到你们会对电讯处搞点动作，我们计划也是这样。电讯处在司令部二楼西侧，有一个窗子对着胡同，敌人戒备很严，进去很危险啊！"

海冬说："只要知道电讯处的位置就行了，我们已有计划。"

两人出了裁缝店，藏在街灯阴影里，一路快步，返回老城隍庙胡同。

城东的枪声停息了，徐义彪小队完成骚扰牵制任务，已经安全撤出。石柱和根宝也回到了老城隍庙胡同。

第二天是礼拜六，鸿宾楼生意红火，食客满堂，酒香四溢。

时近中午，海冬和关杰带着石柱，来到鸿宾楼侦察。海冬贴上了一绺胡子，戴着呢子礼帽，一身商人打扮。关杰和石柱像随从，跟在他左右。海冬大模大样坐在一楼一张桌子上，拿起菜谱翻看，拉着长声对伙计说："你家老店名菜不少，来几样熘炒，两壶老烧，去吧，快点上菜。"

趁伙计去叫菜，关杰和石柱起身，分头把鸿宾楼上下查看了一番。回到桌上对海冬暗暗点头，海冬操起筷子，叫道："伙计们，吃着！"

饭后，三人回到老城隍庙胡同，他们已经清楚地记住了鸿宾楼的进出通道。临走时，石柱还到鸿宾楼杂物间的西侧窗外转了一圈，看到窗下堆放着三尺高的柴火，正好可做跳窗出来的阶梯。海冬知道，这是地下党的同志们为他们设置好的安全退路，看来，行动准备很充分，只等他们出手捕捉猎物了。海冬和关杰又把行动步骤仔细进行推敲，设想可能出现的意外，确定了应对方法。

掌灯时分，石柱悄悄出门穿胡同走小巷绕过岗哨，赶到荒山嘴子，向桂春河、徐义彪传达海冬命令，礼拜天傍晚分别到达指定位置，配合海冬和关杰完成任务。

礼拜天晚上，鸿宾楼二楼张灯结彩，喜气盈盈，宾客众多，熙熙攘攘，婚宴如期开席。居中的酒桌上，坐着一对新人和穿军装的李子林，几位商界老者也在座中，他们都是新郎的生意合伙人。身穿棕色棉袍，外罩狐狸皮坎肩，左手拇指戴一枚祖母绿翡翠扳指的林老板，正在李子林身旁。打扮成商人模样的海冬凑过去，拱手贺喜，他的右手拇指也戴着一枚祖母绿的扳指。当林老板站起来与海冬对揖时，两手碰在一起，两枚绿扳指上的红点，对成一双鱼眼。林老板眼里带着笑意，海冬谦恭地说："请林老板指教。"

林老板笑着："酒过三巡，有好戏哟。先生备好赏钱了？"

"赏钱早就备足，就等开场啦！"海冬会意地一笑。

林老板向休息室瞥了一眼："不喜欢听戏，雅座有麻将牌、热茶水、手巾板伺候，伙计们早就候着了。"

"林老板有雅兴，小的陪您来一局，您一定会赢。"海冬拱手打着哈哈。

这时，城防司令部墙外响起枪声。桂春河带着四个队员在墙外胡同里搭人梯，撬开二楼电讯处窗户，故意弄出玻璃破碎的响动，引得警卫蜂拥而来。桂春河伏在窗口，开枪打倒了两个警卫，跳下来躲进路边暗处，等待敌人冲出来。城防司令部警卫部队在慌乱中，好一会儿才集合起来，乱哄哄冲出门，一边打枪，一边向胡同里摸进来。桂春河指挥队员们边打边撤，把敌人引向南河沿漆黑的小树林。

离司令部不远一座小楼，是保密局吉林站。章行知道李子林今晚要去鸿宾楼参加婚礼，这时刚要赶过去，防止李子林出现意外。电话响了，司令部报告，有人正在袭击，意图夺取密码本。新密码副本藏在电讯处保险柜里，共军一定是趁李子林不在，强行夺取密码本。他慌忙带着行动队赶过来，因此耽误了几分钟。

就在这几分钟之内，鸿宾楼的好戏开始了。

司仪啰啰唆唆唠叨了一大套繁文缛节的贺喜八股文，有不耐烦的客人早已经喝了起来，吆五喝六的咋呼声，此起彼伏，好不热闹。座中的一些军官们也开始同新人闹酒了，新娘子躲闪着周围无数亮晶晶的酒杯，却被人硬灌下了几杯酒。

戏台上响起锣鼓，急急风的鼓点一阵紧似一阵。酒桌上也更加闹哄起来，林老板趁乱把下了药的酒杯，调换给李子林，他和李子林喝了这杯，又抓起酒瓶给李子林和自己倒满，又喝了一杯。这时，有两人为谁先谁后给李子林敬酒吵起来，竟然动手操起菜碟相互乱泼。菜汤油水洒了李子林一身，他迷迷糊糊间骂起来，又晃晃悠悠站不住。林老板回身喊来一个伙计："快点，请李处长去休息室更衣，要把军服送去洗烫干净啊！"

闹闹哄哄的场子里，没人发现李子林被伙计和海冬送进休息室，关杰紧跟进去关上了门，一个伙计守在了门外。关杰和伙计七手八脚把军装从昏睡的李子林身上扒了下来，把他放在长沙发上。海冬搜出密码本迅速拍照后，又放回军装口袋里，伙计用热毛巾擦洗军装，抹掉了菜叶和菜汤，又原原本本穿到李子林身上。

不到五分钟，海冬和关杰已经跑下一楼，从杂物间西窗跳了出去。

章行赶到鸿宾楼时，休息室内只剩下独自昏睡的李子林了。

25

章行揪起李子林，从他口袋里掏出密码本，虽然密码本还在，但李子林意外昏睡，让章行十分狐疑，说不定共军特工早就混进鸿宾楼，也许已经把密码本调包或拍照了。他使劲摇醒李子林："李处长，李处长，你快看看这本密码是你的原本吗？是不是有什么变化？不会让人调包了吧？"

李子林睡眼惺忪，把密码本翻来覆去看了一遍，不明白发生了什么："没啥不一样啊？这就是我的原本啊？我拿脑袋担保，它根本没有离开过我，更不可能到过共军特工手里。"

李子林看到自己军装上的污渍，恍惚想起自己身上是被泼了菜汤，又身不由己地被人拽进休息室，后来就睡过去，啥也不知道了。但他明白，如果承认密码本离开过自己，哪怕一分钟，就有可能被拍照或调包，那他的脑袋就不保了。所以，他绝不敢说出真相，极力地矢口否认。

"妈的，党国大计就坏在你们这帮酒囊饭袋手里！密码要是泄了密，你就是三头六臂，也挡不住死啦！"

"章兄，章兄，章兄啊，李某不敢隐瞒，不敢隐瞒啊！密码本确实没有离开我，老兄手下留情。"李子林急得直给章行作揖。

李子林的猥琐，让章行十分厌恶，甩开他，命令手下："立刻送李处长回司令部。通知守城部队马上封锁所有出城道路，有人出城，立刻扣押！"

鸿宾楼外胡同口，江边大树阴影下，海冬和关杰与彪子会合。配合他们行动的两位地下党，已经沿江向西，在城西吸引敌人，以掩护他们从城东撤离。

南河沿的枪声还在继续。桂春河人带领四个队员，边打边撤，撤向城北的九龙口。尽管那里已增派岗哨，但抵不住几支汤姆枪突发火力，一阵激烈枪声过后，他们突破门防继续阻击，不断地吸引更多的敌人。一个小时后，当大批敌军推进到九龙口外时，桂春河小队已经撤向江边，甩掉追兵，绕道返回了荒山嘴子。

西边临江门的枪声，果然引得两股敌兵从西大街和顺城街，向城西围堵过去。可是，枪声持续不断，却摸不着对手在哪里，他们只能朝黑暗里胡乱放枪。僵持许久，又不见了动静，原来地下党两位同志，已经钻进了西南窑那片树林里……

城西城北两个方向打得很热闹，可是一个人都没抓到。章行坐镇城防司令部，不断接到追击无果的报告，才明白这又是声东击西调虎离山，城西城北的热闹，是为了掩护他们从城东出城。城西城北一无所获，而已加强戒备的城东却无声息，这说明他们还没从城东逃出。他立刻率领快速机动队，赶到城东哨卡，亲自上阵，指挥围堵。

海冬和队员们沿江边一直向东，到了东团山对面大铁桥下灌木丛中，停下稍事休整。一刻钟后，先行一步侦察的石柱和根宝返回报告敌情。敌人大批增援已先于他们一步，到达城东哨卡，架上重机枪和迫击炮，把位于荒山嘴子的小小哨卡堵得水泄不通，看来强攻不能奏效，反而会有更大伤亡。海冬选择在桥下休息，是事先考虑到敌人可能严密封堵东出口，那么，唯一出城通道，就是这座铁桥了。虽然这是铁路桥，但桥上铁轨两侧有人行道可以通过，又有桥上钢铁拱架做掩护，眼下徐义彪小队加上海冬、关杰、白翎等人共十几支汤姆枪驳壳枪，凭火力突破两边桥头堡闯过去，是有把握的。

但他并没马上下令上桥突击，盯着缓缓流动的江水，一时不语。

关杰问："突破铁桥是能出城，可敌人还会继续追来，我们无法脱身，到手的密码也不安全。你是想分散隐蔽，先不出城，老特务就会以为我们已经从城西和城北撤离。迷惑了敌人，天亮后再分两路出城？"

"你说对一半，不是两路出城，是两路出击一路出城。我和彪子留在城里，继续袭扰迷惑牵制敌人，你和石柱、根宝护送翎子，明天还从东哨卡出城。兵法上叫啥来着？"

"明修栈道，暗度陈仓，也叫瞒天过海，假道伐虢。你把老特务的注意吸引在这里，我们从东哨卡大模大样走出去。"

"对，就是这话。要是春河在这，也会同意的。"

海冬让白翎把辫子改成发髻，小姑娘变成了小媳妇，胶卷藏在发髻里不露痕迹。然后，由关杰带领白翎等人，悄悄转移到东哨卡附近一处居民区隐蔽起来。

黎明，彪子带四个队员留在桥下。海冬带五个队员返回东关粮库，藏在江边。大约到了六点，海冬和队员们迅速靠近粮库大墙，几颗手雷向墙里飞去。爆炸引得墙内起火，并传出噼里啪啦燃烧的声音，墙内堆放的粮食烧了起来。这是敌人借以生存的口粮，他们一定会来救援，这正是海冬调虎离山的意图。

团山子铁桥随之响起枪声。徐义彪小组向西侧桥头堡发起进攻，守桥之敌毫无准备仓促应战，刚冲出碉堡，就被撂倒好几个。东面桥头堡冲出一队援兵，也被密集的火力阻拦在铁桥中段。一个军官躲在碉堡摇响电话，向城防司令部告急。

东关粮库和团山子铁桥连续告急，城防司令部却派不出增援兵力，部队大多都在城外，远水难救近火，只好调动距离较近的快速机动队。快速机动队在荒山嘴子东哨卡，苦等一夜，冻了一夜，已疲惫不堪。章行也同样困倦，同样不解，难道自己又出错了牌？守株待兔，并无斩获，共军特工却在东团山出现，他们的确没有出城，必须马上抓捕。他驱赶士兵，开动汽车，向团山子铁桥赶来，打算先堵住他们退路，然后再增援粮库。

江边没有道路，机动队汽车不能靠近铁桥，只能离得很远就下车步行，当士兵们爬上铁轨的路基时，枪声早已停息，也不见一个人影。其实，徐义彪小队并未走远，就在距离铁桥不到一千米的涵洞里隐蔽，等待即将开过的火车。章行找不到对手，只好分出一队士兵加强铁桥防守，又带队赶往东关粮库。

海冬的谋划很缜密很准确，粮库打响不多时，一列货车从吉林站开来，经过粮库，又开过了团山子铁桥。章行再精明也想不到，短促袭击的鹰刀突击队，已经攀上列车向城外远去了，关杰和白翎等人，也顺利通过了形同虚设的城东哨卡。他更想不到后来，会与这几个年轻的对手再次交锋……

不久，腊月飞雪的一天，鹰刀突击队迎着漫天风雪，又驰向林海雪原深处……

第六章　直捣匪巢

26

哈二虎从黑瞎子沟逃回老黑山时，手下匪徒不是被打死，就是被抓了俘虏，他几乎成了光杆司令，手上没了兵，说话都不硬气，在老黑山巢穴里犹如丧家之犬。虽然快过年了，他心里却没有一点喜气，垂头丧气坐在长条木桌一角，喝着闷酒。于曾礼冷冷地看着他，一脸鄙夷。

烧着几个大火盆的山洞里，似乎也飘荡着一阵阵晦气。自从马胡等人覆没黑瞎子沟，老黑山像被一桶水浇灭火盆，大祸临头的感觉像团团雾气笼罩着山洞，匪徒们临危自保的心思，都藏在阴暗里，随时准备着逃命。即使有酒，可那点窝头咸菜，实在不像过年的样子，窘迫的日子，谁都打不起精神。

于曾礼不断给残余匪徒打气，许诺腊月初一就下山，抢粮抢猪抢女人。

一个小头目嚷道："特派员，你说兔子不吃窝边草，不让打榆树屯，可窝边草早让共军给吃啦，咱绺子弟兄连根鸡毛也没捞着，这年过的，像他娘的吊丧！"

又一个匪徒喊叫："还他娘的让俺们给你卖命啊，打榆树屯？你脑瓜子让毛驴踢啦？榆树屯防守严密，咱这吃糠咽菜的肚子，能干过人家那又有酒又有肉的共军和穷棒子们？"

于曾礼解释着："共军也要过年，他们会放松警惕的，谁能想到咱在腊月初一就打上门去？别小看咱就剩下这百十号弟兄，都是钻山林蹚雪窠子的好手，人人枪法不赖，趁他们不防备，咱出其不意，定能取胜！"

他叫人拿来地图摊在桌上："老黑山到榆树屯不过七十里地，穿上滑雪板，两个时辰就到。用机枪开路，见一个打一个，见两个打一双，人挡杀人，鬼挡杀鬼，一顿饭工夫就完事！共军肯定在屯子前后安排岗哨，据我的经验，共军布置岗哨，一般都是双岗，一明一暗，间隔不出百步。咱们就在屯子正面突袭，饿虎扑食，干掉明哨，引出暗哨。不等他报警，咱兵分三组，一组冲进村烧杀，二组进户抢夺，三组在屯外掩护。能抢的全抢光，能杀的全杀光！谁抢了娘们就归谁，谁抢了银子就归谁，杀一个赏一块大洋，杀一双赏两块大洋，多杀多赏！"

一顿蛊惑，煽起了一阵妖风，点着了一股邪火，烧起了匪徒们的野性，刚才还无精打采萎靡不振的众匪徒如同死鬼还阳，纷纷操家伙，比比画画，跃跃欲试。

洞外传来喊声，一个匪徒跑进来，气喘吁吁地报告："特派员，俺回来啦。"

于曾礼招呼道："好小子，回来得正好！快跟弟兄们说说山下情况。"

探子喝了一口酒，抹抹嘴巴说："特派员，按您老吩咐，俺装成找亲戚的，这几天，在榆树屯转了小半天，穷棒子们都忙乎过年呐。杀猪宰羊，挂灯笼，扭秧歌，舞高跷，串门子。没看见共军队伍，工作队被村民拉回家吃喝去了，民兵也回家上炕搂娘们去啦。腊月初二，工作队和民兵都到区上去开庆祝会，屯里光剩下穷棒子啦，这工夫要是打进屯子里，保管叫他提不上裤子，咱可是鸡窝里掏小崽，老太太擤鼻涕，手拿把掐！"

匪徒们听了，更来神了，纷纷嚷嚷着要马上下山。

元旦过后，海冬和工作队在黑瞎子沟和榆树屯开展土改和民兵整训，分田地，分粮食，搞得热火朝天。农民们分了土地和粮食，欢天喜地准备过春节。

海冬和几名队员分头在两个村屯走访土匪家属，详细了解混在老黑山绺子里的六七个土匪的情况。他们原本都是村里的农民，有的游手好闲，有的还算本分，因为家里穷揭不开锅，也因为尚在青壮年，被马胡和哈二虎绺子裹挟上山为匪。海冬和关杰都认为，争取这一部分人，对瓦解土匪绺子很重要，这些人动摇了，匪绺就会乱，人心就散了。同时，通过审讯俘虏，进一步摸清了老黑山的情况，知道山上只有百十个匪徒，几乎断顿了，年关时节必然会下山来掠抢。而行动之前，必然会派探子来侦察蹚路。

海冬命令鹰刀突击队，分散隐藏起来，做出不在村里的假象。又让民兵们准备锣鼓旗帜，四处放风，说腊月初二要去区里开庆祝会，设下圈套，迷惑土匪探子。海冬又暗中派出小龙驹秘密跟踪探子，发现探子兜了几圈后，从一个山崖豁口钻进了老林子。小龙驹跟进八九里地，在沿途几棵大树上做了记号，便返回向海冬报告。

海冬和关杰等根据报告，一起分析，统一了意见，确定这伙土匪接到探子报告，知道鹰刀突击队腊月初二不在黑瞎子沟，也不在榆树屯，经过两天准备，再经过半天赶路，偷袭的时间应在腊月初二的午后或傍晚。

海冬放飞巴图鲁，把消息传给松树岭镇，约定初二上午，工作队和各村民兵在分水岭会合，加上鹰刀突击队，会集一百三十多人，歼灭这伙匪绺是以多胜少，胜券在握。但海冬仍然派出林生小队，带着机枪和弹药，腊月初一晚上就在分水岭设防，万一土匪提前行动，就在这里阻击，为围歼赢得时间。

黑瞎子沟和榆树屯的百姓听说要打老黑山，群情高涨，纷纷摩拳擦掌要给小分队助威。海冬把黑瞎子沟和榆树屯会用枪的猎户和身体较壮的村民，编成四个小组，准备在两个村屯前后设下埋伏，既是护卫村屯百姓，也是在关键时刻抓捕漏网流窜的土匪。

桂春河小队吃饱穿暖又备足干粮，腊月初二一早赶到分水岭，接替林生小队。

上午十点，海冬率领鹰刀突击队两个小队，与李永茂和老槐的大队人马赶到分水岭聚齐，由小龙驹引路，通过分水岭，从那个山崖豁口进入了老林子。

27

这豁口叫三岔口，南边通分水岭，北边通老黑山，东边连着长白山余脉⋯⋯

老槐带着三十多民兵守住东边，堵住土匪向长白山深处逃窜的路；工作队二组组长陈梁带三十多民兵把守南边，看死匪徒从分水岭出山的道；白翎、山妮分头负责几个地点的联络。到正午时，李永茂率三十多民兵和海冬、关杰、郑义彪、桂春河三个小队六十多人直插老黑山。

但是，小龙驹跟着土匪探子做下的标记，只有八九里地，再往前，就没有方向了。队伍停下来，李永茂和海冬立即指挥大家分散藏进林子里，以免暴露目标。

尽管有高大树木遮掩，但林子里冬日的阳光还很足。海冬借着穿过树枝透进来的光线，铺开地图，摆上父亲送他的从小鬼子那儿缴获来的指北针。指针转了几圈，红色箭头定住，海冬确定队伍正面是北方，就是老黑山方向。他立刻吩咐小龙驹带两个队员向北边侦察前进。海冬在地图上继续搜寻，找到老黑山位置，用手一量，测出了距离，这片林子是老黑山和三岔口中间地带，距老黑山有三四十里。

李永茂看看怀表，已经两点了，如果敌人中午从老黑山出发，很快就会赶到这里。他立刻和海冬商量，马上调整战术，改变原来把土匪堵在老窝里的打法，在山下潜伏，以逸待劳。趁敌运动时发起突袭，即使不能全歼，也能打掉一部分，给进攻匪巢减轻压力。海冬立刻命令各小队，就近分散，占据林中高处隐蔽。

果然，不出一刻钟，东边林子就传来咯吱咯吱的踩雪声，还夹杂着嬉笑叫骂声。

海冬从匪徒对话中听出，这伙人领头的是哈二虎。他突然警觉，哈二虎领头这一路，是个障眼法，是个圈套！他迅速向李永茂和关杰说出自己的疑虑。关杰反应机敏，立马明白："土匪很可能兵分两路，这一路是佯动，是为了吸引和牵制我们主力，另一路才是真正要袭击黑瞎子沟或榆树屯。"

李永茂说："军区敌情通报上说，纠集老黑山残匪的特派员于曾礼是个老山林通，跟民主联军对抗，是个老手，懂得些军事常识，又有作战经验。这一手是声东击西啊，亏得咱早有防备，但也得快通知老槐，早作应对。"

这个分析没错，海冬在地图中发现，离三岔口约二十里处有一道山谷，这条山谷可以绕过三岔口直通分水岭，这印证了他的怀疑。老谋深算的于曾礼知道突袭黑瞎子沟，一定会遭到复仇，老黑山可能会在近日被攻击，他抛出哈二虎这一股匪徒做诱饵，是为了牵制我方进攻，而另一部分残匪，很可能会利用这条山谷去偷袭榆树屯。

海冬用望远镜观察一阵，面前这一伙敌人二三十个，看装束，不是野马团残兵，而是土匪，也有裹挟来的村民，打家劫舍对付百姓凑合，真打仗根本不行，更别说是正规作战。海冬和李永茂很快取得一致意见，他声东击西，咱将计就计，来个蘑菇战术，缠住眼前这股匪徒先不打，稳住他，迷惑"特派员"，拖延他的攻击，为老槐和民兵争取更多时间，更充分地做好迎敌准备。

鹰刀队员和民兵继续埋伏雪坡上，对匪徒形成两面夹围。山妮按照海冬命令，悄悄出了林子上马飞奔而去。她去放倒"消息树"，通知两个村屯加强守卫。再带老槐和民兵返回分水岭，堵住另一路敌人去路，等消灭哈二虎，再回师包抄另一伙匪徒。

歇息一阵的匪徒在哈二虎吆喝下，懒散地拖拉着脚步，向埋伏圈里走来。

面前高坡上突然跳出一个人，身上穿着羊板大衣，头上戴着狗皮帽子，手上拎着一只腰牌，一看就是土匪绺子的标志。

海冬反穿羊皮大衣，特意把羊毛露在外面，看上去就有一股匪气。他喝问："蘑菇溜哪路，什么价（什么人？到哪去）？"他要和匪徒纠缠一会儿，以土匪身份解除敌人的戒备，等他们放松警惕再开火。

"你这外码子是哪个绺子的，报报蔓儿（你是哪个帮伙的，报出姓名）。"哈二虎听到土匪黑话切口，便走上前来，却不回答对方盘问，反查问海冬。

"兄弟并肩子，山外打花达了，进山对脉子（我是自己人，让人打散了，来找同伙）。"海冬晃着手里的腰牌，这个腰牌就是李大牙和哈二虎匪绺的标志，几个月前李大牙被鹰刀突击队打垮时缴获来的。

距离海冬三十米外，哈二虎看不清他手里的腰牌，便继续盘问："兄弟咋跑单帮？胆子不小啊，一人敢上老黑山靠窑，哪个给你指的道？没给三老四少捎点好嚼果？我看你不是溜子，是空子吧？"多年为匪的哈二虎，轻易不肯相信别人，一边走，一边悄悄拉开了机头，驳壳枪顶上了子弹，稍有不对，立马开打。

经过审讯土匪俘虏，工作队抓捕了榆树屯一个老黑山线人，这人枪法极准，夜里能打灭香火头，所以绰号"一点红"。海冬就拿他作引见，双手敞开皮大衣，让哈二虎看清自己腰里没武器，然后，两手交叉竖起拇指说："山外青山一点红，前响是俺线头子（有人上午指路），当家的压着腕，别伤了熟脉子，兄弟自有进项（当家的放下枪，别伤了自己人，我有见面礼）。"

听他报出"一点红"，又听有见面礼，哈二虎放了心，大咧咧走过来，大声嚷道："小溜子通天直毛暖墙子啊（你小子长皮袄挺好），借老哥挡挡风咋样？"说着一步抢上来，一手揪住海冬皮大衣前襟往下扯，一手向海冬腰后摸去，他是担心海冬腰后藏着枪。见海冬腰后啥也没有，松口气直起腰。枪是在脖颈下藏着，海冬抽出两支驳壳枪，一左一右顶在他双侧肋下，低声喝道："别动，别出声，照我说的做，你要弄花活（玩心眼），我一枪打漏你血核桃（打穿你脑袋）！让你的人不许开枪，都过来，坡下码齐了（坡下集合）。"

哈二虎不敢反抗，只好向身后喊话："弟兄们，过来吧，都是里码人（同行），压着腕，别走火，到坡下码齐喽。"

28

匪徒刚才听到海冬发问，惊慌片刻，见哈二虎对上了切口，又喊话，以为真是遇到前来靠窑的土匪，放松戒备，懒懒地挪动脚步，来到雪坡下面的洼地里。

如果这时开火，不出五分钟，这三十来个匪徒都能被撂倒，但海冬并未发出指令。枪一响，另一伙匪徒就会快速动作，老槐他们这时恐怕还没赶到分水岭，堵不住敌人就无法完成包围。于是，海冬继续与匪徒周旋。

"老黑山的弟兄们辛苦啦，先歇歇脚，喝一口暖和暖和。"海冬说着把左手的枪插在腰里，摘下肩上的酒葫芦扔过去，匪徒们你争我抢地拥上来，乱作一团。

哈二虎突然闪到海冬身后，手枪顶在海冬后心："真是傻大胆，一人就敢动家伙！哈二爷是随便摆布的？你小子是溜子还是空子，别是共军探子吧？"

海冬纹丝不动，高声叫着："树上鸟不飞，喷子不搂火。当家的啃个草卷，咱好盘盘道（我不动，你别开枪，抽根烟，唠扯唠扯）。"明里说给哈二虎听，暗里让自己人别动手。埋伏在雪坡上的队员们都不出声，却随时准备扑上来。此时，关杰伏在雪坡上，狙击枪正瞄着哈二虎，只要他一有动作，一枪就结果了他。

"原来是哈二爷啊，李大牙绺子二当家，江湖人称山神（虎）二爷，咱是个碰啊（有交情）。"海冬说着又亮出李大牙的腰牌。

腰牌上刻着一个露出大牙的虎头，下端缀着一颗狼牙。哈二虎太熟悉了，他腰里也拴着一只，但没有狼牙，狼牙腰牌只有大当家李大牙才有资格佩戴。李大牙几个月前已经让一伙厉害的小鬼头干死了，他的腰牌怎么会在这里？哈二虎头惊得发根子都立起来了，眼前这小子莫非是那天驾着鹰杀了大当家的那个头领？他颤抖地问："敢问好汉，可是冯小爷？"

"正是在下。咱可是一回生二回熟啦，二爷这是遇见底柱子（亲近的人）了，跟俺亮亮底吧，您老这一回是要上哪别梁子（劫道）啊？还是去啥地方放亮子（放火）啊？小爷能帮您压水（设卡）踏线（侦察），要砸个亮窑（抢个有钱的人家），也给俺拉拉片子（分赃）呗。"海冬掂着腰牌，嬉笑着打哈哈。他故意把李大牙腰牌亮给哈二虎，就是让他知道，自己就是那天杀了他大当家的人，一下镇住他，同时继续拖延时间，等待山妮在老槐的队伍到达堵截位置后发出信号。

哈二虎知道再次碰上这个要命的小爷，虽然不知他是真假溜子，自己也难逃一劫。但这个老皮子（老江湖混子）还是要做垂死挣扎的，他就地一打滚，抬手要对海冬开枪。

一声枪响，关杰狙击枪射出的子弹，穿透了他的后心。

与此同时，天空传来一声急促而又尖利的呼哨。山妮完成任务赶回老黑山，在十里之外便放出烟花响箭通知海冬。海冬知道老槐已经到位，可以动手了。

坡下的匪徒们听到枪声，知道有变，纷纷操枪欲作抵抗。海冬一枪打倒冲在前面的匪徒，接着，关杰打倒了第二个。就在匪徒们转向要逃跑时，海冬发出进攻命令，雪坡上突然杀出一队人马，把坡下的匪徒团团围住，只三粒子弹，就生擒了二十几个土匪。

队员们收缴枪支清点俘虏，匪徒们挨排蹲在地上，个个耷拉脑袋低着头。海冬在队前点名："刘柱子，孙大喜，二憨，叫到名的站起来，到我这儿来。"

这三人是榆树屯被裹挟上山的村民，海冬走访村民时知道他们名字，也知道他们家里情况。他再次挨个点着名字，告诉这三人：

"刘柱子，工作队给你家分了五斗高粱五斗苞米，二百来斤粮食能顶到开春种地，村里乡亲们都分了粮食，不用怕挨饿了。

"孙大喜，我们的大夫给你妈看了病，又给了药，这回该放心了，没大事。

"二憨，别看你是光棍跑腿子，工作队也给你分了二亩二分地，回家好好种地，养活自己没问题。"

农民把土地当成根，没土地就没好日子，就没有活命本钱。听说家里不再挨饿又有了土地，都瞪大眼睛不敢相信。海冬没工夫细讲土改政策，只告诉他们，只要不再当土匪，不祸害乡亲们，老老实实种地，就能和大伙一样过上好日子。

海冬又通过询问，得知老黑山上土匪人数和巢穴防守布局。算上哈二虎带下山的，老黑山匪绺已经不足百人。上山的路是抗联用过的一条密道，入口就在山底下一个灌木丛生的沟壑里，入口处埋着十几颗地雷。密道出口在山寨大门边两道山崖夹缝里，正对着山寨门口地堡，地堡里一挺机枪守着，把密道出口封得死死的，外人休想上去。山上黑风洞里大洞套着两个小洞，于曾礼占一个，另一个存放粮食弹药，平常没人能进去。

这和事先掌握的情况相符，攻打老黑山，海冬和李永茂等都已心里有数。

29

远处的枪声，让于曾礼暗暗自喜。这证明他算计到共军要在这几天攻打老黑山，他派出哈二虎佯动，牵制进攻的共军，又让马胡手下王连长带三十人去偷袭榆树屯，自己却留在山上。他非常得意自己这一手兵分两路、瞒天过海、金蝉脱壳、隔岸观火、以逸待劳的计策，让共军两处应付又摸不清虚实，自己脱离交战静观其变，带着三十多人凭借险要固守一两个月还是可能的。

老黑山离这道雪坡不过三十多里，几声枪响之后，没有于曾礼期待的密集交火，这又让他疑惑，难道哈二虎这么不经打？莫非不是共军来攻山，或许哈二虎遇到进山的猎户，把他干掉了？要是共军没来，那就让哈二虎与王连长合兵一处，加强偷袭的兵力，一举攻占榆树屯，抢光粮食，杀光穷棒子，再推大沟（全村烧光），灭掉这个屯子。他派出一个土匪给哈二虎传送指令，自己躺在小洞里做着独霸山头吃香喝辣的美梦。

但于曾礼做梦也想不到，哈二虎命归西天，王连长一伙也是苟延残喘。

分水岭下张开了口袋，王连长一头钻了进去，迎面遭到一顿痛击，再想回身逃窜，已经没有退路了。鹰刀突击队火速回援三岔口，兜住了他的屁股。老槐的民兵队赶到分水岭时，工作队组长陈梁和民兵已经把王连长这一伙拦截在山坡下，阻断了通向榆树屯的路。陈梁大喊投弹，一排手榴弹飞向土匪，一阵爆炸，倒下七八个。下山前特派员没说会在这里遇见共军，匪徒们也根本没有应对突发情况的能力，突如其来的打击，顿时让他们乱了套。王连长舞爹着胳膊拦不住溃兵，又怕自己再挨打，也跟着掉头逃跑。鹰刀突击队又一阵猛烈的扫射，要不是海冬命令留下活口，这些没头苍蝇都会被打成烂泥。

匪徒连死带伤躺倒一片，活的抱脑袋趴在地上，一动不敢动。战士们和民兵冲上去，迅速收缴枪支弹药清点人数。李永茂和海冬立刻审讯，并让刘柱子、孙大喜、二憨在俘房中查找于曾礼，可除了揪出王连长，却没找到这个狡猾的家伙。

海冬马上核对两批俘房和死亡及受伤匪徒，对李永茂说："李队长，我们计算老黑山这伙残匪大约百人，死伤和被俘的匪徒一共六十二个，没有于曾礼。从他们向黑瞎子沟和榆树屯两个方向兵分两路偷袭的打法分析，不会再有第三路了，看来他留了一手，和三四十个匪徒在老黑山上没下来。下步怎么办？"

李永茂马上回应："计划不变，趁热打铁，攻上老黑山，直捣他老窝！"

"还是别急，于曾礼没下山，山上一定早有准备。咱们在这打了一阵，得休整一下，检查武器，补充弹药，恢复体力，才能再上山。"关杰说出不同意见。

"三岔口离老黑山五六十里，现在已经是下午四点多了，咱们赶到老黑山天都黑透了。咱们谁也没上过老黑山，光听俘房说山上情况不一定准确，黑灯瞎火的不掌握地形，这仗不好打，还是先就地宿营休息。再说这帮俘房咋办？咱不能带着俘房去攻打老黑山吧？"桂春河也说出顾虑。

李永茂想想说："对，不打无把握之仗。匪徒熟悉山上情况，也会利用地形和山上的防御工事，无论白天黑夜，对我们都不利。我同意就地宿营，再审俘房，进一步详细了解山上情况，再琢磨怎样打上去。"

海冬又喊来徐义彪、小龙驹和白翎与山妮，大家围在一起，商量下一步计划。

虽然海冬是和李永茂共同指挥这次作战，但他很尊重李永茂，毕竟老李大叔是打了十几年仗的老革命了，对方圆几百里的山林了如指掌，尽管没上过老黑山，但他对土匪的活动规律和习惯都很清楚，老黑山与其他匪巢一定有相似的地方，也一定有不同于其他匪巢的特殊。海冬请李大叔再讲讲土匪的情况。

"长白山山脉这一带山头山形地貌都差不多，有很多山顶洞穴，这为土匪提供了隐蔽和生存条件，咱们抗联也是利用这些洞穴与敌人打迷魂战。这些洞穴一般都有天然屏障，才不易被发现，也不易进攻。按惯例，土匪都会在半山腰就设置拦截，并对上山特别是进入洞穴的出入通道进行重点防御，洞口也一定设置火力较强的机枪，没有机枪也会设置交叉火力网，有的还会设置鹿寨、滚石、藤网等，都是为了拦截进攻。较大的土匪绺子，都会在山上存有三个月左右的粮食，山上一般都有山泉和溪流，喝水做饭都不是问题，也就有了长期固守的条件。咱们硬打不行，也不会很快有结果，还得是利用咱们的优势，发挥政治攻势和心理战的作用，瓦解土匪斗志。同时，情况允许时，可对匪巢长期围困，消耗他们弹药和粮食，困死他们，饿死他们。"

白翎着急地打断李永茂："李大叔，你别磨叨了，眼下哪有工夫细掰扯啊，你就说老黑山咋打吧！"

李永茂笑了笑："白翎姑娘，别急，磨刀不误砍柴工嘛。"

关杰扯了扯白翎胳膊："别打岔，心急吃不了热豆腐，听李大叔说。"

海冬也说："不了解详细情况，不知道中间变化咋对付，两眼一抹黑，到时准抓瞎。你这毛三火四的毛病，啥时能改改？"

白翎瞪了海冬一眼，不再出声。这一晚，他们重新确定了攻打老黑山的计划。

30

早七点，冬天的太阳才升起。天边火红的朝霞渐渐褪去绚烂的色彩，但老林子里依然扑朔迷离，行进的队伍不断发出吱吱的踏雪声，偶尔有一两声鹰隼长唳，使寂静的山林越发显得神秘。

于曾礼也同样一夜未眠。按他的时间表计算，派去两拨人马，至少应在下午四点打响。如果没有遇到共军阻截，哈二虎很快就能和王连长会合，五六十个人干掉榆树屯少量民兵，抢掠烧杀，血洗村庄，顶多两个时辰，夜半时分就能返回老巢。可是等到凌晨不见人影，他不免心悸，突然觉得脑后发凉，生出一种不祥的预感，他们莫不是让共军吃掉了？天没亮他就起身，又派一个匪徒下山打探消息，又把睡觉的匪徒轰起来，命令他们守在山门的工事里，准备应对可能进攻的共军。

这时，鹰刀队员和民兵们已经通过密道到达老黑山脚下。李永茂和关杰小队及部分民兵在山下待命，上山的道很窄，不能一齐涌上去，土匪机枪和手榴弹会造成很大伤亡，他们只能先等在这里，随机而动。

海冬带着徐义彪小队和十个民兵悄悄摸到山寨门外，躲在岩石缝隙里。干掉门口的机枪，才能打开进山通道。但怎样躲避机枪射击，又怎样从仅容二人的山道上冲上去，海冬静静地伏在石壁上，仔细观察。他一抬头，发现头顶崖壁上有悬索，吊着几棵枯树，只要砍断悬索，几棵枯树就会把通道中的人砸成肉泥。他立刻命令后撤退出通道，留下徐义彪暂时替代自己指挥，他反身下山和李永茂、关杰再商量对策。

正面攻打山寨显然极其艰难，不能硬冲，必须先解决头上悬着的危险，还要再寻找其他上山途径，争取从侧面和后山包抄，才能形成重磅打击。

猎户刘河说："老黑山西面很陡，但长着许多灌木，抓着藤条和树枝，也能爬上去。"

李永茂说："这法子行。咱民兵里几个猎户都是登高能手，让他们先上去。"

关杰说："咱们准备有绳子，猎手们先上去拴绳子，我们再拽着上去。"

关杰说话时抬手比画着，肩上的狙击枪晃动着，海冬眼睛一亮，有了主意："行，就这么办。春河小队和猎手上西侧从上往下打，关杰小队跟我再上山去，李队长带其他民兵做预备队。"说着一挥手，各小队开始行动了。

海冬带着关杰再次来到崖壁入口，指着崖顶悬着的枯木说："用狙击枪掐断悬绳，让那些枯树先掉下来，解决我们头上的危险。"

关杰靠在崖壁边，瞄准上面的悬索，三枪掐断三根悬索，枯树失去平衡，轰隆轰隆掉了下来。海冬又命令徐义彪小队战士，把枯树运到崖壁出口处堆成掩体，两个小战士隐藏在枯树后，把五捆集束手榴弹连续投向山寨门口的地堡，碎石垒起搭着树枝的地堡不经炸，转眼就土崩瓦解，两挺机枪和土匪的残肢飞上了天。

听到枪声爆炸声，于曾礼慌忙扑到沙包前，他预料的一切，都验证了。共军已经打上来，他号叫着驱赶匪徒全部趴在掩体后面，所有武器一齐开火，密集的子弹封锁山寨门前小道，暂时阻止了徐义彪小队进攻。但是，西侧山崖上却打来一排子弹，几个匪徒应声倒下，又有几个爬起来往后跑，于曾礼一枪撂倒一个，其他人都不敢再跑。于曾礼压住了阵脚，重新组织匪徒继续抵抗。

正面和西侧的攻击刚起效，但道路狭窄无法组织冲锋，残匪仍然据守山门疯狂阻击，而且都藏在射击死角里，无法有效消灭敌人，双方相持着。鹰刀突击队没有配备火炮，连掷弹筒也没有，所有轻武器都是直射，手榴弹扔不到掩体里，没有曲射武器就无法消灭死角里的敌人，海冬、关杰和徐义彪一时也拿不出好办法。

白翎急得眼红，在身上捆上集束手榴弹要往上闯，被关杰一把拉住："你这是送死，敌人火力这么猛这么密，你根本到不了跟前！"

"那就窝在这干耗着？你脑瓜灵，咋也没辙啦？眼瞅老天要下雪，等到天黑，山风再一刮，咱眼睛睁不开，枪栓拉不开，还不得都冻成冰坨子啊？"白翎气恼地抢白关杰。

白翎的话让海冬有所警醒，这样拖下去只能是浪费弹药和时间。于是，他马上决定："留下徐义彪小队袭扰敌人，防止他突围，咱们先撤下去再想办法。"

山妮放出一支响箭，十几秒后再放出一支。桂春河在西山崖上接到这个撤退指令，带着队员们也下了山。

时间已近正午，要尽快解决老黑山匪帮，必须再次改变打法。李永茂说："还是让猎户们想办法吧，这些山猫子一定有招。"

刘河想起个办法，他说跟他爹上北大砬子掏狼窝时，用过火攻。把火把绑在箭头上，再把火药包绑在箭杆上，隔着山洞连续射进狼洞，火把引爆火药包，火焰在狼洞里喷射，狼群吓得四下逃散，他和他爹用绳子荡过山洞进了狼洞……

另一个猎手说："俺爹用过这招隔山打牛，猎物藏在山窝里也能炸着它。"

火把加弓箭射出可呈弧形，能解决射击死角问题。关杰立马算计了一下，从崖壁到掩体后面，有五六十米，投弹够不到，弓箭能达到，箭上挂上手榴弹不等于是掷弹筒吗？

桂春河小队再次攀上西峰，天已经完全黑了。山门内的匪徒神焦心急地等了一个下午没动静，以为共军已经撤走，都在打盹。突然，十几支带着火苗和尖啸的响箭凌空飞来，有的在头顶就爆炸开，有的落在脚下炸开，火苗和弹片飞溅，匪徒们连滚带爬，又遭到一波响箭和手榴弹的杀伤。第三波飞箭又跟上来，几分钟之内，山门里已是火焰熊熊。桂春河小队从西山崖居高投弹，配合弓箭、火把、火药，把老黑山顶烧成了一片火海……

队员们扑进黑风洞时，匪徒已经没有一个活口了。海冬让刘柱子等村民在尸体中查找于曾礼，却怎么也找不到。最后，眼尖的翎子和山妮在大洞里的小洞中发现了暗道。

徐义彪带人要顺暗道去追，海冬拉住他："他能跑到天边？早晚会落网的。"

第七章　铁马冰河

31

鹰刀突击队消灭了老黑山匪绺，吉林地区内只剩下为数不多的三两个土匪绺子了。这胜利给节日增添了更加喜庆的气氛，队员们回到浑天岭驻地，又一件喜事正等着他们。

春节后，得胜而归的鹰刀突击队员们，在军装上换上了"东北人民解放军"崭新的胸章，精神抖擞地参加庆功大会。山林支队司令乌力嘎宣布，总部首长传令嘉奖，授予鹰刀突击队集体二等功。

晚餐时，队员们欢欣鼓舞，海冬却绷着脸："这二等功让人脸红。匪帮消灭了，可匪首于曾礼跑了，山林里还有残余土匪，这能算是全胜吗？我再次请战，尽快出发，乘胜追击，消灭残余匪帮，追捕于曾礼。"

乌力嘎摆摆手："咱不着急，让那个老小子在山林里蹦跶几天，这大冬天的，又冷又累又饿，他一定会找匪绺入伙，那就让他替咱们找到其余的残匪。小子们休息几天，吃饱喝足，补充装备，仗是有你们打的。解放区大部分地方已经进行了土改，群众发动起来了，觉悟提高了，发现土匪行踪，一定会报告的。咱们等有了线索再行动。"

摩天岭果然传来消息，山上下来一伙残匪在靠山屯抢些粮食棉衣，和民兵打了一阵，仓皇逃进老林子。如今整个东北各处解放区已连成一片，国民党军则被压缩在中长路、北宁路及沈吉沿线以沈阳为中心的狭长地带少数据点上，由全面防御转入重点防御，东北战局发生了根本性的改变，战场的主动权已经为我军牢牢掌握。少数残匪既无援军，也无路可逃，只能龟缩在深山里。东野首长发出指令，继续派出精干小部队进行剿匪，一定要彻底干净地铲除剩余小股残匪，保卫群众安全，巩固根据地，扩大胜利战果。

连战连胜的鹰刀突击队又接受新任务，冒着将近零下四十度的严寒进山了。

三十个队员仍然是一色蒙古马，装备精良，弹药充足，士气高涨，一路行来，一阵疾风，两天就赶到摩天岭下。海冬让关杰与摩天岭地区土改工作队取得联系，了解近期匪情和土匪行动规律，他带着白翎和山妮在靠山屯走访群众。

摩天岭上这股土匪名号"钻地龙"，鬼子讨伐时跑进大草甸子保存四五十人，抗战胜利后窜回摩天岭，不久被国民党收编，番号是"东北先遣军第六别动队"。摩天岭靠近松江省，为偏僻三角地带，剿匪部队暂时未能顾及这个偏远之地，所以"钻地龙"绺子现在还能苟延残喘。这里地形相当复杂，高山、密林、江河、沼泽交织一起，原始森林遮天蔽日。许多地方夏天水泊沼泽齐腰没膝，人畜不能进出，只有冬天冰封才能通行。

"钻地龙"就是利用东野大部队夏季难以进入这一地带，尚未全面展开围剿之时，保存了实力，巩固了老窝，不时下山抢粮食。现在到了冬天，没了吃喝，耐不住寒冷饥饿，便派小股匪徒下山了。

腊月初五这天，小股匪徒下山时，遇见了于曾礼。老黑山被鹰刀突击队端了老窝，于曾礼通过暗道下了山，孤身一人落荒而逃，一连几天疲于奔命，依靠在山里抢了一户猎人家几块玉米饼一壶老酒，才勉强支撑着到了摩天岭下。多年为匪，熟知匪绺规矩，没多费口舌，一番黑话答对，于曾礼报出自己名字，也叫出了"钻地龙"名字韩六石，匪徒们虽然不敢怠慢，麻溜把他请上了山，但仍然按规矩用黑布蒙了他的双眼。

别看土匪基本没文化，可占据一个山头或占据一片林子，都会学着早先绿林好汉大绺子，给自己巢穴起个好听上口又豪气威武的名字。"钻地龙"绺子也不例外，韩六石也让绺子里有点文化的二当家，给自己藏身的老窝起了一个名，叫"天风洞"，意思是能借天风走红运，保佑自己"局红，兰头海（绺子兴旺，钱多）"。

正蹲在天风洞石头凳子上抽烟的韩六石，见一个小溜子匆匆忙忙跑进来，骂了句："急赤白脸跑啥？你爹死啦！"

小溜子说："大当家的，来了一个挂柱靠窑（入伙）的，唇典（黑话）挺溜，是个老帮子，叫于曾礼。"

韩六石眼珠一转，于曾礼老小子不是国军特派员吗？怎么跑自己山头来入伙？别是有诈？便吩咐道："摆场子，亮家伙，过过门（摆阵势，亮武器）审查来人！"

"钻地龙"四个头领分列韩六石两侧，敞开破大衣，露出腰里的各色手枪、匕首，各自手里还拿着朴刀、双钩、链锤、铁鞭等，虚张声势摆出架势。韩六石大模大样坐在虎皮椅上，颇为傲慢地问："阶下何方好汉，报报蔓吧。"

于曾礼太了解吉林和松江省一带匪绺都是啥鸟，民主联军大规模进剿，势力大的匪绺都完蛋了，这个名不见经传的三流匪帮，他根本没放在眼里。直接拱手说道："韩大当家的，过门那一套免了吧，你他娘的还不认得俺？眼下风紧，跳子上水，老黑山让共军端了瓢，就滑（跑）出我一人。看在咱是常碰（老交情），才投奔你摩天岭来，闲言少唠，麻溜啃富搬浆子，俺他娘的快饿死啦。我来时，在这一路连带撩水（侦察），靠山屯是个鸡毛店（小屯子），只有十来个民兵，不经打，可以下手，这也算俺的见面礼吧。等俺歇过气带弟兄们下山一趟，捞点嚼果，添些毛叶子（皮棉大衣），好歹混过这个冬天。"

韩六石也不想费事，省略进山靠窑过门坎那一套，对老交情给点面子，哈哈一笑："行，你老于倒驴不倒架，还是特派员威风啊，弟兄们，上哨（开饭）。"

于曾礼在天风洞里养了两天，又攒足了精神头，像冬天里冻在屋檐下的大葱缓了阳。腊八这天，韩六石派十来个溜子，跟于曾礼下了山。

前一阵解放军把大股匪绺都消灭得差不多了，老百姓正准备过年，趁闲暇之时，靠山屯民兵集中起来在后山训练。于曾礼带着匪徒冲进屯时，没遇到任何抵抗，他下令不许杀人只抢粮食衣物。他知道不欠下血债，就能迷惑共军，误认这不是强悍的匪绺，就不会很快出动大队人马来追剿，摩天岭暂时安全。但他们遇到了一个山东倔老汉，他们不知道这老汉是农会领头的，跟着共产党闹土改分田地，有一定觉悟和胆量，敢跟他们叫板。

眼看土匪要抢走粮食，老汉抢起劈柴斧子砍倒一个匪徒，他扑向于曾礼时，枪响了，老汉倒在了土炕下。枪声报了警，在后山训练的民兵快速回援，撵上了刚撤出来的匪徒，屯子外围一阵交火，土匪却不恋战，慌忙逃走了。

32

抢了靠山屯，"钻地龙"匪绺有了些粮食和衣物，又能饱腹御寒支撑数日。他们以为，过段时间再下山抢一回，依靠抢夺维持山上的日子，也能衣食无忧。入伙的特派员虽是败将，但能说服韩六石，由他指挥匪绺行动。靠山屯一仗小有斩获，又及时带着弟兄们撤出，还在进山的道口用手榴弹设下秘密机关，匪徒们都对他很是服气。于曾礼又派人下山侦察，得知附近两三个村屯的民兵实力较弱，不经打。于是，韩六石准备再次下山抢一回。

于曾礼利用这段时间让匪徒们用冰雪加固防御工事，又把五十来个匪徒编成三队，分别指派三个头领做队长，做了分工，还借用匪绺黑话变成口令，指挥土匪行动。一队代号为"山鸡"，负责侦察送信掩护；二队代号为"野猪"，负责攻击目标；三队代号为"狐狸"，负责断后掩护撤退。例如，要让一队出动就说山鸡下窑，要让二队进攻就说野猪赶集，要让三队来接应就说狐狸起皮子。于曾礼是用这些名称来掩盖"钻地龙"匪帮的身份，便于隐秘行动，又不留痕迹。

摩天岭上的土匪准备再次下山袭扰时，海冬带着鹰刀队员们冒着零下三十多度的严寒，顶着漫天大雪，踏过冰封的牤牛河，这天午后进驻了靠山屯。

海冬环视周边山势地形，靠山屯北面靠一座小山，有三百多米高，东西南各有一条小路通往村外的大山，屯子东面五六十里外就是摩天岭。海冬令徐义彪带他小队的两名队员，向东行进十里侦察，设下潜伏哨，每隔两小时，再派两人去替换，一直到队伍行动时再撤回。海冬又找来民兵队长陈根生，请他派出民兵轮流在村外西南方向警戒，然后在土炕上铺开地图，向陈根生了解情况。

靠山屯附近是碾子沟、三道河、长山桥，相距三四十里不等，在地图上看，东南西北四个点，海冬用红笔连起三个屯子，画出一个椭圆形，实地方圆一百三十里左右，靠山屯在椭圆形的东侧，紧邻摩天岭，土匪下山袭扰，这里自然是首当其冲。

海冬问："陈队长，三个村屯共有多少民兵？应当马上成立起联防队，确定联络方法，有土匪扰乱，就能够相互支援，首先保证乡亲们安全，才能联合起来消灭土匪。但这几个村屯都位于摩天岭下丘陵地带，没有消息树传送消息，而且三五十里的距离，也不能用响箭，用啥办法能及时有效向各村屯通报情况呢？"

"俺们这一带，除了种地就是打猎，几个村屯猎人也常合伙进山打熊瞎子，有时分散去逮狍子，遇见狼群，三四个人对付不了，俺们就用猎狗来报信，大伙合起来去打围。几个村屯的猎狗都认得别村屯的猎人和猎狗，咱就用这个法子来联络吧。"陈根生说。

这是东北地区猎人们常用的相互联系的方法，用猎狗来通报敌情很适用。海冬和关杰、桂春河一致同意，就用这个法子。

第二天，陈根生派三个民兵分头请来碾子沟等三个村屯的农会负责人或民兵队长，大家聚在陈根生家里，向海冬和鹰刀突击队各小队长介绍本地情况。海冬和关杰汇总各村情况后，提出当前要做好三件事：一是派几名鹰刀队员到各村屯对民兵进行实战训练；二是各村屯由一两位猎人带着能够参加打围的猎狗，集中到靠山屯两三天，进一步相互熟悉，提升和巩固认知程度。然后再带它们到各村屯认认道熟悉人，一个村屯有突发情况，能快速传送消息给其他村屯，以便共同应对；三是在各村屯深查深挖土匪眼线，并加强警戒，限制闲杂人等随意出入，封锁消息，堵死土匪获取情报的通道。

各村屯立刻按照部署行动起来。民兵和猎狗集训几天后，在碾子沟查出一个嫌疑人，名叫石五福。海冬说不要动他，由小龙驹跟踪监视。果然第三天发现他借口砍柴进了山，在摩天岭下山沟入口一棵老松树的树洞里，放了一个桦树皮卷。小龙驹拿回桦树皮卷交给海冬，上面写着碾子沟有共军。关杰立刻带人赶到碾子沟抓了石五福，桦树皮卷放在面前，石五福立马软了，一五一十全招了。他给土匪当了十来年眼线，鬼子来了，他眯了几年，"钻地龙"回到摩天岭后，又干了老本行。每月给绺子送信，就放在树洞里，山上每月逢五派人来取。还供出摩天岭来了个特派员，偷袭靠山屯就是这个特派员指挥的。

这天是腊月十一，离取情报还有四天，海冬迅速召集各村负责人商量对策。

海冬说："现在天寒地冻，打上摩天岭极其困难，不能硬碰，要用自己长处和优势，对付敌人短处和劣势，就是说要把土匪从山上引下来，离开他们的老窝，那些什么山崖天险防御工事就不管用了，咱们在山下揍他们，准跑不了他！"

关杰说："靠山屯刚刚被抢，土匪不会在短时间内再来一次，他们的目标会转向其他几个村屯。除了靠山屯，碾子沟离摩天岭最近，咱们可以在碾子沟设个套，就用石五福这个眼线，给'钻地龙'传送碾子沟假情报。让他下山来碾子沟，咱们在这等他上门。"

"对，就这么干。土匪是十五来取情报，不出三天，最晚十八左右就会来。各家各户提前一天藏到村外山坡后，小分队和民兵也埋伏在四周，放土匪进村，然后关门打狗，一个一个收拾他们。"

海冬说完，征求大伙意见，做了决定。让石五福重新写了碾子沟平安无事的桦树皮卷，派小龙驹送到沟里那棵老松树的树洞里。各村负责人马上回村去做准备，等到腊月十七带民兵来碾子沟集合。

可是，情况突变，土匪提前来了。

33

于曾礼是犟驴子拉车，不走老道眼，没等到每月固定时间取回情报再行动，腊月十三，趁着大雪漫天，提前行动了。

匪首韩六石听信于曾礼说的，抢了靠山屯，村民们想不到还会立马再来袭击碾子沟，即使有共军和民兵，也不会有防备。所以，他命令山鸡小队派出七八个匪徒跟随大队下山，留三十人守天风洞，自己和于曾礼带着野猪、狐狸两队全部人马，倾巢出动，趁着大雪之时，下山直扑碾子沟。

尽管天寒地冻加饥饿，士气不足，但于曾礼不断用粮食、酒肉、女人来诱惑怂恿，吊起匪徒们的胃口，让他们急不可耐地忙着赶路。但也用了五个小时，才到了碾子沟外二百多米的一个山坡上。

午后两点，村里正是炊烟袅袅饭香缭绕，匪徒们离得不远，看得见，闻得着，更是饥肠辘辘。韩六石和于曾礼向碾子沟观察好一阵，雪雾朦胧，视线不清，但仍然能够辨认出，村里没有人活动，也看不见民兵放哨，小山村里十分静寂。

韩六石暗自庆幸，村里没有任何防备，他小声命令说："弟兄们，压上去，挨家给我蹚一遍，五谷杂粮好嚼果，棉衣被褥加娘们，都给我搂回来！然后放亮子推大沟（全村烧光），把这鸡毛店（小村子）燎干净！"

匪徒们刚要向村里冲去，于曾礼一声断喝："都给我老实待着，这一窝蜂上去，要有埋伏都他娘的让人当了靶子。都听我的，按章法来。山鸡下窑蹚蹚路，看看动静，跳子不上水，野猪再赶集（共军没出动二小队再攻击），狐狸留在林子里，点背窑变，买卖不顺，赶快起皮子（情况有变，干不成，赶快接应）。"

"都听特派员的，谁也别他娘的抢头前，好饭不怕晚，轮大襟都有份。"

韩六石压住手下匪溜子，派山鸡小队几人先去侦察。几个匪徒猫腰缩脖端着大枪，向村口一步一步挪动，刚靠近村边一棵大树不到三十米，树下突然响起枪声。一个匪徒应声倒地，其他人立刻趴在雪里向树下射击，匪徒众多，乱枪压住了树下的单枪火力。韩六石又催促匪徒围上去。

碾子沟民兵经过短训学会了隐蔽放哨，所以于曾礼和韩六石都没有发现他，但他一人，寡不敌众，挡不住人数火力都数倍于己的匪徒的进攻，血染树下……

枪声给村里报了警，民兵们从各自家里冲出来，集中在村口事先搭建的掩体里阻击匪徒进攻。双方僵持着，于曾礼细听村里枪声，很快明白对方不足二十人，没重武器，断定这不是共军部队，不过是几个民兵。他放开嗓门呼叫："弟兄们，不要怕，这就是几个土包子民兵，除了几条破杆子（步枪），没有连珠子、碎嘴子（冲锋枪、机枪），更没有大嗓（大炮），野猪赶集，给我上水（冲上去）啊，压进窑里，押腰子雪花子（大米白面）管够造，斗花子裹章子（大姑娘、小媳妇）随你挑！"

匪徒们一听来了劲，山鸡和野猪小队蜂拥而起，又向村口冲去。诡计多端的于曾礼，又留了一手，躲在树后，压住狐狸小队，不让他们跟进。

冲上去的匪徒遭到一排手榴弹，炸倒好几个，缩头抱脑地溃败下来。韩六石连踢带踹驱赶他们往前冲，匪徒们乌乌泱泱再次拥向村口，突然一声炮响，又倒下七八个。于曾礼根本想不到民兵会有炮，这是海冬教会民兵改造猎户们用来打野猪打黑熊的松树炮，当作重武器，一硝二磺三木炭自制火药，坚硬的铁砂、铁锅的碎片、尖利的碎石，塞满炮膛，火药燃爆喷射出去形成弹雨，瞬间杀伤一片。

退下来的匪徒乱作一团，无论于曾礼和韩六石怎样咆哮，就是用枪把子砸脑袋，也不再进攻。这时已近黄昏，于曾礼只好换个法子，让本来当作接应的狐狸小队从山坡上向村子后侧迂回，去抄民兵的后路。但是，他们都没有发现，三条猎狗已经从村子另一头冲出了碾子沟，分别向靠山屯、三道河、长山桥奔去。

34

碾子沟的枪声，惊觉了正从靠山屯驰向摩天岭的一队骑兵，他们立刻掉转马头，向北斜插碾子沟。

头天晚上，海冬反复思考对摩天岭匪帮的设伏计划，总觉得哪里不妥，他就着油灯，看着地图上靠山屯和碾子沟几个地方长久沉思。忽然心头一颤，孤身逃脱的于曾礼，是个比狐狸还狡猾的惯匪，要是他不按匪绺行规行事，在约定的情报交接日之前就有行动，还没完全做好迎战准备的各村民兵很难应付。要是先派出一个小队，提前在摩天岭近处布控，如有情况，可以堵截下山的匪徒，至少拖延一小时，各村民兵就会赶到。他把这个设想告诉关杰和徐义彪，三人在地图上确定一条路线，由徐义彪小队先行出动，从靠山屯向东前行，隐蔽接近摩天岭。

这个及时的改变，救援了危急之中的碾子沟，并且堵住了匪徒的后路。

徐义彪小队掉头奔向碾子沟的时候，三条猎狗四十分钟内狂奔四五十里，分别到了靠山屯、三道河和长山桥。按照事先约定，鹰刀队员和各村民兵迅速集结起来，跟着猎狗，从三个方向朝碾子沟包抄过去。

雪还在不停地下，在大地上铺了厚厚一层，再加上天已黄昏，不熟悉地形和道路的，根本不知道雪底下是啥。向村子后侧迂回的狐狸小队，很快到了村东南方向，这个方向没有民兵防守，代号"狐狸"的小队长以为自己可以抢先进村，能先捞到不少好处，咋咋呼呼领头向村里扑来。眼看就要进村，可脚下是被大雪覆盖的一条冰冻的小河，匪徒们跑上去，跐溜跐溜滑倒一片，你压我碾滚成一团。好半天才爬起来，再向前冲去，又被埋在雪里削成尖刀似的一丛丛树根筑成的一道鹿寨阻拦。这是海冬把父亲教给他的防御方法又教给这几个村屯的民兵，恰好起到了迟滞匪徒攻击的作用。尖利的树根刺伤本来就没有棉衣棉裤的匪徒的腹部和大腿小腿，他们一阵哇哇乱叫，带着伤退回小河对岸，掏出手榴弹扔过去，炸飞了一些树根，却也给徐义彪小队报了信。匪徒们越过鹿寨就要冲进村里，徐义彪和队员们的战马蹚过雪地，跃上雪坡，从背后开火了，几分钟之后，狐狸小队大部丧生，余下几个当了俘虏。

东面的匪徒听到激烈的枪声，以为同伙已经打进了村里，呼号着向村头发起冲锋。于曾礼和韩六石跟在队后，不停地催促着。阻击的民兵就要耗尽弹药，村口防守出现空档时，三道河和长山桥的民兵从村西涌了进来，迅速填补了防御缺口，密集的子弹织成火网，再次把匪徒们拦截在村口一片雪地里。海冬和关杰带领的鹰刀队员们，这时也赶到了，战马拉开一线，子弹封住了匪徒的退路。

打扫战场后，关杰和桂春河押着俘虏辨认尸首，找到已经毙命的韩六石，却仍然没发现于曾礼。此时，天已经黑了下来，四周笼罩在夜色里，啥也看不见了，海冬命令收拢队伍进村休息。海冬和关杰立刻审问俘虏，反复核对摩天岭山形地貌和防御设置。弄清山上全部防守机关和山上还剩余三十多个匪徒的情况后，海冬有些焦虑了。于曾礼有跟民主联军持续对抗的经历，能从老黑山逃脱，更表明他老奸巨猾。这次逃回摩天岭，一定会更加严密防守，凭借山上地形和工事进行顽固抵抗，要是硬打，会造成很大伤亡。

海冬说："我想趁于曾礼徒步行进没跑多远，立刻去追击，不让他再回摩天岭。咱们发动民兵封锁进山道路，困住残余顽匪，逼他们弹尽粮绝时不得不下山，咱们在路上干掉他们。这样既能保证全部消灭这些土匪，又能减少伤亡。"

桂春河抢先说："彪子他们赶了百十里路了，让他们休息，我去追。"

关杰说："我们小队向北搜索，防止他逃往长白山里。"

海冬说："我和彪子搜索附近，防止灯下黑，让他藏在眼皮下咱就失算了。"

正如海冬分析，桂春河和关杰都没有搜到于曾礼，这个老皮子并没有逃回摩天岭，也没有逃向长白山，也没在村子附近隐藏，而是乘天黑战斗混乱之机，藏身村外小山坡下雪洞里。队伍回村后，他却向三道河方向蹿去，一夜之间，穿过三道河和碾子沟中间地带，躲过关杰小队的搜索，黎明时分才转个方向，逃进了长白山余脉的哈达岭。

两天后，民兵报告，在三道河通往哈达岭方向的山坡上，发现一行歪歪扭扭的足迹，可这时，已经无法再继续追击了。

按照既定方案，海冬指挥鹰刀队员和民兵，在摩天岭下张开口袋，几天后，就全歼了饥饿难耐下山抢粮的残匪。

几天纵马兼程赶回靠山屯的小龙驹，带回山林支队首长指示，鹰刀突击队继续进入深山，追捕匪首于曾礼，并寻机剿灭尚存的其他残匪，确保土改顺利进展和工作队安全。海冬根据可疑足迹分析，于曾礼极可能逃进了哈达岭，他决定把这里作为追捕方向。

这天黎明，海冬带领队员们，从靠山屯起程，一路快马，驰骋近百里，傍晚时分，进驻了哈达岭下的莲花村。

为了配合鹰刀突击队追捕于曾礼和残匪，松树岭镇土改工作队长李永茂带两名队员，也在这天晚上到达莲花村。李永茂是老抗联战士，曾在哈达岭与日寇周旋，对这一带非常熟悉，他清清楚楚地描述了岭上岭下和抗联密道的所有情况。海冬和队员们听了兴奋至极，有李大叔这个活地图和他的战斗经验，抓捕于曾礼，已经有百分之八十的把握了。

哈达岭有九座山峰，相隔不过二三里，每座山峰上都有大小不一的可藏匿的山洞，如果存有些粮食，残余的土匪就能坚持些日子。可是，于曾礼到底藏在哪个山峰哪个洞里，需要摸清情况，才能采取相应办法抓捕或击毙他。李永茂凭着记忆，在地图上标出抗联密道出入口大致方向和位置，海冬和关杰又照样子做了几张标明方位和距离的草图，分别交给桂春河、徐义彪和小龙驹等人。

走访村民时，李永茂得到个消息，三天前村里来个收山货老客，拿一百发步枪子弹跟一个打猎兼放山（采参）的猎户换了一棵二甲子棒槌（三年生人参）。当时谁都没在意，过后一想不对劲，再想找他，却已经没影了。

李永茂说："这老客要是拿钱买棒槌，很正常，买了就走，怕露了货，也说得过去。可他用子弹换，说明没有钱，来去迅速，是为了隐藏自己，八成是土匪，山上没钱，粮食也一定不多了，他是要拿棒槌上集镇上或换粮食或卖了买粮食。"

"附近哪个大集镇能换棒槌？"海冬问。

"离这里七十多里外的马关镇是大集，每月逢十为集日。"关杰回答。

"今天是初几？"海冬问。

"腊月十八，离下一个集日只剩两天了。"关杰直接说出了海冬所想。

海冬的询问，李永茂和徐义彪、桂春河都明白，必须赶往马关镇，抓捕这个假老客，掐断土匪粮食来源。海冬马上做了分工，关杰小队负责进镇里抓捕，徐义彪小队外围警戒和围堵，桂春河小队和白翎、山妮留守莲花村，防备土匪袭击。

35

腊月二十凌晨，关杰和徐义彪小队经过大半夜的急行军，到达了马关镇。

鹰刀队员们在马关镇内外设下埋伏，集市一开，果然抓住一个来卖人参的，却是镇南村的农民。他交代，是个老客花钱雇他来的，老客正在他家里等着呢。海冬立刻带队扑向镇南村，仍然一无所获，那老客又不知去向。

趁天还早，老客走不多远，海冬重新调整部署。关杰小队向东北追击，那里通向莲花村后莲花山，徐义彪小队向西北搜索，那也是老客可能逃窜的方向。海冬和李永茂守在镇南村，时近黄昏，跟随徐义彪小队追击的巴图鲁飞了回来，鹰哨里藏着的桦树皮上写着：目标进入老林后不知去向。

铺开的地图上显示，镇南村西北方七十余里，有一条东西走向的沟壑，名为大北沟，它的东边，正与莲花山接壤。

"看来这个老家伙是想绕道大北沟回山，又担心后面有追兵，所以故意牵着我们向莲花山相反方向追击，既掩盖了他的意图，又把我们引入歧路。徐义彪小队必须抄近道，在莲花山脚下截住他！李队长，你赶回莲花村，让桂春河立刻向大北沟包抄。我去通知关杰。"海冬说完，在桦树皮上画出直插莲花山的一条路，卷进鹰哨，放飞巴图鲁。

这一个晚上，鹰刀队员们和那个假冒的老客进行着速度的较量。

天上忽然飘下雪花，忽而又露出月亮，起伏的山地时明时暗，又盖着厚厚的冰雪。行进中，战马不时打滑，又接连遇到陡坡和又高又密的灌木丛，队员们不得不跳下来，又推又拉，催着战马前进，或在灌木丛中砍开一个口子，穿过障碍艰难向前……

同样，深山里奔命的老客也不轻松。他并未在农民家等候，而是悄悄跟他到了集市，眼见他被抓，不动声色，转身离去，出了镇子，便蹿上了山。临近傍晚，在山崖下看见一个猎人临时歇脚的小屋，屋里没有人，但按山里规矩，有前一个歇脚的猎人给下一个猎人留下的干粮和酒及火种。他胡乱收拢些东西，一边啃着干粮，一边继续向山里逃去。这个老客就是于曾礼，凭借着在山林里混了多年的经验，他知道，金蝉脱壳之计很快就会被识破，追兵就撵在身后，也许一队人马正向他前方堵截，所以才宁愿绕远，也不直接上莲花山。雪深至膝，行至夜半，已经筋疲力尽，他找到一个三棵大树半圆形连在一起的树窝子，躺在里面眯瞪一会儿，醒来时，却已经是黎明了。听听远处，只有风声，摸摸身上，还剩一块干粮和一个酒囊，他喝干了酒，把酒囊埋在雪里，又辨认一下方向，继续向西北逃去。

天渐渐亮起来，风却不止，呼号着像狼嚎，仿佛深幽的山林里笼罩着凶险。

一夜奔驰，徐义彪按照巴图鲁带来的草图指示的方位，带着八名队员，到达了通向莲花山的大北沟东出口。在这里，远远看见耸立的莲花山，在晨雾中显得颇有些神秘。他命一名队员向莲花山方向放出警戒，又让七名队员隐藏在雪地灌木丛里，一边休息，一边等待。他自己伏在雪坡上，向远处观察瞭望。

从莲花村和马关镇赶来的桂春河、关杰小队，已在大北沟西口两侧埋伏，封住退路。小龙驹赶回向海冬报告，徐义彪已在东口张开口袋，一切布置停当，只等猎物入网。

可是，两天过去，队员们冒着严寒忍饥挨饿，身体快到极限了，那个老客仍无踪影。海东不免疑惑，难道我们的分析出错了？他应该早到了，莫非没走这条道？李永茂坚持说没错，他跑不出这个范围，也没地方可去，只要我们把住进出莲花山的口子，不管是哪个老客，不管是惯匪悍匪，还是于曾礼，都逃不了。

正犹豫间，徐义彪派人来报，山上下来一伙匪徒，三十余人，已经接近大北沟，是否现在动手。如果此时截击，会惊了他们，反让他们逃回山上，若他们返身据守防御工事，必然给鹰刀突击队的攻击带来极大阻碍。海冬决定，放他们进大北沟，不管那老客来不来，不管他惊不惊，都必须在沟底消灭他们。

大北沟的歼灭战一举剿灭了长期盘踞莲花山的这伙匪绺，突审匪徒，证明下山换参买粮的正是于曾礼。

激烈的枪声，传到四下，临近大北沟只有五六里的于曾礼，慌忙掉头，钻进了密林。他事先谋算装成老客换参卖参买粮，再带着上千斤粮食回山，让匪徒们在大北沟接应。但美梦破灭了，大北沟成了匪绺覆亡的死穴，他只好再次孤身一人亡命深山……

这是海冬情急之下预料的结果，面对一个于曾礼和一群匪绺，谁都能掂得出孰轻孰重。放走于曾礼，不过是再苟延残喘几日而已，他已经是砧板上的肉了。鹰刀突击队连续作战，没费多大事，就清扫余匪，顺利拿下了莲花山。短暂休整后，他们分成十个战斗小组，沿莲花山东面与长白山余脉接壤的山林再次撒网。

撒网的范围正如海冬所料,穷途末路的于曾礼只能继续向长白山里逃窜。这只断翅的惊弓之鸟,这条落魄的丧家之犬,这条无助的失群孤狼,已临灭顶之灾。

鹰刀队员的铁骑,穿过密林,踏过冰河,掠过雪原,像一阵阵凌厉的飓风横扫山林,像一把把锋利的匕首挑开雾霾,又像一条条坚实的绳索勒紧了圈套。

这天下午,关杰小组在一处陡峭山崖下发现有拢火的痕迹,看样子是一天前遗留的。关杰迅速搜索四周,又发现一行踉跄的脚印,曲曲折折朝东北方延伸,这正和海冬预料的于曾礼逃窜方向吻合。他命令放出响箭,通知撒在附近的各个小组前来会合,继续顺脚印撵去。突然,他看见巴图鲁正在天上盘旋,马上打了一个长长的口哨,掏出一块红布挥动着,巴图鲁落下来站在他手臂上。关杰在一张草图上标明自己的方位,塞进鹰哨。

接到巴图鲁送回的草图,海冬又放飞它去通知徐义彪和桂春河等小组,然后和李永茂快马赶往关杰所在的位置。鹰刀队员全体聚齐,顺那道脚印直插下去,不到黄昏,就看见从前面一片茂密的落叶松林里飞出一群乌鸦。海冬举手止住队伍,侧耳细听,乌鸦叫声急促而又显愤怒,它们一定是在吃食时被惊扰的,这说明那片林子里一定有野兽或是人。他命令关杰和徐义彪小队迅速展开,向两翼包抄,桂春河小队拉开一线断后,然后与李永茂驱动坐骑,向林子里猛冲过去。

于曾礼听到战马的喘息,惊恐不已,却再无力奔逃。他刚刚在一匹死马身上切下一块冻肉狼吞虎咽,一口冻肉还没嚼烂,黑洞洞的枪口就指向他的脑袋。他眼前瞬间闪过号称东北"山中王"的大匪首谢文东,溃逃多日也是食马肉喝马尿钻雪洞宿狼窝,神仙也保不住命,如今自己与他殊途同归了。

鹰刀队员们已收拢包围,一队战马形成铁桶一样的墙垒,于曾礼四周都是枪口,就是长了翅膀也飞不出这铁壁合围了。但是,这家伙仍然困兽犹斗,举着匕首,向海冬扑来。海冬冷笑着纹丝不动,白翎耐不住,抬手一枪,打断了他举刀的右臂。他单腿跪在雪地上,发出凄厉的号叫,左手撕开衣襟,胸前赫然露出一排手榴弹。海冬轻蔑一笑,扣动了扳机,于曾礼头颅爆开,重重地摔在了雪地上。

盘旋的巴图鲁一声呼啸,俯冲下来,骄傲地站在海冬的左肩上。

　　鹰刀突击队铁骑连夜回程，出山时，天已经亮透，一条冰河，在他们的马蹄下碎成片片多彩的霞光。

　　队伍中斜出一匹快马，小龙驹抖动缰绳，踏着冰河向远处奔驰而去……

第八章　　边城激战

36

　　静寂的夜里，急促的电报声更加渲染紧张而又神秘的气氛。几个参谋人员在东野司令部作战室急匆匆地进进出出，紧张有序，忙中不乱。

　　门外，灯下，小龙驹直挺挺站着，对这种紧张气氛露出一副满不在乎的样子，圆圆的脸蛋上两只眼珠跟着进出的参谋们来回转着，可谁对他都不理会，好像他只是门口的一根木桩子。等了许久，他按捺不住，歪头向作战室里窥探，却遭到一个参谋的呵斥，看什么看，老实待着！他噘噘嘴，重新站直身体，心里却哼着，有啥了不起，要论打仗，没准你还不如俺哩！

　　正嘀咕着，屋内招呼，小鬼，进来！他撩开棉门帘，嗖一下钻进了作战室。

　　凌晨，他带着首长指示，从双城赶回二十里外鹰刀突击队待命的朵兰镇。

　　东野首长得到情报，滨城新成立民主政府，准备召开庆祝大会，有特务纠集盘踞在孤山顶子的国民党东北"剿总"龙江别动队残部四百余人，要攻打滨城。眼下，为了围剿拉滨线一带国民党守军，主力部队正向预定战场附近集结，首长把增援滨城的任务交给了鹰刀突击队，命他们三日内赶到滨城，配合滨城军分区部队，粉碎敌人进攻。

　　滨城位于拉林河北岸，因靠近朝鲜和苏联边境，也被称为边城。1948年1月组建了民主政府。这是东北地区较早成立民主政府的地方，当然要召开隆重大会来庆祝。鹰刀突击队的任务是保护参加会议的首长和群众，借机消灭龙江别动队残余。龙江别动队大部分是惯匪悍匪，实战经验丰富，有的身上还带着祖传绝技之类的功夫，是一块硬石头，啃下它，还真是要费一番气力的。

从朵兰镇到滨城，鹰刀突击队的快马一天就能赶到，但要过拉林河，还要过松花江，时间很紧。海冬命令立刻清点武器弹药，备马备粮，整理行装，并召集关杰、桂春河、徐义彪一起商议。确定了最佳行军路线之后，由关杰小队为前导，并派出三名尖兵先行探路，桂春河小队为中路，徐义彪小队为后卫，海冬带着小龙驹和白翎、山妮居中指挥。

一切准备停当，黎明时分，年轻的鹰刀队员们跨上战马，在晨曦中出发了。

正月时节，关东天寒地冻风凛冽，骑在马上快速行进，冷风扑面，脸上刺痛，呼出的热气结成霜，连战马都挂上了许多冰凌。连续几个月不停奔袭作战，鹰刀突击队也有牺牲减员，新补充的队员在短暂休整期间经过海冬和关杰等人的强化训练，基本能够适应鹰刀突击队快速机动和猛打猛冲的战斗风格。此时，行军途中，海冬和关杰、彪子带着新老队员们一路继续进行战术演练，马上射击、纵马冲锋、侧身隐蔽、镫里藏身，不觉之中，时近中午，已经跑出了一百多里。

马上颠簸三四小时，就是成人也很难坚持连续的疲惫，小龙驹向海冬发难："冬哥，你是想把俺的马跑死啊？就是马再能挺，人也得吃点喝点吧？"

白翎跟着帮腔："就是，你冬哥是铁打的，能三天水米不打牙，咱可是肉做的，不吃不喝可挺不住。"

山妮笑着给海冬解围："你俩别阴阳怪气发牢骚，是吃喝要紧，还是任务要紧？再说，马背上有水有干粮，边走边吃不行吗？"

白翎顺手给了山妮一马鞭子："小丫蛋子，你是队长啊，教训起你姐来啦？七尺的汉子架不住饿，好马不吃草也跑不了一千里。快歇歇吃点嚼果吧。"

山妮也还了白翎一句粗话："你这是肚脐眼儿放屁，咋响（想）的呢？咱这是急行军，误了战机，你要犯错误啊！"

关杰咳嗽两声，引得白翎转头去看他："咋啦？冻着啦？"

关杰板着脸说："没冻着，让俩姑娘的糙话呛的！"

白翎瞪起眼："本姑娘就这脾气，省得让人欺负！"

徐义彪嘿嘿一乐："哎哎哟，谁敢欺负你啊？有关杰护着呢！"

白翎红了脸，抬手抽了他一马鞭。徐义彪装疼大叫，引得大伙都笑起来。

大伙边笑边说边赶路，虽是玩笑，却也提醒了海冬。按时辰和路线计算，前面就要离开大路走山道了，还要继续颠簸三四小时才能到目的地，确实需要休息一下。正好前面有个村子，找个老乡家烧点热水就干粮，也好暖暖手脚暖暖胃。

队伍进村时，海冬敏锐的眼光发现，有一个不像农民的黑衣人，躲躲闪闪，避开村人和鹰刀队员，偷偷向村外溜去。他对关杰和徐义彪使个眼色，一摆头，关杰和徐义彪跳上马，带着两个战士向村外撵去。

眨眼间就追上了黑衣人，没费几句摸出了底细。原来是龙江别动队的逃兵，刚从二百里外逃回家，看解放军队伍进村，害怕被抓才又要逃走。据他交代，龙江别动队确实在近日准备行动，但干啥不知道，他不想再打仗，就偷偷跑出来了。

海冬立刻又审了一次。黑衣人说，他模模糊糊听说，别动队要进滨城开开荤。这个情况和东野首长指示对上了，海东接着又向他详细了解龙江别动队人员武器和作战方式，掌握了即将交战对手的底细。原来，龙江别动队一部分是谢文东匪帮漏网的，一部分是"大锅盔"匪帮流窜的残余，被国民党滨绥图佳第六保安旅副官李西城收拢又纠集在一起。

听了黑衣人的口供，徐义彪笑道："这他娘的真是搂草打兔子，捎带有意外收获。我看这啥玩意儿龙江别动队，也不过是乌合之众，没有金刚钻，就他娘的敢揽瓷器活啊。咱们一个回合就能削得他晕头转向！"

"不能大意，不能轻敌，他们中间可是有多年老匪绺子的顶门（骨干）啊！咱们不能耽搁，喝口热水就赶路！"海冬下令即刻出发。

一刻钟后，队员们上马继续前进。他们的枪里，已经顶上了子弹……

37

队伍离开大路走了一段乡道后，进入一片原始森林。他们必须穿过这片林子，绕过一道布满陡崖和沟壑的山岭，越过还在封冻的拉林河，再跑一百多里，才能赶在日落前到达滨城。

森林里没有道路，队员们只能下马徒步行进。林子里可能有许多无法预料的变数，为防突变，海冬把队伍分为三段，关杰带着三名尖兵在前开路，海冬带着白翎、山妮、关杰小队六名队员，以及徐义彪小队居中，桂春河小队担任后卫。鹰刀突击队拉开长阵，蜿蜒前行。

突然，前面传来几声狼嚎，开始是凶猛的攻击性短促叫声，一会儿变成了低沉的呜咽，两三分钟后便无声息。海冬加快脚步赶上去一看，一条灰黑色的狼躺在雪地上，关杰正用雪擦洗着他的鹰刀，棉衣左袖撕开了两条口子。雪地上躺着一只狍子，肚子已经掏空，看来这是狼的猎物。关杰脸色略显苍白，却很得意地告诉海冬，前卫尖兵惊动了这头正在撕咬猎物的狼，听到有人靠近，嚎叫着扑上来，一下扑倒了一名队员。隐蔽行军绝不能开枪暴露自己，关杰抽出鹰刀迎上去，故意伸出左臂让狼咬住，他使劲扬起左臂带起狼的身体，让它的胸部和腹部完全暴露出来，一刀捅进了它的心脏，挣扎几下后，这头狼重重地摔在雪地上……

看到关杰有伤，白翎冻得粉红的脸顿时白了，立马从自己脖子上扯下一条白毛巾，抢上一步，拽起关杰左臂，照着袖子开口地方就捆上去。

关杰说："没事，那狼根本就没咬到我。"

白翎瞪起眼："那也得扎上，这口子往里灌风，等你老了，半拉身子都疼！"

彪子咧嘴笑："嗨嗨，翎子，小人不大，都想到老啦？俺就想着眼前打仗，没想以后能是啥样。"

海冬也笑了："傻彪子，眼光放远点，打完仗，以后的日子好着呢！"

"那日子能好成啥样？咱现在就有高粱米，有苞米面，就咸菜疙瘩老香啦！再说，还能喝上酒吃上肉。啥日子比这还好？"

"说你傻，你真傻！政委上课讲的都就着高粱米咸菜疙瘩下肚啦？政委说的好日子，就是共产主义啊！你是顶着一脑袋高粱花子，装一肚子苞米糊糊，就是不装革命道理！"白翎一下抓住机会向徐义彪反击。

海冬担心两人再干起来，忙为徐义彪解围："行啦，翎子，别给彪子上课了。彪子，你也上点心，政委说要往远看，那叫革命理想！不说了，赶路要紧。"

突然一股风吹过，海冬闻到了血腥，身上不由一抖，不好，要出事！

狍子身上的肉还剩很多，这是一道美餐，小龙驹笑嘻嘻地拎起来，捆在了自己的马背上。海冬急忙命令队员们："赶快把狼埋掉，埋好地上的血。刚才几声狼嚎和血腥味一定会传出去，附近如有狼群，很快就会赶来。我们必须立刻离开这里。"说着，抓起几把雪，糊在狍子身上止血，又擦干了滴在马背上的血。

队伍继续前行约一小时，翻过一道雪岭时，大家惊住了，前面雪坡上赫然立着一头高大的灰狼，一对狼眼在昏暗的树林里闪动绿光。担任后卫的桂春河也发现，队伍后面尾随上来一群狼，有三十多只，它们还是闻到了血腥味，跟着撵了上来。前面的灰狼把嘴巴顶在雪地上，发出呜呜的叫声。显然这是狼王，它正向狼群发出进攻的命令，鹰刀突击队陷入危急之中。

打蛇打七寸，擒狼擒狼王。海冬凭借多年的山林经验，很清楚目前处境和应对方法，想不暴露已经不可能，必须用枪了。他命令小龙驹扔掉狍子，又吩咐队员们集中收拢在一起倒退前进，枪口对外，随时向扑来的狼群开火。他和关杰、徐义彪一字排开呈弧形，端着冲锋枪向狼王靠拢。凶猛而又睿智的狼王并未退却，它嗷的一声跃起，身形极为迅疾地扑向居中的海冬。这是狼王的战术，它知道，居中指挥的一定是头领，只要缠住这群人的领头，其他人怕伤到他不敢贸然开枪，而狼群就会冲上来。

海冬的冲锋枪打出一个点射，三发子弹从狼王嘴里穿过，击穿它的脑袋……

狼群分成几个梯次，向队员们冲来，连续不断的点射，打倒了第一梯队的七八头狼。海冬命令队员们交替掩护着撤退，几支冲锋枪连续射击，拦截狼群的第二梯队。队员们后撤一百多米时，狼群冲上来围住了扔在地上的狍子。只要抢到食物，狼群就不会再攻击具有杀伤力的对手了，何况他们的枪还在连续吐着火舌。

队员们摆脱狼群的攻击，越过拉林河，沿岸边山脚下一条清朝时的驿道，继续向北前进。但是，断断续续的枪声传出十几里外，惊动了一伙从拉林河北岸的荒岭子下来的匪徒，他们也是要走这条古驿道，并且已经赶在了鹰刀突击队前面。

天近黄昏，海冬有些焦急，催促队员们打马急行军，却遭遇意外拦截。

荒岭子这伙匪徒的头领是龙江别动队一个叫王发子的营副，也是惯匪，接到别动队首领李西城的命令，率领匪徒正向滨城外围集结。他从短暂而密集的枪声中听出，这不是同伙，目前匪缪或国民党部队残余，已经没有这样多的子弹使用连射武器，这一定是解放军。他急忙令手下离开驿道，在路边山坡林子里隐蔽起来，他是想居高临下占据有利地形，如果是大股共军，就不露头，要是共军小部队，就吃掉他。

急切之中，海冬并未忙乱，在行进中迅速调整行军序列，让火力最强的徐义彪小队为先锋，让机警过人的关杰带领他的小队，配合桂春河担任后卫，队伍仍然保持距离，快速前进。他告诉队员们，这一带可能还有漏网的残匪，如果意外遭遇，就随机应变，要是大股匪帮，就快打快冲，绝不恋战，要是小股匪徒就收拾他们。

王发子隐蔽在林子里，看到正在靠近的徐义彪小队仅有八九个人，心中暗喜，以为这是送到嘴里的一块肥肉，就指挥匪徒们开枪拦截。徐义彪小队在行进中突遇袭击，两个队员受伤落马，一匹战马被打倒，徐义彪命两名队员压制敌人火力，带两名队员掉转马头返回，带着伤员和牺牲了战马的队员继续撤退。他完全领会海冬的意图，用自己小队几人做诱饵，把林子里的匪徒调动出来，让他们全部暴露，以便海冬决定是打是撤。

小股共军惊慌撤退，王发子更加得意，领着匪徒们冲下山坡追击徐义彪。

王发子求胜心切，带领全部人马追赶徐义彪，正中海冬预先确定之计。海冬一马当先冲了过去，带领桂春河小队与杀回马枪的徐义彪小队形成两面夹击，一下子就把几乎两倍于己的匪徒干掉一半。关杰小队已经变后卫为右前锋，冲上山坡，封锁了土匪后路。一阵扫射，匪徒已经所剩无几，负隅顽抗的，也都成了枪下鬼。

这场不过二十分钟的短兵相接，激烈枪声转瞬停息，只留下了王发子和两个活口。这正合海冬之意，王发子的口供为后续战斗提供了准确情报。

38

滨城东面五十里外水甸子，是松花江边一个小镇，也是孤山顶子下木材山货集散地，在这一带算是繁华热闹地界。鹰刀突击队到达时，已是正月十八傍晚了。

海冬从王发子口里得知，他不是到水甸子会合李西城，而是去滨城北面的拉林集。李西城诡计多端，改变了进攻方向，要从拉林集方向攻击滨城。当晚，海冬就派小龙驹飞奔滨城报告这个临时变故。

滨城军分区警卫一连驻扎水甸子，担任滨城外围警戒，更主要的是对孤山顶子方向的防守，东野司令部敌情通报说，敌人是从孤山顶子方向通过水甸子向滨城袭扰。滨城军分区首长决定在水甸子这里阻击敌人，军分区所属二团一营也将于今天晚上到达。但是，一股敌人已经向水甸子扑来，与镇外警戒的三排交火了。

李西城带大批匪徒绕过水甸子正向拉林集汇集，而向水甸子袭击的，只是李西城派出的小股土匪，是声东击西迷惑我方，以掩盖他在拉林集的行动。小龙驹向滨城首长报告敌人新动向后，二团一营就会掉头转向拉林集，水甸子这里单凭鹰刀突击队和一连的力量，显然不能阻止大批敌人向拉林集运动，海冬与一连连长决定，先消灭眼前这股敌人。

水甸子东面有道山坡，恰好做了水甸子镇天然屏障，三排战士们在山坡上凭借临时修筑的简易掩体，正在阻击进攻的敌人。一连连长与海冬做了分工，一连派二排增援三排，负责正面阻击，留下一排在水甸子北面警戒，防止敌人再出花招分兵从北面打进镇子，海冬带鹰刀队员们快马绕到敌人背后发起攻击。

但是，山林里雪太深，密集的树林和灌木枯藤也使战马受阻，海冬下令，白翎、山妮带战马转回水甸子，其他队员徒步行进。当他们绕到敌人侧面，又出现意想不到的情况，面前是一道山崖，崖壁陡峭深达十几米，阻断前路，如果再绕道迂回，不知路途还有多远，时间紧迫，水甸子情况危急，不容拖延。情急之下，海冬果断下令，队员们解下绑腿联结成长绳，拴在崖边树根上，顺着绳索滑下去，到了崖底，继续在没膝深的雪里艰难行进。

由于迂回路途较远耽搁了时间，三小时后，水甸子战斗已经到了白热化。

海冬当时并不知道进攻水甸子的匪徒不是少数，而是有一百多人，是曾经投降鬼子当了山林讨伐队的"花马张"匪绺，"花马"即土匪黑话"猫"，这绺子大柜就是报号张老猫的匪首。俗话说，猫有九条命，张老猫就是在大规模剿匪中，几次漏网。各绺子间传说张老猫比猫还狡猾，比猫还命硬。李西城知道他一定会保存实力，不会真下死力气攻打水甸子，所以命令他不必攻占水甸子，在外围虚张声势，但必须打上一整天，不得擅自撤兵，等他把共军主力吸引过来之后，再向滨城会合。

"花马张"匪绺中多是老山林，有一定的山林作战经验和很强的逃生能力，而且攻打水甸子并不是真心，随时准备逃跑。但面对为数不多的解放军，张老猫又想捞一把，拼命驱赶匪徒们加强攻势，打进镇子喝酒吃肉。这些匪徒靠着精准的枪法，专打解放军机枪手，造成很大伤亡，也压制了火力，匪徒们几次险些突破防线。战士们端着刺刀与匪徒肉搏，土匪根本不会拼刺刀，一次又一次丢下一堆一堆尸体溃败下去，但根宝等几个队员牺牲了，伤亡还在不断增加，战斗力明显削弱。危急之时，海冬带队赶到，从侧面发起攻击，打得张老猫掉头逃窜。队员们一字排开向前推进，密集的子弹像镰刀割麦子，扫清了残余匪徒。

历经六个小时，水甸子阻击战消灭了"花马张"匪绺一百多人，队员们跨上战马向拉林集赶去。白翎、山妮留下照顾伤员，小龙驹去滨城送信，鹰刀队员也减员到二十五人。他们没顾得上吃午饭，就在马上啃着冰冷的高粱米饭团，继续赶路。行军序列是徐义彪先导，海冬、关杰居中，桂春河殿后。经历水甸子情况突变的教训，海冬作出这样非常正确的临时调配，充分考虑到战场变化多端，做到了随机应变，有效保证了战斗制胜。

日落时，鹰刀突击队在通往拉林集的山道上，与接到命令及时转向拉林集的滨城军分区二团一营会合，此时，距李西城预定的拉林集南侧集结地约三十公里。

两支部队就地吃饭休息，海冬与一营长分析敌我态势。按照滨城军分区首长部署和时间计算，这时，二团二营已经运动到拉林集西面，做好防守准备，堵住了敌人向滨城进攻的道路。三营也到了拉林集北面，与二营互为掎角，摆开了防守阵势；与在拉林集南面的一营一起，从三面包围了拉林集。

海冬和关杰提出，还是由机动能力强的鹰刀突击队绕道迂回拉林集东侧，封死东面的口子，把匪徒圈在拉林集外围就地消灭，绝不让他们向滨城迈出一步。

计划初步确定，海冬还在思索。他在地图上仔细观察，发现匪徒集结地点是一条山谷出口的低洼地带，地势较平坦，这里易攻难守，适于骑兵突袭。他又提出一个新想法，一营二营可否向敌人宿营地抵近，缩小包围圈，缩短发起进攻的距离，鹰刀突击队武器精良快速突击，从山谷另一端进入，趁敌疲惫熟睡之机，凌晨发起冲锋，突进敌人阵营，打乱敌人阵脚。然后迅速撤出，与一营二营完成对敌人的合围，再次发起总攻，将敌一举聚歼。

一营长沉思许久，在脑子里反复推演这个方案，然后问海冬，鹰刀队员能确保突得进去撤得出来吗？

海冬说："我们现有二十一人，十八支汤姆枪，三挺机枪，火力还够。我们的马虽然赶了三百多里路，但都脚力极强且打过多次突袭战斗，担当夜袭任务没问题。我计算过，到敌人宿营地段一公里多，最多两公里，一次突袭从头打到尾，也不过五分钟，不等敌人清醒就冲过去了。既能干掉部分敌人削弱他的战斗力，又能扰乱军心摧毁他继续顽抗的意志，大部队发起总攻时就减少了阻力。"

一营长认为，这是一个完整详细成熟能给予敌人有力打击的方案，如果一营和二营改变原定作战方案，必须经过军分区首长批准，至少要有在拉林集指挥这次作战的二团杨参谋长同意。一营长看看手表，已是晚上九点，要去滨城向首长汇报请示，不可能凌晨前返回，而要到拉林集西面向杨参谋长请示，时间足够了。

于是，一营长和海冬带着五名战士骑上马，奔向拉林集西侧二营防守阵地。

39

到达二营阵地时，刚好十一点，他们立刻向杨参谋长汇报行动方案。

杨参谋长听了海冬的方案，又在地图上比量着，计算部队推进和鹰刀队员发起突袭所需时间和距离。又看看手表，确定一营长和海冬能在黎明前赶回去，马上叫过报话员，用步话机直接向军分区首长报告这个方案。时间紧迫，杨参谋长使用了明语，眼前这伙匪徒不可能有电台，也根本不会监听，使用明语不会泄密，即使远在长春、沈阳的大功率监听设备得到这个消息，也只能着急干瞪眼。

几分钟后，军分区首长和二团首长相继回话。为避免夜间大部队行动可能惊扰敌人，同意鹰刀突击队先行突袭打乱敌营，同时，命令一营和二营迅速抵近，缩小包围，鹰刀突击队突袭之后，发起总攻，一鼓作气，天亮前解决战斗。

杨参谋长通过步话机向三营传达了命令，二营三营即刻开始向敌人集结地运动，一营长和海冬赶回一营待命时，二营三营已经完成对敌人压缩包围。一营立即行动，凌晨两点，到达指定位置，从南面围住了那片山谷里的洼地，同时，一连在鹰刀突击队突进敌阵后，迅速堵住东面出口，防止敌人从东面逃跑。

海冬率队向山谷东面出口运动，疾行二十多里，下马放轻脚步，进入山谷。

这时，启明星升起，正是凌晨四点左右，也是敌人熟睡之时。海冬命令队员们再次上马，子弹上膛。海冬一声呼哨，一马当先，队员们一路纵队紧紧跟进，平端着机枪冲锋枪，冲出山谷，扑向洼地。

李西城根本没想到解放军会知道他改变进攻方向，也想不到解放军能在一夜之间奔驰数十里将他们包围，更想不到会在凌晨遭到袭击，连哨兵都没派。匪徒们都在睡大觉，篝火明明暗暗，恰好为鹰刀队员们指示了敌人所在位置。

骤然响起的铺天盖地的马蹄声，像惊雷，炸响夜空，像飓风，席卷山洼。鹰刀队员们的枪，连续喷出一条条火龙缠绕在敌群中，一串串闪光的子弹，穿透头颅，穿透胸膛，匪徒们有的还在睡梦中就悄无声息丢了性命。鹰刀队员们一路突进敌阵，从东向西横扫一里多地，如同一把巨大的烧红了的铁篦子，从睡着的匪徒中间梳了过去，大部匪徒非死即伤，剩下的慌不择路，四下逃散。不到三分钟，鹰刀马队已杀过洼地，从西边冲了出去，二营立刻堵上了口子。

一营一连在山谷东口架起了机枪，逃进山谷的匪徒又遭遇一阵急骤的弹雨，倒下的尸首几乎堆成柴火垛，又阻塞了逃路。乱了营的匪徒像浇了一锅热汤的蚂蚁，你踩我踏，无处躲藏。

几支冲锋号同时吹响，三个营的指战员们扑向敌阵，洼地里又刮起一阵飓风，子弹手榴弹汇成第二次冲击波，又把刚刚从梦中爬起来的匪徒们再次扑倒。不管李西城如何叫骂，这帮乌合之众再也无法重新组织反击。海冬带着队员们再次冲进洼地，匪徒们被分割成一堆一片，有顽抗的都被子弹点了名，跪地投降的被收缴了枪支，四处乱跑的被解放军像抓猪一样赶在一堆。天边大亮时，数十命大的匪徒，抱着脑袋龟缩在洼地里了。

雪地反射着初升的阳光，把这一片洼地照得通亮。杨参谋长揪起一个俘虏，让他挨个辨认哪个是李西城，找遍俘虏群，独独不见李西城，再翻遍所有尸体，除了还能看清脸面的，一个个血肉模糊的认不出是谁。

杨参谋长冷笑着高声命令："所有尸首挨个补一枪，别让一个活过来！"

战士们又一次挨个翻动尸体，并哗啦哗啦地拉动枪栓，子弹上膛的声音在空旷寂静的洼地里显得格外瘆人。杨参谋长抽出手枪朝天打了两枪，死人堆里突然爬起一人，脸上抹着一片黑红的血，举着手喊叫："别开枪，我是李西城。"

两个战士冲过去，架住了李西城，他耷拉着脑袋，直往地下蜷缩。

杨参谋长一声喝问："你们老窝里还有多少人？有多少武器？"

"还有三十多个，十来条破枪，贵军威武，他们不是你们的对手。"

"山前山后共有几条路，有无防御工事？有无暗道？"

"山前上山一条路，山后没路，山顶有工事和地堡，山洞西边有条秘密小道，能通到山下的老林子里，守不住时可从那里撤下山。"

杨参谋长让李西城把匪巢防御工事和地堡分布都画了出来，在李西城详细交代别动队联络方法和上山口令时，他已经有了一个彻底摧毁别动队老巢的战斗方案。海冬听了李西城的口供，也在想，山上敌人正做着成功偷袭滨城的美梦，正等着喝酒吃肉呢。趁敌不备，迅速运动，很快就能收拾了三十几个残匪，两人的想法不谋而合。海冬拿出地图，让李西城指出匪巢的位置，这个位置和东野司令部掌握的情报没有误差，他用目光询问杨参谋长，得到肯定。杨参谋长让人带走了李西城，在地图上划出一条路，手指一量，计算出距离拉林集大约八十里。

海冬立刻说："如果现在出发，急行军至少需要四小时，部队步行很疲劳，不利马上投入战斗，还是由我们担任主攻吧。"

杨参谋长摆摆手："你们连续赶路连续打了两场仗，已经一天一夜连轴转了，需要休整。大家都先休息半天，你们配属一营一连，午后出发，夜袭孤山顶。"

海冬叫来关杰，与杨参谋长一起，再次把夜袭孤山顶战斗从头到尾理了一遍，设想分析可能遇到的情况，做好了应对意外的准备。关杰提出一个想法："带上李西城，用他做敲门砖，麻痹敌人，他们放松警惕，山上的工事就不起作用了，这样能减少攻打山门的麻烦，也避免伤亡，又能在敌人不加防备的情况下，冲进山洞，一举全歼残匪。"

海冬又提议："还是我们先行，天黑前赶到山下，封锁上山道路，防止走漏消息。等一营半夜到达，再一起上山。"

杨参谋长看看地图，又看看海冬和关杰；两人都没说话，看着杨参谋长，脸上神情严肃而坚定。杨参谋长向滨城军分区首长报告这个作战方案，得到批准，并命令杨参谋长统一指挥，把二营三营最好武器集中给一连，再为鹰刀突击队补齐弹药，明早八点前结束战斗，部队迅速赶回滨城，还有新的任务。

部队回到滨城时，庆祝民主政府成立大会已经胜利闭幕。一场绞尽脑汁谋划的袭击会场、血洗滨城、杀害党政军领导的阴谋破产了。

40

鹰刀突击队按照新的计划，押着李西城，上午从滨城出发，午后三点赶到孤山顶子一座山峰的脚下。

一营长挑选五名机枪手，带着二营三营调来的缴获国民党军最好的美式轻机枪，跟随鹰刀突击队先行出发，他们补齐了小龙驹、白翎、山妮及伤员的空缺，又为鹰刀突击队增加了强劲火力。三十个人，三十匹马，一路风行，到了山脚，随即布下暗哨，监视并封锁下山道路。杨参谋长带一营到达时，山上没有发现丝毫动静，部队在林子里隐蔽休息。

突然，山上隐约出现两支火把，还传来断断续续唱着小曲的声音。战士们匍匐在雪地上，轻轻拉开枪栓顶上子弹，坐在地上的李西城刚一抬头，两个战士扑上去，堵住他的嘴，把他压在雪里出不了声。

不一会儿，两个匪徒打着火把从石阶上走下来，刚刚走完最后一级石阶，从两侧扑上来四个人，枪口顶在了他们脑后。杨参谋长和海冬通过他们的口供，再次确认山上确无防备，匪徒都在等着李西城得胜回山来喝酒庆功呢。照他们的打算，李西城偷袭滨城成功，应该在这时回到孤山顶子了，他们是下山来接应李西城的。

杨参谋长看看手表，已经是夜间十点了，部队休息了近四小时，现在可以上山了，这时摸上山顶，凌晨发起攻击，时间绰绰有余。

鹰刀队员的马留在了山下，由一连两个战士看守，队员们和五个机枪手，徒步跟随一连上山了。有俘虏带路，战士们点起火把，大摇大摆地沿着曲折的山路一路轻松前进，并拆除了山道两侧暗设的机关和预先埋下的地雷。海冬带着队员们在前，紧逼着俘虏，李西城也被两支枪顶着，在队伍中间跟随着，杨参谋长就在李西城旁边，他的手枪张开机头，随时可以打爆李西城的脑袋。

山顶上点着几支火把，可以清楚看到拉起的吊桥，掩体里，两个匪徒守着一挺机枪，看到山道上有火把移动，便吆喝起来："山下来人可是李队长？"

杨参谋长的手枪顶在李西城脑袋上，让他回话："啊，是我啊，开山门，放吊桥，弟兄们回山啦。"

吊桥哗啦啦放了下来，海冬、关杰率先冲过去，没等匪徒明白咋回事，就被两把鹰刀抹了脖子。队员们和五个机枪手冲进山洞，迅速分散占据洞内两侧高处，枪口对准还趴在石桌上睡觉的匪徒。一连战士随后冲进来，把三十多匪徒挨个揪起来，缴了他们的枪，匪徒们懵懵懂懂都当了俘虏。杨参谋长马上命令，一排看守俘虏，二排三排向洞内深处搜索，清扫可能隐藏的敌人。十几分钟后，战士们在五十多米深的内洞里背出来七八个妇女，她们是匪徒掠上山来的，已经在洞里被关押凌辱两三年了。长期不见天日，她们脸色惨白、身体虚弱，已不能正常行走了。

一枪没响半个小时就解决了战斗，这时，刚过子夜一点。

杨参谋长马上又分派任务，拉起吊桥，由一排负责把守警戒，二排三排在内洞里轮流看守俘虏，待天亮时下山。鹰刀队员们找来树枝、棉被做了几副担架，准备用它把被解救的妇女抬下山。

战士们押解俘虏抬着妇女们下山时，李西城却不见了。海冬带着几个队员重返洞内搜索几遍也找不到踪影，这家伙能藏在哪里呢？再审俘虏，仍无确定。这时，一位妇女说出一个连匪徒小喽啰也不知道的秘密。她说，她给匪徒做了几天饭，无意间在粮囤后面发现一个暗道，本想偷偷备些干粮，带着姐妹们从暗道逃出去，谁知，突然不再让她做饭，放粮食的耳洞也安了栅栏上了锁，每天都有匪徒把守，已无法靠近了。

狡猾的李西城没有交代，洞里还有一条只有他和少数几个匪首知道的暗道，而且也没交出他藏在身上的钥匙。凌晨三点左右，俘虏们都昏睡着，他借着火把照不到的阴影，独自爬向山洞深处，打开栅栏，钻进放粮食的耳洞，从暗道逃下山去了。

杨参谋长和海冬与几名队员再进洞内找到暗道，海冬要带人进暗道追击，杨参谋长拦住了他："李匪逃走不知几个小时了，这时再顺暗道去追，已经没用了，他早下山了。我是疏忽大意了，我应该想到山洞里可能会有暗道。"

海冬说："就是他已经跑了几个小时，也跑不过我们的战马，我们立刻下山，他在雪地里跑不多远，而且会留下足迹，请首长放心，我一定把他逮住！"

在山林里生活战斗多年，海冬知道，山洞凡有暗道，出口大都在山后隐蔽的林子里。他和关杰小队快速下山，骑上马绕到后山，果然在一片松树林里发现了脚印。海冬一眼就看出，李西城反穿鞋子逃出林子，马上顺着脚跟朝前的足迹撵下去，一个小时后，看见了雪地上的黑影。但海冬并没有下令马上抓捕李西城，李西城不会直接逃出山去，山外已是解放区，他不会自投罗网，一定要找仍然隐藏的土匪联络点继续藏匿，如果跟着他，也许能再挖出隐藏的匪徒，彻底消除隐患。

鹰刀队员们牵着马，借着树林的掩护，不远不近地悄悄跟在李西城身后。临近黄昏，走了三四十里，李西城到了一个山洼，这里有个小村子，海冬在山坡上清楚地看见，他进了村头一座独立家屋。队员们扑上去，包围了这间屋子，踢开门冲了进去，李西城还没喘匀气，就再次成了俘虏。屋里还有一个老头，经过审问，果然是土匪眼线，多年藏在这村子里，但已经是一颗死棋，与其他匪帮并无联系，只好先押回滨城。

鹰刀突击队员们连夜押解俘虏返回水甸子，第二天清早，又赶往滨城。

滨城战后总结时，海冬主动向东野首长做检讨，匆忙中马虎大意，没有详细了解掌握作战区域地形，对前方道路情况不清楚，未能及时增援，险些贻误战机，造成我军在水甸子伤亡较大，请求首长处分。因他及时采取攀岩措施，关键时刻抢回时间，全歼了"花马张"匪帮，又及时调整战术，及时补足减员缺口，鹰刀突击队最优势的快速强力突击没有减弱，在拉林集一举歼灭李西城匪帮的战斗中发挥了极其重要作用。首长决定将功补过，不予处分。

返回浑天岭驻地休整时，海冬又被父亲批了一通，父亲说他是嘴上没毛办事不牢，窗户眼儿吹喇叭，鸣（名）声在外，真要叫（较）真，就瘪茄子了。事先不看好地图，进匪巢不查找暗道，险些酿成重大失误，这笔账先记下……

海冬并未辩解，可是站在墙上吊杆上的巴图鲁似乎不满，扑棱着翅膀飞下来。

乌力嘎扔起一条牛肉，巴图鲁一口叼住，几下就吞进肚里。

乌力嘎骂道："妈了巴子，这家伙，像狼！"

而被乌力嘎称为像狼一样的巴图鲁，又跟随鹰刀突击队，突袭狼窝……

第九章　　鹰袭狼窝

41

滨城一战的失利，让鹰刀队员们都在期待用新的战绩洗去耻辱。

这个机会很快就来了，东野首长的命令已经到了浑天岭。

鹰刀突击队要迅速潜入吉林城区内外，突袭重要目标。鹰刀好像一柄长剑，在敌占区里冲突劈杀，将锋芒逼向敌军首脑，形成极大的震慑。一群年轻的战士长途奔袭出击，在敌人重兵把守的大城市几进几出，像神鹰，像猎豹，快速闪击，东打西扰，神出鬼没，来去迅疾，搅得敌人不得安宁，再次展示了鹰刀突击队迅猛速战的突击力量和迷惑威慑敌人的特殊作用。

二月的松辽平原，厚厚的雪仍然填满沟沟洼洼，大地一片平坦，一望无际，视野宽阔，尚未开化的硬土，让道路依然坚实，恰适于鹰刀突击队战马驰骋奔突。

趁着夜晚，他们绕开大路，穿过黝黑的山坳，凌晨时到达吉林城东的荒山嘴子隐蔽下来。敌人不可能知道，一支神秘的小部队，已经逼近拥兵固守的重镇。

吉林这座古城，对海冬和伙伴们来说，就像自己老家的村子一样，他们熟悉每一条街路，每一座房屋，每一棵树，甚至流过这座城市的松花江的每一个江岔子，以及飞在这座城市上空的每一群鸽子。不需看地图，海冬的脑子里已经把它拓印得清清楚楚了，打哪里进去，到哪里隐蔽，朝哪里下手，从哪里撤出，在哪里接应，应找谁联络，需要谁配合，件件明了，样样门清。

　　海冬的小姨父，白翎的爸爸，山林支队一大队队长，也就是绰号"白羽鹰"的白世忠，在他们出发前讲故事说战例，曾戏称，小将们再进吉林城，不说是常山赵子龙长坂坡七进七出毫发无损，也是探囊取物手拿把掐；不说曹魏大将邓艾料敌先机掌握主动绕剑阁袭成都，也是深入敌后神机制胜。海冬笑着回应，俺们还是缺少锻炼，就当再回次炉吧。

　　首长和叔伯们的叮咛，父亲经常的训斥，海冬在心里把它拧成了鞭子，时不时地会抽自己两下，这让他能够随时保持清醒和机警，进虎穴，闯龙潭，掏狼窝，过关斩将，底气十足。他也懂得知己知彼的道理，做好了充分准备。又和关杰根据首长通报的情况，对吉林守军分布和重点目标已经是了如指掌，事先推演的几步行动也得到首长肯定，但他们还是再次把计划捋了一遍。

　　海冬说："咱们头件事是做好隐蔽，不能露了马脚走了风声；第二是再确定两个隐蔽点，别让敌人反把咱围住了；第三是再进城弄清目标和进出通道有啥变化，省得到时抓瞎；第四是联络地下党，首长说过，咱不是单打独斗，得依靠组织。"

　　"对，咱是去砸人家窑的，别让人家端了咱的灶。古话说，狡兔三窟，曹魏疑冢嘛，咱让敌人当回丈二和尚，摸不着头脑。再说，咱这一路进出白往黑来的，保不齐哪条道上藏个别梁子（劫道）的三头怪，堵了咱的路。关云长千里走单骑过五关斩六将，也得有青龙刀赤兔马做帮手啊。这几条咱要都做到，又都做好，那就是唐僧西天取真经，八十一难也挡不住啦！"关杰像说书人似的戏谑应道。

　　海冬又临阵磨枪，慎重缜密查缺补漏，关杰不忘敲边鼓，时时提醒，对预定计划又作了修正、完善。两人既认真又仔细，既严肃又轻松，运用这些虽未理解透彻却记得扎实的知识，半文半白，一应一对，不觉说得兴奋起来，两人都笑了。

　　白翎听得迷糊，便抢白道："你俩叨咕啥呢？冬哥说的在理，俺听明白了，关杰这小子像花舌子，口条倒是挺溜，可没啥正经嗑，你跟俺们打哑谜哪？"

　　徐义彪其实也没大懂关杰的文辞，跟着白翎发问："你们爹妈都念过先生，俺爹娘没那能耐，没教过俺，俺就是个睁眼念招子（睁眼瞎），不认几个字儿，也听不明白你们说的计啊谋的。你们说啥俺听啥，你们打哪儿俺就跟着打哪儿。"

没等关杰解释，白翎又训斥徐义彪："傻彪子，没人当你是念语子（哑巴）。甭说你啦，俺也听了半个水瓢凑不上整葫芦。自己没能耐，咱就听喝儿吧。"

桂春河一直没说话，其实，他的小脑袋瓜里，也和他爹一样，满是鬼点子。他爹桂连山，绰号"鬼脸三"，抗战那会儿，给海冬他爹出了不少主意。现在是山林支队参谋长，没少给儿子上课吃小灶，就连江湖术士的把戏也教会他玩几手，桂春河有时还装神弄鬼地给大伙露几下。他朝小龙驹挤挤眼，笑笑说："诸葛亮再神机妙算，也得看天相卜吉凶，老话说叫啥来着？"

关杰说："那叫未雨绸缪。你小子就别卖关子了，有啥话，痛快说！"

桂春河说："磨叨半天，不是就说先得再侦察瞭水蹚路吗？那还磨叽啥？麻溜痛快打马上路吧。"

几个年轻人一会儿正经一会儿调侃，半是明说半是黑话，却都说到了正点上，都知道现在该干啥……

天放亮时，荒山嘴子通向吉林城的山道上，几匹快马跑出了一溜蹄印。

徐义彪和几个换上老乡衣服的小伙子，牵着二十多匹马进了村后山林。

42

鹰刀突击队这次行动并不顺利，意外情况，把他们引入歧途。

吉林城西榆树屯是山林支队抗战时建立的一个秘密联络点，鹰刀突击队进城行动前必须到这里，地下党联络员在这里等着他们。这个人的掩护身份是榆树屯大车店王老板。他说近日城里风声紧，守军盘踞的几个重要地方，都加强了戒备，还派出几支机动队在城里城外加强巡逻，看样子是对付准备潜入城里的我方人员。近期我军敌工部门也加紧同守敌高层秘密联络，争取六十军起义或投诚，保密局吉林站的特务正加紧搜捕我方人员。

鹰刀突击队没有接触守军高层的任务，是要通过袭扰，相机处置一两个目标，对他们进行威慑，迫使他们认清形势，尽快起义或投诚。按照地下党所掌握的情报，王老板和海冬详细核对任务地点和目标所在之后，决定进吉林城，侦察探路。

临近中午，关杰和两名队员留守西榆树屯，海冬带着桂春河、白翎和山妮，从临江门进了吉林城。进城后为两组，海冬和山妮一路走江边，过松花江头道码头、二道码头、三道码头，一路可看到省政府和敌守军城防司令部，也可侦察警察署和敌人侦缉队动静。桂春河与白翎一直向北，一路侦察北山外围和德胜门附近及老监狱等地方驻敌的情况。两组到新开门会合，再实施下一步计划。

侦察所获与王老板所说基本一致，到处壁垒森严很难下手。首长们要将敌人逼上梁山，而且只给一周时间，鹰刀突击队必须尽快行动。目前只侦察到一部分外部情况，目标所在之处情形究竟如何，到底从哪儿下手，必须立即联络内线。

城里一家经营文房四宝兼字画裱糊修补的文墨店，就是他们的第二个联络点。

到这种店里非桂春河莫属，他打小跟他爹学了不少跟古董字画有关的事，火眼金睛不敢说，对个把老物件，还是能胡诌两句的。他在地摊上随手拣了一立轴，打眼一瞭，还算不拙的一幅仕女图，就是匠气重了些，不过拿它当作唬人换钱的道具挺合适。扔下几个小钱，卷了立轴，直奔那个叫作"知雅堂"的文墨店。

店主姚掌柜懒得搭理这半大小子，当他是偷了幅糟货来骗钱的，只瞄了一眼立轴，就不耐烦地挥手："去去去，一边玩去，我不收这蹩脚的两笔刷子，换不了俩烧饼。"

"掌柜的，别小看这见风就倒的病美人，她可是洞庭龙王三公主，专等柳毅来传书。"桂春河嬉皮笑脸地凑上来，眼睛直盯着店主。他说的不是规定的接头暗语，却能让店主听明白"传书"的含义。

老姚眼皮一挑，露出亮光："嘿，小子，看不出来啊，疤瘌眼里有慧根，能和神灵共禅修啊。可你有人家柳公子那踏浪入水的道行吗？"

桂春河挤挤眼继续调侃："入水的功夫俺没有，可要说上天，俺还不孬。"

老姚瞅瞅门外，又瞅瞅眼前这说话隐讳、神情却精明的小伙子，回手指着挂在厅中的一幅悬轴说："小子，口条挺溜啊。别光说不练，来，你瞅瞅这幅中堂，认得这字吗，晴空一鹤排云上，对得上来吗？"

"便引诗情到碧霄。诗是好诗，画是好画，可一鹤难比群鹰啊！"

接头暗语对上了，老姚低声说："从店外胡同里进后门。"

"知雅堂"后院西厢房，闪身进来海冬、白翎和山妮。老姚很快说明情况："我们的电台已经接到上级指示，配合你们执行任务，现在可以联络我们的内线刘处长，接头时间地点由你定。"

海冬马上说："晚六点，头道码头，我们不宜在城里久留，那里出城方便。"

老姚说："好，我现在就去通知老刘，你们天擦黑再出门。"

海冬与老刘接头时才知道，东野司令部出了叛徒，鹰刀突击队的行动走漏了风声，所以敌人才如临大敌加强了戒备，他们将面临更大阻力。

海冬坚决地说："俺们不当缩头乌龟，必须坚决执行首长指示！老刘同志，您说哪个目标马上就能下手，先搞掉他，让敌人乱起来。"

"明天上午开布防会议，师团长们会从城外赶来，这是机会，可在路上动手。有个师参谋长马中贵原来是军统特务，现在归保密局吉林站，咱们就先拿他开刀。他明天上午八点坐汽车从苇子沟进城，要经过一个集市，在集市动手比较把握。"

海冬和关杰、桂春河碰头又商量了一下，确定就在集市抓住马中贵。

43

从苇子沟进城要经过一条小河，河上有石桥，桥南有集市，那里嘈杂混乱，便于隐蔽。海冬计划就在这里截杀马中贵，如敌人增援，还可凭借石桥进行拦截。

这天黎明，按照分工，桂春河小队悄悄运动到石桥附近，早上七点，在集市周边布下了口袋，海冬和关杰负责在路上拦截马中贵，白翎和山妮与两个队员守在桥北，堵住马中贵逃向城里的路。

集市已热闹起来，队员们混在赶集的人中，急切等待马中贵出现。

八点十分，一辆带车篷的美式中吉普从苇子沟开来。海冬和关杰担起柴草走上公路，中吉普即将进入集市时，海冬装作摔倒，撂倒了柴草担子挡住了路。中吉普刚停下来，海冬和关杰迅速拉开车门，两支驳壳枪同时伸进汽车里。可他们愣住了，车里只有一个穿士兵服装的中年司机。情况突变，不容迟疑，海冬和关杰上了车，驳壳枪顶住司机，命令他继续向前行驶。

海冬厉声喝问："马中贵在哪里？"

司机显然是见过世面混过江湖的老兵油子，嘻嘻笑着说："小哥俩是想弄几个钱吧？我手头也不宽绰，但也拿得出几个买命钱。要是想弄点货，车上有骆驼烟、肉罐头、威士忌，都是美国货，能卖俩钱。"说着一只手就向上衣里面掏。

关杰的枪在他脑后一顶："不许动，老实点！问你马中贵在哪里？快说！"

"噢，你是问马参谋长啊，参座昨晚就进城了，他让我今天来接他。"司机把手从怀里拿出来，手上是一叠东北九省流通券。

"什么时间？什么地方？他带了几个人？"海冬继续发问。

"没说地方，也没带旁人，就是让我中午之前到城防司令部等他。"

说话间中吉普已到桥北，海冬让司机把车停在路边，下车招呼白翎等人靠拢过来，小声说："情况有变，马中贵不在车上。我和关杰带两人跟车进城，翎子去通知春河，带五人随后进城，在二道码头待命，你带其他人在这里准备接应。"

中吉普继续向城里开去，过了临江门，在江边一条胡同里停下来，海冬让两个队员在附近警戒，他和关杰在车上继续审问司机："马中贵平时在城里都在什么地方吃喝或过夜？是自己行动还是带警卫？经常会带几个警卫？"

"平时吃喝当然是八仙居、荟萃园和满汉楼啦。过夜嘛，不好说，有时吉林大旅社，有时城防司令部，有时也到玉春堂。经常就我一人陪着，不带警卫。"司机油嘴滑舌。他说的这些都是吉林城内高官富贾军警宪特经常出入的地方，高门楼大馆子，人多眼杂，不易下手。只有玉春堂是个僻静的妓院，适宜行动。

他又问："马中贵今晚是回苇子沟，还是住哪里？会不会到玉春堂？"

"长官行动神出鬼没，我咋知道？要找他，就去城防司令部等他出来。"

海冬和关杰对视一眼，目光交流同样感觉，司机拒绝回答，说明他好像在掩饰什么，可他又没完全说死，还主动出主意。这就有鬼了。两人都没说话，关杰下车叫回两个队员继续看守司机，和海冬走到胡同口，小声商议。

关杰说："咱们不能让这么个老帮子牵着鼻子，得咱划道让他走。"

海冬说："我正琢磨，咋能把马中贵弄到玉春堂去？那里离二道码头很近，有春河在那里接应，得手后顺江边奔临江门出城，或就近过江到江南，再回城东。咱老爹当年进城掏鬼子窝，也是这样设局布阵，留好后路，才好脱身。"

关杰说："这开车的也不是省油的灯，我觉得他揣着鬼心眼。好像既不害怕，也不急于逃跑，倒像是要和咱们缠磨着，刚才那话是给咱下套呢。"

海冬说："他身上带着腥味，咱得提防着他。不能给他更多时间了，现在咱就去电话局，让他找马中贵，问清啥时开完会，开完会要去哪里。咱好先有准备。"

关杰点点头："行，能中午动手就不等晚上，天黑了敌人戒备更严，得手了也不好出城。如果非得等到晚上，咱就得准备过江，江南那边除了南大营有两个炮兵连，敌人再没有兵力把守。"

"那得先让春河在二道码头或三道码头租下两条船备用，还得马上去告诉翎子和山妮，让她们立马带着人和马从上游过江，绕到三道码头对面的树林里等着咱。不管得手没得手，咱今晚都得过江返回荒山嘴子。"

海冬说完，和关杰回到胡同里，关杰换下两个队员看守司机，海冬悄悄耳语，两个队员立刻分头行动。

中吉普出了胡同，向朝阳门方向开去。

朝阳门外朝阳街上有个老电话局，可以和驻守的国民党军队连上线，他们可到那里给马中贵打电话。但他们不知道，马中贵根本没参加上午的布防会议，也没有任何消息，一个师参谋长在可能开始的大战前失踪，非同小可，城防司令部和保密局吉林站正到处找他。马中贵的司机把电话打进城防司令部警卫处，立刻引起连锁反应，保密局吉林站监听室马上追踪到，电话是从朝阳街电话局打来的，行动队立刻向朝阳街扑来。

司机按照海冬的指令，在电话里自报身份，说马参座中午在临江阁酒楼有饭局，司机和车都在军部门前等候马参座。中吉普刚离开，海冬从后窗看见，一队摩托车堵住了电话局门口。驶向临江阁途中，他又看到一队摩托车超过中吉普向前冲去。海冬驳壳枪顶在司机脑后，命令他不许停车，越过临江阁，向二道码头驶去。海冬和关杰都清楚地看到，摩托车上跳下许多荷枪实弹的士兵包围了临江阁，但他们没看到，司机脸上露出一种失望的神色。当他偷偷减速时，海冬手里的枪在他脑后用力顶了一下，他只好继续加油，拐进了二道码头江岸的胡同里。

胡同里是个上坡，中吉普在上坡中途突然熄了火，车子倒退着向坡下滑去。海冬和关杰都不懂汽车，也不知道出了什么问题，但他们明白，汽车退到主路上，就会和来往的车辆相撞，那就会引来巡警或搜索队，他们将暴露身份。情急之中两人跳下车，想要拖住汽车，却反被拖带着乱了脚步，扑倒在路上。当他们站起来继续追赶，中吉普已经退到了主路上，幸好没有发生撞车，两人刚赶上去，中吉普却突然重新发动起来，吼叫着加大油门向前冲去，险些撞倒关杰。他们只能眼睁睁看着它像野马一样冲过二道码头，越跑越远……

行动失利，且已经让敌人知道他们进了城，情况更加危急。海冬和关杰在二道码头江堤下见到桂春河，让他立刻过江会合翎子和山妮，带着所有队员，迅速返回荒山嘴子，海冬和关杰赶去"知雅堂"，请老姚再联络老刘。

<h1 style="text-align:center">44</h1>

海冬和关杰与老姚一起向老刘汇报情况时，海冬忽然想起，司机打电话时说了一个号码，当时以为是接通军线的号码，所以并未十分注意。

在敌人心脏里战斗十多年，老刘十分清楚这个号码代表什么。政府军事委员会调查统计局，即军统，1946 年 6 月，军统秘密核心部分改组为国防部保密局，仍然是国民党特务组织。从军统到保密局，特务系统里每个成员，都有一个号码，标志他们的身份和级别。保密局吉林站正是通过电话监听到这个属于马中贵的号码，才知道那个司机其实就是马中贵本人，非处危险之境，他不会在民用电话里报出自己号码，所以，行动队和搜索队才会立刻赶往电话局和临江阁解救。

老刘的分析，让海冬懊恼没严格审问马中贵，已套住的狐狸咬断索套逃走了。

敌人正在城里大肆搜捕，其他队员已转移到城外，可是已经打草惊蛇，再抓马中贵难度更大了，必须改换目标。同时，还要拿到敌人新布防计划，尽快报东野首长。老刘只是副官处长，无法知道布防计划具体内容，获取计划需另起炉灶重打锣鼓。老刘确定新目标，抓捕城防司令部作战处长唐际标，既能震慑敌人特别是高层，又能夺取计划。

老刘说："唐际标全盘了解新的布防计划，核心内容是他一手策划。他清楚地知道，我们已经派人潜入吉林城，而他掌握计划核心内容，必定是重要目标。这些天，深居简出，行踪不定，在外面抓他的可能很小，进入敌人窝里去抓，难度很大，得等机会。"

"首长要求的时间很紧，三天必须完成任务。老话说，不入虎穴，焉得虎子。在外面不行，就进里面，活捉不了，也得拿到计划！"海冬坚持要尽快行动。

"老刘，你熟悉敌人内部情况，只要给我们画张图，指明唐际标的住处和进出通道就行。不管狼窝虎穴，我们都要把他掏出来。"关杰也很坚决。

"进入重兵严守的城防司令部，等于白送死。唐际标住的作战室在二楼最里面，要经过两层楼梯三道岗哨，作战室还有两个警卫。你们怎么进去？就是进去了，一旦警报响起来，两个警卫连的士兵就会把大楼团团围住，根本别想出来。"

海冬又问："有别的路能进去吗？有地下暗道，或者夜里能从屋顶进去？"

"没有暗道，要有也得先进地下室才能上楼。上屋顶也只能到三楼，还是无法靠近作战室。而且那幢楼在大院中间，周边是空地，探照灯机枪封锁着通道，耗子和猫都过不去啊。"

四人都沉默了，"知雅斋"里寂静无声。

好半天，老姚开口了："进去肯定不行，在外面干不是没有可能，想办法让唐际标出来嘛。只要他出来，多几个警卫也挡不住猛烈的突然袭击。咱是老鹰抓小鸡，母抱子护不住啊。抓住这个活口，就能掏出布防计划。"

老刘说："他要能出来，咱还费啥劲啊。可咋样能让他出来呢？"

"反间计。用假情报设局，把唐际标说成是地下党，逼他出逃。"

"老姚主意不错，可要让敌人相信，唐际标也得真洗不清，走投无路，下决心逃出来才行，这在短时内恐怕难以实现。"关杰提出疑问。

海冬冥想半天，从老姚的话里得到启发："把唐际标逼出来是个办法，反间计需要严密的铺垫，一时间做不到。可他要是得了重病，就得送医院吧？"

老刘马上明白了，接着说："让他有病不容易，可给他下毒马上能见效。严重腹泻就得送医院，咱们在医院下手，只要一天就成。"

于是，一个制造食物中毒，在医院劫持唐际标，押送出城的计划很快形成。

马中贵失踪和逃脱，再次证明小股共军已潜入城里，目标就是新的布防计划。

城防司令部立刻加强内部戒备，作战室和各楼层都加了岗哨，院子里架起了机枪，探照灯来回扫射，织出一道道网。几幢楼内都是灯火通明，亮如白昼。

老刘凭着副官处长身份，在楼内巡视，寻找机会对唐际标下手。他知道唐际标不会走出作战室，他也不能进入作战室，但唐际标有严重的胃病，每天熬夜时都得由勤务兵送夜宵缓解疼痛。子夜时分，他来到一楼餐厅，混在一些吃夜宵的军官中间，果然看见唐际标的勤务兵也在桌上吃面条，手边正放着一个盛着面条的手提饭盒。他拿了一个同样的饭盒盛了面条，把早就备好的泻药倒进去，从勤务兵身边走过，趁人不备，迅速同桌上的饭盒调了包。

凌晨三点，唐际标腹泻发作，又吐又拉，折腾得面色惨白，满脸大汗，几乎虚脱，同时又引发心脏骤停，值班军医只好将他送往附近的国立医院。

按照预定计划，这天午后，海冬独自来到国立医院，楼上楼下详细查看一遍，把医院布局和上下通道进出关口都记清楚了，就在院外隐藏着。关杰赶回荒山嘴子，日落前和徐义彪及四个队员分头进了城，天黑时，与海冬会合，按海冬指派，分别藏在国立医院楼内的储物间和医院对面的街心小花园里。

唐际标送到医院时，海冬装病躺在了一楼东侧急诊室靠窗的病床上。他眯着眼看着医生护士好一顿忙乎，唐际标总算平稳下来昏昏睡去，勤务兵也趴在床边睡着了。他悄悄起身，推开东面的窗户，划着火柴向黑夜里发出信号，拉上窗帘遮挡住敞开的窗户，又躺在床上等待关杰和徐义彪进入急诊室。

两个队员正向窗外靠近，两辆汽车尖叫着急停在医院门口。原来马中贵一直没离开城防司令部，唐际标这么一闹腾，让他警觉起来，立刻打电话通知保密局吉林站，和行动队的人同时赶来医院。他们冲向急诊室，已经走近急诊室的关杰和徐义彪，迅速应变，马上搀扶着越过急诊室，一瘸一拐向楼上走去，在楼梯上会同下楼来接应海冬的两个队员，隐蔽楼口，相机行事。

马中贵叫醒唐际标和勤务兵，看他问题不大，这才松了一口气，转脸看见病床上的海冬，顿起疑惑，走近查看，立刻认出了这是上午胁迫他的共军，他大叫一声就要掏枪。海冬猛然跃起，一脚踢倒马中贵，回身跨出两步，从窗户跳了出去。

关杰等人在门外打了几枪，从侧门跑了出去，吸引马中贵带人追赶。

马中贵一无所获，才明白是被共军诱惑了。

而这时，海冬和队员们已经消失在黎明前的朦胧中……

45

锁定两个目标接连失利，布防计划仍未获取，队员们憋了一肚子火气，早饭的大饼子剩了一筐，没人理会。

徐义彪虎着脸，抓着一把炒黄豆，赌气地一粒一粒往嘴里扔，扔一个，使劲咬出嘎巴一声，再扔一个，再嘎巴一声，像是恨不得把敌人一个个咬碎。

白翎一脚蹬在一个半截树桩上，一手叉腰，一手甩着马鞭子，咬牙瞪眼地说："咱可从来没这样秃露反帐水裆尿裤啊，连黄皮子、钻地龙（黄鼠狼、老鼠）这些一窝不如一窝的玩意儿都搞不定，还能逮着大牲口？你们这些老爷们，就不觉得脸上臊得慌？冬哥，咱就干等着啊？"

关杰无声地看了白翎一眼，本想制止她说糙话，白翎却回了他一个白眼："咋的？还不兴俺说两句？有能耐，是爷们，别憋着，都说说，咱咋干！"

徐义彪想争辩两句，看到白翎怒目而视，忙把想说的话咽了回去。

"行了！都少说两句。翎子尽说粗话，不知道你是个姑娘啊！"

海冬的话，对白翎几乎不管用，但她还是忍住了，不再争执。

从黎明时赶回荒山嘴子，海冬就闷头不响，把进吉林城的行动认真捋了几遍，除了在医院让马中贵认出来，并没有什么漏洞，却让马中贵和唐际标从自己手上溜掉，初战不利，着实让他恼火。但是，跟自己生气没用，也没工夫生气，时间不等人啊，不管龙潭虎穴狼窝熊仓，都得再去闯。他瞪了翎子一眼："谁说要等？等啥？蒋介石还能自己提着脑袋来投降啊？大伙多吃点，省得饿肚子。"

听他这么说，翎子消了气，使劲甩了下马鞭子，她明白，很快又要行动了。

上午，地下党交通员送来老刘传出的两个消息，一是司令部在今晚召开作战会议，会后，新的布防计划正式文本将由师团长们带回各自驻地；二是敌人东北"剿总"一个副司令今晚由长春乘火车到吉林视察。海冬当即决定，由桂春河小队在荒山嘴子伏击返回江密峰驻地的一个师长，夺取新的布防计划。徐义彪小队迂回城南，拦截返回苇子沟的马中贵，不管能否拿到布防计划，都必须干掉他。同时，以城东城南两处交火制造假象，迷惑敌人，掩护海冬和关杰小队的另一个行动。

傍晚，徐义彪在城南先打响。昨晚的失利让鹰刀队员们蒙羞，徐义彪铆足了劲要跟马中贵算账，一梭子子弹把马中贵打成了筛子，三分钟解决战斗，一把火点着了那辆中吉普。几丈高的火苗子蹿起来，像支大火把，引来了敌人巡逻队，队员们埋伏在树林里，又是一阵扫射，像割草一样把蒙头转向的敌人放倒一片。巡逻队摩托车油箱被打着火，几个残存士兵带着浑身火苗吱哇乱叫满地打滚……

与此同时，城东简易公路上，一辆美式小吉普被半截倒木拦阻，一个军官和两个卫兵刚跳下车，就在弹雨中毙命。桂春河和两个队员冲上来，从车里搜出一只黑色皮包，找到了布防计划，然后放走了司机，让他开车回城报信……

城防司令部很快接到报告，马中贵和那个师长被击毙及一支巡逻队全军覆灭。马上派出搜索队和一个警卫连分别向城外追踪，也都同样遇到突然袭击。从苇子沟和江密峰赶来增援的部队，没走多远，就被子弹手榴弹给堵了回去……

城外硝烟还未散尽，夜幕下东大营驻军又遭遇一场惊魂。徐义彪、桂春河两个小队在城东合为一股，迅速收拾了城关卡子守敌，一路突进，向东大营发起攻击，机枪、冲锋枪、手榴弹打得热火朝天。敌人忙着调兵增援，可能够快速出动的部队都在城西，手头没兵，只好把火车站上一连步兵派了出去，因为车站离东大营最近。

但是，他们完全忽略了，这个连是为即将到来的那位"剿总"副司令担任警戒的。警卫被调走，火车站的戒备，已然形同虚设。

在夜色的掩护下，海冬和关杰小队沿松花江边铁道线，向哈达湾纵马急驰。

两条磨得十分光滑的铁轨上，反射着点点月光，远远看去，像两条挨在一起的长龙，身上闪烁晶亮晶亮的鳞片。更远处，亮着长龙的一只眼，正渐渐逼近。

队员们在一个无人看守的小桥边下了马，铁轨上很快燃起一堆火。正驶过来的列车拉响汽笛，紧急减速，停在了火堆前，司机和助手及司炉都跳下车来查看究竟。五六个身影分别从几节车厢两侧攀上去，捅开车门闪身而入。

列车重新启动时，海冬等人穿过十分拥挤的旅客，走向列车后部的软席车厢。

然而，一节车厢坐满荷枪实弹的士兵，把他们和软席车厢隔开，进入软席车厢已不可能。强行开火必然殃及乘车百姓。可不出十分钟，列车就要进站，海冬只好改变在车上动手的计划，和队员们混在旅客中等待进站停车后，再作打算。

就在这时，列车突然减速，慢慢停了下来，停在了距离火车站五六里外的松江桥北。原来，一支游击队赶来增援鹰刀突击队，在铁道线上再次设下障碍，迫使列车停了下来，并且摘掉了满载敌兵车厢的挂钩。列车再次启动时，海冬和鹰刀队员们下了车，与游击队接上头，合兵一处，一起围住了这两节车厢。

游击队长向海冬传达了一个命令，取消攻击列车的计划。东野司令部发来急电说，现有迹象表明，这位副司令也在暗中联络我军，似有投诚的意图。这时再打，就会给他造成误解，怀疑我们的诚意，刚伸出来试探的触角，就会缩回去，再想争取他，很难了。

于是，鹰刀突击队和游击队悄无声息解除包围，撤出了这场还未开始的战斗。

由于没动一枪一弹，避免了更多的伤亡。也由于没有开火，这件事几乎没人知道，只有列车运行日志上，记载了这两次间隔时间很短又莫名其妙的临时停车。

事后，海冬才知道，鹰刀突击队在吉林城内外的袭扰行动没有受到更大阻挠，六十军的部队也没有出动，其实是已经有起义意图的曾泽生军长暗中保护了他们。虽然威逼敌军首脑的行动中途收剑，但仍然震慑了吉林守军。

正是这次紧急叫停，让列车上那位副司令感动于解放军诚意，终于弃暗投明。

鹰刀突击队在吉林城里行动，迫使敌人外围部队向吉林城靠拢。东野首长根据这个情况，命令部队在敌人撤退途中发起攻击，歼灭了一部分敌军，为解放吉林减轻了压力。

鹰刀突击队圆满完成任务返回根据地，东野司令部又传来一个新命令。

第十章　三进四平

46

戊子鼠年初五早上，鹰刀突击队的年轻人都在等着吃破五饺子。

山林支队司令员乌尔汉·乌力嘎炸开满脸胡子，洪钟一样的声音，在鹰刀突击队的山洞里震荡："小子们，好事总能让你们摊上，俺这个老家伙闲得骨头都他娘的软啦。看你们去打打杀杀，俺手心直发痒！"

连续几场作战，鹰刀突击队受到东野首长嘉奖，据说还要再给他们装备一批好枪，这些天大家伙儿都期待着。乌司令的话好像勾起白翎肚里的馋虫，她迫不及待地蹦着高，追问乌司令："老爹，俺们又来啥好事啦？不会是给俺们送来了新枪快马吧？"

小青年们都习惯管乌司令叫老爹，白翎也不叫姨父，她觉着叫老爹更亲切。

"哈哈，丫头，叫你说着啦，好事成双啊。五支美式六轮子，一百个瓜瓣手雷，在俺手里还没焐热乎，就都归了你们啦。"乌司令笑眯了眼。

白翎却不屑，一撇嘴："哎哟哎，我当啥好玩意儿呢，几个六轮子，能比得上俺们的二十响啊？都不赶猪肉好。老爹哟，你这是好大黏豆包，皮儿厚没馅啊。"

不怪白翎瞧不起这六轮子，美式左轮手枪，只有六发子弹，当然不如二十发子弹、有快慢机、打起连发来能顶一支机关枪的驳壳枪来劲。鹰刀队员们已经用惯了这得心应手的家伙，当然对左轮枪没兴趣了。

乌司令依然笑呵呵地说："人巧不如家什妙，大刀短刃各一套。打狼咱用枪，逮鸟咱用罩，到啥时用啥家伙嘛。"

围上来的鹰刀队员们七嘴八舌地问道，这回啥任务，咋还要换枪？

海冬靠在山洞石壁上给巴图鲁喂肉，支棱耳朵听大伙问话，心想，连枪都得换，这可是特殊任务。精巧的六轮子，打仗不丁楞，却便于隐藏，看来又要进狼窝掏狼崽啊。

他没猜错，鹰刀突击队这次行动，又是进入敌占区，闯龙潭虎穴，唱了一出盗御马，且唱得戏中有戏，绵里藏针，柔中有刚。

东野司令部调集一批主力，正准备攻击辽北省（今辽宁省、吉林省、内蒙古自治区各一部）省城四平。这里地处松辽平原中部腹地，辽、吉、蒙交界处，是东北通往内蒙古和京津冀的必经之路，无疑是战略要地。拿下它，就关上了吉林省的"南大门"，对长春和哈尔滨形成关门打狗之势，龟缩在长春的敌军就无法逃回沈阳，更无法逃回关内。

1946年和1947年，民主联军曾与国民党军队在四平进行过三次极为惨烈的较量，这次是第四次鏖战四平。为减少伤亡速战速决，需要派人进入四平与地下党取得联系，带回敌人防御部署。这个任务就由最适于化装侦察的鹰刀突击队承担，这些十七八二十啷当岁的姑娘小伙们，不易引起敌人注意，而且他们已经多次出色地完成这样的任务。东野首长是又一次用这把利刃，剥开四平这个曾经烫手的山芋，鹰刀突击队传送情报，也是刀过竹解麻溜快，速战速决。

战事紧迫之中，大将挥师固然是大马金刀的气派，却也常常运用小刀割喉的战术，切入要害，一击夺命。鹰刀突击队三进三出四平街，既隐秘又迅疾的行动，恰如首长们唱了一出柔剑绕指、出神入化、剥茧抽丝、手到擒来的好戏。

出发前，乌司令又对鹰刀队员们开玩笑说："正月十五那天，俺煮一大锅元宵，烀个大猪头，蒸好黏豆包，等你们回来，要是你们能赶上热乎的好嚼果，俺就封你们是温酒斩华雄的关云长、七进七出的赵子龙！"

老爷岭深雪寒风中追捕匪特三天三夜，徐义彪冻伤了脚，这次不能随队出征，急得抓耳挠腮，听乌司令如此称赞，自己却不在其中，愤愤地说："俺可是只能守家在地不能走，鹰刀派不上用场，当不成关云长，也当不成赵子龙啦！"

桂春河窃笑揶揄道："那你可以给俺们杀猪啊，等俺们回来吃猪头肉，俺封你为屠夫张飞吧。"

徐义彪身形稍胖，脸也大，眼珠一瞪，那模样很像张飞，大伙都笑起来。

这些孩子们虽然在战乱中没有条件和机会上学，可在长辈们长期的耳濡目染中，多少也知道些历史掌故，特别是那些老戏演绎的著名战事，对他们来说并不陌生。他们敬佩那些在战火中冲杀的英雄，更喜欢做千里走单骑的关云长、敌阵里杀个七进七出的赵子龙那样的孤胆勇士。哪怕最危急时陷入重围，他们也不会贪生怕死，在他们身上总是藏着一颗小巧的手雷，就是为了要与敌人同归于尽。而他们的鹰刀，在必要的时候，会毅然割断自己的咽喉，绝不当俘虏，不做叛徒。

临行前，除海冬和关杰、白翎、山妮、山虎子五人换了一支六轮子，其他队员仍然是驳壳枪和汤姆枪，每人还配备了四枚美式瓜瓣手雷。别看这玩意儿不大，可威力不小，内含大量炸药，那瓜瓣叫破片槽，弹壁较薄，爆炸时会发出冲击波，杀伤力极大，还可以用于破坏装甲车辆和工事。这些六轮子和手雷，是东野首长特意从敌人手里刚刚缴获的大批美式装备里，为鹰刀突击队调拨来的。尽管年轻人不喜欢左轮子这种即使被叫作武器却缺少些刚性的东西，但他们心里很清楚，进敌占区需要装扮成老百姓，驳壳枪不易隐藏，首长们是为他们应对复杂敌情和险恶处境而准备的。

装备这种武器，无疑表明，鹰刀突击队将面临一场更严峻的考验。

战马似乎闻到战场气息，个个兴奋地打着响鼻，马蹄急切地刨着地面，不时昂起头，发出咴咴的嘶叫。战马的兴奋感染着战士们，不待海冬下令，纷纷跳上战马，勒紧缰绳。

乌司令见状，知道用不着再说啥，大手一挥，气宇轩昂地喊了声，出发！

队员们抖动缰绳，双脚一磕马肚，一队战马旋即刮起了一阵疾风……

47

冬季攻势后，东北战略要地四平已成为我军重点攻击的目标，部分主力正在进抵四平，先后占领彰武、鞍山、营口、法库、开原等中小城市。鹰刀队员无须再隐藏行踪，一路扬鞭跃马，经双阳，过伊通，仅一天时间，到了杨家堡。

东野一个纵队在这里设了一个指挥部，这里也是鹰刀突击队此行的临时驻地。

攻城部队急需城防部署情况，但去年冬天，地下党秘密联络点被敌人破坏，唯一的一部电台被夺走，无法发送情报，而敌人警戒严密，电台根本送不进去。情况不明，敌方变化如何，大战在即，不了如指掌，指挥员不能轻易作决定。

情报战是中外军事史的一个重要组成部分。古往今来的战争，没有情报等于盲人摸象，因而古代有军事家说"三军之事，莫亲于间"，说的是战争的发起和进程乃至战争最终结局，通过间谍获取重要情报具有极其重要的作用。鹰刀突击队正是在这紧急关头，要潜入敌人重兵把守的四平，联络地下党取回情报。

守敌加强防范，严厉盘查进出人员，随身携带任何带有文字的东西都有很大嫌疑，也十分危险。地下工作早有纪律，情报必须严防泄露。为防止敌人发现，不准用文字记载，也不准使用密码、代号、暗号方式书写，要全凭记忆，而且只能单线联系，绝不许横向关系。指挥部首长要求海冬和队员们，进城取情报必须严守纪律。

东北局城市工作部也派来一位老李同志协助侦察和传送情报，他专门向海冬介绍四平街地下党联络地点和联络方式，联络点在道东的北市场，是一家酒店。

这天凌晨，指挥部派出一名战士担任向导，带着老李和鹰刀突击队穿过我军集结地域，前移到距四平街二十里的柳家屯。老李和向导与换上百姓衣服的海冬小组继续向四平街行进，桂春河与林生率其他队员留守在这里，随时接应。

上午八点，老李和海冬小组到了四平城北莫杂铺哨卡。

老李说："这里是敌人哨卡，我不能再随你们前行了，你们要独立行动，记住，要随机应变。两天内，不管能不能拿到情报，都必须回来，不得恋战。"

此时，四平守敌虽已是强弩之末，但还是固守城区，并在城外设卡加强盘查，城内警备森严，搜捕地下党。莫杂铺又增设了哨卡，还砍掉莫杂铺到四平街城区道路两旁的树木，在路旁和延伸的土地上修建了一片地堡，地堡上一个个黑洞洞的枪口，像豺狼虎豹的眼睛，盯着过往行人。

准备通过莫杂铺哨卡进城的人，正排着长队等待检查。白翎和山妮走在前面，两人胳膊上各挎一个柳条小筐，里面装着鸡蛋和大饼。海冬和关杰、山虎子各挑着一担茅草柴火拉开不远，跟在她们后面。他们的左轮枪，藏在柴草担子里。冬季严寒的天气刚刚有些回暖，这时还正是青黄不接、少吃少喝的时候，也是城里取暖柴草快要用尽的时候，食物和柴火，都是急需之物。海冬小组带着这些东西进城，恰是身份的掩护。

一个老兵油子，走过来指着白翎说："这里装的啥？有没有夹带？"

白翎将小筐放在地上，扯下苫布，露出几个鸡蛋。老兵抓了两只鸡蛋，根本不查，说了声过去吧。

特务便衣队麻脸队长却拦住白翎，看看小筐，厉声问道："你是城里的还是城外的？你要是城里的，家在哪里，你要是城外的，是哪个村子？说错半句，我要你的命！"

"俺是城里人，家往中央公园东边，就是兴亚银行后面那一溜青砖小房。"白翎不慌不忙回答，清楚准确。出发前，她已经熟记四平街地图，随口就能说出几个地方来，包括地形地物。

麻脸没发现什么破绽，摆摆手，又拦住了山妮："你是哪儿的？"

"她是俺姨家表妹，俺是上她家要几个鸡蛋，带她进城玩两天。"白翎马上代替山妮回答。两支六轮子埋在鸡蛋下面的谷子壳里，要是麻脸再检查筐子，白翎右手袖子里的鹰刀，立马就会割开他的脖子。

麻脸在山妮筐里抓了两个鸡蛋，又转身讯问后面的人去了。查到海冬时，问他："柴火送哪儿啊？"

"三道街胡记馒头店。俺们刘家村的柴草好烧又没烟，是蒸馒头最好的柴火。一个月俺就得给老胡头送两趟呢，后面这两个都是俺村的，一起来送柴火的。"

麻脸围着三人绕了两圈，眼珠盯着三担柴草，用脚踢了踢，柴草捆得很结实，每捆柴草里藏一支六轮子，不把柴草拆开，根本发现不了。

这两年执行任务几次路过，海冬知道早晚会有任务来这里，所以早就掌握了四平街情况。虽然连年战事，建筑大部分被毁，但街路没变，海冬说的地方不会错。

通过莫杂铺卡子，海冬五人分头绕道中央公园和三道街，到北市场会合。

48

道东的北市场乔记大酒店，是四平街里有名的大饭庄，顾客盈门，生意十分兴隆。虽然连年战乱，人心惶惶，生意受到很大影响，这里还有不少客人，时常有商贾老客、达官显贵、军政要员聚集于此，酒热耳酣之时，便露出了各路消息，而这些消息很快就会传送到东北局城工部和东野首长那里，因为这里就是地下党的秘密交通站。

店老板乔元夫以国民党区党部书记身份为掩护进行秘密活动，多次获取重要情报。他通过我党内线，搜集到四平街守敌各部队番号、长官姓名、目前驻地、武器装备、兵力数量等情况，但无法出城，正焦急等待城外派人来。

这天中午，正是店里热闹的时候，他忙着应付一桌又一桌客人，小伙计跑来说他外甥女来找。他心里一喜，知道城外来人了。

乔老板转身撩开门帘进了灶房，一边高声招呼着，让厨子伙计们手脚麻溜地卖卖力气，伺候好客人多挣钱，今晚也犒劳犒劳他们，一边四下寻着，用规定的暗语喊着："俺外甥女来啦，好些日子没见着啦，你姥姥好吧？"

白翎迎上去，很亲热地用双手拉住乔老板的手，暗中伸出一只指头，在乔老板手心里划了一个刀字，一边说："老舅啊，俺姥姥也惦记你啊。这不，让俺姐俩来看看你。有啥好嚼果给俺捎回去啊？"

"你们这俩小妮子，就惦记好嚼果，老舅早准备好啦，就等你们来呢。"

乔元夫早就知道声名鹊起的鹰刀突击队，这个刀字就表明是他们担任四平街情报传递任务，便把她们带到账房，拿来一包纸绳捆着的点心放在桌上，又摘下瓜皮小帽，在帽衬里摸出个纸卷塞进白翎手里，低声说："快看，记牢，烧掉。"

然后回到灶房，隔着帘子观察前厅动静。

近半个月来，四平地下党组织派出十几个人，利用各种身份掩护展开大范围侦察，以四平道东三马路金店、双德全商铺和陈家油坊以及道西二马路蔺家商铺等地为据点，以国民党城防司令部为中心，扩散至城区各处，收集驻扎在各处的军事设施情报，并密切关注各处兵力调动情况。现在，这部分情报就在白翎手上。

白翎打开纸卷，纸上写着："71军军部代号2219，驻地道东；87师师部代号2320，4个团共计6000余人……师部驻飞机场，其他各团驻在四平至双庙子一线……"白翎边看边背，默诵三遍，然后传给山妮。

山妮看着纸条，轻声背诵三遍，白翎也默默跟着背诵了三遍，两个小姑娘的记忆力都不错，三遍都没差错，白翎把纸条塞进嘴里，飞快地咀嚼着，纸条变成了纸浆，又扔进屋子中间的小火炉子里。一团火焰，一缕青烟，痕迹全无。

她俩出门一拐弯，却撞上了早上在莫杂铺卡子盘查行人的那个麻脸，两人赶快低头让过麻脸，快步向街上走去。这麻脸正要走进乔记大酒店，突然有所警觉，回头叫道："小丫头，站住！"

偏偏这时，一支巡逻队正经过这条街，白翎和山妮已不能有任何动作，只好停在街上，好在情报已经记在心里，手里的点心包与酒店没啥关联，麻脸也没看见她们是从那里出来的，敌人找不到疑点，也不会累及交通站。可麻脸的叫喊引起了巡逻队的注意，一队士兵围住了两个姑娘。

麻脸的叫喊也给藏在街对面胡同里的三人报了信，海冬探出头来，看到白翎和山妮被拦在街上，不由得紧张起来。眼下自己只有三个人，三支六轮子根本对付不了清一色汤姆枪的巡逻队，只好先按兵不动。

麻脸抢过山妮手里的点心包，撕开包装纸，把糕点一块块掰开，可除了一堆渣子，啥也没发现。麻脸又翻来覆去地对着阳光照着残破的包装纸，同样没有收获。他仍然狐疑，又盘问道："你们不是要去中央公园吗？怎么跑到北市场来啦？这可是一南一北离着挺远啊，你们这是玩啥花样？这点心哪里来的？"

北市场这里有好几家经营糕点的店铺，而且为了区分不同和各有特色，每家的包装纸与打包绳都不一样。白翎说不出是在哪家买的，便随口说捡的。这似乎有点荒唐，显然有破绽，麻脸岂能轻易相信？他嘿嘿干笑着，抽出手枪指着白翎的头："小丫头片子，你当我是傻子啊，这年月还能在大街上捡到这好吃的嚼果？王母娘娘过生日撒仙桃呐？我看你是共军的探子！带走！"

巡逻队押解她们，沿着街路向晓东中学走去，那是敌人抢占的据点，要是进了那里，想再出来可就难了。海冬紧张地思索着如何在路上解救白翎和山妮，看见街头那端开来一辆卡车，他和关杰对视一眼，两人心照不宣，都有了主意。当卡车驶过面前的时候，三个人冲出了胡同。

海冬从侧面跳上驾驶室踏板，拉开车门，左轮枪顶住司机脑袋，逼着他减速，关杰和山虎子攀上车帮跳进车厢，原来这车上拉着面粉。关杰趴在驾驶室后窗，告诉海冬，车上是面粉，海冬马上明白了关杰的意思。在海冬命令司机掉头的时候，关杰和山虎子用鹰刀划开了几个面袋。卡车掉过头来超过巡逻队停在路边，白翎和山妮看到车上的关杰和山虎子，也马上明白了该咋办。当巡逻队走过卡车旁边时，车上飞起开了花的面袋，纷纷扬扬的面粉撒落下来，顿时让巡逻队迷了眼睛。白翎和山妮早有准备，猫腰躲过飘落的面粉，趁敌人睁不开眼时，嗖嗖几步跑到卡车旁边，关杰和山虎子一齐伸手，把她们拽上了车。卡车拐进旁边的岔道，又从岔道上了另一条大街，转眼就不见踪影了。敌人被远远甩在了后面……

瞬间突发又转眼结束的闪电般的短兵相接，让麻脸和巡逻队的士兵们眼前一黑，睁开眼时，两个小姑娘已然不知去向。他们又揉眼睛又打喷嚏，蒙头转向好半天，才想起去追赶卡车，却根本找不见卡车的影子。

敌人城防司令部得到消息，下令关闭出城通道全城戒严大肆搜捕时，卡车载着海冬小组已经冲过莫杂铺卡子口，向柳家屯急驶。

49

当晚，海冬几人乘坐那辆卡车返回了杨家堡，上交了战利品。白翎和山妮向首长口述了敌人守军配属情况，但这只是敌人公开的兵力配属和防御设施分布，还需要了解最新变动的隐秘的防守计划。于是，海冬小组紧接着二进四平街。

首长告诉海冬两组摩尔斯电码：0325、0301。

上级考虑到敌人对进出四平街的人员搜查极其严格，敌人新的布防计划内容又十分繁杂，单凭记忆无法全部背诵下来，便通过潜伏在东北"剿总"的上线，传送一本密码给四平守军中的内线，要他利用敌人的电台发送情报。可是，就在海冬小组从敌巢返回当晚，这位同志在发报时被发现，电报刚刚发送不到三分之一，一伙敌人就撞开门冲了进来。紧急关头他发送了最后一串电码，在火炉里将密码本烧掉，但是，他与敌人顽强对抗到最后，壮烈牺牲。

首长说，这两组数码不是规定密码，只是摩尔斯明码，却无法破译。东野电讯部门分析猜测，从电码看，两组数码的第一位都是0，这个0没有意义，只是按电码排列规则，需要用0来组成四个数才能编组成一组。两组数码只有后面的数码才有意义，可能代表一个门牌或电话号码，因为目前东北大多城市街路门牌和电话号码还都是三位数。

东野情报部门分析认为，按照地下工作的特殊要求，内线同志取得重要情报，如果短时间内不能送出，为防止意外，通常会将情报制作一个备份，另存于隐秘之处。这两组数码所暗示的，应当就是存放备份的地点。能找到这个地方，就能拿到敌人最新城防部署。二进四平街，海冬小组的任务是和地下党组织一起，根据四平街的街道门牌和电话号码，破译这两组数码，找到情报，送回指挥部。

尽管一进四平与麻脸军官和巡逻队打了一个闪电式的遭遇战，但海冬小组并未使用武器，敌人搞不清楚他们的身份。指挥部首长决定，二进四平街，不许两个女孩参加，她们已在城里露了面，不宜再次行动，也为避免进城人多引起敌人警觉，只批准海冬和关杰、山虎子三人执行二进四平的任务。

果如首长所料，海冬小组回到柳家屯后，桂春河小队派出监视敌人的队员回来报告，敌人在莫杂铺卡子口增加了防守，而且特别对女孩严加盘查，甚至要搜身。敌人在莫杂铺设下重兵，却不知海冬三人迂回到了四平街北。

这天早上，海冬三人一身孩子打扮，向四平街北卡子门走来。这里驻扎着敌军一个团部，海冬和老李决定，二进四平街，就从这个口子进城。敌人越是戒备森严的地方，就越会放松警惕，形成灯下黑，反而更安全更容易得手。

海冬三人没受更多盘问就进了卡子，他们直接赶往道西北四马路中央公园附近城防司令部，不远的鸿大祥米店，就是海冬小组与内线接头的地方。那位同志牺牲前发出的两组数码，有可能就是代指这里。但是，海冬经过核对，米店的门牌和电话，与那两组数码没关联，用米店的电话拨了 325 和 301，都不是电话号，海冬把数码重新组合再拨，仍然没有应答，这说明，两组数码都不是电话号。

海冬和关杰、山虎子只好又去道东北市场乔记大酒店向老乔汇报。老乔分析，这两组数码，既然不是电话号码，那就应该是街路门牌，而且极有可能就在城防司令部附近，内线同志不可能将情报备份藏在远离自己的地方。老乔马上派人联络地下组织，派出五六个人和海冬小组一起，赶往位于北四马路中央公园附近的城防司令部，沿街查对是否有与两组数码相同或相似的门牌号。

一个上午，他们已经把北四马路和相邻的三条街路反复走了几遍，仍然没有发现标有 325 和 301 号的门牌，因为这几条街路都不长，门牌号根本没排到 300 号。这么多人在一个区域内反复地出现，一定会引起在街上巡查的便衣特务的注意，老乔命令先撤离，带着海冬等返回了乔记大酒店。

老乔和海冬三人几乎一晚没合眼，反复琢磨两组数码到底代表什么。关杰看着一张日本人绘制的四平街地图，盯着北四道街上的城防司令部说："内线同志为了安全，不可能把情报藏在城防司令部内，很可能就藏在附近。"

"要这样分析，隐藏地点也不应当是某个人家，因为违反了地下工作不允许横向联系的纪律。那么，隐藏地点只能是室外，而且能迅速拿到。"海冬说。

"城防司令部附近的开放地方，只有中央公园能够随时自由出入。"老乔指着地图上的一处标示树林的区域说。

海冬起身说："咱们现在就去中央公园，做现场比对。"

老乔马上拦住他："现在夜深，谁能半夜逛公园，况且现在还是大冷天？咱不能往敌人巡逻队枪口上撞。现在休息，明天再说。"

第二天一大早，老乔和海冬三人又来到北四马路。老乔和关杰、山虎子分散在街上警戒，海冬向城防司令部走去，刚到门口就被哨兵给轰走，他一转身，看到了对面的中央公园，便穿过街道径直走了过去。走着走着，他突然有所醒悟，备份如果真在这里，那组数码一定是说明城防司令部和中央公园之间的某种联系，莫非是二者之间的距离？他反身折回，从司令部门前重新开始，一边走一边在心里数着步子，数到312时，正是公园门口。他心里一喜，离325只剩13了，看来这个猜测对路。他又瞄向公园里仔细搜索，看见门内不远处有三棵呈品字形的老松树。噢，301，是不是说三棵树其中之一呢？他再次数着步子走过去，刚好是325步！即使常人步子的大小，但误差绝不会超过三五步，他不由得暗自佩服那位内线同志的智慧。

他突然想到，父亲曾告诉他，百年来关东地界上的土匪绺子有一个传统的联络方法，就是把消息藏在规定区域内刻有记号的大树里。海冬绕着每棵老松树摸了两圈，果然在一段树干上摸到了一块尖刀削出来的凹痕。摸到这块刀痕，他明白了，按照土匪绺子"指西藏东"的规矩，标有记号的地方，不是藏着秘密的地方，而是藏在对面某处，因此，秘密应该就在正对凹痕的那棵老树上。他轻轻走过去，绕着那棵树摸了两圈，在树根部触到一块松动的树皮，他抽出鹰刀撬开树皮，树干上出现一个小洞，他用刀尖在洞里挑出一只木制烟嘴，解开棉袄，把烟嘴插在左边腋下的口袋里，重新用树皮盖上洞口。走出公园，向关杰做出暗示，转身快步离开。老乔和关杰、山虎子也迅速撤离。

此时，街上刚有些行人，可是谁都不知道这里发生的事。

50

解放四平前线指挥部，根据获取的城防部署，制订了周密的进攻四平作战方案。东野司令部又传来命令，敌人在四平火车站增兵，海冬小组奉命三进四平街。

但敌人开始强抓大批民工，为原有城墙加固工事，在城郊修筑许多掩体，又在城里征用民房做碉堡。每条街巷都有士兵把守，就连城外的北山山头和山脚都增加了兵力。四平城内外也突然戒备升级，敌八十八师特务营接管城防哨卡，进出四平街道路，已经全部被严密封锁，禁止百姓出入，海冬小组也一时无法进城。

由杨家堡向南十几里，是中长铁路线上一个小站，叫小塔河。小塔河离四平街不过二十里，在我军完成合围之前，铁路还能运行，敌人通过这段铁路，向小塔河运送兵力，以加强外围防守。海冬小组恰好可借助往返于小塔河与四平街之间的运兵火车，再进四平。

当天深夜，指挥部派出一个骑兵排和鹰刀队员一起，到达距小塔河车站不到五公里的大洼村。这是一片低洼的苇塘，四周灌木稠密，适于隐蔽战马，又能就近接应海冬小组出城。桂春河小队担任护送，跟随海冬五人小组，在凌晨摸进了小塔河车站。这个小站只有两条铁道线，再往北已被东野部队占领，火车到了这里就不能继续向前了。刚刚运送一批士兵的一列闷罐子，就停在其中一条线上，要等到天亮后再返回四平。

当夜已经没有行车任务，除了三间票房还亮着几只昏暗的小灯，整个车站漆黑一片。站台和停车线上也看不到守卫，或许敌人以为共军部队还远在几十里之外，所以对这个小车站并未设防，五人小组的隐秘行动没有遇到阻挠。

停车线上的闷罐子，像一条睡着的长龙，静静地伏在黎明前的黑暗里。

五个身影跃上路基，分成两路，贴着一节节闷罐子，摸到车头和尾部守车。海冬和山虎子上了车头，藏在那里等待天明。关杰蹑手蹑脚爬上守车，竖起耳朵贴在门边听了一会儿，守车里没有一丝动静，他试着推了推车门，竟然没有上锁，便在车门上下两个门轴吐了几口唾沫，轻轻推开车门进了守车。随后又发出两声猫叫，示意白翎和山妮进入守车。

凌晨，票房里走出来三个人影，一路走，一路打着哈欠，似乎仍然没睡醒。

司机和司炉上了车头，还没等开灯，两把利刃就架在了他们的脖子上。但司机并不惊慌，却问道："你们是想弄俩钱花啊？还是搭车进城啊？是中途下车啊？还是到车站啊？"

"搭车进城，到车站，行个方便吧。"海冬回道。

"好嘞！那就收起你的刀，帮着俺上煤烧火吧。"司机很爽快。其实他姓刘，是铁路内的地下党组织成员，已经接到党组织指示，配合东野部队侦察员，弄清车站增兵数量和防御设施分布。

守车员上了守车，同样也被鹰刀逼住。关杰说："我们不是抢劫，搭这趟车进城，到车站前道口，俺就下车，你不声张不反抗，不会伤到你。"守车员连连点头应承。

车头上已是炉火熊熊，站台上响起开车铃声，刘师傅拉响汽笛，一声长鸣后，火车喷出团团雾气缓缓开动。

这时，东边慢慢浮起一线微光，天幕上映出一片淡淡的胭脂红。

闷罐车经过四平车站北边三公里道口，刘师傅有意减速，列车缓缓行进，关杰跳下车，回手接下白翎和山妮，就近隐身于在路基下的树丛中。

列车驶进四平站，站台上挤满了等待上车的士兵。趁敌人还未上车时，老刘拿出两套铁路制服，让海冬和山虎子穿上。俩人拎着小铁锤，分头沿着铁轨两侧一边走，一边叮叮当当地敲着，眼睛却向站内搜寻。他们看到，几个站台上许多用沙袋垒起的掩体里，都架着重机枪，站台北头还有十几门轻型火炮，对着通向站内的铁道。

他们走了一段路，又回到车上，车头已经摘离车体，刘师傅开着车头带他们去加水，又在站内来回开了两趟，站内所有情况尽在他们眼中。海冬粗略一算，这里集了大约一个团的敌人，比一周前的防守兵力多出三倍。

列车即将开动时，刘师傅告诉海冬，这列火车今晚七时，最后一趟从四平站发出。海冬说了声明白，便和山虎子下了车，像巡道工一样，一路敲着铁轨，从站台北头出了四平站，沿长大线向北来到距离车站两公里处一座天桥下。

海冬走过桥下，看到桥上也堆起许多掩体，无数黑洞洞的枪口炮口，正对着铁路和道口。敌人果然在此增派重兵，扼守着四平城区最重要的咽喉要道……

海冬和山虎子继续向北行进与关杰会合，街上已经是行人穿梭了。三人在路边小摊吃早饭，打算就近等待晚上七点，在这里再次登上刘师傅的车返回小塔河。这时，意外发生了，几天前曾与白翎和山妮发生遭遇的那个麻脸特务，带着两个便衣在这里出现了。

麻脸一早出来沿街巡查，到这里也是想歇歇脚弄口饭吃，突然发现了白翎和山妮。他嘿嘿冷笑着说："好啊，不是冤家不聚头，找你们好几天，没想到在这儿让我遇上了。来啊，给我抓起来。"说着掏出枪来，两个手下也持枪逼住了几个年轻人。

海冬和关杰抽出鹰刀藏在袖中，慢慢站了起来，两个便衣刚靠过来，只见白光一闪，唰的一下，血污飞溅，他们捂住脖子瘫在地上。这突然的变故，让麻脸目瞪口呆，趁他愣神之机，白翎和山妮同时端起粥碗泼到他脸上。山虎子抬手掀起小木桌砸到麻脸头上，白翎抢上一步，鹰刀随后插进他的前胸。

一连串的动作配合默契，干净利落，几秒之间，结束战斗。

街上行人甚至连这几个小伙姑娘的脸都没看清，他们已经钻进了旁边的胡同。特务便衣队和敌军搜索队在城里又忙乎一天，大街小巷翻了几遍，共军侦察员如同泥牛入海，毫无踪影。

在乔记大酒店歇息了一天后，海冬小组在老乔带人护送下，晚上七点半，从北道口登上了刘师傅的列车。身后的四平街，不久将有一场决定东北战场最终结局的激战……

回到浑天岭时，山洞里热气蒸腾，正月十五香甜的元宵和一个新任务正等着他们……

第十一章　先敌制胜

51

吉林即将解放，东北局和东北军区即东北野战军司令部却得到一个重要情报：敌人阴谋策划炸毁小丰满水电站，妄图水淹松哈平原，切断解放军的后方补给线，并令六十军烧毁火车站、炸掉弹药库，向长春突围。东北军区电令山林支队，安排鹰刀突击队急速赶赴吉林城，配合地下党，伺机行动，先敌制胜，粉碎敌人罪恶阴谋，保卫小丰满水电站。

首长还派来经验丰富的老柳同志，协助吉林党组织和潜伏人员，协同指挥鹰刀突击队，共同完成任务。首长特意向老柳重点交代，东北局城市工作部和军区联络部成立前方办事处，调来一支武装工作队，由老柳具体指挥，与鹰刀突击队严密配合。还要通过内线进行策反，争取敌军内部力量，加强小丰满的防卫，绝不能让敌人阴谋得逞。

首长们早就察觉了敌人的企图。1947年底，吉长前线指挥员就告诫敌人守军将领及下属官兵，如破坏小丰满水电站，将处以极刑。《东北日报》也刊登新华社评论和我方发言人谈话，揭露敌人企图破坏小丰满水电站的阴谋，向六十军官兵提出了严重警告。其实，无论是六十军首脑，还是一些中下层军官以及士兵，都已经无心继续与解放军为敌，他们不想再背负更大的罪孽，对上峰的破坏城市和各种民生设施的命令都消极地对抗。只有顽固不化的保密局特务们，还在负隅顽抗，大肆搜捕地下党和潜入城中的鹰刀突击队。

鹰刀突击队又一次回到吉林城，仍以荒山嘴子为堡垒，队员们每天分批进城，执行各自任务。关杰小队了解敌人各处驻扎和防御情况；桂春河小队和白翎、山妮发送对敌攻心战宣传材料；徐义彪小队留守荒山嘴子，并随时增援遇险的伙伴。

春天已经给东北大地换了新装，茸茸小草露出了尖尖嫩叶，暖风阵阵，预示着好日子就要来了。城里许多热闹的地方，人们都在传说，解放军就要打进城了。其实，他们身边正暗中进行着针锋相对的较量。即使已经有了暗中联络共产党想法的六十军最高长官，即使多年疯狂追捕共产党的保密局吉林站的特务头子，也绝想不到地下党的电台，就在距离六十军军部不足百米的地方日夜秘密工作着。

这是六十军军部北大墙外临街的一家米行，一座前店铺后住宅的二进院子。内院西厢房的后山墙，紧挨着一棵大树和一根电线杆子，密密的树枝和早发的芽叶，恰到好处地掩护着发报机的天线。侦缉队的摩托车每天从这里经过，电讯侦听车也不断在这条街上行驶，却始终没有发现，龙潭虎穴里藏着共产党地下电台。

这天一早，白翎和山妮又来到刚开门的米行，从粮柜上买走一小袋玉米面，玉米面里埋着一封电报译稿，要在上午转送六十军内我党内线。出了米行走不远，侦缉队摩托车开过来，驶过不远，突然停下来，跳下两个特务，拦住了两个姑娘，硬要搜查米袋子。白翎和山妮护着米袋不撒手，被他们强行拽开手臂，米袋掉在地上，一个特务刚要伸手去拿，白翎一把抢过来，生气地一边骂一边拎着米袋一角抖着，把里面的玉米面撒了一地。山妮坐在地上大哭起来，发出了信号，街边站着小龙驹和根宝靠拢过来，一旦特务发现米袋里的秘密，就干掉他们。

其实，白翎紧紧抓住米袋一角，已经把电报译稿捏在了手心里，特务看到玉米面撒了一地，上去用脚蹚了两下，啥也没发现，骂了两句扬长而去。白翎和山妮胡乱在地上拢了几把，抓了一些玉米面装进袋子，又佯装慌张地跑进了胡同。

电报是指挥部首长给曾泽生的信，揭露蒋介石和陈诚指使他破坏小丰满水电站的阴谋。第二天早上，这封信就放在了曾泽生的桌上，情报如此真实细致，让曾泽生头发都竖起来了，共产党的"内线"，不就在他的身边吗？他不由得渗出一身冷汗，马上令人把手下师长陇耀、白肇学和副师长任孝宗等人招来。

曾泽生说："上头要我们炸掉小丰满水电站，怎么办？"

陇耀一听，大叫起来："两军交战，死伤多少人都没有话说；可这炸水电站，受害的是千百万老百姓，那些无辜的老人、妇女和孩子将被活活淹死。这丧天良的事，难道我们忍心去做？我们不能再任人摆布了！"

任孝宗态度倒是很明朗："师长说得对！前事不忘，后事之师。当年老蒋炸了黄河大堤阻挡日本人进攻。可结果呢？日本人的进攻没挡住，却把数十个县老百姓淹入一片汪洋。那个惨状，至今还历历在目，难道我们还不吸取教训？"

白肇学附和道："是啊，那还是对付日本人呢！现在我们是在打内战，是对自己的同胞，怎么可以不计后果，不顾百姓死活，自己破坏自己的家园？"

几位师长说的，都和共产党传单及这封信大致相同，曾泽生自己心里也清楚，执行炸掉小丰满水电站的任务几乎不可能了。

52

尽管六十军上层已经断了炸掉小丰满水电站的意图，但东北"剿总"和保密局沈阳站及吉林站的特务，仍然一再督促行动。并且他们已经察觉六十军内部共产党内线正在积极向外联络，随时可能阻止爆炸。同时他们也发现有一支小股队伍活动在吉林城内外，其目的一定是护卫小丰满水电站。于是，一伙特务也在明里暗里加紧对这支队伍的疯狂追捕。

军统老牌特务章行仍是这伙特务首脑，他向六十军参谋长不断加压，逼迫他尽快组织实施爆炸，并在城里撒开网，设下圈套，企图诱使鹰刀突击队上钩。

这天，章行秘密派出四个特务，乘坐敞篷吉普车招摇过市，故意暴露着车上装着的几个印着白色英文字母 TNT 的绿色箱子。他们并不直接出城驶向小丰满方向，而是在城里兜着圈子，一会儿到了朝阳街，一会儿又驶向松江路，绕了一大圈后，中午时分停在临江门。几人跳下车进了路边小酒馆，要了些酒菜，划拳行令喝起来。

小酒馆附近街上，比往常多了些短工打扮的人，左一堆右一堆聚在一起。他们不断搜寻沿街四周，也不时盯着那辆吉普车。离他们不远处，停着两辆蒙得严严实实的中吉普，车里藏着章行和十几个荷枪实弹的士兵。

　　章行收到密报，临江门一带有小股共军活动。这是通向小丰满的要道，共军一定要在这里设下眼目，监视开往小丰满的每辆车，也一定要在这里进行拦截。他在临江门布下了暗网，那辆表面装着 TNT 炸药其实是空箱子的吉普车，在街上一露面，必然会引来鱼儿。

　　两天前，老柳就已经在城西松花江和温德河交汇处南岸的小村里布下了一队伏兵，配合鹰刀突击队拦截破坏大坝的敌人。这天晚上，海冬带着徐义彪小队与老柳会合，向他报告：关杰小队在临江门通往小丰满的必经之路上设了卡子，监控敌人动向；桂春河与白翎、山妮等六人，分散在市区主要大街上，只要敌人一出动，消息就会传来。

　　老柳通报东北局城工部发来的敌情动态："章行再次来吉林，目标就是小丰满水电站，这家伙行事十分诡异，常出怪招对付地下党。而这次，他极有可能故伎重演，制造假象，迷惑我们。所以，对敌人的行动，一定要辨别虚实，弄清真假。"

　　"敌人内部不是有咱们眼线吗？他们应该送出消息啊。"海冬有些不解。

　　"章行虽然没有真正抓住他们内部的地下党，但这些日子我们的同志在敌人内部活动频繁，他多少已经闻到了味。而且保密局与六十军是两条线，他们的行动从来对自己人都是隐瞒不报的，所以咱们的同志很难掌握他的动向，我们只能靠自己分析判断。"

　　海冬说："这么说，完成护坝任务增加了很大难度，看来必须要和章行老特务来一番斗智了。打仗俺不怕，但跟敌人玩心眼，俺经验不多，还得靠老柳同志多出主意啊！"

　　"其实你们大半年来在敌人肚子里进进出出，闯龙潭，入虎穴，掏狼窝，捣匪巢，干得很好，首长早把你们当成一把利刃了。这次再进吉林，是首长信任，更是给地下党添了一把力。而且城工部也派来一支武装配合，无论出现什么样的难题、什么样的险情，只要我们共同对敌，完成护坝任务是有把握的。"老柳不断给队员们增强信心。

　　鹰刀突击队历经多次独立作战，已经具备了正确辨别敌情的智慧和对抗强敌的能力。老柳的鼓励和分析，让海冬这位年轻指挥员更坚定了信心。当晚，他和关杰、桂春河、徐义彪和老柳根据眼下情况，决定再来一次敲山震虎，敌巢探秘。

章行在临江门表演前往小丰满实施爆炸计划的假戏，恰好是个机会。海冬率领鹰刀突击队将计就计，顺藤摸瓜，巧借此事，戳穿他的假把戏。同时，也是故意引火烧身，牵制敌人，为敌人内部地下党创造有利时机。

午后一点多，一辆人力车驶过临江门街头，与吉普车擦肩而过时，海冬一扬手，两枚手雷飞了出来，准确地落入车内炸药箱中间。随后一场爆炸，炸药裂成碎片到处乱飞，玻璃碎碴抛了一地。爆炸气浪的冲击波鼓开了小酒馆的窗户，还在喝酒的特务们惊得目瞪口呆，等他们缓过神来冲出小酒馆，却辨不出这爆炸是如何发生的。街上的烟雾遮掩护了人力车，他们更无从知道这惊心的一瞬间，假炸药箱的秘密已经昭然若揭了。

但是，飞速离去的那辆人力车，却没能甩掉尾随而来的两辆中吉普。

坐在中吉普驾驶座上的章行，一双贼眼紧盯着街面，特工本能让他绷紧着神经，人力车靠近吉普车时，就引起了他的警觉。看到人力车上扔出手雷，他号叫一声，一脚踩下油门，中吉普紧跟着人力车撵了上去，后面那辆中吉普也随后跟进。

阳春三月，天气转暖，日光充足的午后，街上行人慢悠悠地享受着暖意。徐义彪拉着人力车放不开脚步，速度慢了下来，中吉普已经快要顶到人力车后帮上了。奇怪的是，章行并没有开枪，只是不时地用中吉普的前杠撞击着人力车的后部，并把它挤向街边，他是要把人力车顶到临街房屋的墙边，堵住车上的人。

这时，已经到了辘轳把胡同东口。这是一条宽四五米的小胡同，仅容马车、人力车行走，而且胡同中间有一个拐弯，汽车根本进不去，所以才叫辘轳把胡同。这也是海冬和徐义彪安排好的撤退路线，进西口，到中间拐弯后，南侧有个小院，小院后墙下是一条排水的暗渠，钻进去走半里地，就到了江边……

借着徐义彪掉转车身的惯性，海冬纵身一跃跳下车，紧跑几步进了辘轳把胡同。徐义彪把车身横挡在胡同口，贴着墙边，一溜烟拐进了胡同中的辘轳把子。

章行的中吉普撞翻了人力车，却进不了辘轳把胡同，他命令士兵下车，拖开散了架的人力车，撵进胡同，追出东口时，街上只有乱成一团的人群……

53

海冬和徐义彪混入街上，像鱼儿游进江河，迅即淹没在人流里，没留下一丝痕迹。特务们没了目标，章行气恼地朝天打了两枪，街上更乱了，惊慌的人们四下逃散，仿佛又搅浑了一塘水，咬钩的鱼儿却把鱼竿拖走了，拖进了更深的水中。

老柳却是乱中自如，慢悠悠地沿街踱步。从章行的恼怒中清楚地分辨出，敌人企图引诱鹰刀上钩没能得逞，偷鸡不成反蚀一把米，暴露了假象，章行一定不甘心，下一步会再玩出新的花样。

果然，两天后，通向小丰满水电站的公路上，又出现两辆卡车。

老柳和海冬事先有了安排，鹰刀队员们这两天就在这条路上做准备，路基下构筑了临时防御工事，其实也是做给敌人看的。章行的眼线也正活动在这一带，他得到消息一定会像狗闻到骨头的香味一样扑过来。老柳和海冬放出消息，摆开阵势，就是要主动出击，把章行引到这里干掉他，消灭这个在长堤上挖洞的老鼠，才能有效保护电站。

这一着棋是卒前有车，马后有炮，这一出戏也是戏中有戏，扑朔迷离。老柳设计引蛇出洞断头斩尾，章行玩的是螳螂捕蝉黄雀在后，两军对垒，各有撒手锏。沿江公路，城西小村，仿佛九里山前古战场两军对决。敌方突入，反设围堵，险些让鹰刀突击队像杨家将后人杨再兴误入小商河，又好像关羽大意失荆州。

内线送出消息，章行在这天要带督战队到小丰满监督爆破前的准备。鹰刀突击队的两个小队，由徐义彪、桂春河分头带领，凌晨时分在关东三月倒春寒的冷风里进入预定区域潜伏下来，截杀章行。这天早上有雾，百米之内朦胧一片，恰好做了行动掩护。徐义彪一队藏在江边公路两侧洼地里挂满冰霜的灌木丛后面，距离公路不到三十米，能见度虽然不大好，但几辆汽车还是逃不过队员们的鹰眼。桂春河小队已经在天亮前运动到温德河口的树林里，河上有座老石桥，他们要在这里等待，等章行的车队过了桥，就封锁桥面。

这座老石桥，是早年间吉林市唯一跨江石桥，从古至今就是吉林城重要关口。这里在抗战时期也曾发生过激烈的战斗，鹰刀队员的前辈们，就曾在这里打鬼子，卫家园。今天，这里仍旧是消灭敌人的战场。

　　两辆卡车帆布篷里，坐着二十几个士兵，一早上还没完全清醒，就被当成诱饵来送死。章行在昨天晚上过了老石桥到了苇子沟，现在正带着一连敌兵向徐义彪小队背后移动。老石桥岸边正在形成我堵敌、敌围我、我围敌的态势，双方都有腹背受敌的危机，就看谁能夺得先机而制胜了。

　　章行再狡猾，也想不到，老柳率领的一支队伍、海冬与关杰小队也在凌晨从小白山北侧的山林里迂回到了小丰满与苇子沟之间。这里既能阻击来自小丰满方向的敌人援军，也能拦截向小丰满逃窜的溃兵。这是老柳和海冬、关杰等人反复琢磨出的多重设伏，借鉴并发挥古代排兵布阵经典战术，在方圆十里内，摆下了两三种战法连用的综合战术。如二龙出水阵，兵分两路，时而交错时而分开，令敌人防不胜防。四门兜底阵，按东青龙、西白虎、南朱雀、北玄武四方位排兵布阵，形成包围之势。七星北斗阵，按北斗星位置分头布兵，互为掩护，随时接应，分头进击，最后合围。这些战术变化莫测，令敌震惊。

　　卡车过了老石桥，行驶四五公里时，头车的左前胎突然被一枪打爆，接着右前胎也被打爆，头车瘫痪了。一个军官跳出驾驶室，刚露脸就被打得一头栽倒在地。车上跳下十几个士兵，伏在地上胡乱开枪，又被两边夹击的弹雨压得不敢抬头。后车司机忙乱倒车，掉头逃跑，也躲不过队员们准确的射击，两个后轮胎随即被打爆，再无法动弹。车上的人一个也不敢露头，都藏在布篷里，又被射穿布篷和车厢板的子弹打得不断号叫。

　　枪声渐稀，徐义彪起身冲出来，猫着腰向卡车靠近，背后却响起密集枪声。

　　一辆卡车疯狂驶来，机枪吐着一串串火舌，从徐义彪小队背后突袭，而且不止一辆，而是三四辆。尽管老柳和海冬设想章行会反包围，把拦截地点选在靠近小丰满的张屯，却忽略章行会把兵力放在近在咫尺的苇子沟，让老特务抢先一步堵在了徐义彪小队后背。为了不暴露目标，他们把马匹都藏在荒山嘴子了，只能从张屯步行，比章行晚了一步，徐义彪小队已经腹背受敌了。

　　报信的响箭在天上接连飞起了两支，尖利的呼哨撕开空气，传到了十里外。海冬心里十分焦急，徐义彪是轻易不服软的，现在他接连放出两支响箭，说明情况真的是很危急了。可是他和关杰小队，还有老柳的队伍都在十里之外，此时远水近火，鞭长莫及。海冬顾不得再隐蔽，直接带着队员们冲出林子，上了公路，撒开腿猛跑起来，同时，放出一支响箭，告诉徐义彪，援军正在赶来。

54

骤然响起的枪声，让起早进城的一队马车在公路上乱了套，人喊马嘶，横冲直撞。一匹驾辕的枣红马，拖着两侧拉长套的黑骡子和白骡子，疯了一样狂奔。一匹红马单独驾辕的胶轮大车，转头时撞上另一台木轮车，胶轮车毕竟比木轮车快，一下就把木轮车挤到了公路下，翻倒在沟里。

海冬冲上公路，看到这些马车，立刻有了主意，对关杰喊道："快拦车，抓马！"说着迎上拉车的红马，翻身跃上马背，手里鹰刀几下割断两边的缰绳，又挑开马脖子上的套包，驾辕的红马成了他的坐骑。别看没有马鞍子，没有马镫子，海冬从小就能骑光背烈马，这匹马已经被驯服得能拉车了，根本难不住他。他一手抓着马鬃，掉转马头，双脚猛磕马肚，飞快撺上了驾辕的枣红马，俯下身，挥着鹰刀，又是几下，割断所有缰索，枣红马和黑骡子、白骡子都解脱出来。他嘴里咴咴地叫着，拢住了三匹骡马，在路上一字排开，又使劲勒紧红马的缰绳，红马扬起前蹄站了起来，像立起了一尊关公雕像。

照着海冬的样子，关杰和队员们随后紧跟，纷纷拦截惊慌的马车。不出三分钟，驾辕的马匹、拉套的骡子，都成了队员们的战马，他们跨上去，又成了骑兵。紧随后面的老柳，马上把惊散的老乡们拢在一起，带他们撤进山坡，隐蔽在林子里。安顿好老乡，老柳命令队伍立刻放出警戒，准备阻击可能从小丰满过来的敌人援兵。

四辆卡车已经逼近徐义彪小队背后，机枪扫射中，几名队员倒了下去。负责后卫的根宝，刚担任副队长，他十分清楚，在这危急时刻该干什么。他一边用冲锋枪回击敌人，一边对徐义彪喊道："队长，敌人火力太猛，你带大伙儿快撤，我和三小组掩护。"

他把徐义彪推到路边，命令几名队员拉着队长后撤，带着三名队员迎着卡车冲上去，四支冲锋枪齐射，打掉了敌人两个机枪手，但是，三名队员中弹牺牲。眼看敌人就要冲过来，根宝连续翻滚，钻进头辆卡车下面，拉响了身上的手雷，火光和浓烟冲天而起，卡车前轮被炸飞，歪倒在路边。

后三辆卡车不能继续开进，章行命令士兵们下车，徒步向徐义彪小队追击。他以为这次设下两面夹击的计策，能把这小股共军一口吃掉。没想到派出既作诱饵又可以拖住共军的一队士兵，已经在徐义彪小队第一次冲锋中，悉数报销。

又没有想到，海冬也会在他身后藏了一队伏兵，攻击他的后路，反把他包围起来。而就在他追击徐义彪小队时，桂春河听到海冬发出响箭，带着队员们冲过老石桥，与徐义彪合兵一处，向他迎头而来。

章行身后，也杀出一队骑兵，就像是从天上飞降从地缝钻出，旋即在他的屁股后面围成了一堵墙。原本设计包抄小股共军，不到半小时，自己却成了瓮中之鳖。不管他如何咒骂情报处的蠢家伙是一帮光吃干饭的废物，也当不了破除眼前危局的解药，他甚至骂自己轻视了这小股共军的智慧，虽然抢占先机包抄后路先得一手，吃掉了几个小卒子，可并没有让他们伤筋动骨，自己没到中盘就再次失利，被轻易破解了黄雀在后的计谋。

此时，章行已经明白，城里部队无法在自己被消灭之前赶来解救，小丰满驻军其实早与党国离心离德，根本不会对他施以援手，他现在唯一能做的，就只能是逃窜。况且手下士兵已经拢不住了，他们无心恋战，更没有能力组织反击，只能像溃坝的大水，四下里泛滥。章行只好跟在他们身后，向路边毫无遮掩的雪地里没命奔逃。

早春天气刚刚转暖，雪地却是化了又冻，冻了又化，像镜子一样光滑，踩上去又陷进去，一片片碎冰碴子，一个个灌水的坑洼，把他们拖累在雪地里，三十来个士兵又成了鹰刀队员们的活靶子。章行再顾不得啥身份啥风度，甩掉军官大盖帽，脱去美式毛呢风衣，手脚并用，连滚带爬，在残雪泥水里狼狈逃命。

晨雾散去，阳光亮起来，视野更清晰。敌兵四散，像炸窝的黄皮子和老鼠，没目标地乱逃乱窜。瘫在路上的卡车，成了鹰刀队员们的射击掩体，他们不紧不慢一枪一枪撂倒一个又一个敌兵。海冬意识到不能在这里恋战，城西的敌人很快就会增援，必须尽快收拾掉眼前这股敌人。他命令小龙驹吹响小喇叭，通知队员们快速结束战斗。关杰这才把狙击枪瞄向已经在雪地上爬滚得疲惫不堪的章行，一颗子弹打碎了他的头颅……

55

几天后，鹰刀突击队再次秘密潜入吉林城。

章行被击毙，保密局又派长春站上校特派员何兆先来吉林督战。1947 年冬天，他带队在长春二道河子邮局抓捕杀害我地下党员，东北局城工部锄奸队和长春地下党曾多次追杀他，都被他逃脱。鹰刀队员再进吉林城，就是要干掉这个特务头子。

　　鹰刀突击队仍以吉林城东荒山嘴子为宿营地，队员们每天分头进城执行任务，一般都在傍晚返回。这天晚上，白翎带回内线送出的情报，何兆先今天要从城防司令部搬出，换到城西去住，但具体住哪里不知道。海冬与关杰和桂春河商量，还是先下山侦察，摸清底细，重点是找到何兆先的住处。于是，白翎和山妮、石柱在第二天一早下了山。

　　刘记车行刚开门，石柱租了一辆人力车，出门拐进胡同，给了车夫一把铜钱，让他回家躲着，十一点来接车。石柱在顺城街拉上了白翎和山妮，跑到船营街拐进胡同停在路口。城防司令部出来的人和车，只要向城西走，都逃不过他们的眼。内线说何兆先的吉普车牌是白色的，车号是"J宪—109"，他惯于使用宪兵特权，而这个白色车牌，恰好为鹰刀队员们跟踪提供了方便。

　　大约九点，一辆装满箱子柜子的敞篷中吉普从胡同口开过，后面跟着"J宪—109"号吉普。石柱拉车跑起来，紧跟吉普车后面，上午时分正是沿江街道行人较多的时候，汽车开不太快，石柱一路小跑能跟得上。过了临江门，何兆先的车进了张作相官邸。这里南临松花江只二百米，西距温德河与松花江交汇处八百米，是去往小丰满的咽喉要道，何兆先搬到这里，很明显是与炸小丰满水电站有关。

　　白翎说："赶快掉头，前面没有人家了，会引起敌人哨兵怀疑。"

　　石柱掉头沿江边跑了几十米，很快钻进一条胡同。但他们已经被发现了。何兆先一路都很警惕，不时回头巡视，这辆人力车从他出了城防司令部，就一直跟在后面，这时却掉头跑掉，一定有鬼。他命令司机掉头去追，撵进胡同时，人力车已经到了胡同中间，他直接开了枪，但汽车颠簸很厉害，没打中。白翎和山妮跳下车回击何兆先，打碎前挡风玻璃，打中了司机，吉普车停了下来。何兆先和卫兵伏在车里不敢露头，举枪乱打一气。她们的阻击，为石柱赢得了撤退时间。石柱趁机跑出胡同上了大街，穿过大街进了对面胡同，又穿过胡同，回到顺城街刘记车行旁边胡同，把车靠在墙边重新装上车牌，然后躺在车上装睡，等着车夫来接车。原来，石柱事先把人力车牌包了起来，何兆先根本无从查找，保护了那位车夫，使他免遭敌人毒手。

白翎和山妮边打边退，跑出胡同混入街上行人中，下午会合石柱回到了荒山嘴子，向海冬报告何兆先搬进张作相官邸。海冬立即决定，关杰小队移驻城西小村，把守要道，伺机诛杀何兆先。但是，他们始终没有得手，我党内线同志带领一些工人阻止了敌人爆炸行动，保住了小丰满水电站。何兆先接到命令，跟随六十军向长春撤退，当天逃出了吉林。

这时候，海冬和鹰刀突击队年轻的战士们，以及何兆先这个老特务，都不曾想到，后来的一段时间，双方会在被我军围困的长春城里，冤家路窄，再次交手。

第十二章　团山护桥

56

敌人守军已经撤往长春，而保密局吉林站特务田文西却接到了指令，纠集一股残余部队和一伙政治土匪，正在偷袭吉林城东的团山子铁路大桥，企图炸毁大桥，以阻止东野大部队进入吉林城。

刚刚接管团山子铁路大桥的，是东野挺进纵队先锋营的一个排，这时正进行着顽强的抵抗和反击。排长常勇指挥一班凭借日伪时期修建的桥头碉堡，在东面打退敌人多次进攻，守住了桥面。二班坚守在桥西严阵以待，防备敌人从西面攻击。

战斗僵持近三小时，弹药几乎耗尽，主力部队离吉林尚有一段距离，一时难以增援。老柳接到首长命令，派人赶到距团山子铁路桥最近的荒山嘴子，正在待命的鹰刀突击队立即增援。鹰刀队员们已听到铁桥方向传来激烈的枪声，早备好了战马正待出击，海冬立刻和关杰、桂春河带着两个小队出发。一队战马奔驰在山路上，从荒山嘴子赶往团山子，正好兜住敌人的屁股，两下合围，一举消灭他们。

敌人很难在短时间内得手，只好暂时撤离团山桥。黄昏时，鹰刀两个小队赶到了铁桥东面，战斗已经结束。但常勇和海冬都清楚，这伙敌人不会罢休，很可能继续攻击，现在最要紧的是补充弹药，修补工事。海冬知道，离铁桥不到五公里，就是吉林机械局，清朝时的兵工厂，抗战时期也曾储存过弹药，山林支队也曾在那里夺取过一批弹药，国民党再次占领吉林后，那里仍然是军火库。他当即决定，关杰小队留下来修整防御工事，桂春河小队带着关杰小队的马匹，即刻前往老机械局搬运弹药。

吉林地下党已经组织工人纠察队，在敌人撤离后立刻接管了军火库。但他们并不知道来搬运弹药的是鹰刀突击队，况且队员们又穿着老百姓的衣服，便被认为是要抢劫军火库的残余匪徒。幸好海冬提前想到了这个问题，没有把人马全部集中到机械局门前，而是由桂春河一人先去联系工人纠察队，避免了自己人打起来。

纠察队负责人虽然知道鹰刀突击队的大名，却不认识人，桂春河也无法证明自己的身份，一直被挡在门外。僵持半天，商量无果，桂春河只好返回江边向海冬说明情况，海冬马上派他骑马赶到地下党联络点知雅堂，老柳正在那里。

天已经全黑了下来，稀稀拉拉的路灯半明半暗，路上坑坑洼洼，好在街上已经没有多少行人，桂春河一路顺畅，轻车熟路，赶到知雅堂找到了老柳。团山子铁桥枪声停下来后，老柳以为战斗结束，敌人已被消灭，听桂春河报告敌人很可能会再次进攻，部队急需补充弹药，却在机械局与工人纠察队僵持。他立刻让人备好马车，赶往机械局。

工人纠察队负责人认识老柳，在老柳证实鹰刀突击队身份后，机械局的大门敞开了，几盏大灯把院子照得通亮。军火库里确实存放了许多弹药，敌人撤退前曾要炸掉这些弹药，地下党内线及时控制了实施爆破的小股敌军头目，并立刻送出消息。工人纠察队很快赶来，敌人已经不再抵抗，经过短暂谈判，纠察队不费一枪一弹接管了机械局，正好为我军守桥部队解决了枪械弹药问题。海冬命令队员们把十几箱枪械弹药捆在马背上，另有十几箱装上了老柳的马车，立刻向团山子铁桥赶去。

老柳和海冬同乘马车，路上两人又分析，进攻团山子铁桥的敌人来历不明，而且不知是否还有后续敌人，况且我军进入吉林前，残余敌军是一定要进行垂死挣扎的，团山子铁桥还将会有更为激烈的战斗。我军守桥部队只有一个排，加上鹰刀突击队的两个小队，也不足百人，兵力不足，恐怕难以对付更多的敌人。老柳当即决定，立刻赶回去向上级报告，请已先行进驻江密峰的一个团派人增援团山子，那里离团山子几十公里，三个小时之内，增援部队就能赶到。

同时，海冬派出小龙驹赶往江密峰，为增援部队带路。

小龙驹赶往江密峰的时候，已经夜深了。他曾多次往返吉林与江密峰之间，路熟又胆大，马术又好，不会误事。但是，机警的小龙驹却在路上发现了新的情况……

<h1 style="text-align:center">57</h1>

夜深之时，小龙驹骑马驰骋，冷风嗖嗖，从耳边刮过，他却在呼呼的风声里，机警地听到路旁山洼里有动静。他纵马跃进路边林子里隐蔽起来，不一会儿就看到，从山洼里出来一伙人，向吉林城东方向运动。

小龙驹藏在林子里，看不清这是什么人，但听到有人低声吆喝责骂，驱使他们加快速度赶去团山子。小龙驹明白了，这极可能是敌人赶往铁桥的援兵。这里距离吉林城不到十公里，团山子又要有一场硬仗了，他顾不得隐蔽，出了林子，飞速驰向江密峰。

他判断的没错，这一伙人正是要赶去团山子增援的。他们突然听到马蹄声，也不管是什么人，随即就开了枪。乱枪响过一阵，小龙驹毫发无损，已经跑远，月光下，他的白马像一道闪电，射进黑暗中。

静夜里枪声传得很远，在荒山嘴子待命的徐义彪隐约听到，知道又有战事。他留守在荒山嘴子，没轮到上阵，已经急得手发痒，他从远处的枪声里判断出，一定是有敌人正向吉林城运动，途中可能遭到拦截，不然，谁会在这深夜里还打枪？他意识到再次上战场大显身手的机会来了。可是眼下自己只有四五个人，且情况并不清楚，怎么办？

同样不愿意留守的白翎，听到枪声，也兴奋起来，不管咋说，有枪声，就会有战斗，如果敌人向吉林城里去，就会给海冬、关杰他们增加压力，而荒山嘴子正是拦截敌人的最佳位置，必须立即主动出击，阻截增援团山子的敌人。她的想法和徐义彪不谋而合，不必多言，立刻整装下山。徐义彪、白翎、山妮、山虎子、二林五个人，五支冲锋枪，五支驳壳枪，每人还有四颗手雷，火力不算太弱，打一场短暂的阻击战，可操胜券。

他们的判断没错。五个鹰刀队员，埋伏在荒山嘴子山崖上，扼守通往吉林城东的必经之路上，天蒙蒙亮时，果然与这伙敌人交上了火。

这是一个残余土匪绺子，五六十人，本来藏在山里想过几天安生日子，却在半夜被逼迫再去打仗。攻击团山子铁路大桥的敌人暂时停止进攻后，田文西立马带人赶到这伙土匪藏身的老窝，逼着他们增援。并许诺攻下大桥，进吉林城大开杀戒，抢掠三天。虽然田文西有了许诺，进了吉林城可以吃香喝辣，但谁也不愿意再被枪子夺去这条命。他们在睡梦中被哄起来，极不情愿地一路拖拖拉拉，磨磨蹭蹭，五六十人稀稀拉拉拖了一里多地，像冬眠刚醒来的蛇，慢吞吞蠕动着。

隐蔽在山崖上的五名鹰刀队员，没想到会面对十倍于己的敌人。徐义彪居高临下透过蒙蒙晨雾看到敌人时，不由一惊，敌我悬殊，仓促上阵，又无后援，孤军作战，处境不妙啊。他悄悄对白翎说："咱们人手少弹药有限，打起来没准要吃亏啊，打不打？"

"亏你是鹰刀小队长，咋的，看他们人多吓尿裤子啦？别忘了，你是站着撒尿的爷们，手里又不是秫秸秆。你就是拿秫秸秆打狼，那狼也得惧你三分！你他娘的要是临战退缩，我先拿鹰刀捅了你！"白翎咬牙切齿地骂着。

虽然暗中看不见脸红，但徐义彪被白翎这个小姑娘一顿抢白，自己的脸呼一下热起来。一个堂堂鹰刀小队长，咋能让一个黄毛丫头看扁啦？他立马反驳："谁他娘的临阵退缩啦？俺是说敌人比咱人多，咱不能硬干。你忘啦？冬哥常对咱说，打仗要用脑子，不能傻干，咱五个人，对付这一群狼，不跟他们玩玩心眼，能把这几十人收拾干净？"

"那你说，咱咋干？不管咋干，俺是绝对不能撤火的。这也是只煮熟的鸭子，就是它嘴壳子再硬实，咱也得嚼出他骨子里的油来！还能让它跑了？"白翎仍然气愤不已，哗啦一声，驳壳枪子弹上了膛。

徐义彪也抽出了驳壳枪："你看，山下是一字长蛇阵啊。打猎的常说，打蛇打七寸，擒贼先擒王。他是一字长蛇，咱就分段斩蛇，取蛇胆，砍蛇头，让他头尾不能相顾，咱们个个歼灭。这也是冬哥教过咱们的啊！"

说话间，残匪先头撩水（侦察）的三个匪徒，已经到了崖下。

徐义彪说："我先打，你们几个从中间打，从尾巴打，先打懵他们，再慢慢收拾。"说着开了枪，两个土匪应声倒下，剩下一个掉头就跑，一边跑一边哇哇乱叫。后面的匪徒听到骤然响起的枪声，呼啦啦趴倒一地，朝着雾霭里乱开枪。

白翎和山妮猫着腰，向敌人队伍中间运动，随即占据了正对敌人中间的位置。山虎子和二林，也到达了敌人队伍尾部。他们藏在岩石后面，各自依据高处的有利地形，依托树木和山崖，向土匪射击。五个鹰刀队员的驳壳枪和冲锋枪轮流射击，时而点射，时而单发，时而连射，像几把快刀，把敌人一字长蛇阵，分割成几段，把他们压制在山崖下。

清脆的枪声在冬天的晨风里，像炸开了河面上的冰层，像冻裂了山崖上的石头，不时有人仆倒在地，发出凄惨号叫，听得匪徒们心惊肉跳。无论田文西怎样煽动蛊惑，一贯做坏事的匪徒却无人响应，谁都知道，眼下这会儿还是保命要紧啊！

徐义彪和白翎几个人，这会儿可是过足了瘾，他们不慌不忙，一枪一枪地，不紧不慢地，交叉火力织成了网，网里的鱼，正在苟延残喘……

58

枪声同样传到了江密峰通往吉林的路上，小龙驹在前面带路，一个骑兵排紧随其后。

远处的枪声，催促着他们不断快马加鞭，马蹄踏在尚还冻得有些坚硬的路面，像战鼓，更像枪声。战士们心中更加急切，驱动坐骑，刮起一阵旋风……

这是一个骑兵侦察排，快速行动，紧急增援，打快仗，打硬仗，都能取胜。清一色美式装备，是刚从敌人手里缴获的，而且这些侦察兵马上射击的功夫不比鹰刀队员们差，百步穿杨，夜打香火，不是难事；天上飞鸟，地下脱兔，瞄上就跑不了。这样的精兵，和鹰刀配合，别说是一群残匪，就是敌人正规部队，一时也很难抵挡。

他们迅速在荒山嘴子形成关门打狗之势，小龙驹和战士们纵马突进敌阵，快速冲锋，连续射击，爆豆似的枪声，响成了一阵骤雨。徐义彪和白翎等人，越发兴奋起来，朝着山崖下的活靶子甩开驳壳枪，一颗颗子弹稳、准、狠地射向敌人，几乎弹无虚发。本来就战斗力稀松的土匪，除了几个靠枪吃饭的江湖老客，尚能顽抗一时，其余的立马成了死倒，剩下三个，只能交枪保命了。

一场几分钟的围歼战，以仅轻伤三人的战绩，全歼匪徒。迅速打扫战场后，审讯俘虏，这才知道，鼓动残匪出山来增援的，是田文西这个特务。可是死人堆里却找不到他的尸体，再清点人数，又发现少了两个匪徒，再扩大搜索范围，果然发现，在坡上树林里，有忽而并排、忽而左右、忽而前后的三行踉跄远去的脚印。骑兵排长决定，由副排长率领一个班战士们沿林中踪迹去追捕逃敌，自己带两个班继续前行，增援团山铁桥我军连队。徐义彪立即拦住他们说："你们的任务是增援，不可分兵。跑掉的这几头烂蒜，就由我们包圆了。"

于是，徐义彪带着山虎子和二林，去追捕田文西及两个土匪。小龙驹带路，骑兵排继续驰援团山铁桥。白翎和山妮押解俘虏，送往市区刚刚成立的军管会。

这时，撤离团山子铁桥的敌人，趁晨雾未散，向铁桥守军再次发起攻击。苟延残喘、螳臂当车的垂死挣扎，无异于飞蛾投火自取灭亡，鹰刀突击队和守桥的战士们，岂能再次放虎归山，留下祸根养痈成患？

重新补足弹药，又装备了美式枪械和足够的弹药，指战员们士气正旺，再加上鹰刀的关杰小队、桂春河小队，还有经过修整更加坚固的工事，团山子铁桥已经可以称得上是国民党军队经常吹嘘的"固若金汤"了。况且，老柳带来的工人纠察队，也用上了火力强大的美式自动武器。他们一部分正在桥西一片树林里待命，随时可以加入护卫铁桥的战斗；另一部分，沿江向西，控制了停泊在江岸几个江汊里的船只。

这时，我方可以参战的人员已经超过敌方，这场力量对比反差很大的较量，结果已经没有悬念了。

为了更准、更狠、更快地歼灭进犯之敌，海冬和常排长对铁桥防御进行重新布局。他们根据敌人很可能再次从桥东和江面同时发起进攻的判断，把一班和二班分布在桥东，三班继续固守桥西，并监控江面，防备敌人从江上向桥西偷袭。关杰小队在桥东两侧江岸一线排开，防止敌人从江边向铁桥侧翼攻击。桂春河小队沿江东溯流而上三公里，向打鱼为生的百姓借了三条小船，隐蔽在江岸，守株待兔，等待干掉要使用船只攻击铁桥的敌人，彻底打破他们从江上向桥下攻击的企图。

江岸防御火力也做了重新配置，四挺美式重机枪，分别放在铁桥两头桥头堡，居高临下封锁桥东通道和桥面。六支轻机枪分别放在桥下东西两头岸边，封锁江面。这种高低组合与前后照应的梯次防守配置，组成了密集的火力网，很像抗战前期淞沪会战中四行仓库保卫战时国民党守军的火力配置，进攻之敌无论如何也想不到，解放军会在一夜之间迅速增强多层防御力量，他们将面临强大的火力阻击。

59

让敌人更意想不到的是，在这个不足两平方公里的狭长地域，却演绎了一次完美的步兵骑兵协同作战和固守与出击近乎天衣无缝的巧妙衔接。一帮乌合之众遇上这样的对手，就是撞进了阎罗殿，落到死神手里，踏上了不归路。

天还未明，他们一边懵懵懂懂地在当官的驱使下向团山子铁桥发起新一轮进攻，一边还做着打进吉林城吃香喝辣、烧杀掠抢的美梦。同时，他们果然故伎重演，又分出一拨，还是沿江去抢夺船只，再装上炸药去炸桥。敌人的计划是岸边先行攻击，以掩护抢夺船只从江上突进，却不知江岸已经布下了埋伏。

所以，首先跟敌人打起来的，是桂春河小队。

因为修建了小丰满水电站，冬天的松花江江心主河道不再封冻，岸边依然会结冰，但冰面不过是十米左右的宽度和半尺左右的厚度，用力跳两下，就能踏破冰冻驾船前行。此时，曚昽的晨光下，岸边几只小船静静地浮在冰面，好像还在沉睡。十几个敌兵踩在冰上的脚步声，在寂静里很清晰，这就如同给桂春河小队报了信。桂春河与队员们藏在覆盖着篷布的船舱里，篷布下伸出一排黑洞洞的枪口，即将喷出的火舌，如同判官手里勾魂笔，只需一选一勾，就给进攻之敌点名，让这些恶人一命归阴。

当敌人靠近小船不到二十米时，枪响了，一串串带火的子弹，像瞬间发力的金蛇，扑向他们的脑袋、脖子和前胸、大腿。伴随着一片惨叫，脑袋穿透，脖子撕裂，胸前开花，大腿折断，一泡尿还没尿完的工夫，冰面上就躺倒了一堆血肉模糊的尸体，一伙人悉数报销，无一生还。

江岸打起来的时候，准备向桥上进攻的敌人，似乎还没有从梦里醒过来，激烈的枪声突然让他们浑身一激灵，惊悚立刻蔓延，好似瘟疫传染开来。有人开始后退逃命，有人想要躲进路边林子，又都被当官的用枪逼着驱赶着，向桥上冲来。他们同样遇到强硬的对手，同样在弹雨里被血洗了一遍。他们这才知道，团山子铁桥东头这块已经用子弹梳理了几遍的狭小地域，这时已经变成鬼门关了，别说进去，就是靠前一步，也得把命搭上，没死没伤的，只好扔下许多死倒，掉头溃逃。

敌我双方都没有意料到，江岸又出现一伙人，有三十来个，正向桥东靠近。一时间，双方都分不出敌我，打也不是，不打也不是，团山子桥东好像戏园子里出现了短时冷场。正在双方都在疑惑时，这伙人却在距离桥头五十多米处停下来，架起了几门迫击炮，开始向桥头堡轰击。几发炮弹落在桥上和水上，表明了他们的身份，原来这是解放军进攻吉林外围时打散的一支国民党的溃兵。这个意外的惊喜，让进攻铁桥的敌人缓过阳来，当官的和匪首重新组织败兵和残匪，在炮火掩护下，再次向铁桥发起攻击。

敌方力量的意外突增和炮火的轰击，并没有能够打乱守桥部队的阵脚。几发迫击炮弹落在桥头堡和桥面上，只是把非常坚固的钢筋水泥的桥头堡炸掉几块墙皮，桥面上炸断两段钢轨，短时间内是无法摧毁这座钢铁大桥的。常排长沉着地指挥桥东的轻重机枪，不间断地密集射击，严严实实地封锁住桥头，敌人又被压制在桥头铁道路基下，不敢继续靠近。老柳在桥西也迅速作出应对，带着工人纠察队接管了桥头堡，替换下来的三班战士抬着重机枪向桥东增援，迅即补足了火力缺口，打得敌兵和土匪又一次屁滚尿流地败下阵去。

惯于主动出击的海冬，在打退敌人第一次进攻后，翻手变换战术，转守为攻。桂春河小队这时也回到桥东关杰小队的阵地。海冬立刻命令桂春河接替关杰据守江岸，他悄悄离开桥东阵地，在江岸与关杰会合，带着关杰小队向进攻之敌侧后迂回，恰好在敌人迫击炮第三次轰击之前，对他们形成半月形包围。又一批炮弹正在准备装填进炮膛，海冬和关杰小队队员们从敌人背后开火了，倒毙的敌兵扑倒了炮筒子，未出膛的炮弹在炮筒里炸了，出了膛的炮弹失去目标，反向聚集在桥下的敌人飞去，炸得断臂断腿统统飞上了天。队员们又扔出几颗手雷，落在几只炮弹箱子上，爆炸的同时，引爆了箱子里的炮弹，炮兵和炮身顿时被炸得粉碎……

剩下的敌兵和土匪绺子谁也不听长官和头领的指挥了，退潮一般，掉头乱窜。小龙驹和骑兵侦察排赶到了，迎头一阵扫射，甚至都没能留下一个活口……

朝霞满天的时候，从东方绚烂的云朵里，飞来一只矫健的雄鹰。

巴图鲁不论是夜晚还是白昼，都能够凭借它犀利的鹰眼，找到它主人所在的地方，这对鹰刀队员们来说早已不是什么新鲜事了。它的鹰眼能清楚地看到八百米开外的一只蜻蜓，它迅速将双翅收拢，急速俯冲下去，像子弹，更像流星，旋裹着强大的气流，鹰喙一张一合，不动声色地吞噬了猎物。它是和海冬同名的海冬青鹰种，是飞得最快的雄鹰之一，它的祖先就生长于关东，当然也包括吉林，是海冬所属肃慎族系祖先们的最高图腾，也是具有智慧的神鹰。海冬有了它，就如同鹰刀的弟兄们一样，是他的左膀右臂。

海冬把巴图鲁放在小龙驹的马鞍子上，从鞍下皮囊里摸出一块玉米饼，掰开一半递给巴图鲁。当他解下鹰哨，展开一个桦树皮卷时，却只看到一张空白的树皮。他略一思索，马上明白了，小龙驹刚报告，徐义彪带两名队员向荒山嘴子方向去追捕那个特务，一定是顺路经过营地时带上了巴图鲁，彪子识字不多，现在手头又没有纸笔，就用桦树皮代替，可是，空白的桦树皮是啥意思？彪子到了哪里呢？

"关杰，春河，你们看，这树皮是啥意思？这彪子是跟咱打哑谜呢。"海冬招呼他们围拢过来。

"彪子不爱认字，也不学写字，关键时候就傻了吧。还他娘的给咱出难题！"关杰看到桦树皮，一时也是摸不着头脑，便顺口骂道。

桂春河接过桦树皮，翻来覆去地看了几遍，然后分析着："依我说，傻人自有妙招。彪子很可能是用这张树皮向我们报告他的位置。"

"啊，对呀，傻小子急中生智啊。你们想想，荒山嘴子再往东，不就是靠近老爷岭了吗？记得不？老爷岭西边山脚下，就有一大片桦树林，去年入冬时，咱阻击野马团时，不就是在这片林子里吗？"海冬急切地喊叫起来。

这张桦树皮让向海冬明白了，徐义彪追踪田文西已经进了老爷岭。

原来，徐义彪追踪田文西和两个匪徒时，恰好途经荒山嘴子，他灵机一动，将栖息在宿营地的巴图鲁带了出来，随他一起追击向老爷岭方向逃窜的田文西。进入老爷岭山脉西南脚下的一片桦树林时，徐义彪在一棵白桦树上揭下一块树皮，卷成一条塞进巴图鲁的鹰哨，一扬手，巴图鲁迅即展翅蹿上蓝天……

无须为巴图鲁指引方向，跟随海冬这些年，它熟知，这个时候主人一定是在有炮火硝烟的地方。它翱翔于晴朗的高空，几十里外的战斗，逃不过它的鹰眼。

团山子铁桥战斗刚刚结束，它就稳稳当当地落在了海冬的肩上……

60

海冬立刻把徐义彪送来的消息，向老柳报告，老柳当即决定，由海冬率领关杰小队增援徐义彪，桂春河小队留在团山，继续配合常排长和一排的战士守护铁桥，并等待军区首长新的指令。

尽管已经是阳春三月，但山里的积雪依然没有开化，山高林密的老爷岭里，战马更是行进艰难，一上午的时间，海冬和关杰小队才走了三十多里，刚进入老爷岭腹地。面对片片起伏的山峦和层层茂密的森林，海冬不由得茫然，徐义彪的桦树皮只能说明他进入了老爷岭，接下来朝哪个方向追击？徐义彪既没有明示，也没有继续送来消息。海冬命令队员们就地休息，派出第一小组三名队员分别向东、西、北三个方向前行五公里，搜寻徐义彪或田文西可能留下的踪迹。

其实，海冬下意识地感觉，田文西极有可能要向东窜，那里是老爷岭连着长白山的纵横山脉，要是他们逃进长白山的老林子，抓捕将更加困难了。他铺开地图查看一番，很快有了一个新的计策，马上喊来关杰，指着地图说："咱们现在的位置是在老爷岭南边，如果能赶在敌人前面，把老爷岭东面羊子沟的山口堵住，他们还能往哪儿逃？这样就需要走山外绕道，才能尽快赶到那里，虽然路途远了些，但我们的战马可以为我们抢回时间。现在咱俩分头，你带一队骑马从山下迂回，我带一队继续在他们后面追击，防止他中途改变方向。"

时间紧迫，不及争持，关杰本想让海冬带队骑马，但他知道海冬不会答应，就同意了海冬的决定。他让几个队员把现有的干粮全部交给海冬这一队，然后，命令队员们检查武器和战马，准备出发。

这时，派出搜索的队员回来报告，在一棵树的东北方向，发现削掉了一块树皮，切口还很新鲜，估计不超过三小时。海冬与关杰对视一眼，都明白了，这是徐义彪留下的路标，田文西是打算向东朝长白山里逃窜。海冬脸上浮出一丝轻蔑的微笑，这是每当他证实自己正确判断的欣慰，又是将对手置于股掌之间的得意。

关杰想起了海冬常说的一句话：草丛里的兔子藏得再深，也逃不过鹰眼！

于是，海冬带领一队，继续向老爷岭深处追踪。关杰一队牵马下了山，沿着运送木材的山道，向老爷岭东面的山口驰去。

老爷岭山脉是吉林东部的长白山支脉，主峰海拔过千米，方圆二百多平方公里都是原始森林，山高林密，藏起个把人，就像老鼠钻进洞里，徐义彪三人显然无法应付，他便向海冬救援。他也相信，巴图鲁一定能很快把消息送到海冬手里。

跟随田文西一起逃跑的两人，都曾是惯匪，行走山林也是轻车熟路，所以行进速度不慢。他们拼命爬上老爷岭东边一个山头，就从树林的间隙里发现山下有人追来，虽然还离得很远，但要不甩掉追兵，就没有生路。田文西和他们一样，也曾长年为匪，他也知道，自己留下了脚印，远在半山坡上的几个人，很快就会循着踪迹追来。他看着眼前一道石崖，忽然心生诡计，跳下石崖不就能断了足迹吗？如果让这两个惯匪向不同方向分散，既能分散追兵，又让共军摸不准方向，自己就能顺利逃脱。他告诉两个同伙，现在分头逃命，要是还活着，三天后在东面的羊子沟会合。

田文西算好了时间和方向，又把会合地点放在羊子沟，让两个人引开追兵，自己转向北面的四道沟，两天后就能坐上火车，共军不会想到他掉头回了吉林。两个土匪哪里知道田文西的花花肠子，只要能逃命，也顾不得细想，便从山顶向东面坡下林子里窜去。田文西倒着走到石崖边上，在雪地上留下了相反足迹，接着转过来，俯身抓住一棵枯藤溜了下去，藏在了石崖下边一个凹进去的石缝里。

一个小时后，徐义彪和两个队员赶上山顶，发现了雪地上向山头东边延伸下去的脚印，紧跟就要撵下去，却突然发现，这只是两个人的足迹。他们在山头上再次巡查，找不到向另外方向逃窜的痕迹，还有一个家伙跑哪里去了？再仔细搜索，仍然不知所向。徐义彪抓起一把雪擦擦脸，让自己冷静下来，四下里望望，看到西北侧和南侧三面都是高峰，只有东面是两座山峰中间的洼地，敌人要逃命，不会选择向更高的山上，那样既费力气，又费时间，上了山找不到吃的，就得饿死。即使他们是分散逃窜，也只能都向东面长白山，其中一人，很可能就近躲藏，等追兵追赶下去，很可能跟在后面偷袭。于是，他让两个队员顺着脚印向东继续追击，自己在山顶隐蔽下来，等待企图偷袭的那个家伙出现。

天黑下来的时候，两个队员下山已经走得很远了，另一个家伙却还没有出现，徐义彪正疑惑自己可能判断失误，一支响箭蹿上了天。海冬在距徐义彪南侧大约三公里，发出联络信号。徐义彪立刻响应，也放出一支响箭，向海冬报告自己的方位。临近夜半，海冬和徐义彪在这个山头上会合了。

听了徐义彪的分析和分头追击的决定，海冬立刻命令三个队员赶去增援，自己和徐义彪一起留下。可是，他们并不知道，藏在石崖下的田文西，趁天黑下来，已经溜到石崖底下，向东面的树林里摸去。山风送来踩在雪地上的轻微的声音，立刻被海冬机警的耳朵捕捉到了，而巴图鲁却先于海冬冲上了天。海冬分辨出声音的方向，也明白了，这个家伙一定是从石崖上溜下去向北边逃跑的。他带着徐义彪来到石崖前，抓着那根枯藤下到崖底，追着声音撵去。

田文西没能跑多远，就被巴图鲁发现，它向这个黑影俯冲下去，锋利的鹰爪抓住了田文西的后脖领，随即在他手上狠狠地啄了一口。手枪掉在雪地里，田文西慌忙趴在雪地里摸索，巴图鲁叼起他的帽子甩在一边，又在他脑后连续叼了几下，锥子一样尖利的鹰喙，啄开了他的头皮，把他的头骨敲了一个洞。寂静的黑夜里传来的惨叫，为海冬和徐义彪指引方位，他们追上来时，田文西的脑髓已经被巴图鲁叼了出来……

抛出同伙诱骗共军上当，掩护自己独自逃亡，茫茫雪野，密密山林，田文西打下如意算盘，却将自己送到了一只猛禽的嘴里，倒是他的同伙幸运地捡了条命。

关杰立刻带着两名队员和四匹马，顺着匪徒的来路向山里寻去，同时，放出一支响箭，为海冬和徐义彪及两位鹰刀队员指示方向。大约走了半个小时，巴图鲁飞了过来，在他们头上盘旋两圈，又向前飞去，关杰挥鞭驱马，紧随其后。

忍饥挨饿艰难行进，海冬和徐义彪带着两名队员，顽强地在林海雪原追赶了三天。多亏巴图鲁叼来两只野兔，他们几乎是靠着茹毛饮血，才紧紧地跟在敌人身后，撵得他们跑断了腿，跑散了筋骨，直到把他们赶进关杰设下的口袋里。

三天后，两个饿得爬不动的匪徒，出现在老爷岭东边山口的羊子沟，已经能够隐隐看见远处巍峨的长白山群峰的山影了，窃喜之中，却被马蹄踏破了美梦。

而不久，鹰刀突击队又将一群暗藏特务的美梦，砸得粉碎……

第十三章　劲扫暗敌

61

春天虽然已经来临，关东仍是冰雪未消，不时还会有冷风袭来，夹杂着三月的雪从天而落，这就是关东地界常见的"倒春寒"。鹰刀突击队的战马在风雪里，驰骋在乍暖还寒的松花江畔，马蹄踏在冰冻的土地上，像急速的枪声，打响荡尽潜伏敌特的战斗，鹰刀的锋刃，像道道闪电，插进兴风作浪的乌云……

刚刚解放的吉林城和新生的政权，尤其是三月初迁移至此的中共吉林省委，都面临着严峻的挑战和考验，隐藏在保密局长春站的内线传出情报，长春站派出一个特务，携带"101""102"两个密件，潜入吉林城。而暗藏在吉林市的特务，也开始执行扰乱破坏和伺机刺杀我党政军首长的指令，吉林古城此时阴云涌动，暗藏杀机。

省委社会部政保处和吉林市军管会公安部成立了联合专案组，第一个行动，就是根据内线提供的情报，搜查朝阳门外东关旧街南胡同的怡春客栈。徐义彪和桂春河两个小队配合军管会公安部部分警力，在南胡同四周形成严密包围，堵住各条街道，张网等待敌特入瓮。海冬和关杰小队与专案组搜捕队一起，进入怡春客栈突击搜查。

东关旧街南胡同被围得水泄不通，怡春客栈灯火通明，所有住客都被集中到院子里接受检查。客栈老板拿来住店登记，请带队的军管会公安部杜部长和助手逐一核对住客。其实，留下的住客身份都是合法的，一部分敌特分子在二十分钟前就如同惊弓之鸟奔命而逃，撞进了早已设下的罗网。

徐义彪和桂春河小队，接连逮住陆续而来的七八个人，尽管他们有身份证明，却不敢说出住在哪里，又无法解释，夜半时分，这些外地身份的人，为什么不住店，却在大街上游荡。逃脱不掉的嫌疑，不打自招，只好束手就擒。

怡春客栈里似乎波澜不惊。杜部长审视着瞌睡的客人们，尽管他们都没有什么嫌疑，可他总感觉哪儿不对劲，却又说不出是什么。客人们陆续回到客房，他带着海冬和关杰在院子里外又反复检查两遍，没发现新的疑点，便撤离怡春客栈。

连夜突审捕获的敌特，仍然没有得到更多情况，街上抓到的都不过是些小喽啰，都是在怡春客栈等待接头的，根本不知有什么密件。没等长官露面，就被大张旗鼓的敲山震虎吓得跑出来了。

行动虽有一定成效，但远未达到目的，潜入敌特不见踪影，重大隐患像一块巨大的石头，压在杜部长和海冬的心头。

军管会凌晨的会议再次研究敌情，经过更深入地解析长春地下党传出的情报，弄清了敌特的意图。既然要在吉林进行破坏行动，必然要纠集暗藏的特务，电台是无法通知到每个人的，一定有隐秘的联络方式和汇集的地点。内线的情报说，敌特组织有一张联络图，详细记录着潜伏于吉林市的敌特编号、姓名、职业和住址，找到这张联络图，就能将所有敌特一网打尽。

联络图和密件在谁手里？他又藏在哪里？关于他的所有情况都不清楚，怡春客栈的敲山震虎打草惊蛇的搜捕行动，就是要震慑他，逼迫他动起来，只要他动，就会露出马脚，留下蛛丝马迹。既然这个狡猾的家伙按兵不动，深藏不露，一定是老谋深算，徐图再举，必然会再次纠集同伙，实施阴谋行动，那么，也必然要通过某种方式进行联络。如果这家伙还在怡春客栈，那里就一定会有风吹草动，盯紧怡春客栈，严密监视那里的一举一动，就是鹰刀突击队的新任务。

怡春客栈照样人来人往，进进出出的各色人等，都逃不过鹰刀队员们鹰一样的眼睛。可是已经三天了，仍然没有发现新的动向，在其他地方继续搜索的公安人员同样没有新收获。海冬忽然醒悟，我们是篱笆扎得太紧了，里面的出不来，外面的进不去，本要引蛇出洞，可外面动静太大，蛇怎么还敢出来？所以造成双方都在干着急。看来得换个打法了，来个外松内紧，给敌特开个口子。

军管会首长同意海冬意见，搜捕队和鹰刀几个小队都撤了回来，表面上解除对怡春客栈的监视，其实是偃旗息鼓，静观其变，暗中却是加强更严密的布控。

已经多次执行特殊任务的鹰刀突击队，每个队员都具有独立行动的经验和能力，也能够极其默契地相互策应。海冬把换了百姓衣服的队员们，分派在目标周边几条街路上，让白翎和山妮每天到怡春客栈里，以卖瓜子为掩护，侦察客栈的一丝一毫的变化。

这天中午，白翎和山妮进了怡春客栈，海冬和小龙驹在客栈外面溜达，竖起耳朵听着客栈里的动静，如情况有变，出现危急，就即刻冲进去接应她俩。当海冬又一次从客栈门口走过时，突然发现，一对门当右边的石鼓形门礅下面的石壁上，有一个粉笔画的记号。尽管并不显眼，他却看得十分清楚。这个东西在昨天还没有，是今天刚刚画上去的，而且绝对不是小孩子画着玩的，这是土匪绺子常用的一种记号，在不同情况下表示不同意思。海冬对此相当熟悉，他在隐秘作战行动中，曾经使用过这种记号传递消息。

这是一个椭圆形的圆圈，中间如果有一竖不出头，就表示店里有绺子里的人，可以进入接头；如果这一竖向上出头，就表示绺子的人已经离开，不必再联络；如果这一竖向下出头，是表示绺子的人离开了还会再来，接头人要等待向下出头这一小截被抹去，再进店联络；如果中间是一横且向右出头，表示绺子的人向东面去了，向左则是向西去。现在画在上面的，是椭圆形中间一横向左，这说明客栈里有人迁移到城西去了。而在城西，一定有一家客栈或民居会出现这个记号。

海冬和小龙驹立刻进入怡春客栈，向白翎悄悄打个手势，白翎叫上山妮挎起小筐迅速离开。海冬进了账房，向客栈老板亮明身份，要他拿来住店登记，查清了有三人是昨天离开的，有两人是今天离开的。昨天离开的三人中一个叫郭守德，是天津木材商人。一个叫李正元，是山东面粉商人，他和另一个叫李小元的是爷俩。今天离开的一个叫许原奎，一个叫王发子，两人是一起的，都是倒腾山货的。海冬立刻排除了姓李的爷俩，海冬在前些天的夜间搜查时见过他们，没有发现疑点。郭守德有些江湖气，像是长期在道上混的商人。而现在回想，许原奎倒有些儒雅，与长年奔走山林的山货商不大一样，王发子虽是他的跟班，举动却更像保镖或是警卫，当时海冬就觉得两人有些异样，却说不清楚。

情况报给军管会公安部，杜部长听海冬说出对许原奎和王发子的疑惑，他立刻就验证了对这两人当时那种不大对劲的感觉，看来这两人的嫌疑最大。他马上提审在押敌特，却没人知道这个记号。看来，敌人是另有一手，怡春客栈跑出来的几个特务，不过是吸引我方注意的替罪羊，另有一伙特务才是真正按记号集结的。但他们想不到，记号会被机警的鹰刀队长破译。

军管会马上决定由公安警力和工人纠察队，对城西地区各客栈旅店进行排查，发现这两人立即扣押。同时，保留怡春客栈门当上的符号，解除对这一地区的戒备，放开口子让潜伏敌特有机会看到记号，待他们到指定地点集结后，一网打尽。

杜部长和海冬、关杰都回忆起许原奎和王发子的长相。许原奎是一张教书先生一样的白脸，还戴着一副金丝边的眼镜，油亮的背头梳得整整齐齐，一双眼睛里时常闪现狡黠的目光。王发子是个敦实的小个子，光头锃亮，胖脸黝黑，小眼溜圆，憨态里却透着凶相。

杜部长和海冬向搜捕队和鹰刀队员们描述一番，要大家记牢两人标志性面相，发现有此特征或与之面相相似的人要特别留意，一旦有异动迹象，立即严密控制。

62

果然，当天下午，海冬在城西福绥门外德胜街一条胡同里的30号院子门前，发现了一处记号，正是椭圆形中间一竖不出头，表明这里有人在等待联络。这所民房是个富足之家，门楼高大，院墙厚实，虽然看不到院内，但可以估量出院子里至少有四五间正房和厢房，能容纳三四十人，正适于小股人员集结。他立刻命令队员们迅速撤离，在近处一片林子里隐蔽待命。他和小龙驹进了对面一户人家，向这家主人说明缘由，借用他们的后窗进行监控。

从这天傍晚开始到第二天晚上，陆续有单个的或两人结伴的，最多一伙不超过五人的各色人等，三十多个，鬼鬼祟祟地进了院子就没再出来，无疑，特务已完成集结，这说明敌特两天之内必有行动。海冬让小龙驹回军管会报告，自己继续留下监视。

与此同时，搜捕队也在不远的另一条胡同的一家门垛上，发现了同样的记号。搜捕队纪队长是抗战时的老锄奸队员，具有捕杀叛徒汉奸的丰富经验，对付暗藏敌特也很有招法。他敲开了门，带着战士们一拥而进，当场制服暗藏的两个特务。

接下来的两天里，搜捕队在这里一个个收拾了前来会合的十几个特务。这些所谓的特务，不过是临时拼凑的"地下先遣军"部分成员，还有些是"一贯道"残余道徒，是被特务裹挟参加破坏活动的。他们几乎不具备战斗力，也根本没有反抗的机会，就束手就擒了。纪队长就地审讯，原来他们根本不知道行动计划，也不知有什么密件，只是为了每人三十块大洋来这里集合的。但据暗藏在这里的特务交代，两天后，他们将攻打位于德胜街上的新庆大戏院，刺杀我军政首长。

敌特攻打新庆大戏院的行动就是针对两天后召开的庆祝大会，但眼下掌握的只有纠集在两处民居的五十多人，其他地方还一定有暗藏特务，指挥这次行动的是否就是目前所怀疑的许原奎尚不清楚。杜部长命令海冬和鹰刀突击队，立刻解决已经集结在30号的敌特，然后在新庆大戏院设伏，聚歼前来破坏的敌特。

宽广的夜幕上，月亮时隐时现，云层不时变幻各种形态，一会儿像奔腾的战马纵横驰骋，一会儿像打鬼的钟馗威猛狂放，似乎预示一场惊心动魄的降妖伏魔即将到来。

鹰刀队员们悄无声息地靠近30号院，各小队分头占据有利位置。徐义彪小队绕到后墙下，搭上梯子随时准备翻墙而过；关杰小队守在门楼两侧，等待海冬命令冲进院子；桂春河小队则在不远处，分别堵住了通向胡同外的两个道口。

夜深之时，除了冷风不时吹过，胡同里没有一丝动静。海冬贴在门上仔细听了听，院里偶尔有脚步走动，这一定是游动哨。他又贴着门缝向院内观察，借着正房门上昏暗的门灯，隐约看见游动哨冷得缩着脖子，没精打采地溜达着，五六分钟，房门吱呀一声，游动哨进了东厢房。海冬估算出大门到正房和东西厢房分别有几米到二十几米左右，冲进大门，几秒之内，就能把所有房屋全部控制。

他耐心等待着，游动哨再次来到院子里，不到五分钟又进了东厢房，须臾之间，海冬的鹰刀迅速拨开了门闩，队员们冲进院子。突然，一条狼犬嗷的一声扑上来，冲在最前面的海冬没有发现蜷缩在门后的恶狗，被它从侧后咬住了左臂。游动哨听到狗叫，慌忙推门出来查看，海冬右手鹰刀嗖地飞去，虽是夜间，但东厢的房门近在咫尺，海冬又是飞刀高手，他的鹰刀准确地扎进了哨兵的咽喉。紧跟在海冬后面的关杰腾地跃起，一刀插进烈狗肋下，它不及呜咽，就瘫在地上。海冬发出一声尖利的口哨，后墙外的徐义彪小队腾腾腾地跳进来，眨眼间，正房和东西厢房就被几支冲锋枪捅破后窗，而前面的所有窗户，也都出现许多黑洞洞的枪口。

海冬和关杰、二林、山虎子等几人，分别冲进了正房和东西厢房。屋子里三十几个人顿时炸了庙，有几人冲到门口，不是被挑了脖子，就是被顶住胸口，只好缩了回去。在前后窗众多枪口的震慑下，没人敢再反抗，不废一枪一弹，没惊扰四周的百姓，漂亮地完成一场抓捕。三十几人乖乖地听从指令，举着双手，一个个走了出来。清点俘虏，搜查所有房间，连炕洞都掏了一遍，却没有发现那个许原奎和王发子。

新庆大戏院庆祝会没有出现任何意外，鹰刀突击队悄无声息地圆满完成会议外围保卫任务。但指挥敌人行动的特务头子却没有落网，更多潜伏敌特还会进行更凶恶的破坏活动，隐患仍未消除。联络图和密件在哪里？许原奎到底是什么人？现在隐藏在哪里？其他特务在哪里？都还是个谜。

鹰刀队员们和搜捕队像大海捞针一样，又在各个街巷里展开追踪。

这天晚上，海冬和关杰、桂春河、徐义彪等几个人在临时驻地的一间小屋里，对着一张吉林市区地图反复思索。这张地图是日本人绘制的，很是精细，包括每条街道上的建筑，甚至胡同的民房。特别是怡春客栈周边一带商埠大马路，是最繁华最热闹的地方，日本人经营买卖粮食和百货的店铺、公司以及银行、医院具体位置，都清晰地标在图上。

桂春河他爹桂连山，日伪占领时期在城里以开药铺作掩护，为山林支队搜集情报。他从小跟着父亲经常在这一带出没，极为熟悉这里的街道胡同和众多店铺。他说："这里商家很多，房子又挨得近，不少还是二三层和四层的楼房，藏个人很容易。四周大街小巷都连着通着，要逃跑也不难。那个叫啥奎的，备不住猫在这疙瘩啦？"

"怡春客栈也离这儿不远，那家伙刚从那儿逃走，还敢在这一带猫着？"徐义彪直摇头。

"你知道啥叫'闹中取静'？没准他以为这里经过几次搜查，咱们不会再来了，就在咱眼皮底下猫着呢。"关杰继续分析。

看着这片繁杂街巷，海冬和关杰想法一样，他说："俺爹不是老说'灯下黑'吗？那就是说，越是危险的地方反而越安全。那么，许原奎会不会是声东击西，用记号把咱们骗到城西，再利用我们的错觉，还躲在被搜查过的地方呢？我看咱得再查查这里。"

军管会首长做出的决定，和海冬想的一样，将计就计，追踪重点放在已搜查过几次的地方。这一招击中要害，为搜捕许原奎确定了准确思路和方向。

与大马路相交的八经路和东边的五纬路一带的"天发岭"杂货铺周边，都是些货栈。五纬路路东火车线驼峰道口的货场仓库更是繁忙热闹，来来往往的生意人和货场的装卸工人，以及在商铺货场周围叫卖花生、瓜子、油酥豆和卖水果的小贩，犹如过江之鲫，又是鱼龙混杂。许原奎借热闹为掩护，险中求安，选择已经被人民政府接管的一家医院，伪装成长期胃病的患者，住进二楼东头一间病房。

这家医院离铁路道口不过三百多米，就近还有个露天市场，很多装卸货物的"脚力"和小摊小贩混在一起，人头攒动，杂乱无章。道口里是铁路的调车场，铁道线上还不时有车皮被摘下来，甩在支线铁轨上，等待重新编组。许原奎藏身医院，就是看中医院离此地很近，一旦有事，很快就可以跑过来，隐身一帮子扛"大个"（较大包装的货物）的中间，或者赶上一列行驶的火车，顺势逃遁。

一个阴云密布的下午，便装巡查的海冬在货场外卖猪头肉的小摊前，发现了王发子，尽管他戴着帽子遮了光头，但敦实的个子、黝黑的胖脸、小眼溜圆，猥琐中透着凶相，缩头缩脑一闪而过的瞬间，被海冬一眼盯住了。他不动声色，看着王发子买了包猪头肉匆匆离去，悄悄跟在他身后，一直跟着出了市场，向蹲在路边的小龙驹示意。小龙驹接着跟上王发子，过了街口的店铺，又给在路边卖烟的关杰使眼色，关杰也认出了王发子，一直跟在他身后进了医院。

锁定了王发子，自然就顺能藤摸瓜找到许原奎，军管会首长和公安部杜部长迅速制订了一个周密的抓捕计划……

63

坐落在繁华地段的这家医院，日伪时期叫田中医院，吉林解放后和满洲国立医院东关分院、伪满农村金融合作社一起合并改为市医院。上午来看病的人不少，可到下午，就显得空旷寂静了。

关杰进来时，王发子正坐在一楼的木椅子上，好像在候诊，眼睛却在审视每个人。关杰目光一扫而过，没理会他，也没停顿，径直越过前厅，进了西侧的走廊。王发子在前厅转了一圈，见没人注意，一扭头从东侧的楼梯上了二楼，站在楼梯口听了一会儿，才回头进了东头横首的一间病房。关杰前两天对医院进行过勘察，知道这里有东西两道楼梯，此时，他先从西边楼梯上了二楼，侧身隐在一间病房的门口，看清了王发子的举动。

军管会公安部就在原日本领事馆内，距离市医院并不太远，白翎把发现王发子的消息送到杜部长办公室，再跟随杜部长乘车返回来，还不到半个小时。三辆卡车载着搜捕队和桂春河、徐义彪小队，开进了离医院最近的原兴业银行现在由区公所使用的院子，队员们都在车上待命。杜部长把临时指挥部设在了一楼的一间办公室内，与搜捕队队长、海冬一起，听关杰报告情况。

杜部长问关杰："你确认就是那个王发子？许原奎呢？是否也在医院？"

关杰应道："那天搜查怡春客栈时，我见过王发子，刚才我从街上一直跟进医院，又仔细辨认了，没错，就是这个家伙。但没有看见许原奎，按说应该就在二楼东首的病房里，王发子进去后一直没再出来，估计正和许原奎在吃饭。"

杜部长又问海冬："市医院周边情况如何？"

"关杰小队上午就分散在这一带，进行侦察监视，直到现在没有发现异常。"

"我从医院出来时，已经让队员们在四周布下警戒，有两个人就在医院二楼，许原奎、王发子一有行动，就会跟上去，跑不了他。"关杰跟着补充。

"这个时候许原奎应当非常警觉，如果联络图真在他手上，他是不会轻易露面的，潜伏敌特并不知道他藏在医院里，他要完成行动计划，就必须通过联络图去找其他潜伏特务。我们必须抢在他离开医院前抓获他，一旦他转移隐藏地点，再想找到他，就更难了。"杜部长决定立即实施抓捕。

桌上铺开城区地图，五纬路和周边道路与建筑一览无余。

杜部长在地图上标出几条红线："搜捕队二班三班把守医院西面和北面，一班跟我进医院；关杰、徐义彪小队负责医院东面和南面，桂春河小队随海冬队长进入医院。记住，不到万不得已不能开枪，以免惊动住院病人，造成群众恐慌。"

十分钟后，部队按照分工，把市医院围了起来，这时，天已经黑了下来。

医院打更的老头刚要锁上大门，忽然张大嘴巴，愣愣地看着一队解放军冲了进来。杜部长向他示意不要出声，指了指二楼，又指指大门，老头马上关上大门。海冬带着鹰刀队员冲上二楼，迎面遇到一个女护士，她吓得惊叫起来，手里端着装药的铁托盘掉了下来，海冬抢上一步双手托住药盘。女护士的叫声惊动了病房里的王发子，他举着手枪撞开门，伸手就要开枪。桂春河旋即扑上去，打掉了王发子的枪，跟着掐住了他的脖子，把他顶在了门边。海冬举着枪冲进病房，发现除了桌上一只酒瓶和一包肉，屋内再无他人。王发子号叫着挣脱桂春河，一股蛮力把他撞到一边，抓起酒瓶砸向海冬，海冬偏头躲过，酒瓶砸碎了东窗玻璃。桂春河又扑上来勒住王发子脖子，海冬掀起床单缠住王发子，他像一个被裹尸布缠住的死倒，被海冬和桂春河拖出病房。

医院东墙外的小街，尚有些行人，玻璃破碎的声音，让他们惊愕，一下子都愣住了。在他们身后街角的房屋阴影里，嗖地蹿出一个黑衣人，向东边铁路道口跑去。关杰小队正在街上警戒，玻璃破碎的声音，也让他一惊，他下意识地感觉，楼上会有人跳下来，便迅速扑到墙下，准备抓捕。可随后又听到街角传来的脚步声，他意识到，逃跑的人，一定是许原奎，他带着两个队员紧跟着撵上去，可是晚了一步，当他赶到道口时，脚步声消失在黑夜里。他冲进货场搜寻，几股道上分别停着几列火车，有的静静的，像趴在铁道上的长蛇，有的喘着粗气，喷出团团白雾，正等待行车信号，准备驶离。

一列火车拉响汽笛开动起来，关杰隐约看见一个黑影攀上了守车，距离较远，开枪射击把握不大，便跟在列车后面继续追赶。火车朝着吉林站方向越开越快，把他和两个队员远远甩在后面。虽然吉林站离货场不算远，可是当关杰撵到车站时，十几条铁轨上，至少停着四五列火车，根本分不出哪趟车是刚从货场开来的，哪趟车是原本停在这里的。那个扒车过来的人，更是无从寻觅了。

海冬回到军管会公安部，听了关杰报告，一拍桌子："我说许原奎还能土遁了不成？原来他把王发子留在医院，牵制我们，迷惑我们，自己却金蝉脱壳逃之夭夭了。"

"看来，许原奎当时并没有离开医院很远，他是猫在附近观察。要是王发子没事，他就知道自己还安全，可以继续在医院隐藏，要是王发子出事，他就转屁股逃跑。那个扒车跑走的，一定是这个许原奎。"关杰恨恨地说。

"看来，我们抓捕计划还是有纰漏，没考虑到狡猾的特务会使出一招明修栈道，暗度陈仓，瞒天过海，李代桃僵，把王发子送到我们嘴里，自己贴边溜了。我们这位对手，算得上是军统老牌特务。但对我们来说，既是在战斗里磨炼的好机会，也是提高能力的好机会。"杜部长分析对手所长，也认识到自己之短。

"我们也是大意了，原以为围住市医院，这两个家伙就是瓮中之鳖了，没想到留下漏洞，让他钻了空子。"海冬也检讨自己的失误。

当晚突审王发子，没费多少工夫，他就交代了。原来他真名张占林，化名王发子，真实身份是保密局长春站总务处上尉组长。这次跟随化名许原奎的长春保密局上校情报处长姜士奎，来吉林指挥潜伏人员进行破坏行动。但他并不知道姜士奎是否带来联络图，他在怡春客栈被惊扰后，就转移到市医院藏起来。今天下午奉长官之命，出来买点下酒菜，可回到医院，长官不见了，自己却成了俘虏。

64

原来，姜士奎藏在医院里好几天不敢露头，派张占林去新庆大戏院打探情况，知道庆祝大会根本没发生什么攻击事件，袭扰行动没开始就完蛋了。他和张占林只好暂时藏在市医院，等待时机再联络其他潜伏人员。

狡猾的姜士奎想到这几天搜查很紧，医院附近说不定已被监视，就派张占林以买酒菜为由，出来试探。张占林去东货场小市场时，姜士奎也从医院出来，在一个旧衣铺买了件旧棉袍和一顶罗宋帽，把帽墙翻下蒙住头脸，只露出眼睛，来到小市场，跟在张占林后面不远。于是他看到了海冬，接着又看到关杰跟在张占林后面。怡春客栈搜查时，他与海冬和关杰打过照面，知道他们的身份。他看着关杰跟踪张占林回到医院又出来与海冬会合，却没有马上抓捕张占林，他明白这是共军在等待自己入网。他没再回医院，在附近的小饭馆要了一壶酒一碟小菜，磨蹭到天黑，又来到医院东边小街上，躲在房屋阴影里。关杰小队的布控行动，全被他看在眼里，那扇玻璃窗被打碎，是张占林无意间给他报了信，他确认张占林已落网，便借助调车场的火车逃到吉林站，两天后又混上开往长春的火车……

姜士奎失踪，联络图下落不明，潜伏敌特多日没有动静，侦破工作陷入僵局。

就在这时，又出现一个新的情况。单独关押在监狱小号里的张占林，这天早上醒来，突然发现自己上衣右下角不见了，他以为小号夜间闹鬼，吓得哇哇乱叫。因为他牵扯到重大特务案件，监狱长迅速将情况报告军管会，杜部长立即带着部里两名侦察员来到监狱。张占林的衣服已经送到办公室，衣服右下角断口很整齐，显然是被利器割断的，但小号里却找不到衣服的这一角，看来是有人进入小号，趁他熟睡时干的。

迹象表明，这衣角里，一定藏着什么重要的东西。那么，谁能进入小号？

杜部长立刻锁定当晚值班的三名狱警，因为只有他们才能在大监区和小号之间进行巡查。这三个人都是解放后留用的旧狱警，都有嫌疑，但他们怎么知道张占林的衣角里藏着重要东西呢？而拿到这个东西又是要送到哪里，交给谁？

杜部长马上请监狱长找来三人照片，又通知海冬带着小龙驹、白翎和山妮赶来监狱，和两个侦察员一起，组成三个小组，带上三人照片，在他们下班后分别跟踪监视他们。又命令搜捕队分成三个小队，按照三名狱警家庭住址，秘密布控。

黄昏，海冬小组和侦察员小组都回到军管会公安部报告，他们监视的两名狱警什么地方都没去，直接回了家。白翎一组，只有山妮回来报告，她们负责监视苏文才，他一下午不停地变换各种场地，一会儿商店，一会儿市场，一会儿饭店，但没发现跟谁接头，现在又进了德胜澡堂子，白翎正守在门外。

海冬立刻带着苏文才照片，与小龙驹和一名侦察员赶过去，进了澡堂，装作洗澡，很快认出了苏文才。他显然是这里的老客，跟伙计们都挺熟，泡澡又搓背，跟洗澡的熟人打招呼开着荤素混杂的玩笑，然后走到最里面角落里的一张床上躺下来，不一会儿就打起了鼾。

第二天早上，苏文才让伙计送来一份豆腐脑烧饼，吃完后起身离开。海冬立刻让小龙驹跟上去，他走到苏文才睡过的地方仔细检查了几遍，什么也没有发现。留下侦察员继续监视这里，海冬回去向杜部长汇报。而小龙驹跟着苏文才一直回到监狱，没有发现他去过什么地方，也未与任何人接触。

从昨晚开始，搜捕队各小组一直在三个狱警家四周巡视，其他二人没有任何动作，三人家里也没来过任何人，只有苏文才行迹有疑点。

杜部长又到监狱提审张占林，他回忆起，那天晚饭吃的是苞米面菜团子，好像比每天油水要多些，很好吃，而且比每天多了一个，吃完就觉得困，一觉睡到天亮，就发现衣角不见了。经查，那天犯人晚饭确实是菜团子，但按定量绝不会多给谁一个，况且现在缺油少盐，炊事员更不可能在菜团子里放一滴油。当晚给小号送饭的正是苏文才，莫非多出的那个菜团子，是他特意准备的？

杜部长立刻下令拘捕苏文才，却发现他不知何时离开监狱且去向不明。杜部长马上下令搜捕队全力在市内搜寻，又请示军管会，派出大批警力和工人纠察队，严密控制车站和出入城区的道口，阻止他逃出吉林。

接连两天在城区追踪没有任何结果，车站和各出城道口都未发现苏文才踪影，那么他一定还是藏在城里。当夜，在德胜澡堂留守的侦察员回来报告，苏文才出现了。海冬、关杰、桂春河，还有小龙驹立刻赶到德胜澡堂，澡堂伙计说，苏文才刚来过这里，还是没和任何人见面，只在那张床上眯了半个小时，随后就走了。

海冬说："这个江湖油子老狱卒两天内连续出现在这里，说明这里一定有我们没发现的秘密，可惜我们晚了一步！"

关杰说："队长，现在也还不晚，那家伙又来这里，并不是为了躲避搜捕，一定还有更重要的事，才铤而走险的。"

桂春河也说："这德胜澡堂子是个三教九流、鱼龙混杂的地界，当年俺爹也在这里搜集情报传递消息，特务也会利用这里。苏文才既然谁都没见，那么他就还会再来，要是不来，那就是已经在这里藏下了东西，自会有人来取。"

海冬更加坚信自己的判断，苏文才如果真是潜伏特务，窃取了张占林身上的情报，就一定要传递出去，在遭遇追捕的危急中，还冒着危险再次来到德胜澡堂，说明这里确实水深藏大鱼啊。他让小龙驹守在澡堂门口，又和关杰、桂春河把苏文才那张床前后上下左右查了个遍，连床板都掀起来拆下来了，还是没有新的发现。

海冬擦把汗，冷静下来，心想，既然我找不到，那何不让敌人替我来找呢？于是，他让桂春河赶回军管会公安部向杜部长报告，派人控制附近街路。

他和关杰脱了衣服，在两张床上躺下来。

早上，澡堂里果然来了人，进来直奔角落，见无人注意，蹲下身，轻轻挪开了床腿，撬开一块地砖。原来东西是藏在床腿下的地砖底下，来人一定是暗藏的特务。海冬和关杰起身靠近，他却跳起来，腾腾地越过几张床，向澡堂出口扑去。海冬和关杰顾不得穿衣，紧追其后，特务一脚踢翻门口的烧水炉子，挡住了他们。但他却被埋伏在门口的小龙驹一把拦腰抱住，扭打中，一个油纸包掉了下来，被关杰眼疾手快抢在了手里。

这个特务使出蛮力，拖着小龙驹翻滚到门外，把瘦小的小龙驹压在身下，挣脱一只手掏出枪来对着关杰。突然，小龙驹使劲翻起身，却再次被压在了地上。

眼看特务就要向关杰开枪，小龙驹挣扎着拉响了身上的手雷。

海冬和关杰惊呆了，痛苦地扭曲着脸，发出悲愤的呼叫……

65

与此同时，搜捕队在火车站抓住了外逃的苏文才，几天来的谜团真相大白。

化名许原奎的姜士奎在来吉林之前，为了隐藏联络图，把一张图一分两半。逃回长春前，秘密联络隐藏在吉林监狱的保密局特务苏文才，交给他半张联络图，告诉他另半张图和"102"密件瞒着张占林藏在他上衣右下角里。苏文才借值班之机在菜团里下药麻醉张占林，割下衣角，偷走这半张联络图，又把全图和"102"密件藏在德胜澡堂里。按照特务联络规律，每到一个固定时间，就会有人到约定地点取情报。于是，那个取情报的特务就撞进了海冬设下的网里。

这个联络图，是用密码编写的吉林潜伏敌特全部人员姓名代号和地址的"101密件"，"102密件"是专门用于破译"101密件"的密码本。按照破译出来的联络图上的特务姓名和住址，鹰刀队员们配合省委社会部派出的武装人员和军管会公安部全部警力及驻军部队，迅速在全市展开了大规模抓捕行动。

小龙驹的牺牲，让鹰刀队员们悲恸不已，他们带着满腔愤怒向敌人复仇。

吉林市第一区里有条热闹的老商业街，从大清朝时吉林刚刚建城起，经历二百多年，渐渐形成商家云集的地方。与这条大街纵横交错的三四条胡同，也渐渐成为富家居住之处，部分潜伏特务就是以各种身份分别隐藏在这里。

鹰刀突击队大多数队员对这一带并不陌生，几条胡同也是常来常往，他们要在这一个晚上拿下三条胡同里藏着的特务。事先按联络图地址，海冬和三个小队长已经秘密对这里进行了详细侦察，胡同走向和出入口及地形地物早已烂熟于心。队员集结在龙头胡同口牌楼下，海冬分派任务，关杰小队负责晋西胡同，海冬和徐义彪小队在炭市胡同，桂春河小队负责信子胡同。

晋西胡同最先行动，解决了这里，就等于掐死了敌特向西边临江门逃窜的路。驻军部队一个连已经把这一带沿江的街路全部封锁，敌特想从江岸逃走只能自投罗网。山虎子小组把住胡同北口，封锁通往大街上的路，康牛小组把胡同里一户住宅后身围了起来，关杰和二林小组以查户口为由，敲开了门。为了加强治安，吉林解放后经常进行住户人口核查已是常事，住在这里的潜伏特务并未有特别防范。以鱼行管事为职业掩护的申子先和他老婆都是吉林"地下先遣军"主要成员，在等待"唤醒"的日子里，伪装得老老实实，他们非常配合检查。

关杰查看他们的户口本后说："现在解放了，国民党的户口本要换成人民政府的新户口，需要验证身份，请你们到公安分驻所重新登记。"

申子先有所警觉："这两天偶感风寒，晚上天凉不便出门，明天再去吧。"

"今天是政府规定的统一进行重新登记的时间，这一个胡同的住户都要在今晚去登记。请你按政府要求办，请吧。"关杰一步不让。

申子先再无理由搪塞，只好说："好吧，请大军同志先行一步，我穿上衣服就去。"说着回头给他老婆一个眼色，两人一同进了里屋。

关杰、二林和一名队员紧跟进去，申子先在衣架上大衣口袋里掏出了手枪，关杰和二林扑上去，把他压在了床上，另一名队员的冲锋枪随即逼住了他老婆。她装作胆怯退到墙边，突然从花架上摸出一颗手榴弹，同时拉灭电灯，屋里顿时漆黑一片。一阵激烈打斗和凄厉惨叫过后，灯再亮时，申子先和他老婆已经被两副手铐铐住了双手，那女人脑门流出一股血，掉在地上的手榴弹，盖子还没打开。

信子胡同一所小学院里，也是一番惊险搏斗。桂春河与四名队员翻墙进去时，惊动了传达室更夫，他拎着手枪冲出来，桂春河抡起冲锋枪打掉手枪。更夫发出一声号叫，勒住桂春河脖子，脚下一个绊子，两人一起摔倒在地。他的手臂越勒越紧，桂春河屏住呼吸从腰里抽出鹰刀，反手插进他的肚子，他的手臂软了下来。两名队员把他拽起来，抓住双臂扭到身后戴上手铐，桂春河用刀尖挑开他的衣襟，撕下一根布条缠住他的肚子。两名队员冲进传达室，搜出一箱手榴弹和一箱炸药。一场短兵相接，不过两分钟，担任"地下先遣军"爆破组长的特务，束手就擒。

炭市胡同里，海冬和徐义彪同样遭遇拒捕。第一区警局分驻所一个警察带着他们敲开了洋车行易老板的屋门，告诉易老板马上到公安分驻所重新登记，却背着海冬和徐义彪向他打手势。易老板嘴里应承着，回身走进内室，徐义彪马上跟上去，那警察抢上一步，好似无意绊倒了他。两人同时摔倒，掩盖了内室开关柜门的声音，却瞒不过海冬机警的耳朵，他带着两名队员冲进去，靠在大衣柜两侧。

一名队员一把拉开柜门，里面挂着的衣服还在晃动，却不见人。海冬示意两名队员一起合力，扳倒了衣柜，墙上露出一扇紧关的铁门，原来这是一个洞口。徐义彪抬脚踹向铁门，海冬一把将他推开，轰隆一声，贴墙从屋顶落下一排带着梭镖头的铁栅栏，险些穿透徐义彪大腿。海冬贴在墙边仔细查看，发现脚下一块地砖上有踩踏的擦痕，他马上命令所有人离开洞口，一脚踩下去，铁栅栏升起的同时，铁门也徐徐打开。徐义彪突然发现那警察在海冬身后举起枪，不及细想，他一个饿虎扑食，双手把枪压在警察大腿上，随着一声沉闷的枪响，警察瘫在了地上。海冬把一颗手雷扔进黑洞，便听得沉闷的爆炸和惨叫……

而这时，全市各个街区都不断传出枪声……

不久，吉林市军管会公安部印发《警情通报》公布："自晚上11时起，全市各区同时行动，抓获潜伏特务31人，击毙击伤3人。一周后，又有6名特务落网。"此后，《警情通报》又陆续报道："吉林市军管会对潜伏特务以及相关涉案者进行公审，易牧笙、罗以祥、穆良灏被判处死刑，金千符、孟杰、关玠领刑十至二十年不等。"再后来，又陆续破获"地下军""老母道"等八起反革命案件，并配合军管会公安部打掉一个国民党派遣特务组织……

古老的吉林城，自此步入民安众和的覆盂之安。

第十四章　飞鹰猎狐

66

五月草长莺飞，解放了的吉林大地开遍杏花、梨花、桃花，熏风吹过，到处芳香。

鹰刀突击队换上精神抖擞的夏装，颇为春风得意。战马飞驰，正奔向野猪岭。

剿灭潜伏敌特的战斗刚刚结束，鹰刀突击队准备跟随山林支队配合主力部队围剿长春之敌。一道电令让他们转道东部山区，追踪"地下先遣军"吉林纵队小股余孽。根据残敌逃窜方向判断，目标可能是野猪岭一带，他们必须赶在敌人逃进深山老林之前将其歼灭。

此敌头目是国民党吉林第二区区党部书记长韩伯祥，是保密局特务，代号"四眼狐"。一听这个代号，海冬立即就捕捉到他的特征，这一定是个戴眼镜、貌似文雅的家伙，看来是个智商不低的对手，此番较量，或许要多费些工夫了。

海冬和关杰并肩居首，一阵纵马疾行，一口气跑出六七十里地，然后，放慢速度，一边让战马松弛休息，一边商议对策。

环视周边泛绿的山野，海冬意识到，天暖后，山林中树木开始茂盛起来，更易于逃敌隐蔽，搜索追踪难度很大。他说："咱们在明处，敌人在暗处，野猪岭方圆三百多里，敌人大致方位不明了，咱得琢磨琢磨，定个方向。"

"放鹰逮兔子咱是行家里手啊，占个高岭，远看近看，都在咱眼里，草再深，也藏不住那几只没窝的地蹦子（兔子）。"关杰倒胸有成竹，沉着老练。

"野猪岭可不比草甸子，树林里藏个把人好比酱缸腌条黄瓜，且捞一阵子呢。那四眼狐也不是兔子，一有动静就傻乎乎地乱撞，他要是猫在哪个沟里洞里，连巴图鲁也得费些工夫啊。"海冬说出自己的顾虑。

此时，巴图鲁在海冬后身的背囊里，好像有些耐不住性子了，不断蠕动着，不时发出咕噜咕噜的喉音，想出来透透气。小龙驹牺牲后，除了海冬和桂春河，巴图鲁还不习惯让别人来带它，只好暂时由两人轮流背着。

关杰听到巴图鲁的声音，笑了起来："你听，连巴图鲁都等不及了，就让它出来，先飞两圈，扑棱扑棱翅子，舒服舒服身子，再闻闻新鲜的草木味吧。"

"队伍跑了大半天，也该歇息歇息，打个尖儿，给马喂些草料了。"海冬下令休息，把巴图鲁放出来，摘掉皮壳子眼罩，一扬手臂，巴图鲁冲上蓝天。

海冬在地上铺开地图，关杰和桂春河、徐义彪、林生、白翎围拢过来。关杰拿出指北针在地图上确定了所在位置："往北二百多里是野猪岭，往东一百多里是樟子岭，樟子岭比野猪岭离老林子更近，遇有情况两三天就能逃进老林子。"

桂春河眼睛一亮："这样看，敌人目标应该是樟子岭。你的想法是放弃野猪岭，直插樟子岭？"

海冬没吱声，瞅着地图沉思着，又伸手在地图上比量着，他的手却是朝西北方向的。关杰马上便明白了他的想法："你是怀疑他们会朝相反方向去？"

"按常理，他们应该逃向较近的樟子岭，但如果要想摆脱追击，或者说要迷惑我们，会不会反向远处去呢？而且，进樟子岭之前，起码要备好六七天口粮，不然就会饿死在半道。他们一定会在附近搜刮山民或猎人的口粮，有可能要杀人啊，我们的行动要更快才行。"海冬担心四眼狐反其道而行之，并制造血案。

海冬不是凭空想象，四眼狐的计谋，就是撒开野猪岭和樟子岭，掉头北上，逃出吉林省，就近藏到松江省老山屯的大山里。海冬的预测抓住了他的心理，并让他美梦破灭。海冬用手指在地图上测量此处到老山屯的距离五百多里。按这个距离计算，要抢在四眼狐前头堵住他，至少要强行军四天，队员们和战马的体力是否能够承受？如果能提前在去往老山屯方向最近处设伏，是最佳方案。

海冬说出这个想法，并在地图上向老山屯移动指北针。关杰想了一下，指北针往回拉到黑松岭，从野猪岭到黑松岭，只有八十多里，在这里设伏，距离一下就缩短了。海冬点点头，把一只手放在黑松岭，一只手放在野猪岭，括成一个弧形。关杰把手放在黑松岭："我带一个小组即刻出发，大半天准能赶到。"

"好！我带大队从东面往西圈过来，途中能发现那个老家伙更好，如果不成功，就把他们赶进这个口袋，你我两面夹击，看他还能往哪儿跑！"海冬做了决定。

67

已经具有丰富斗争经验的海冬，尽管还没能完全摸清韩伯祥的真正动向，但他凭借经验和直觉，已经意料到狡猾的敌人在亡命奔逃中，会变换各种花招，竭力掩盖逃跑的踪迹。于是，关杰和一个小组转道直插黑松岭，海冬率领另外两个小队赶往野猪岭。

当晚在岭下一个小山村宿营后，海冬和桂春河再次掂量自己的决定，设想可能出现的意外，年轻的鹰刀指挥员想起父亲们讲过的故事，聪明地运用了前辈的战斗经验。在鹰刀突击队里有"小军师"之称的桂春河，经常把父亲讲给他的古人作战的故事再说给伙伴们，因此，海冬问他："春河，你爹讲古人打仗时，有没有敌人成功逃跑的事？再说给俺听听。"

"有啊。俺好像记得，俺爹说过一个秦国打赵国的故事，秦国军队就是假装逃跑，把赵国军队骗到一个远离大部队的地方给消灭了。"

"你爹说的不是逃跑，其实是进攻啊。这和关羽的拖刀计差不多，佯装拖刀败走，引敌来追，然后突然回手斩杀敌人。我说的意思是，敌人用啥法子逃跑。"

"那也有啊。鸿门宴知道不？刘邦让那个长着大胡子的随从在吃饭时舞刀，糊弄了项羽的手下，掩护自己逃走。"桂春河又说了一个故事。

"你的意思是说，那四眼狐会让手下来引诱我们上当，然后自己逃走？这倒是我们要防备的。"海冬马上意识到，四眼狐会用丢卒保车的招数。

虽然鹰刀突击队的小伙子们都没机会真正上学读书，但记得长辈们讲的故事，桂春河更是记性好，他告诉海冬："俺爹教过俺一句话，俺记得真真的，兵者，诡道也。意思是，用兵之道，千变万化，出其不意，老是能出些花招，让敌人摸不着咱到底是啥意思。"

"没错，那四眼狐就是鬼鬼道道的家伙，咱能想到的，他也一定能想到。老家伙的花招比咱多啊。咱得时时防着，别让他把咱玩了！"海冬更加警觉起来。

桂春河看着地图半天没吱声，海冬催促他："你想啥呢？是不是有了更好的办法？快说来听听。"

"咱们现在只是在猜，四眼狐可能会掉头向西北，要是他只是让手下往西，而自己还是向东呢？没准他只带几个人逃走，把其余的人送到咱们嘴里，这可是声东击西、金蝉脱壳的诡计啊。"桂春河的顾虑，也是海冬正在纠结的。

除了关杰带走的一个小组，海冬手里还有二十五六个队员，海冬再次兵分两路。由徐义彪带一个小组向东北方向追踪，林生带一个小组向西南方向围堵，桂春河向关杰行进的方向跟进。海冬带队中路插进，这样可以左右照应，哪边发现情况，就向哪边增援。无意当中，他非常巧妙地运用了多路出击、连环互应的战术。

接下来的情形，果然不出海冬所料。

日寇占领时期当过山林警察的韩伯祥，对野猪岭、樟子岭、黑松岭一带相当熟悉。他知道，解放军也能想到，进了野猪岭，山高谷深，台坡陡立，悬崖绝壁众多，形势险恶，藏几天没问题，要是派人翻过三道山峰，向东进了樟子岭，解放军就会跟踪而去。他命令手下胡连长带七八个人，往黑松岭方向迂回，三天后再回野猪岭，用绕圈的招数，引诱和牵制着追兵。又派一个小队长和五六个人，朝东北逃向樟子岭边缘，而自己却带着郭马胡和二杆子奔了老山屯。

四眼狐的确狡猾，他认为，三路分兵，让解放军摸不着虚实，就能掩盖自己向老山屯逃跑的企图。可是没有吃的，他也是困兽，即使不被解放军逮住，不被野兽吃掉，也逃不出死神的手心。从上午到黄昏，大半天在山林里跑了四十多里地，水米没打牙，早已累得疲惫不堪，也饿得前心贴后背，眼冒金星，腿脚发颤，连爬的力气都没有了。大半天不见后面有追兵，说明暂时安全，但要紧的是赶快弄点吃的，于是，他想到了山里的猎户。五月的深山里还是青黄不接，没有粮食，但能在深山里生存下来，只能是猎户，他们一定有吃的。他四处搜索，发现了远处隐约的灯光，便催促二杆子和郭马胡赶快赶路，否则，今晚没准就得喂狼了。

灯光处是一个依傍断崖搭建的窝棚，住着一个中年猎人和他十几岁的女儿。父女俩在枪口的逼迫下，不得已交出几个窝头，而藏在地窖里的一些干粮，又被惯匪郭马胡搜了出来。口粮被抢夺，倔强的汉子岂能坐以待毙？猎人摸出猎刀，向郭马胡刺去，却反被他扭住手臂。二杆子举枪要打，韩伯祥一把拦住，寂静的山里，一旦开枪，必然暴露自己的位置。这个凶残的特务夺过猎刀，杀死了无辜的猎户父女，吹灭了油灯，在黑暗中度过了一个心惊胆战的夜晚。

68

从午后到天亮，在野猪岭和樟子岭之间的山林里，鹰刀突击队兵分三路，与同样兵分三路的四眼狐这伙残敌，玩了一场猫捉老鼠和守株待兔的游戏。

关杰小组到达黑松岭下的一个山沟里，做短暂休息，但关杰的脑子没有歇着。他算计着，如果敌人真的向这里运动，步行最快也要三个小时，他有充分的时间在这里摆下伏击阵势，但他只有四个人，而敌方多于己方，如何以少胜多？守株待兔，固然是以逸待劳的上策，但若没有两手准备，临时改变战术仓促应战，胜算不足。只有掐住进入黑松岭的要道，才能占据主动，无论敌人从哪里来，都能左右相顾。

于是，趁天还未黑，他带着三名队员学着父辈们就地取材打鬼子的招法，砍下一些树枝削尖，在沟里埋设了几个尖桩陷阱，砍下一些青藤铺上，掩藏好坑口。留下一名队员在沟口山崖上监视，带两名队员转移到山沟里另一条岔道口，同样设下尖桩，又留下一人看守。关杰则占据沟崖上中间的位置，让最后一名队员在沟里更深处隐蔽。既把守了这条山沟两个出入口，又在中间设伏，还留下预备队做援兵，同时也担任最后的截击。以少胜多的战术，关杰用得十分娴熟精到。

有些山林作战经验的胡连长，没在夜间进入黑松岭下这条山沟，而是就在沟口过夜。这个避免夜间作战的企图，却使关杰小组的阻击更加顺利。天亮的时候，胡连长仍然没走沟里，而是带着手下上了山崖，他并不知道沟口设下了陷阱，虽然无意中躲了过去，却是断了自己的后路。他们在山崖上没走多远，就被埋伏在这里的一名队员一阵扫射赶下沟里。有两人向沟口逃窜，踩到了陷阱里的尖桩，慌乱中，胡连长以为沟口已经被封住，就带头向沟里跑去，迎面又遭到关杰冲锋枪的扫射。他们被逼进沟里那条岔道，同样又有两人踩进陷阱，余下的只好再次掉头跑向沟里，又被埋伏在那里的队员堵了回来，连胡连长在内，活着的和受伤的只剩三人了。

押解俘虏返回野猪岭途中，关杰小组会合了桂春河小队，一同赶回野猪岭。

同样是这个早上，野猪岭东北边的山林里，徐义彪小组历经一场没有悬念的闪击战。五六个敌人奔逃一夜，天亮准备隐藏起来歇口气，却惊飞了灌木丛里一群野鸡，饥饿难耐的小队长抬手两枪，打下了两只。徐义彪听到枪声，耳朵一动，眉开眼笑，他太熟悉子弹划破空气的声音了，一秒钟内，就判断出方向距离。他们在林子里穿过，一阵香味飘来，战马打出响鼻，正围着火堆吃鸡的几人呼啦啦作鸟兽散，子弹随之就撵了上去。徐义彪根本没用下马，驳壳枪一一点名，瞬间撂倒了三个，他轻蔑地吹散枪口的硝烟，剩下的留给他的队员，只说了句，留个活口。收缴武器，押上俘虏，彪子率队班师回朝。

两处接连响起的枪声，也给海冬传递了消息，他无须多想，因为，不管是哪个方向，哪个小组，只要响了枪，接下来的戏就好唱了。但他还是忽略了四眼狐隐身逃匿的诡异和困兽犹斗的疯狂，审讯俘虏并没得到更有价值的线索，四眼狐的障眼法给了他自己几天喘息时间，这场追逃的武戏，唱到了"三岔口"这一折，故事情节变得更曲折复杂扑朔迷离了。

俘虏们都不知四眼狐在哪里，只说他和郭马胡带着二杆子三人一路，不知去向。进一步了解才知道，郭马胡原是林中惯匪，现在是"地下先遣军"吉林纵队小头目，二杆子是郭马胡贴身护卫，也是奸诈之人很是鬼道。两个惯匪，都是四眼狐的护卫。海冬和桂春河都意识到，四眼狐专门挑选两个惯匪组成一路，定有他谋。

多路出击、连环互应的战术，歼灭了一部分残敌，但只是初步取胜，最重要的对手，却是漏网之鱼。

"只在此山中，云深不知处。"桂春河随口念出这句古诗，海冬瞪了一眼："你小子跟我扯啥呢？啥山？啥云？作诗也不看时候，显你喝了几天墨水啊！"

关杰和桂春河都笑了，鹰刀队长也不是啥都能行的。

桂春河说："队长，你昨天设下的连环计，两招用对了，还剩一招，却找不到对手吧？你记得咱们用箩筐扣麻雀不？不是一次把一群麻雀全扣住吧？总会有几只飞走。这时候，巴图鲁就用得上了嘛，撒出去兜一圈，准把漏网的叼回来！"

"巴图鲁也待得起腻了吧？还不放出去飞两圈？"关杰不说正题，旁敲侧击。

"对啊。俺咋忘了这老伙计了呢？"海冬一拍大腿，站起来，放出了巴图鲁。

69

这是一个位于野猪岭和樟子岭、九莲山之间的山坳，一块平地，一间窝棚，是猎人进山歇脚的地方，仅能住下三五人。好在天已暖，队员们在边上搭了两个马架子，用树枝野藤覆顶，找来几块石头垒起锅灶，点火做饭。每人带的干粮不多，还有俘虏也得吃饭，只好挖些野菜和着干粮煮了一锅糊糊。

二林放出一支响箭，为还在山林里追踪四眼狐的林生小组指示方位，当他们循声返回时，已经是黄昏时分了。林生报告说，他们小组向西南方向行进约三十公里，没有任何收获。至此，关杰、徐义彪、桂春河、林生分别负责的方向均未发现四眼狐的踪迹，他到底在哪里？窝棚里点燃松明火把，海冬和关杰又铺开了地图。海冬的红笔画出这两天行进的路线，图上呈现一个 C 形，他笑了。

C 形缺口处，正朝向松江省老山屯，四眼狐正是从这个缺口逃了出去。虽然没有在黑松岭堵住他，但正是海冬三路围堵决策正确，准确判断敌人动向，消灭大部分残余，把他逼上了预料之中的这条路。经过紧急商议，由林生带两个小组押送俘虏回吉林，其他人连夜出发赶去老山屯，阻止他逃向哈尔滨或进老林子。

老山屯林区驻有吉北军区独立三师二团，还有刚成立的老山屯林业局，鹰刀突击队追剿四眼狐，可以得到他们的配合。四眼狐也是看中这里的小火车，搭上小火车，两小时就能到终点沙河子，从那里可进入老林子，比步行快得多。但是，鹰刀队员们第二天中午就到了这里，配合驻军和森铁，在小小老山屯张开了网。

老山屯虽不大，却是个小镇，又是吉黑两省交接处咽喉要道，因为这里有两个火车站，一个是位于镇子南头的吉林到哈尔滨的拉滨线正规铁路站，一个是东边的通向山里的窄轨森林小火车站，山里山外的人在这里来来往往，很是热闹。海冬在镇子东边大车店安营扎寨，这里距小火车站很近，抓捕四眼狐的临时指挥部就设在这里，二团李团长和警察分署刘署长、老山屯火车站赵站长和小火车站纪站长都已赶到。但他们都不了解，老山屯是否有隐藏敌特接应四眼狐，他和手下是否已经到达这里，住在哪里。

临时指挥部定下四个方案。一是刘署长配合关杰小队搜查所有旅店，还用哄兔子的办法惊扰四眼狐，让他藏不住。二是赵站长配合徐义彪小队控制老山屯站，防止四眼狐逃向哈尔滨。三是纪站长协助桂春河小队监控小火车站，截住四眼狐。四是二团侦察连封锁镇子外围，把四眼狐堵在镇里。

两天搜索未见任何迹象，难道他不是如海冬分析的那样，借两条铁路之一逃离？还是另有企图？或是篱笆扎得太紧太密，他不敢进来？海冬马上请示李团长，侦察连立即撤到镇外太平村待命，鹰刀三个小队撤回大车店。放开口子，请君入瓮。

晚上，海冬难以入眠，琢磨着如何辨认四眼狐和郭马胡。他记起俘虏曾交代，郭马胡、二杆子都是青石砬子上"占山虎"土匪绺子的"四梁八柱"，凡匪绺都有自己的标志，郭马胡二人也一定有他们的标志。如果能在老山屯这些天的外来人身上，发现某种特殊标志，不就能帮着咱辨认郭马胡和二杆子吗？找到他们，顺藤摸瓜，四眼狐也就藏不住了。而如果四眼狐果真是戴着眼镜的，根据这特征，按图索骥，寻坑找麻子，不是正好吗？

关杰和桂春河也同意海冬的想法，在这弹丸之地找个把土匪绺子，只要人在这里，不说轻而易举，也是驾轻就熟。于是，除了白翎、山妮和徐义彪，其他队员都换上百姓衣服，两三人一组，撒在老山屯街上集市和旅店、客栈、澡堂子，寻找形迹可疑的外来人，与之"盘道碰码对脉子"（土匪黑话，即联络同伙）。

四眼狐担心老山屯镇里可能有埋伏，没让郭马胡和二杆子直接进镇，猫在三里地之外的尖山村等了两天，昨天下午在镇外溜达半天，没有什么发现，才让郭马胡和二杆子住进龙凤客栈。

虽然精明的小龙驹不在了，可林生和山虎子也是机灵鬼，很快就在龙凤客栈发现了两个带有匪气的外来人。于是，海冬和关杰住进客栈，桂春河小队立刻在周边布下埋伏。

这个不起眼的三流小店，立刻成了众矢之的。

70

海冬和关杰一身猎户打扮，进了客栈一间连炕大客房。

海冬重重地把一杆老套筒靠在炕沿。一个山里老客模样的汉子吓得坐了起来，虽是睡眼惺忪，海冬还是察觉了些许凶光。但要确认他就是郭马胡，需要再试探。

海冬盘腿坐上了炕，故意露出衣襟下的腰牌，这是李大牙土匪绺子的标志，歼灭哈二虎时也曾用过。海冬一直带着，他知道一定还会与土匪打交道，这是最好的护身符，也是障眼法。看到深褐色腰牌上那个张嘴露出大牙的虎头，又看到腰牌下缀着一颗狼牙，身为惯匪对此绝不陌生。这汉子，正是郭马胡。他知道来人非等闲之辈，或许还真是同道。起身抓过碗喝茶，一边和海冬闲聊："并肩子赶山啦？没碰着山神爷蹲仓子（兄弟去打猎，没见到老虎狗熊）？"

脸上粘了胡子，头上缠着一块旧布遮掩了眉眼，不到近前仔细看，很难发现海冬是个年轻小伙。他粗声大气地回应；"唉，别提啦，这阵子天暖草深的，白巅儿一趟，连个芝花马（野猫）都没搂着啊。"

"咋地？风不顺？迷线滑偏了（情况不好，走错道了）？跳子、风头上水啦（军队和警察追来）？"郭马胡是在探听山里情况。

"这日子口，里码人、熟脉子（土匪同行）都打花达啦（被打散打垮了），咱可甭起皮子了（别闹事），消停眯着混口饭吧。"海冬熟练的切口不露破绽。

郭马胡松口气压低声音，按土匪规矩说："自家兄弟，报个迎头（姓名）？"

"俺是补丁蔓，单字福寿双（姓冯名全），俺爷冯麟阁，俺爹冯中。前年风不顺，俺挂柱一脚门靠山瓢子，眼下只能单搓啦（前年情况不好，我投奔李大牙，现在单干）。"海冬仍然报出二十年前辽西土匪大绺子总瓢把子冯麟阁和其次子冯中的名号，又说出李大牙绺子，郭马胡当然都知道，这才放了心。

"敢问前辈枝蔓（请问姓名）？"海冬进一步套问，要凿实这家伙真实身份。

"哈哈，冯小爷门清啊（懂行）。俺是横水蔓，高头子扎脚子带古月（姓郭，名马胡）。高岗子山神绺二柜（占山虎帮伙二头领）。"

"前辈果然大名。叫俺兄弟整两壶去，俺孝敬您老几杯，风头过了咱再典鞭（平安无事再聚合），俺拜您老门下。"海冬套出了底，确认他就是郭马胡，一边稳住郭马胡，一边向关杰使眼色。

谁知二杆子却拦住关杰不让他出门："不劳驾啦，俺哥已经整多了，瓢不紧，露了风，咱可就掉脚子啦（嘴不严走漏消息被抓），都炕上眯了吧。"

既然确认是郭马胡，就不能操之过急引起他的警觉，需等待桂春河完成围堵。海冬就坡下驴，对关杰说："行了兄弟，睡吧，明儿个再喝不迟。"

龙凤客栈一直没动静，按事先约定，如果发现郭马胡先稳住，到凌晨，趁其昏睡之时再动手。这时，桂春河让一个队员翻墙进去开了门，队员们一拥而入。二杆子根本没睡，躺在炕上始终握着怀里的枪，开门的声音惊动了他，跳下炕推开门缝向外窥探。关杰也一直醒着，跟着跳下炕，一脚把将二杆子踹出门外，随后扑上去压住了他。海冬也翻身骨碌到郭马胡身边，驳壳枪顶住了他的脑袋。

天边一线微白里，鹰刀队员们押着郭马胡和二杆子离开了龙凤客栈。

小街对面悦来客栈一扇窗户帘后，露出一只眼，待队伍走远，一个人影溜出门，向街口蹿去，很快消失在晨雾里……

审讯郭马胡却说不出韩伯祥的下落，两个车站的蹲守也无结果，若非四眼狐是把郭马胡当诱饵来牵制，他另寻他路逃遁了？海冬的疑惑很快有了证实。

为避免三人同行引起注意，在郭马胡住进龙凤客栈后，韩伯祥自己住到对面的悦来客栈，要了面街的一间房，果然看到郭马胡被抓。他心里一惊，共军很快就会在镇上展开搜捕，这里不能再停留。趁天还未大亮，他蹿到小火车站，一列开往山里沙河子的早班小火车已经开动，他攀上一节车皮躲在里面。不想却被远处哨兵发现，可小火车已开远，哨兵立刻跑到指挥部报告。

小火车从老山屯到沙河子有五十公里，一小时后，战马在离沙河子三里地时，撵上了正在上坡的小火车，海冬鸣枪，命令小火车停车。前面是一个弯道，茂密的树木挡住了视线，谁也没发现，韩伯祥趁小火车减速时跳车钻进了森林。

一直到沙河子也没查到韩伯祥。海冬放飞巴图鲁去侦察，又通过森铁电话向李团长报告，请侦察连配合搜索。侦察连很快赶到，进入了森林，向深处推进。一天一夜后，侦察连一个排与鹰刀突击队在秃顶子山脚会合了，这时，巴图鲁在空中发出一声惊空遏云的鹰唳，随后猛地扎进林子里。

海冬带人向着巴图鲁的方向赶过去。当几十个战士对林中一个窝棚形成泰山压顶之势时，海冬看见巴图鲁站在微微飘动炊烟的窝棚顶上。

干草帘子撩起来，窝棚里走出一个老人，太阳穴上却顶着一支手枪。

海冬说："是韩伯祥吧？撵了你五六天了，也该见面了。别再逞能了，你就是杀多少人，也逃不出这老林子。"

"你放我走，别跟着，我上了小火车就放了他，保证不杀他。"韩伯祥在讲条件，以老人性命要挟海冬。

"行啊，我放你走，但我得跟着你，只要你不杀人，我也留你一条命。"海冬看一眼窝棚上的巴图鲁，同意韩伯祥的条件。

离开窝棚几步，四眼狐的枪仍然顶在老人头上，海冬下令让战士们让开道。韩伯祥押着老人向前走来，海冬一声呼哨，巴图鲁腾地跃起，落在韩伯祥肩上，随即叼住了他拿枪的手。关杰和徐义彪扑上去，夺下了他的枪，把他摔倒在地上。

历时九天，奔波三百多里地，一场漂亮的飞鹰猎狐，终于生擒韩伯祥。保密局派遣的老牌特务四眼狐，到底未能逃脱巴图鲁的鹰爪，更无法逃出鹰刀突击队年轻的指挥员和队员们设下的天罗地网。

战士们和战马一同乘坐小火车回到老山屯，小火车嘹亮的汽笛声，在大山之间回荡着，巴图鲁骄傲地盘旋在蓝色的天空……

而又一个老牌特务，正在另一座城市，鹰刀突击队将面临又一场惊险战斗。

第十五章　秘入困城

71

炎热的夏季已经到来，而国民党军队在东北战场却如同遭遇寒流。

东北野战军步步紧逼，对长春形成关门打狗态势。六月下旬，六纵十二纵的九个师，完成了方圆四十五公里，纵深二十五公里围城部署，长春已经陷于四面楚歌。

此时长春守敌已达十万余，并重新调整了城防布局。相关情报早已由长春地下党通过电台报告给东北解放军围城指挥部首长，但电台无法传送地下党绘制的具体地形和守军阵地方位图。海冬率领的鹰刀突击队的六人小组，要在两天内完成取回地形图的任务。

这天午后，海冬和关杰、白翎、山妮、林生、山虎子六人小组，带了些干粮藏在腰间，化装混入百姓当中，从城西洪熙街哨卡潜入这座困城，天黑之前到达约定地点会合地下党的同志。

守军在沿途主要街路都设置了关卡，士兵们吆五喝六蛮横地盘查过往行人。城区不时有摩托巡逻队快速驶过，车斗架着机枪，簇新的烤蓝在阳光下十分刺眼。穿黑绸衫、背手枪的侦缉队和扮成各色人等的保密局长春站行动队的特务，在大街小巷里，像狼，像狗，到处嗅着，企图发现些异味。

按照反复确定的路线，六人小组分三个梯次通过洪熙街哨卡，转向城西兴安大路方向，那里有座兴安桥，桥下一条铁路通火车站，他们要在那里转道兴亚街，再前往文化街接头地点。三个组拉开距离，沿着路基向大桥走去。海冬和林生为尖兵，五十米后，白翎和山妮居中，一百米后，关杰和山虎子担任后卫掩护。

近兴安桥时，遇到了侦缉队。一个小队长带着三个手下，正沿铁路例行巡查。沿途情况和每日一样，并无异常，他们突然发现有人，便围住海冬和林生。白翎和山妮立即躲到路基下，关杰和山虎子加快脚步靠过去。

海冬蹲下身抓了一把土攥在手里。小队长揪住海冬的衣领，硬把他拽起来，缠在腰间的干粮袋，从衣襟下露了出来。发现私藏粮食，特务们的手枪一齐顶住海冬和林生。小队长去扯海冬腰里的袋子，海冬一扬手，一把土眯了特务眼睛。关杰和山虎子赶上来，拉着海冬和林生一气跑上兴安桥。白翎和山妮发出惊恐的叫声，把特务吸引过去，她们穿过铁路旁的树林，钻进一条胡同。

几个半大小子带着粮食跑掉，还有两个小姑娘作掩护，这不是普通老百姓能做到的。几个特务嗅出异常，侦缉队和新一军搜索营一个连，马上控制了兴亚街。

六人组从兴安桥转入兴亚街，隐蔽在路边一片树林。接着就看见一队队摩托快速开来，气势汹汹的士兵，封住了兴亚街通向北安路、崇智路和文化街的几个路口。海冬意识到，兴安桥下突然遭遇，引起敌人警觉，他们被困在兴亚街了。

进城前已经熟悉接头地点附近数条街路，他们对兴亚街、北安路直到重庆路和文化街几条胡同了如指掌，在任何一处都能知道自己的方位，可随时根据可能发生的意外，决定如何行动。关杰提出，他去把敌人引向兴安大路，掩护海冬去文化街与地下党接头。白翎紧紧抓着关杰手臂，非要和他一起去，关杰挣不脱，看了海冬一眼。在历次行动中，关杰和海冬早已配合得极其默契，不用临时商量，都知道如何应变。

"别争了，你俩都去，必须都安全回来，我等着你们。"海冬知道自己根本说服不了白翎，就采取折中的办法。说着，他抽出左轮枪塞进白翎手里，又把几颗子弹装进她的衣袋。虽无言语，白翎却深知他的担忧，一股热流涌上胸口。

她咬紧牙抑制自己："哥，你妹子啥能耐，你不是没见过，这算个啥，俺根本没当回事，再说还有他呢！"说着亲昵地挽住关杰的胳膊，关杰也只好点点头。

山妮轻轻扯着白翎衣角，想要说什么，白翎一瞪眼，她不再出声了。

72

天色已近傍晚，但搜索队已经查到他们藏身的林子外侧，关杰必须立刻行动。他在海冬肩上重重地拍了拍，海冬还手给了他一拳，两人意思不用说，谁都明白。海冬对山妮和林生、山虎子一挥手，四人迅速转移至林子东侧，观察林外一条街，等关杰把封锁这里的敌人调开后，乘机冲出去，转向文化街。

关杰拉着白翎悄悄出了林子，从两个临时街垒中间穿出，快步越过街道，向对面的兴安胡同跑去。把守胡同的士兵听到脚步，还未举枪，关杰、白翎各自双枪同时开火，顿时撕开一个口子，他们冲进胡同，隐身一排排民居的间隙之间快速穿行，很快就消失在傍晚的暗色里。

兴亚街上炸了营，侦缉队、搜索队忙乎半天没抓到一个有用的，共军却送上门来，这立功邀赏的机会，岂能让别人先得。附近把守各街道的军官士兵一窝蜂涌来，都向兴安胡同里追去，条条街道的警戒，似乎全部开放了。

约十分钟，海冬点燃两支响箭后，带着几个人闪出树林，连续爆出冲天火花再次迷惑敌人，关杰和白翎在搜索队返回兴亚街包围小树林时，从另一条胡同，绕过敌人包围，迂回转向文化街。

沿着一条小街一直向东，十几分钟后，进了文化街，拐向重庆大戏院。今晚，六人组就是在这座重庆大戏院，与长春地下党交通员接头。文化街并未因兴亚街混乱的枪声而受惊扰，几处繁华，仍有军警出入灯红酒绿场所，重庆大戏院也即将开戏，国民党新一军的鹰扬评剧社正在这里准备演出。附近中央饭店、国都饭店、蒙特卡罗舞厅都在醉生梦死中沉迷。

借着街上蒙蒙的氤氲雾气，海冬一行完成了对文化街附近几条胡同的侦察，这一带四通八达的街巷，已经画在一张地形图上，并标出了六人组每人今晚行动的具体位置。山妮、林生、山虎子看后，全部记在心里。返回重庆大戏院门前时，关杰和白翎正笑嘻嘻地看着他们，海冬止住了山妮三人，漫不经心地走过关杰、白翎面前，顺手把捏成一团的地形图，扔在关杰脚下。

五分钟后，六人组分头进入指定位置。白翎和山妮坐在国都饭店门前台阶下，把守西面的路口，掩护海冬和关杰与地下党接头。林生和山虎子埋伏在一间杂货铺门洞里，准备随时出击，接应小组成员安全撤离。

海冬和关杰已经换了一身打扮，穿戴着下午在蒙特卡罗舞厅旁边旧衣铺买的职员制服和礼帽，进了戏院，在剧场前厅廊柱下，对场内进行观察。

舞台上垂着厚重的丝绒帷幕，两盏幕灯照在上面，幽幽发着光。场内已经有不少看戏的官员和军人，在座椅上闲聊，两侧包厢挂着丝绒小帘，看不出里面是否有人。海冬略微一抬下颌，关杰立即会意，走进了内厅，坐在门边最后一排靠过道的位置上。海冬坐在前厅卖汽水窗口边小桌旁，翻过礼帽朝上放在右手边，里面折放着一张多日前的《中央日报》，露出"第一届国民大会……"几个醒目的黑色大字。他左手拿着一张1947年香港电影《长相思》的画报，上面是主演周璇演唱该片插曲《夜上海》的大照片，这是预先确定的接头暗号。

这样的电影画报，很多人手里都有，拿着它，不会引起任何怀疑。

73

戏院里徘徊着周璇的《夜上海》，在迷离的彩灯梦幻光晕里，营造出一种安逸和懒散。海冬微微眯着眼睛，显得悠闲而陶醉，但他却在紧张而仔细地监听。

"先生，看样子您很喜欢周璇啊！"一个浑厚的中音，向海冬打招呼。

"现在这日子，只能听唱歌来解闷，送给您，也可充饥啊。"

"谢谢。可这个时候，这样的歌，似乎是为谁在唱一曲后庭花哟。"

地下党联络站长老方坐在海冬对面，手里一张同日的《中央日报》，露出"第一届国民大会……"几个醒目的黑色大字。

对过接头暗语，看到接头暗号，海冬继续对着暗语："不管是唱的，画的，都是一张纸，不过，纸小乾坤大，内中日月长啊。"

双方都互验了对方的身份，老方说："小兄弟说得好，咱进去看戏，看看这台上是不是戏中有戏，听听锣鼓是不是音中有音。"

二人相跟进了内厅，并肩坐在最后一排，台下已熄了灯，台上已梆鼓声疾。

老方暗中塞给海冬一个很小的油纸包，轻声说："你们今晚住北安路2号院，明天会有人送你们出城。"

海冬抽身离去。一分钟后，老方也走出剧场，不远不近跟在海冬身后，但他没有发现，自己的身后，跟上了两个人。而这两人也没发现，身后跟着关杰。

凉爽的夜风，习习吹来，海冬心里一阵畅快。他向国都饭店走去，与白翎擦身而过时，飞快地把油纸包塞进了她的手里。白翎和山妮挽着胳膊，拐进文化街南头胡同，在杂货铺门洞里会合了林生和山虎子。

老方和海冬却在蒙特卡罗舞厅门前，被两支枪顶住了后背。

近半月以来，大批特务在各处密查地下党，两个暗探常在重庆大戏院里蹲守，老辣刁钻的毒眼，发现海冬和老方有些可疑，于是，两人就跟上来动了手。

海冬心中一惊，一手在衣服里轻轻扣住左轮枪的扳机，正要出手反击。

偏偏就在这时，一群军官醉态相拥着走出国都饭店。海冬和老方都很清楚，如果这时出枪反抗，一定会惊醒他们，附近的敌人巡逻队，听到枪声，也很快会赶到这里，敌众我寡，力量悬殊，后果不堪。而且老方知道，前面不远处就是蒙特卡罗舞厅，舞厅西边有一个原新京伪警察厅下属的警察分署，现在是保密局行动队的据点，一旦被抓，将无法完成任务。所以，海冬和老方谁都没动。

老方沉稳地说道："几位弟兄们手头紧了吧，我有不少票子，够你们花一阵子，来拿去吧。"说着，慢慢转身，敞开衣襟露出挂在里面的满身钞票。两个特务面对朦胧中花花绿绿的一堆钞票发愣，远处突然又响起激烈枪声。

远处的新市场胡同，正发生一场闪电夜袭战。这里一处青砖高墙的院落里，存放着守军抢掠来的大批粮食。当晚，地下党组织一部武装偷袭，是调虎离山，将所有巡逻队全部吸引过去，掩护六人小组与老方接头后撤离。虽只有五六人，但行动极其迅猛，撞开院门就亮出冲锋枪，连续猛烈射击，一个排的守卫还不知怎么回事，须臾之间，几乎全部阵亡。虽然巡逻队和附近部队很快赶来，却遭遇一阵手榴弹拦截，炸声响过，袭击者已经无影无踪。

两个特务在枪声和爆炸声中不知所措，老方和海冬突然扑过去，与特务扭打在一起。关杰从后面几步赶上来，白光一闪又一闪，鹰刀连续捅死了两个特务。老方迅速撤离，海冬和关杰回头顺小街绕回文化街南胡同，会合白翎等人，趁着夜色，钻进胡同，迂回到达地下党联络站。

天亮时，巡逻队在蒙特卡罗舞厅旁边小街，发现两个浑身是血的特务，大批军警涌到这条小街上，可除了两具已经凉透的尸体，别无所获。

此时，六人小组正在距此不远的北安路上一处静谧的小院里养精蓄锐。

74

与中正大街相交的北安路，由东向西排列着一溜日式楼宇，楼宇间有一所面街的小院，门牌是 2 号，地下党一个联络站就藏在这里。二楼的一扇窗子里，窗帘拉开一条缝，海冬正悄悄地向外张望，仔细地观察周边情况。

对面那座阴森的大楼，伪满时叫"康德会馆"，是当时新京最好的办公场所，此时是新一军指挥部。2 号院不远一个院里驻扎新一军特务营。保密局特务也不会想到地下党联络点与危险近在咫尺，就藏在新一军指挥部和特务营的眼皮底下。

干掉跟踪的特务后，六人小组昨晚住进这座 2 号院，住在这里，既可在敌营里藏身，也可以从这里经北安路转向兴安大路，到达长春西面的出城口。敌人防守重心放在了东南面的洪熙街，西面的大房身一带的戒备反倒是形同虚设，地下党组织决定，六人小组乘坐一辆中吉普，由兴安路至西郊，从大房身机场出城。

六人小组要在 2 号院隐蔽一天，等待夜间乘坐中吉普撤离。驾驶中吉普的，是潜伏在新一军特务营的地下党员段洪山，他已经接到今晚运送六人小组到城西的任务，黄昏前把车辆仔细检查两遍，做了精心保养，确保执行任务时不出故障，并通过交通员把撤离时间传递给海冬六人小组了。当夜的十点半，六人小组将准时登车赶往大房身机场，已经到达机场的桂春河、徐义彪两个小队，接应他们出城。

同时，地下党在中央银行又组织了一次袭击行动，制造混乱，吸引敌人注意，调动就近的守军部队增援，以掩护六人小组趁混乱之机，迅速赶往大房身机场。

一路出城，情况复杂多变，沿线随时可能遇到敌人堵截。这一个下午，小组成员一遍遍查看地图，熟悉撤离路线，预想可能发生的情况。这条路经过兴安桥一直向西，沿途不少房屋原是日军部队和医院，现有国民党一批部队驻扎在这些地方。再向西，是兴安广场，不远处是原来跑马地的茂密树林，情况危急时可供隐蔽。小组每人都牢记了沿途地形和建筑及撤退路线，做好了应变准备。

老方送来的地形图，已经被白翎卷成一条纸卷，编进了自己又黑又粗的辫子里，又用黑色的线绳把辫子扎得紧紧。她说，只要俺的脑袋不掉，情报就丢不了。俺就像保护自己的脑袋一样，保护好这个重要情报。

为了隐蔽行动，六人小组进城时，除了每人一支左轮手枪和一枚美式手雷，没有重武器。但段洪山在中吉普里预先藏了三支汤姆枪和十几枚手雷，同是地下党的副驾驶于风，也配有汤姆枪，要是打起来，对付几十个敌人能抵挡一阵。

距离2号院不远的中央银行，位于中正大街西侧，中正广场北，是郑洞国的一兵团司令部，周边都有国民党军队和警察驻扎，这一带已经成为国民党盘踞的中心。当夜十点，地下党派出的袭击小组，从中正广场茂密的树林里潜出，迅速靠近中央银行大楼，向大楼门前的碉堡掩体开了火。曳光弹像一串串流星飞向守敌，几个哨兵在猝然发生的攻击中，纷纷倒地，随后几颗手雷又飞过来，炸开的火团，又引爆了掩体里的弹药，一阵阵爆炸火光映红了大楼的玻璃。楼里响起凄厉的警报，更多的士兵从大门里蜂拥而出，向着黑暗里胡乱扫射。

中央银行里面打起来的时候，一队卡车从康德会馆和特务营匆匆驶出，赶往中央银行。一辆没任何标志的中吉普也悄悄开上北安路，载着六人小组，向西驶去。

增援车队途中又遭遇袭击，前头两辆汽车被冷枪击中歪在路上。车上的士兵跳下来搜寻袭击者，却找不到踪影，后面的车辆绕过瘫痪的头车，到达中央银行时，袭击小组正撤向中正广场，大批敌军和从东西两面赶来的巡逻队立刻扑向广场展开搜索。然而，在敌人对广场形成包围之前，袭击小组乘坐藏在广场里的吉普车，跳出了包围，沿中正大街向南驶去，迅速消失在夜色里。

75

夜空点点星光伴着一弯月牙，在游动的云朵里时隐时现，高大的树木在街道两旁投下一路暗影，道路越发阴森。战时灯火管制，沿街没有一点光亮，段洪山和于风凭借多年驾驶经验和对这条路的熟悉，在夜色笼罩的街路上，熄灯行驶。

车厢里，白翎和山妮藏在一块帆布下，海冬四人靠着车边栏板，紧握着汤姆枪，坐在黑暗中，竖着耳朵，警惕地关注着周边。段洪山轻轻地踩着油门保持中速，从街上滑过，二十分钟后，进入了兴安桥外的兴安广场。

广场入口处横着一辆亮着大灯的卡车，四个戴着白袖标、挎着冲锋枪的士兵拦在路口。一个士兵挥着小旗示意，段洪山停了车，但没有熄火，又把变速杆推到了前进挡上，右脚踩着制动踏板，随时准备加大油门冲出去。

于风走下车，跟几个士兵打招呼，掏出香烟分给他们："弟兄们，辛苦啦。"

"你们是哪部分的，这么晚了，是要上哪儿啊？"一个敌兵上前查问。

于风说："刚才郑司令长官那边遭到偷袭，大晚上的，共党不闲着，闹得我们军法处也不得消停，奉命来查看这一带动静。"

老段从车窗伸出手，拿着两筒罐头："这有美国罐头，给弟兄们留下两个。"

许久没吃到肉的士兵争抢起来，于风上了车，老段立刻开车，通过了卡子，转过广场时，却被迎面开来的一辆摩托堵住了。

车上跳下三个人，一个军官绕到车后，用手枪挑开篷布。海冬立刻打开电筒，照在军官脸上，这张瓦刀脸，让海冬心里一惊，这不是保密局长春站上校特派员何兆先吗？ 1947年冬天在长春二道河子邮局抓捕杀害地下党员，东北局城工部锄奸队和长春地下党多次追查踪迹，要杀掉他，都被他躲过，鹰刀突击队在吉林也曾截杀过他，仍然未果。海冬看过他的照片，牢牢记住了这张瓦刀脸。

冤家路窄，分外眼红，海冬正要扣动扳机，手指却又松开。枪声一响，后面卡子上的敌人马上就会追上来，而前面可能还有设卡的敌人和巡逻队，这无疑会让自己陷入危险，牺牲性命不要紧，情报送不出去将坏了大局。他强忍心中之恨，按照何兆先指令，和关杰、林生、山虎子下了车。老段下车走过来："长官，我们军法处也是奉命来这里巡查的，要不这深更半夜的，谁愿意出来挨枪子啊。"

何兆先突然发问："口令！"

段洪山哼了一声："长官，你不知道吗？口令早就是一小时一换了，我们出来一个多小时了，咋知道这时候的口令换成啥啦？"

"上一个口令是什么？"何兆先又突然发问。

"成功！回令！"段洪山立即回答，并迅速反问。

"成仁！"何兆先紧跟着答出了回令，一直端在手里的枪放了下来，却又像是漫不经心地问道："你们刘处长的胃病好些了吧？"

段洪山随口答道："啊，好些了。"

何兆先一声奸笑变了脸，举枪直逼段洪山，厉声喝道："军法处长根本不姓刘，你们不是军法处的，是共军，都别动，谁动一下，我就打死他！"

情况突变，段洪山在枪口下不能反抗，又无法辩解搪塞，一时怔住了。

这时，一队摩托亮着灯光正从兴安广场向这里驶来，眨眼之间就已经近在咫尺了。何兆先又说："我的人马上就到，你们跑不掉了，给我上车搜！"

两个敌兵上车搜查，发现了篷布下的白翎和山妮，顿时号叫起来："长官，车上有人，是两个女的！"但他们突然噤声，两支左轮手枪顶住他们的脑门，逼着他们退到车下。就在这一瞬间，海冬在何兆先身后突然发力，挥起枪托砸在他的后脑，关杰和林生也同时扑向两个敌兵，在他们头上猛击，三人闷声倒地。

于风立刻推开挡路的摩托，中吉普仍然黑着灯，加大油门向前冲去。

段洪山把中吉普停在跑马地黑森森的树林边，于风和海冬四人分列街路两侧，摆开设卡搜查的架势，几分钟后，于风挥动小旗，拦住了那队摩托。

他们临危不乱，大胆近敌，耀武扬威，大张声势。于风高声吆喝："我们是军法处的，奉命在这里拦截，前面的路已经封锁，任何人不得通过，请绕道。"

敌人被这威严阵势迷惑，不敢强硬。一个军官问："你们可发现什么情况？"

"刚才看到有辆车，向南面拐过去了，不知是什么人。"于风故意误导。

摩托队掉头向南追去，海冬看到，其中一辆摩托的车斗里躺着何兆先。

中吉普继续驶向大房身机场，而敌人已经在兴安路尽头设置了拦截。

近日来，敌军通报中说，共军数名青年男女组成小分队潜入城中，伺机联络地下党。何兆先正是据此通报指挥手下在城中搜捕，几分钟前，他从昏迷中醒来，说出在兴安广场发现乘坐中吉普的共军小队，于是，大批敌军向西郊包围过来。

十一点半，桂春河和徐义彪两个小队按照预定计划，向大房身机场发起佯攻，吸引敌人，掩护六人小组从一条密道出城。

大房身机场北侧树林里有条路，是城内城外的分界线，早已被敌军坦克封锁，一辆挨一辆轰轰作响的坦克，正用探照灯不停地四下照射。密道就是隐于路基下灌木中的一个涵洞，洞口被茂密的草丛遮挡，不到近前很难发现这里藏着玄机。

段洪山把中吉普藏在树林边上，告诉海冬涵洞的位置，便带着于风向树林东侧摸去，在距离涵洞二百多米处，连续向敌人坦克投去十几枚手雷，然后回到车上，等待六人小组通过涵洞发出信号后再撤离。

所有探照灯都转向爆炸的地方，一群敌人跳下来，向东边涌去。海冬乘机率领小组，沿着一条草丛覆盖的干涸的水沟，找到了矮树和青藤遮掩的洞口。

海冬轻声对白翎说："何兆先还活着，我和关杰留下，一定要干掉他。"

关杰说："不行，事先没计划，也没报告，这是违反纪律的！"

"情况紧急，没工夫争了，翎子回去向首长报告。"海冬说完，拨开树藤，把白翎几人推进涵洞，又用树藤遮掩了洞口。

一支响箭蹿上夜空，段洪山知道六人小组已经出了城，正要开动中吉普，海冬和关杰从树林里跑出来跳上车。段洪山惊问："怎么回事，你们咋没走？"

"快走，路上说。"海冬催促着。

敌人就在百米之内，危急之中，不能僵持，段洪山立刻开车撤离。

第十六章　诛杀独狼

76

当夜，海冬和关杰潜回北安路 2 号。通过地下联络站电台，向围城指挥部首长报告，他们已经留在了长春城里，请首长批准他们下一步行动计划。

围城指挥部发来电报，严厉批评了海冬，但还是同意他们继续潜伏下来，寻机刺杀何兆先。这个被称为"独狼"的保密局特派员，即使受了伤，仍然怙顽不悛，丧心病狂，继续加紧在城内捕杀地下党。首长命令海冬，必须尽快除掉这只极其险恶的"独狼"。

从小生长在东北山林里的海冬，当然熟知独狼是怎样的猛兽。那是百姓们传说中成精的狼，它具备狼群凶残的攻击性，更独有单一行动的狡猾和阴险；既有凶猛杀伤力，也有躲避危险的诡计，一旦盯住猎物绝不轻易放弃。猎人们都说，独狼性情孤癖难于琢磨，比群狼更难对付。何兆先就是因一贯狡诈诡异而得此绰号。

早晨，段洪山带来内线消息，何兆先住进了长春大学医学院附属医院。为核实消息真伪，他们决定前往医院侦察。

上午九点，海冬和关杰化装成半大孩子，蹲在医院墙外，眯着眼睛观察四周。

段洪山那辆没有牌号的中吉普停在路边，他此时正在医院内查看虚实。半小时后，他走出医院，在车上拎出一个帆布水桶，进了对面一个花圈店，透过窗户查看，见小街上没有异常，便拎着一桶水走出来，在路边擦洗中吉普。

海冬和关杰靠过去，向他伸手讨要吃的。段洪山挥着手大声呵斥驱赶，两人赖着不走，纠缠半天，他摸出半个馒头，掰成两半分给海冬和关杰，要他们帮着擦车。老段一边擦车，一边小声通报情况："目标极可能就在二楼最西边一间病房，但那里有四个警卫，很难直接下手，我们得从楼外想办法。我不能再进去了，免得引起怀疑。你们到院子里看下，记住，是二楼最西头的那间屋子。"

"老总，再给俺们半块馒头吧，俺俩可累得够呛啊。"海冬叫着，凑近老段小声说："我们再进去实地查看，这样我才心里有数。"

"行，但不能太久，赶快离开，回去再商量。"老段说着踢了海冬一脚，大声骂着："滚蛋，老子还他妈饿着呢。"说罢上车开走了。

中吉普卷着尘土，从医院门前驶过，靠在门柱边上的一个人，微微撩起草帽看了一眼。海冬和关杰正向门口走来，这个人连忙又用草帽遮住了脸，跟在海冬和关杰身后，进入院内。

海冬和关杰向医院二楼西头走去，遭到守卫呵斥，只好返回。他们走下楼梯，与戴草帽的人擦肩而过，闻到一种很重的烟味。海冬忽有惊觉，侧身去看，那人已经上了楼梯，拐进了走廊，他摘下草帽，露出一张瓦刀脸，眼中满是狐疑。这人正是"独狼"何先兆，他果然藏这里。

闷热的午后，没有一丝风，2号院里几株柳树，垂下浓密的柳枝，一动不动。柳荫掩映下的小楼里，也静静的，悄无声息。楼梯下面的小屋里，没有窗户，亮着一盏昏暗的小灯，地下党联络站长老方，正同海冬、关杰、段洪山组成的行动小组商量如何捕杀何兆先。

"从现在掌握的情况分析，可以确定，何兆先就藏在市立医院里。他在病房外放了警卫，说明他是有预谋有准备的，那么，病房内和院子里，也一定隐藏着伏兵。这个特务很老辣，即使不是对付我们的行动，对自己也是严密保护，看来在医院内动手很难有效，同时也极其危险。你们有什么想法？"老方问道。

段洪山已经画出了一张二楼病房的平面草图，并在西侧做出了标记。他指着草图说："西侧这间病房，是在走廊尽头，四个守卫堵住通道，再无别路靠近。强行打上去，就是能在一分钟内干掉四个人，也会惊动病房里的何兆先，他会拼命抵抗，别处的伏兵也会赶来兜了咱的屁股，那等于是鱼进了网，最好的结果也只能是鱼死网破。"

海冬也画出了院子里的大致地形，标示了进出通道。他说："这个院子有两个进出口，但敌人一定把守着通道，硬冲硬闯，动静又太大，附近敌人会在几分钟内赶到，那我们就无法撤离了。我建议，在楼外通过病房窗子狙杀他。现在，也不知道何兆先是不是真的就在病房里。另外，我发现一个可疑情况，医院里有一个难民打扮的人，从我身边走过时，我闻到他身上有一种烟味，那不是百姓抽的旱烟味，像是美国骆驼烟的味道。"

关杰说："我也发现这个人衣服很脏，手却白白的不像百姓，现在百姓哪能抽得起骆驼烟？说不定这就是何兆先，他不在病房里，就是防止有人对他下手。"

正说着，外面传来嘈杂的声音，几辆汽车摩托车戛然骤停在街边。

段洪山迅速闪出门去，其他人都掏出枪来，守住小楼门口。

77

段洪山从2号院翻过墙去，跟在一队宪兵后面，混进特务营。

原来是中吉普引起了何兆先的怀疑。昨天夜里，一辆中吉普带着几个共军，在兴安广场出现，今天上午又在医院发现一辆遮挡车号的中吉普，虽然不能确定就是那辆出现在兴安广场的中吉普，但开车的很像昨晚驾驶中吉普的人。何兆先立刻下令全城搜检所有中吉普，保密局行动队和宪兵队分头行动，新一军特务营有数辆中吉普，当然也在检查之列。

一群士兵吵吵嚷嚷阻止检查，段洪山劝说："弟兄们，都是自家人，人家也是执行任务嘛。听说共军混进了城，让这些弟兄查查，也省得咱担嫌疑啊！这辆车是我的，随便查。"说着，拍拍那辆已经亮出车号的中吉普。

有人嚷嚷着："老段，就你好说话，咱没少受人家的窝囊气，空投的粮食让他们抢了，咱的人让他们打了，这又找上门来欺负人啊！"

"都是公务，戡乱时期，都少惹事。让人家查完了，咱没嫌疑，不是也都心静了吗？"段洪山继续劝说，士兵们让开了道。

闹哄一阵，检查完毕，宪兵离去，老段也悄悄回到2号院。

"敌人正在全城核查中吉普。我的车不能用了，必要时可改用其他车型。"

"敌人已发现我们使用车辆，再用什么车都会惹来麻烦。是否转移到我们在自强街的堡垒户去？就在医院附近，行动更方便。我现在就去警备司令部督察处找关系，做两份假户口。这不难。明天下午再决定行动。"老方说出他的想法。

长春地下党组织在多年隐蔽斗争中，建立了许多关系，且发挥了很大作用。如果老方能很快搞到户口，海冬和关杰潜伏在长春就有合法身份。

关杰继续分析说："我怀疑何兆先住院是幌子，他好像是在设套让我们钻。"

老段反问："他怎么会知道我们要对他下手？"

老方说："这两年我们几次要干掉他，都被他逃脱了，这家伙已经警觉了，他当然知道住院一定会走漏消息，怎会老老实实待病房里等着吃子弹？"

"关杰说得对。如果这个可疑人就是何兆先，他一定是用病房来搞鬼，故意放了警卫，摆出一副大架势做给我们看，他却在外面等着我们上钩。那么，医院内外就不止四个特务了，我们没有发现的不知有多少，可能那里已经下了钩子，正等着我们去咬呢！"海冬赞同关杰的分析。

海冬坚持进医院再次侦察，老方沉思片刻做了决定："要确认可疑人是不是姓何的，必须先弄清病房里的猫腻。这次侦察，重点查清医院内外是否有伏兵，以及最佳进出通道，做好最坏打算。你们去侦察，我去安排转移和办理户口。"

换上老段找来的工人服装，海冬和关杰装扮成查线的电工，再次进入医院。他们在门口和院子里没有发现那个可疑人，却有三个一堆两个一伙的闲人守在门口和楼梯旁边。走上二楼时，两人一边查看墙上的电线，一边向西边病房靠近。便衣特务上来阻拦，海冬说："警备司令部下令灯火管制，我们是来检查电闸的，二楼的电闸在这个病房里，必须进去查验。"说着就要推门。

两个便衣堵在门口，一个便衣走进病房，看到电闸箱，过去打开看了看说："没啥问题，你们不用看了，快滚！"

海冬迅速扫了一眼，屋内空无一人，何兆先果然不在。

两人在医院门口等到傍晚，一直不见何兆先回来。

原来，何兆先下午就回到行动队，让手下特工画了一张人像，那脸型与段洪山很相似。于是，从午后到傍晚，凡是开着中吉普的，都再次经受检查，段洪山虽然当时不在特务营，但被人指认，已经暴露了。于风把消息带到2号院，保密局的特务就守在特务营，老段不能再回去了，且很快就会被通缉。

何兆先如此迅疾，证明他已经警觉，防范会更加严密，或者会离开医院，行动小组将如何下手？这一晚，小楼里整夜不眠，反复研究对策，一致认为，老段几次与何兆先打过照面，这回又是在医院被他认出，他以为我们已经上钩了，这个狡诈的特务依然会在医院设套，继续诱捕，医院仍是最有利的行动地点，关键在于把握时机，更要摸准他所在的地方。如果在医院刺杀不成，第二方案，将计就计，由老段当诱饵，给何兆先下套，把他引出来再动手。

两个方案得到老方的同意，医院作为行动首选地点，自强街一处民居作为行动组隐蔽地点。下午一点，段洪山和海冬、关杰分头进入自强街隐蔽起来，等待晚上行动。这是地下党的一个堡垒户，小街北面就是长春最大的佛教寺院般若寺，户主老杨在此经营佛像、经书、香炉等佛事用品，他在抗战时期就为地下党提供帮助。他的屋子里有一堵夹壁墙，段洪山可以藏在里面，而海冬和关杰的掩护身份是老杨儿子、侄子，可在这里公开露面。所以，老方把这里作为行动小组隐蔽地点。

这里位于自强街最西头，与医院相距不远，紧邻一片树林，不管是第一方案失利或是老杨家暴露，行动小组都可以迅速转移至树林，从那里撤离。

78

午后的阳光投下燥热，连地面都晒得烤人脸。海冬和关杰再次进入医院，他们拎着两桶凉水，以一分钱一碗的价钱，卖给医院里饥渴的难民。以此为由，穿行在院内和病房楼里，继续侦察医院内外情况。

这里看似平静，暗中却是剑拔弩张。

搜查中吉普的结果，让何兆先认定，失踪的段洪山，就是暗藏的共军内线，昨天在医院出现，一定是冲着自己来的。虽然现在不知去向，说不定就藏在身边。老谋深算的何兆先暗自得意，虽然危险可能就在身边，但同时猎物也正接近他设置的圈套。他在这里增派了便衣特务，又调来两车搜索队士兵，藏在医院北门和南门对面的胡同里。他指挥特务和士兵布下罗网，然后躲进停在北门外胡同的汽车里，监视医院大门，等待段洪山再次出现。

时间已经临近黄昏，没有发现何兆先的踪迹，海冬和关杰又在紧靠着病房楼西侧的一座小楼上下侦察一番，发现三楼尽头有一个储存杂物的房间，有一扇窗户居高临下正对着何兆先的病房。海冬心里有了打算，如果何兆先在病房里，这里就是最佳射击位置。

回到老杨家时，老方也到了这里，海冬向老方报告自己的想法。老方说："我派出的眼线发现敌人在医院南北胡同里设下了埋伏，我们的行动将会更加危险，即使能在病房里干掉他，你们撤离时也会遇到敌人围堵，不能贸然行动。"

海冬说："我们在那个楼里楼外看得很仔细，这个楼紧挨着西边院墙，可以用绳子从楼上直接下到院墙上，院外也是一片民房，有胡同可通向西边的树林。"

"要是他不在病房里，你在这边开枪，不是暴露自己吗？"老方仍有疑虑。

"他不在病房，也要打，枪一响，就能把他引出来啊！关杰在楼上开枪，我藏在院里，他一出现，就干掉他。老方同志不用担心，枪一响，院里一定乱套，我翻过院墙就能躲过追击。"海冬进一步说明自己的想法。

老方掂量着这个办法，仍觉不妥："何兆先之所以绰号叫'独狼'，就是因为他比一般的狼还狡猾，如果他就是不露面，我们既不能得手，又很可能使自己落入重围，得不偿失啊。"

段洪山说："老方，如果何兆先不出现，第一方案即可转为第二方案。第二方案不是由我来做诱饵吗？既然何兆先已经盯上了我，那么我一出现，他一定是紧追不放，按照预定路线，我把他引到院外小街上，牵着他再向西跑，海冬和关杰在途中继续设伏，就能干掉他！"

"何兆先可是老奸巨猾的特务头子，知道自己就是被追杀的，能公然亮相，徒步跟着士兵追来吗？"老方继续提出疑问，要通过缜密思考，进一步完善行动方案。

"乍一看，咱是在明处，他是在暗处，就是今晚的行动不成功，咱也是故意暴露意图，他抓不到咱，就一定继续用自己当诱饵，把咱拴在这里，不然上哪去找咱呢？"

老段的分析，抓住了何兆先的心理，得到老方的认同："这倒是何兆先最想得到的。如此推演，这计划合理，可以进行。"

关杰说："只要他不离开这里，正好咱也不用费力去找。老话说，低头不见抬头见，咱总会有机会。"

于是，行动方案再次敲定。可海冬和关杰手里只有左轮手枪，在这关键时候不顶用。老段说不急，早就想到了……

天刚擦黑，于风开着摩托车进了老杨的院子，车斗里斜插一支步枪。

这是一支美式半自动伽蓝德步枪，装上瞄准镜，就是狙击枪，几秒之内可以把八发子弹连续打出去，火力猛，又精准。关杰的眼睛顿时亮了起来，有了这得心应手的家伙，他能在二百米内准确射杀何兆先。何兆先就是一只再狡猾的独狼，也是在劫难逃了。

晚上八点，天色完全黑透的时候，几个人影悄悄向医院靠近。

关杰腰里缠着一捆麻绳，背着装上了夜视瞄准镜的伽蓝德，在夜色掩护下，像狸猫一样蹑手蹑脚从医院墙上翻进了院子。他在小楼下抛出绑着铁钩的麻绳，铁钩轻轻地搭住了三楼走廊头上的窗台，他拽着绳索攀上三楼，潜入那间杂物间，把步枪架在了窗台上。

海冬手持两支左轮枪，伏在北侧墙头上，院里没有灯火，月光却很亮，他能清楚地看到东边病房楼前的动静。虽然寂静的院子里，没有一个人影，但他知道，何兆先已经在这里设下了暗敌，关杰的枪一响，藏在各处的敌人就会骚动起来。一旦何兆先出现，他有把握在五十米内，把子弹打进他的脑袋。

段洪山也在悄悄地向医院摸来，藏身在北门外一簇低矮的树墙下。

地下党一个四人小组，也到达自强街，隐蔽在街边几株树下，准备拦截追兵，掩护行动小组撤离。

这时，关杰已经用瞄准镜套住了何兆先病房里蜡烛光下晃动的人头。正如老方和海冬几人的预测，何兆先果然在这里放了一个替死鬼做诱饵，那么按照计划，不管他是不是何兆先，关杰都要向他射击，以此引出何兆先来。

骤然响起的枪声，划破夜的寂静，病房里的人应声倒下，院子里立刻唰地亮起了几束灯光，原来，何兆先为了解决灯火管制下的照明，事先在院里停放了几辆摩托车藏在篷布下。车灯把院子照得通明，几个特务和一队戴钢盔的士兵向院子里冲来，却不知子弹是从哪里打出来的，都四下里乱转。关杰已经借助绳索从三楼降下，跳出院墙，转移到胡同口，等何兆先出现在小街上时再动手。

院子里的敌兵如同没头苍蝇，还在乱哄哄地到处找寻，而何兆先仍未出现。海冬一枪一枪打倒了两三个，吓得一群敌兵纷纷就地卧倒，举着枪，漫无目标地乱打一气。海冬跳下墙头，迅速贴着墙边进入胡同和关杰会合。四人小组待海冬和关杰撤离后，未发一枪便撤出自强街，进入西边树林，等待接应海冬和关杰。

守在北胡同里的何兆先得到报告，偷袭者已经逃跑，他急忙通过步话机呼叫，在南门外待命的士兵沿着自强胡同兜过来，堵住了向南的通道。他又调来两支巡逻队沿长春大街赶来堵截，他率领两车士兵，也向西边追去。

段洪山躲在树丛里，但他与行动小组都没有发现何兆先，只好放弃计划，在追兵形成合围之前，行动组撤离，海冬和关杰、老段也悄悄返回堡垒户老杨家里。

79

一场闪电般的袭击，转瞬偃旗息鼓，何兆先追到大街上，早已找不见他们的踪影。紧急调来的巡逻队也一无所获，何兆先气得在街上团团转。

从自强街出来就是长春大街，巡逻队已从东向西和从西向东两个方向搜索过，何兆先从自强街里追出来，指挥士兵们搜遍小树林，也没捕到踪影。自强胡同南出口也已经被封住，偷袭者能跑到哪儿去？何兆先认定，他们肯定跑不远，一定藏在这片民居里。他立刻带人返回自强街，挨家挨户连夜进行搜查。

自强街西头这段长不到三百米范围内，临时解除灯火管制恢复供电，所有住户都亮了灯。敌人破门而入，挨个检查户口辨认长相，没发现与段洪山相像的人，他们又翻箱倒柜，趁机抢掠。老杨家里也同样遭到搜查，但段洪山带着武器藏进夹壁墙里，海冬和关杰因为事先伪造了户口，查不出破绽。

何兆先当街而立，面对一片嘈杂，瞪着血红的眼睛，满脸杀气……

突然，远处又响起一阵枪声，他立马驱车赶去。自强胡同南出口躺着四五具尸体，设卡的搜索队报告，有四个人突袭攻击，强行冲了出去。原来，这是老方预先给四人小组的任务，抓住时机进行袭扰，以掩护藏在老杨家的行动小组。而出了自强胡同，是更加杂乱的居民区，再向南，又是一片更大的树林，四个人如同泥牛入海，根本不可能再找到踪迹了。

折腾到凌晨，何兆先疲惫不堪地回到办公室，歪倒在沙发上，刚迷糊一会儿，突然又蹦起来，狠狠地给了自己一个大嘴巴。又他妈的中了共军的调虎离山之计！那四个人其实是可以深藏不露的，却非要冲出去，这是声东击西，诱使自己离开自强街，为藏在那里的共军解围啊！

于是，大批军警宪特再次扑向自强街，却依然无果。行动小组已经在子夜转移，躲开巡逻队，穿过中正大街，回到了2号院。尽管他们已脱离危险，但诡计多端的何兆先又一次躲过诛杀，他的行踪将会更加隐秘，刺杀行动也将更加困难。

于风带来新的消息，敌人已经发出通缉令，开始在全城搜捕段洪山。

老段说："这正是实施第二方案的机会，我仍然可以引出何兆先。"

老方说："目前也只有老段出现，才能引出何兆先，但是2号院这个联络点绝不能暴露，老段不能在这里露面，行动小组还要转移。要选择既能安全隐蔽，又能诱使何兆先出现，还能便于我们撤离的地方。同时，为保证行动小组安全撤离，必须请示围城指挥部，在我们选定的出城地点外面接应。"

海冬说："老段同志可否在城西一带露面，我们在那里设伏，把何兆先引过去，在那里干掉他，然后我们还是从城西大房身机场的秘道出城。"

"不行，城西一带敌人驻兵很多，在那里打起来，不管白天晚上，都会受到大批敌人围追堵截。而且上次就是在机场与敌人交手的，他们一定会更加严密地封锁通往机场的道路，从那里出城的可能性微乎其微。"段洪山不同意海冬的意见。

关杰又补充海冬的想法："机场的秘道很隐蔽，可以再用。在城西下手，能保证老段同志和我们一起就近撤离。我们不能把老段同志丢下啊。"

海冬又说："我们必须首先考虑如何干掉何兆先，就是出不了城，还可以继续在城里潜伏嘛。"

"干掉何兆先，敌人一定要在城里大肆进行搜捕，你们处境会更加危险，我们既要干掉他，又必须保证你们能迅速出城。我看这样，老段可以在傍晚出现在洪熙街，四人小组佯攻洪熙街，做出掩护老段从那里出城的样子，何兆先一定会赶去，你们两个在他必经之路上动手。再请城外部队配合四人小组内外夹击，把敌人注意力牢牢吸住在那里，城西的戒备就会松懈，然后，你们趁天黑转移城西，从秘道出城。"老方的方案得到大家认可。

"这样的话，还是需要用车，而且要两台车子才行。我还用我的车，不等到洪熙街，沿途就会有特务报告给何兆先。我把车子停在街口北侧那片小树林外的空地上，等何兆先来搜查。我和海冬、关杰在林子里埋伏，于风的摩托车在小树林另一头接应。何兆先一到那里，我们就动手，四人小组和城外部队同时发起进攻，我们趁乱转移城西。"段洪山做了补充，方案更加稳妥，大家便分头准备。

老方安排海冬和关杰转移到了中正广场西侧白山公园里的一座小屋。这里树林更加茂密，既便于隐蔽，又可就近通向洪熙街。

可是，段洪山却出现了意外。

第二天中午，老段潜回特务营，趁士兵都在午睡偷出中吉普，开去洪熙街。在通往洪熙街的一个卡点，被扣留了。那台"军—433"的中吉普和他的长相，被印成通缉令发给保密局和搜索队。虽然他就是要暴露自己，但离洪熙街还很远，就被何兆先一个手下发现了，再次击杀何兆先的计划无法实现。

傍晚约定时间，等不到段洪山，正焦急时，老方接到警察局内线送出的消息，何兆先抓了一个人，关进警察局看守所，说这个人就是要刺杀何兆先的地下党。老方意识到段洪山出事了，他立刻派人找回海冬和关杰。

但四人小组已经进入预定地点，又来不及通知城外部队，他决定，佯攻洪熙街计划不变，趁那里打响造成混乱吸引敌人注意时，迅速行动，解救老段。

80

洪熙街卡子内外按时打响，枪声、爆炸声、冲锋号声造成内外夹击的阵势，仿佛解放军就要打进城里，大批敌军从各个方向赶往那里增援。夜幕下，两辆摩托车从白山公园悄悄开出来，沿着没有路灯的小街，驶向警察局。

长春警察局位于中正广场西南侧，原是伪满的首都警察厅，是一幢地上二层地下一层的楼房。距主楼不远的东南面，还有一幢钢筋结构的二层小楼，伪满时叫"留置场"，就是看守所，段洪山暂时被关在这里。其实，各地的保密局都沿袭军统惯例，保留了本系统的关押所和刑讯室，何兆先把老段放在这里，这是他设置的又一个陷阱。抓捕一个段洪山不是他的最终目的，他是要用老段做诱饵在这里设伏。但是，他也没想到，他调动的特务还没到，地下党会在短短三个小时内就来劫狱了。

紧急磋商后，老方决定起用长期潜伏在警察局的老韩做内应，他是分管看守所的警务科长。看守所虽然在警察局院里，但贴着南侧院墙有个小门，是供探监的人出入的。这时，老韩已经等在门里。

两辆摩托车停在门外，都没有熄火。两名穿着敌人军装、戴着宪兵袖标、挎着汤姆枪的地下党同志，与同样装束的海冬和关杰，跟着于风，走上台阶敲门。老韩命令把门的两个看守打开了门，海冬和关杰挥起枪托，两个看守昏倒在地，随即被捆上手脚，堵上嘴，拖到院墙下。两位同志立即接管了门口警卫，一个在门里警戒，一个在门外坐在摩托车上，等待救出老段后，立刻开车撤离。

老韩带着他们走过长长的走廊，进入地下一层，以秘密处决共党要犯为由，命令监舍两个看守打开铁栅栏门，又打开关押老段的狱室，海冬和关杰立即押解老段走出来。就在马上走出铁栅栏门时，旁边一间狱室的栅栏门突然打开，两个犯人冲出来，把段洪山撞到对面铁栅栏上，两支手枪顶住了他的头。

"都放下枪，不然我就打死他！"何兆先厉声吼叫着。

何兆先并没离开看守所，他担心会出意外，带着一名手下伪装犯人守在监室。虽然海冬等人的枪已经上了膛，但此时枪声一响，势必惊动所有敌人。

老韩连忙说："原来是何上校啊，长官啥时进了我这里呢？我是奉了警备司令部命令，把此人即刻押送刑场处决，你为何阻拦？"

"放屁，这是我抓来的共党，要审要杀都是我说了算。警备司令部无权干涉。难道我保密局的事，还得你这个小小的警务科长同意？我看你是共党同谋！来啊，给我下了他的枪！"何兆先命令看守动手。

"别他娘的逞凶啦！这是我的地盘，轮不到你来发号施令！下了他的枪！"老韩也向看守发令，弄得他们不知所措，不敢擅自动手。

"来人啊，共党劫狱啦！"何兆先突然大声号叫起来，试图引来援兵。

老韩扭住何兆先撕打起来，段洪山扼住另一个特务的咽喉，海冬和关杰同时出手，两把鹰刀结果了两个看守。突然，何兆先的枪响了，子弹打中老韩的腹部，但他仍然死死压住何兆先的手臂，海冬一刀割断何兆先的喉咙。

看守所警报响起来，一群敌人正在涌来。

老韩严厉地命令道："快走，不要管我，我有身份掩护，他们都死了，没人知道这里发生了什么。"

他们只好带着老段撤出看守所。老韩却被敌人堵住，他挺身挡在栅栏门前，拦住出路。四五个警察拖开他，他使尽全身力气抱住他们一起倒地，拉响了藏在身上的手雷……

　　佯攻洪熙街的战斗已结束，城外部队很快撤离，完成吸引敌人任务的四人小组，在老方带领下，乘坐一台小型卡车，赶来警察局接应。长街之夜，又是一场激烈的阻击战。

　　警察局和看守所乱作一团，却都不知咋回事。何兆先并没有向任何长官报告抓捕了一个共党分子关在了警察局。平常保密局就像当年军统一样，颐指气使，凌驾于人，进出各个部门机构不需任何理由，都是如入无人之境，没有人愿意与他们有什么瓜葛。所以，除当时值班的一些警察，警备司令部、一兵团、新一军、六十军，根本就没人知道警察局这里发生的事情，直到白山公园外的小街上响起激烈的枪声，他们才派出部队来增援。

　　白山公园树林外，四人小组和小型卡车，横在街上挡住去路。几支枪组成密集的火力网，阻击追上来的保密局行动队特务们。带着火光的子弹，像萤火虫，飞向驶来的摩托和吉普车，特务们寸步难行，也无力还击。几分钟后，这群特务死的死伤的伤，仅剩下三两个，都趴在地上不敢抬头。在大批增援敌人围住小街之前，老方和四人小组开着小型卡车，已经消失在黑夜里。增援的敌人，围住白山公园，壮着胆子，一步一步地向公园和小街里搜索，可除了死伤的特务和已经被打烂的摩托车吉普车，找不到任何遗留。

　　几路人马都涌向白山公园时，两辆摩托车载着段洪山、海冬和关杰，已经从小街一直向西，绕过兴安大路上去增援的敌人，上了兴安桥。当他们到达大房身时，机场西边也响起了枪声。

　　按原定计划，老方已经通知围城指挥部，桂春河、徐义彪两个小队，这时也已到达城西大房身机场外边，接应行动小组。他们仍然采取佯攻战术，在外围牵制机场守敌。

　　夜幕下，两辆摩托在树林边上熄了火，海冬和关杰带着段洪山和于风，轻车熟路通过密道出了城，又投入新的战斗……

第十七章　智擒鬼眼

81

还未洗去征尘，秋老虎的酷热，又让海冬和鹰刀队员们在马背上颠出一身汗。

完成诛杀何兆先的任务后，海冬率队回师浑天岭，两天跑了近三百里，这天黄昏上了山，刚到山腰，就迎上了在半空展翅盘旋的巴图鲁。

海冬一声尖利的呼哨，巴图鲁落在他的左肩，收拢翅膀时，昂起头来，发出高亢的长啸，它的鹰眼里充满兴奋和急切。多日不见，海冬时常惦念着它，返程进山途中，一只田鼠成了他刀下猎物，可做慰劳巴图鲁的美餐。他刀尖上挑着田鼠，巴图鲁再次发出长啸，叼起田鼠，飞落到树杈上……巴图鲁是不甘寂寞的鹰，也是颇有些灵性的鹰，好像知道主人要回来，等在半山腰迎接海冬和鹰刀队员们。海冬明白，巴图鲁也正在急切地等新的出击。

时近深秋，按照中央的战略决战计划，东北野战军主力开始大规模调动，兵锋直指锦州，东总首长的专列正日夜兼程开赴辽西，随同首长行进的东总二局几十部电台，正严密监控着东北全境数十万国民党军的动向。途中，二局破译科攻克敌军不断变换的新密码，通过破译敌人密码得知，在长春这座困城的外围，隐藏着代号"鬼眼"的敌特和一部秘密电台，不断向驻在沈阳的国民党东北"剿总"发送我军调动情报。鹰刀突击队奉命追剿这部秘密电台，挖掉这只鬼眼。

但是，他们并不知道鬼眼隐藏在哪里，二局情报也只提供了大致方位，是在长春西南至公主岭之间铁路沿线的陶镇、大岗子和西沟方圆五十里之内。这一带是交通要道，大多地方都有我军部队驻扎，鬼眼一定是以合法身份为掩护，混在这几处的百姓中间，既可自由行动，也可获取情报。于是，海冬决定以陶镇为中心锁定目标范围。

这一带处于松辽平原中部，地势平坦，鹰刀突击队的战马充分发挥优势，快速行进，抄近路穿过吉林地区的山林进入平原地带，只用了一天半，就到了陶镇。他们在镇公所与当地党组织接上头后，就近在镇公所旁边的陶家油坊大院里安营扎寨。安排好住处，桂春河和徐义彪带人去勘查周边地形，海冬和关杰、白翎、山妮到镇公所与公安特派员老魏接上头。老魏很惊讶，他说不知道自己的管辖区域内还藏着敌特秘密电台，连连说自己失职。海冬也不废话，直接让他拿出全镇居民户籍，交给白翎和山妮，由她们挨家挨户逐人核查。接着一一询问镇上街路的设置和民居的分布，每个店铺的名称和经营的行当，当地百姓风俗和生活习惯，尽可能详细地掌握地情，以便从中查找蛛丝马迹。

正说着，陶镇党支部书记吕元德从乡下回来，对海冬说，已接到上级指示，由地方党组织配合小分队追剿敌特秘密电台，抓捕暗藏的鬼眼。老吕说，自从这里解放后，就进行土改和清剿敌特，开展锄奸保卫，敌伪残余人员坦白自新，凡是地主、曾经当过土匪和国民党兵的、有钱的老财等非无产阶级的人，都被严密监控，目前也没有什么迹象。秋收已开始，大伙都忙着收储过冬粮食，除了几个收粮的外来人，镇上没有其他可疑人，治安情况良好，坏人不敢乱动。

听了老吕介绍，海冬直截了当地说："这里是交通要道，铁路公路都在二十公里之内，部队的行动都在人们眼里，敌特正是利用了这个便利条件，探听我军动向。东总破译了敌人情报，情报中说，前几天，我主力部队就是经过这个镇子向西开进，这说明敌特就暗藏在这里，我们的目标也就放在这里。现在是，我们在明处，敌特在暗处，咱们要时时准备对付敌特。也请老吕同志马上派各村民兵在镇子村子周边设卡，围堵可能逃跑的敌特，配合小分队，在镇里搜查电台。"

没等老吕回应，老魏抢先说："俺们这些乡下人，谁能认识电台啊？就是放在俺鼻子底下，俺也看不出这是啥玩意儿啊。"

"除了镇里有部分人家用电灯，还有其他用电的东西吗？"海冬又问。

"镇上有没有变电站、电器商店，或者是修理电器的？"关杰进一步追问。

"这疙瘩没啥电器，就是戏匣子灯泡灯头，变电站、修理铺倒是有。"老魏说。

关杰解释道："特务长期使用电台，零件就有损坏的可能，但他在镇上买不到修理电台的零件，离这里最近的大地方，就是公主岭吧？那里能修理，他就得去公主岭。我建议沿用外出路条的办法，严格控制出镇人员，就有可能查出他！"

"除了镇上有电，目前村里不通电，特务发报一定是在镇里，即使他藏在村子里，也得到镇里来给干电池充电。镇上有会用其他电器的人吗？有上过初中的人吗？用过电器的人和上过初中的人，应该有点用电常识。找出这样的人先查查。另外，还要查电器修理铺，并监控是否有人来充电。"海冬说出第一步打算。

吕书记和老魏都同意。海冬又说："现在就开始查，我们到了这里，瞒不过人家的眼，咱就来个打草惊蛇，先吓住这个特务，让他不敢再发报。送不出情报，敌人就是瞎子聋子了，咱大部队的行动就能保密。"

从这天下午开始，按照海冬的计划，陶镇民兵配合关杰小队在镇内加强巡逻，桂春河小队移驻镇外西边不远的一个旧砖窑，把守镇西，堵住通向公主岭的路，徐义彪小队在镇东口大车店设下警戒，控制进出通道。海冬、关杰、白翎和山妮一起，查看户籍，将仅仅三五个上过初中的人，传唤到镇公所进行问讯。结果并无更多发现，这些人对电几乎基本无知，即使懂一点，也是稀里糊涂说不清楚，无从获取线索。

海冬又请示吕书记，召开居民大会，公开敌特隐藏在这里的秘密，并让关杰给群众上一课，讲解电台是啥，有什么特征，电台发报是啥样的声音，怎样发现电台天线，教给大伙方法，发动群众一起查找线索。

晚上，镇公所院子里点上了两盏电灯，空地上挤满了来开会或说是来看热闹的居民、开店做小买卖的店主，也包括小学教书的、药店坐堂看病的……

大家听吕书记说镇子里和各村屯有可能藏着敌人的电台，院子里轰地一下子闹开了。吕书记好不容易才让大家安静下来，他告诉大伙要特别留意，有可疑的，有生人进来，谁家听到啥听不明白的动静，都要赶快来镇公所报告。

闹哄哄的会议持续两个时辰，散会时，海冬审视着每个从他眼前身边走过的人。他忽然感觉好像自己正被人盯着，那眼神，似乎有些深不可测……

82

镇公所的会议没有得到任何线索，相反，却让敌特警觉起来。

接替牺牲的小龙驹担任通信员的林生，每三天往返公主岭一趟，通过设在那里的我军一个纵队指挥部的电台，向东总报告追剿鬼眼的进展，并带回敌特动向和首长新的指示。

鹰刀突击队进驻陶镇搜捕鬼眼的行动，已经尽人皆知。为了发动群众，也没有必要保密，鬼眼如果真的隐藏在镇里，自然就瞒不过他们的眼睛。首长也发来鬼眼的新动向，四天来，他的电台都处在静默状态，无法再确定发报的方位。但我军部队通过陶镇的时间，都与二局已经破译的情报中的时间吻合，而发报时间就在部队通过后一个小时之内，这说明鬼眼藏身之处即使不是镇里，也相距不到一小时路程。这样，他才能做到既侦探到部队行动，又能在一小时内赶回电台藏匿之处发报。虽然他目前处于静默，也只是为了隐藏自己继续刺探我军情报，绝不会轻易逃离。

经过再次分析后，海冬和吕书记意见一致，决定仍然以动制静，打草惊蛇的计划不变，同时，在方圆一小时路程之内的各村屯展开搜查。再动员各村的民兵配合小分队封锁道路，严查路人，大造声势，形成威慑，逼着鬼眼动起来，让他心惊胆战藏不住，只要他起来跑路，就会露出马脚，自然是自投罗网，成为瓮中之鳖了。

鹰刀突击队兵分四路，与各村民兵在周边村屯撒开人马，布下罗网。

徐义彪小队快马迅疾，直奔东北方向最远的西沟，把这个小村围得水泄不通，一天时间内，把村里两条巷道和四十几户房屋搜了两遍。既没有发现近期的外来人，也没有查到隐藏的电台天线等可疑迹象。村里住户除了两三家生活还勉强算殷实些，大多是贫苦人家，憨厚老实，胆小怕事，那不是装出来的，骨子里就是本分的农民。徐义彪连村外的坟地都查了个遍，也没发现有掘坟做洞用以藏身的痕迹，他告诉民兵队长，不能放松警惕，一定要时时加强巡查，有情况立马报告。

　　桂春河小队负责东南方向的大岗子，倒是抓了一个刚刚潜回村来的郑洞国一兵团新三十八师逃兵，经过突审核查，没有发现可疑的地方。关杰小队在陶镇火车站西南的张北屯同样也是收获不大。这里距离东边的火车站仅四里地，距离西边公路不足五里地，只要两条要道上一有动静，都能清楚地听到看到，正适合鬼眼潜藏和刺探军情。但查来查去，除了种地的，还有几户是做小买卖的，因为临近火车站，这几家人就上车站卖炸苞米、炸土豆、炒瓜子。经常往来车站，熟悉车站和往返道路，就有刺探军情和发送情报的便利和嫌疑。关杰留下两个队员，指导并协助民兵，对屯子实行半封锁，可进可出，但出入的人都必须严格登记，包括日期、时间、方向和事由。关杰带队离开的时候，悄悄地在村外通往公路方向的林子里，放了两个暗哨，并留给他们能坚持两天的干粮。

　　第四路，是海冬亲率白翎和山妮、二林、山虎子，在老魏和镇上民兵队长的配合下，对街上各家店铺进行清查。陶屯镇有两条东西横街，一条南北竖街。南北街是主街，主要店铺都在这条街上，有挂着一个幌子到三个幌子的大小饭店，有挂着蓝白红圆柱的剃头棚或简陋的铺子，有挂方形底布贴着圆形膏药的药铺，有米粮店、铁匠铺、木匠铺、绸缎庄，有卖酱肉、卖烧饼、卖豆腐的。可最显眼的是家修表店，名为"儒风修表店"，除了挂着一块木牌画着一块手表，还在表的上方画了一双眼睛。海冬站在街上，对着修表店的招牌看了又看，琢磨着那双眼睛。他向老魏询问："按说这镇上没多少有钱人，能有几个戴表的？又能有几人来修表呢？在这开个修表店够养家糊口吗？招牌上画双眼睛又是啥意思？"

　　"噢，这表店师傅还会修戏匣子，还会画个花啊鸟啥的，赶上谁家红白喜事，还给写个对子写条挽幛，将就糊口吧，那眼睛就不知啥意思了。"老魏说。

　　"啊，那这家师傅叫啥？是个文化人啊，啥时来这镇上的？"海冬继续追问。

　　"叫纪子儒，'满洲国'时就在了，那时小鬼子伪警察有不少戴表的，时不时地都找他擦擦油泥，换个发条表带表轴啥的。还经常不给钱，但是不找他麻烦，他也将就能在镇上住下来。有个十来年了吧？我也是伪满时来这里当差，光复后还干警察，现在叫公安了。"老魏接着解释。

　　"那咱进去看看。"海冬说着率先走进儒风修表店。

　　似乎和这店名相称，店内陈设颇有些儒雅。迎面中堂挂着一对条幅，上幅是："子丑寅卯日夜交替不差分秒"，下幅是："春夏秋冬风花雪月尽在盘中"。右侧多宝阁上横竖不等的格内，摆设着青花瓶、铜座钟、常青藤、绿萝盆等，左侧条几上放着铜磬、香炉、供果之类，正中柜台琉璃罩里是修表的精巧工具，火炉上煮着一锅菜粥，正散发着白菜的味道。戏匣子里正唱着京戏。纪子儒身着暗蓝色棉袍，戴着一副套袖，在琉璃罩里小灯的微光下，拿着一只怀表，右眼里夹着一只看表芯用的单筒放大镜，正在看表里的机械运转情况。看见有人进来，而且都是穿军装的，他连忙毕恭毕敬地走出柜台，点头哈腰，让座端茶。

"几位同志光临小店，有何指教啊？是修表吗？"纪子儒小心地问道。

海冬文化不高，有些后悔没让关杰来，他要来了，就能和这有些儒雅之风的修表师傅对上几句。但他还是装出有文化的样子说："师傅的这幅中堂写得好啊，敢说自己修的表是子丑寅卯春夏秋冬不差分秒，看来你的手艺不错哟！"

"不敢，不敢，雕虫小技，何足挂齿。不过是说点大话，多招揽主顾，多点生意，养家糊口而已，大军同志见笑了。"纪子儒十分谦虚地应对。

"既是修表，招牌上为啥画双眼睛？有啥说道吗？"海冬再问。

"噢，鄙人能画两笔，弄双眼睛，只是表示我修的表走得准，眼睛盯着不差分秒。有些炫耀了，惭愧惭愧。"

海冬笑了笑，不置可否，又环视屋内，不见异常，也不好再审问，就和老魏、白翎等人走出表店。

一行人沿小街继续巡查，海冬感觉这个纪子儒不卑不亢、不慌不忙、应对自如，像是经历过大场面的，这是一般靠手艺吃饭的小店主不具备的稳重与精明，但是，一时又说不出哪里不妥，而招牌上那双眼睛又是啥意思呢？

83

午后的暖阳，照在街上，秋风的一丝丝凉意，吹在脸上很是舒适。

熙熙攘攘的行人，悠闲地走过，似乎已经习惯这街上走着穿军装带枪的军人。

查过街上的几家店铺，亦无重要疑点，海冬找不到感觉，略有些失落。

一行人回到了镇公所，关杰和桂春河、徐义彪也回来汇报。海冬问白翎、山妮、二林及山虎子："这一路查过，你们有什么疑点？"

"除了修表那个人好像有些滑头，看不出啥不对。绸缎庄老板眼神不大对，躲躲闪闪地，像藏着啥。再就是剃头棚那个老家伙，看样子像个兵痞，油腔滑调，你来我挡，啥也不在乎。其他的都老实巴交的，害怕风吹草动，不担事，也不想惹事。"白翎一边回想，一边说出自己的感觉。

二林说："查了这些家，我瞪眼到处瞅，没看见电台天线藏在哪里，倒闻着肉香饼香，真有点饿啦。"

山妮瞪了二林一眼："就知道吃，把抓特务的事忘脑瓜后了吧？"

山虎子说："咱也没翻箱倒柜地搜，哪能找到电台？我真是用心瞅了，可咱也没见过电台和天线啥样，就是有，也看不出来啊。"

海冬说："俺也觉出绸缎庄老板和剃头匠不大地道，这俩人是重点，这些天要特别注意他们有啥动静。我看，咱还得是化装，不引人注意，暗中监视观察。"

这时，吕书记回来了，海冬汇报化装监控的想法，吕元德说："这小镇上就那么些人，混在街上的半大小子也就七八个，商家店家差不多都认识他们，你们突然出现，难免被特务看出，人家一定会想到是外来人，不用人多，单个哪家的老板，都能闻出味来。这法子不会查出啥更新的情况，到底有多少个敌特，线索不清，不能盲目出手啊。"

"电器铺子有什么发现？"海冬又问。

"我派镇公所两人去查了，那个小铺子根本没有修理记录，拿来修理的都是戏匣子、灯头、手电筒，没啥更高级的。经过查问，那铺子老板也从没见过啥干电池，也从没有人来做什么充电。"

"不用到修理铺，就用自家电也可充电，鬼眼很大可能就藏在镇上。现在他不发报，也收起了天线，咱们查不到迹象，还能有啥招？"海冬不觉焦急起来。

关杰沉思着忽然眉头一展："查电站，一定有用电量记录，不然咋收电费？"

海冬双手一击："对啊，老百姓除了用电灯，没几家有戏匣子吧？鬼眼要是发报，用电量就一定要多，查查谁家用量大，交钱就比别家多，就露出马脚。"

吕元德说："对，先查电站，这样能进一步缩小范围，现在就去！"

然而，检查电站并没有更多发现。用电量大些的，却是那饭庄子、铁匠铺、木匠铺、豆腐坊，有点嫌疑的修表店和绸缎庄用电量反倒寥寥无几。电站的设备只能记录日常用电量，无法检测用电高峰，也就没法查出谁家啥时候用电量大，关杰提出的检测夜间用电量的办法也没用。除了关杰知道一点用电常识，再没人能懂电了。接下来怎么办？

关杰提出，能不能请首长派人来？好像小鬼子和国民党特务就用过什么东西查电台，咱们部队里是不是有这个东西？

海冬马上派林生飞马赶去公主岭请示。可是，辽西战事正紧，东总二局电讯人员忙得不可开交，大战之际，不可能派出人手和设备来找一个特务。首长说，只能靠你们自己了，还是要靠地方党组织，还是要发动群众。鬼眼不会总是深藏不露，我军部队调动频繁，敌人需要情报，他一定有动作。首长要求，鹰刀突击队要密切注意外来人，同时，扩大搜查，继续造声势，加强心理震慑，逼他出逃。

按照首长指示，吕元德和海冬重新做了安排。公安特派员老魏带人加强街路巡逻，特别对列为重点对象的修表店、绸缎庄等几处反复地进行巡查。临时实行限制外出，凡有要事必须出镇的，要由吕书记亲自审批，发给路条，没有路条的，一律不许出镇。居民要出镇打柴，统一时间，由镇里干部和民兵带队。有上县里看病的，在限定时间内必须返回。民兵分成三队，日夜轮流站岗，把守镇子东西出口，重点盘查外来人。关杰带着他的队员把守火车站，检查出站人员。海冬又把桂春河小队调回镇里，每天对所有客栈旅店进行一次检查。徐义彪小队仍然是每天在周边村屯巡逻，战马在远近的村路上来回穿梭，一时整得沸沸扬扬。

这些办法都是在加大震慑，实际重点依然放在镇里。林生带回首长指示还说，近期还有部队通过陶镇，鬼眼很可能在部队通过后一两小时内用电台送出情报，这是发现鬼眼的一个关键时机，鹰刀突击队一定要抓住这个时机。

果然，这几天铁路客车停运，陶镇车站夜间连续有军列通过。海冬和桂春河带着队员们日夜在街上对店铺住户进行巡查，白天重点搜寻电台天线，夜间重点查看用电人家，发现深夜仍然有灯光的店铺或住家，立刻上门检查。这天晚上，他们特意关注儒风修表店，到十点多，店里还隐约透出灯光。

海冬敲开了门，纪子儒披着衣服迎门而立，颇有不快："这么晚了，贵军还上门来，有何要事？你们不总是说不扰民吗？"

屋内戏匣子里诸葛亮唱着："我正在城楼观山景，耳听得城外乱纷纷……"

海冬上前一步，逼近纪子儒："对不起，多有打扰，我们是夜间例行检查，请让开。这么晚了，还不睡觉，你是有什么要事吗？"

"啊，一介草民，能有什么要事，不过是趁夜里静，听听戏，喝喝茶而已。"

《空城计》这出戏海冬听过不止一次，知道这出戏的故事，便故意问道："先生如此雅兴，能听得城外乱纷纷，是听到了火车的声音吧？"

"我一个修表的，火车与我并不相干，它响不响能咋的？再说我习惯晚睡，这不违反什么规定吧？"纪子儒从容应对。

屋内并无异常，而且纪子儒很快就开了门，不像在偷偷做什么。海冬也没有更多理由再继续搜查。但他总觉得，纪子儒忽闪着一种镇定却隐秘的眼神……

84

林生带回通报说，连续几天过完军列，在第三天夜里，陶镇一带又出现电台讯号，发报内容是军列次数和通过时间。

海冬气得直拍桌子："可咱咋就发现不了呢？老家伙狡猾得很啊！"

吕书记说："鬼眼发报时间不超过军列通过后一小时，这几天没有外出的，电报肯定是在镇里发的，再次证明鬼眼就藏在镇上。判断没错，但有偏差。绸缎庄、剃头棚、修表店没有重大嫌疑，可以暂时排除，那就得重新查找可疑人。"

吕元德分析得丝丝入扣，海冬也觉得原先的考虑走偏了，只注意表面，忽略了隐蔽迹象。特务是隐蔽发报，不可能不关闭声音，常人怎能听到动静？他突有醒觉，巴图鲁！鹰耳灵得很，十几里外的动静都能听到，那它是不是能够发现拍电报的声音？吕元德直摇头，老鹰哪能听懂发报的声音？关杰却立刻赞成。

他们虽然并不懂得鹰的听觉如何，但无意中利用了鹰的生理特性。鹰的听觉对它的生存至关重要，仅次于视觉，可感知各种声音信息，能进行声音识别和回声定位来定向迁徙。它的耳羽能收集声波，并且能分辨出电磁波。当然，海冬和关杰包括老吕，都不可能知道这些，这是后来东总二局的电讯专家们称赞鹰刀突击队聪明智慧时说的。

这想法得到东总二局电讯专家的支持。当海冬和林生带巴图鲁赶到公主岭向首长汇报后，二局发来电报，教他们如何训练巴图鲁分辨电讯信号。连着好些天，海冬和林生带着巴图鲁进行训练，先在电讯室外听发报声音，又关闭声音，只凭感觉去接受电磁波。巴图鲁听了几天，异常兴奋，电报即使关闭声音，它的脑袋也来回转，眼睛直发亮。海冬不断喂肉鼓励，还在夜间到电讯室外进行训练，离开几十米外，甚至几里地外，巴图鲁同样精神抖擞，振翅跃跃欲试。海冬多次放飞它，它都会飞回电讯室，然后再飞回海冬所在的地方，海冬再放飞，再返回，反复无数次，心里有底了，巴图鲁已经明白它的任务是找寻电磁波。

海冬和林生带着巴图鲁返回陶镇放飞它，在镇上来回飞了几趟，却没有反应，过了几天，却飞往公主岭方向。海冬知道巴图鲁是去找电磁波了，这说明，镇里镇外这几天都没有出现电磁波。

关杰说："这些天鬼眼肯定没发报，当然就没有什么电磁波了。如果能让他再打开电台，那你的巴图鲁就能发现电磁波。但使用巴图鲁这个方法，一定要保密，鬼眼知道我们有这个'秘密武器'，会加倍小心，甚至不再打开电台。"

"除了吕书记、你、我、林生，再没人知道这件事。不过，我在镇里镇外放飞巴图鲁时，只有老魏看见过。他问我在干啥，我只说是在驯鹰，没有露出口风。"

"这个时候要特别注意保密，就是咱自己人也不能多一个知道！"吕元德走到门口看了看，随手关严了门，回头附在海冬耳边说……

下午，白翎、山妮、二林、山虎子出现在陶镇主街上。白翎捧着一个黑布蒙着的盒子，盒子里连出一根电线，接到山妮手里一根木杆上，木杆上架着铁丝做的圆圈。一行人沿着街路由东向西，缓慢前行。

街上百姓好奇地看着他们，有的上前来问，这是做啥啊？这铁圈子是啥玩意儿？二林和山虎子挥手让这些闲人避开，并大声说，这是军事秘密，没事的都靠边，再跟着打听，小心把你当特务抓起来。

老魏从胡同里走来，问道："小同志，这是干啥？逮蚂蚱子？上秋天冷了，蚂蚱子早都死光啦。再说，这铁圈子上也没有网啊，能逮着蚂蚱子吗？"

山妮小声说："老魏同志，我们是在执行特殊任务，这儿没你事，快走吧。"

老魏噢了一声，站住脚，看着白翎等人继续沿街查找，愣了一会儿，转身离去。

回到镇公所，老魏对吕元德吼着："他们这是干啥？把我老魏当特务防着？弄个破铁圈破盒子，就能查到电台？要查也得我去吧？谁有我熟悉这疙瘩？"

"唉，我也不懂那玩意儿是啥，年轻人脑瓜灵活，就让他们摆弄去吧，能查出更好，查不出也没啥，有一搭无一搭吧。"吕元德好像无奈似的说。

"我说重点嫌疑是修表店和修电器的，你们偏不听，满街上转悠，不是暴露意图吗？让他们撤回来，别再瞎闹腾了。"老魏显然不同意用这种办法查找电台。

老魏在屋里晃晃荡荡来回转悠，没有要走的意思，吕元德不再说话，可刚才简短的对话，在他的脑瓜里反复了几遍，他正想着，海冬进来了，吕元德把刚才对话的意思大略跟他复述了一遍："老魏说重点嫌疑仍在纪子儒和修电器人身上，是不是再进行一次甄别呢？"

海冬看着老魏，想了想，眨眨眼说："我也觉得纪子儒身上仍然有疑点，我带人再去摸摸情况，别让真特务漏了网。"

再次对儒风修表店进行检查，依然没有新发现。

85

镇公所静悄悄的，只有吕元德坐在桌前沉思，手头一张纸，写着：鬼眼？纪子儒？电器修理铺？电台……见海冬和关杰进来，便对他们悄声说了几句。

海冬和关杰坐在桌前，也对着这张纸看了半天。海冬忽然发现，自己的衣袋里一张纸条，他看完后把纸条交给吕元德，吕元德看了一怔，随即眉头舒展，微微一笑，与海冬对视着，两人好像都从对方的眼里看出了什么，相互点了点头。

海冬轻声说："虚张声势，引蛇出洞，打它七寸！"

吕元德、关杰与海冬对视着，三人的神情似有些诡异。

黄昏，吕元德召集干部和民兵发布命令："有重要首长的专列将在凌晨一点通过陶镇，我们要立刻加强五公里内铁路和车站的警卫，保证首长安全通过。特务一定会来刺探这次行动，也会再用电台传送情报，白翎和山妮继续在镇上探测电台，其他人分头把守各个要点。大家马上行动！"

按照分工，海冬和关杰、桂春河、徐义彪带队出发。白翎和山妮仍然带着蒙着黑布的木盒子，继续沿街巡查。老魏的任务是率领民兵担任外围警戒，他临走时，看见了桌上那张纸上的字，嘿嘿笑了笑，说："还是得按我说的办！"

吕元德也笑了："你我各有高招，可我的招法，一定能逮住这个老鬼眼！"

天黑前，鹰刀突击队全部到达陶镇火车站。桂春河小队沿站台两侧排开，严密封锁站台和候车室，车站大灯下，队员们个个精神抖擞。徐义彪小队沿车站外北面的小路来回巡逻，轰轰的马蹄声响成一片。关杰小队则在车站出口外巡逻，马队封住了镇里主街通向车站的路口，有几个居民在远处伸头瞅着，却不敢靠近。老魏带一队民兵，沿铁道向西巡查，吕元德带另一队民兵向北巡查。海冬带着二林、山虎子和巴图鲁藏在车站外一条胡同里，巴图鲁显得异常兴奋，仿佛嗅出了紧张的气氛……

车站灯光明亮，街里却漆黑一片。变电站按照吕元德的命令，在天黑后立刻切断了街区供电。所有住户都不用电，就减少繁杂电磁波的干扰，巴图鲁的听觉会更灵敏更准确，鬼眼若发报，一定逃不过它的耳朵。而吕元德放出专列在凌晨一点通过陶镇的消息，就是为了让鬼眼得知，以引他出洞。

夜里十点，吕元德来到了站台上，关杰和桂春河、徐义彪三个队长也回到站台上，向吕元德报告巡查和警戒情况。这时，林生飞马到了站外，他跑进来报告，首长的专列改时间了，明早四点才通过。吕元德命令道："各小队留下两人值班，其他同志可以回去休息，凌晨一点集合上岗。"

大家纷纷散去，漆黑的街上，有个人影离开大街，钻进胡同，进了一幢民房。隐蔽在胡同里的海冬放出了巴图鲁，然后和二林、山虎子悄悄地沿街巡视，等待巴图鲁送回消息。约十分钟后，巴图鲁从黑暗中飞来，落在海冬肩上，海冬给它一块肉干，它扑啦啦展开翅膀，再次飞进黑暗，它脚上拴着的鹰哨，发出轻微的咝咝声。海冬和二林、山虎子循着鹰哨，一直摸到胡同里那幢民房外面，巴图鲁绕着民房飞了两圈，又落在海冬的肩上，海冬抚摸它的羽毛，拍拍它的头，抬手送它飞落在房檐上。海冬对二林做个手势，二林悄悄出了胡同，向街上奔去。

不多时，关杰小队也进了胡同。在海冬指挥下，四个队员守住大门两侧两扇漆黑的窗下，四个队员搭人梯上了房顶，越过房脊跳下去，守住后窗。海冬端开房门冲进去，关杰和二林、山虎子随后跟进，他们带起一阵风，吹得桌上一盏油灯忽悠忽悠直晃，摇晃的灯影里，一部小型电台正忽闪着红绿灯。一个人影突然转身举枪指向海冬，关杰抢上一步抢起枪托，打掉了他的枪，山虎子和二林冲上去，把他扑倒在地上。海冬端起油灯照在他脸上，这张扭曲的脸，是老魏……

在陶镇几次搜查无果，老魏却坚持要把纪子儒和电器修理铺作为重点，他是故意诱导，使侦察目标偏差，以保护自己。海冬、关杰与吕元德都发现老魏形迹可疑，怀疑他就是鬼眼，但没有确凿证据，便设下一计，白翎和山妮用假监测器布下迷魂阵，老魏看到后大发脾气，说他们瞒着自己探测电台，反而暴露自己懂得探测器，让吕元德和海冬验证了他的特务身份。我军首长专列通过陶镇也是个圈套，林生送来专列延后通过的假消息，也是迷惑鬼眼。尽管街里停了电，但电台是可以用电池的，这就让巴图鲁找到了发报地点，潜藏多年的鬼眼，终于落网。

海冬衣袋里那张纸条写的是"魏"。这是纪子儒在海冬再次到店里巡查时，悄悄放在他衣袋里的。这进一步证实了海冬和吕元德的分析判断，老魏就是鬼眼。原来，纪子儒是潜伏在陶镇的地下党，他不暴露身份，是因为还要长期潜伏，继续隐蔽，挖出更多的潜伏特务。他已察觉出老魏有问题，就写了纸条，放在海冬衣袋里。吕元德、海冬和关杰对此事一直缄口不言，一直到新中国成立几年之后，纪子儒才以共产党员的身份，回到公安队伍，成为锄奸反特斗争的卓越领导者。

这一场斗智斗勇，不发一枪，生擒了鬼眼。当海冬把鬼眼押送到公主岭时，东总的表彰电报也到了，鹰刀突击队的功劳簿上，又记上了一次集体三等功。

山林支队首长特批，发给巴图鲁每月二十元东北币，提高它的伙食标准。打这以后，巴图鲁越来越健壮，羽毛也越来越漂亮了，它辅助鹰刀突击队再立功勋。

第十八章　勇追穷寇

86

秋天的红叶把山林染得五彩斑斓，秋风里飘着熟透的野果淡淡的甜味，湛蓝的天空明亮透彻，山间潺潺小溪跳动着熠熠阳光，好像正唱着欢快的歌。鹰刀突击队的战马伴着这歌声，行进在山林中。

为确保锦州战役夺取胜利，吉林地区部队奉命开赴辽西，一股残余土匪蠢蠢欲动，趁机进行破坏，妄图颠覆新生人民政权。他们的气焰极为嚣张，勾结暗藏的反动残余，袭击村镇，杀害土改队员和老乡，对立足未稳的人民政权造成了极大威胁。鹰刀突击队再次出征，奔赴吉林南部山区，配合县区地方武装，追剿这股残匪。

疾驰的马蹄，在山林里搅起阵阵风声，惊起林中一群飞鸟，吓得花鼠子们慌忙窜进灌木丛中躲藏，几只狐狼躲在岩石后面，露出惊恐的眼睛，窥视着飓风一样掠过的鹰刀突击队。

队员们穿过一片山岭，进入丘陵地带，眼前开阔起来了，一阵阵凉爽的风，拂面而来，消散了长途奔驰的燥热。年轻的战士们，看着眼前熟悉的山地，心中不由泛起暖流，多日远离这片热土，在外线作战，还真有些想念这片土地呢。这二十多个小伙子和白翎、妮子两个姑娘，都是在这片土地上长大的，他们心里的根还是在这里。刚刚解放的家乡，怎能让敌人再践踏？崭新的汤姆枪，不停在他们背上跳跃着，似乎也急着开火杀敌。

进入一个小山洼时，海冬勒住坐骑，下令休息。他在膝上铺开了地图，关杰、桂春河、徐义彪三个小队长围上来，抓紧这短暂的时间，商量作战方案。首长的情报说，这股残匪已经到了东崴子镇，正在攻打那里刚成立的区政府，敌情紧急，鹰刀突击队必须在三小时内赶到，增援区小队，内外配合，两面夹击，一举消灭这伙残匪。地图上显示，东崴子是一片四面环山的洼地，北侧是一道绝壁，十分陡峭，敌人爬不上去，仅南侧有一条山路通向山外，扼住这口子，就堵住了敌人的退路，一个冲锋就解决战斗。海冬命令徐义彪小队打前锋，堵住南侧出山的路，关杰小队和桂春河小队从东西两侧山下迂回，一齐向镇里压下去，围歼匪徒。

战术预设很清楚，短暂休息后，鹰刀突击队再次卷起一阵狂飙，扑向东崴子。

越来越近的枪声，显示战斗正激烈，鹰刀的战马也好像听到了出击的命令，腾飞四蹄，踏起烟尘，一路狂奔，逼近敌人。按照计划，三个小队分头进入预定作战区域，展开战斗队形。土匪正围在东崴子进镇的路口，嗷嗷叫着发起进攻，徐义彪小队率先冲过去，如同泰山压顶，敌人背后突然遭遇袭击，顿时四下奔逃。桂春河小队在东面山脚下围过来，把逃窜的匪徒赶向西面，关杰小队已经在那里设下埋伏，一阵猛打，将敌人压在洼地里。区小队从小镇里冲出来，形成四面攻击，很快缩小了包围，匪徒死伤大半，剩下的二三十个都举起手来，跪在地上，蹲在地上，缴枪投降。

队员们和区小队立刻打扫战场，清理俘虏，可是，除了死伤和被俘的，却不见领头的匪首。原来，极有经验又很会隐藏自己的残匪头领，藏在北面山崖下指挥，看到大势已去，悄无声息地爬起来，带着四个喽啰，如同丧家之犬，偷偷从一条隐藏在山崖下的小路逃走了。

经过审讯俘虏，海冬才知道，这伙残匪竟然是山林支队原来李玉林大队的人。李玉林绰号"飞天鹞"，曾是多年惯匪，被鬼子打散，又被追得无处藏身，就投奔了山林支队，收编后沿用李玉林绰号，改为飞天鹞大队一同参加抗战。可是，抗战胜利后，李玉林匪性不改，又不愿接受共产党领导和管束，带着三十几个死党，逃离山林支队，继续上山为匪。这期间，受国民党特务的蛊惑，多次袭击村屯，烧杀抢掠，残害百姓。又趁着我军部队聚集辽西作战、新建解放区兵力空虚之机，在暗藏特务的策划和威逼利诱下，攻打东崴子小镇，却遭到了奋力抵抗。区小队顽强坚持了三个小时，正当"飞天鹞"啃不下这块骨头时，鹰刀队员们赶到，从背后突发猛攻，"飞天鹞"匪绺几乎全部覆灭。李玉林见大势已去，急忙掉头逃之夭夭。

在现场实地查地形时，海冬才发现，小镇北面山崖下还有一条隐蔽的山道，因为地图上没有标示，他的作战方案才出现纰漏。"飞天鹞"李玉林逃跑，又留下了很大隐患，他不会甘心绺子被剿灭，还要纠集一些残匪或敌军散兵，以及被土改分了土地的地主分子等，反攻倒算，祸乱乡里，百姓还会遭到残害。鹰刀的任务没有完成，海冬当即派林生到县里通过地方政府，向东总和支队首长报告，鹰刀突击队继续留在东南部的山区，对"飞天鹞"李玉林这几个残匪进行彻底追剿。

近两年来，队员们随山林支队多次作战，听首长和父亲们经常说起这个"飞天鹞"，海冬等人早就对"飞天鹞"李玉林有所了解，这家伙擅长钻山林，极有隐藏经验，且心狠手辣，尽管他逃进深山老林隐藏，却是随时可能再次报复杀人，制造更大的血案。现在从作战区域地形分析，东、南、西三个方向都被鹰刀队员封锁，李玉林只能向北逃窜。海冬把徐义彪小队留在东崴子，与区小队一起加强守卫，防备"飞天鹞"再带人杀回马枪。他带着关杰和桂春河两个小队、白翎、妮子，顺着"飞天鹞"逃窜的方向，一直追下去，追进了老林子……

这天晚上，鹰刀队员们在山林里猎人留下的一个地窖子里宿营。海冬和关杰、桂春河就着地中间取暖做饭烧起来的火光，再次审视着地图，商量对策。

从东崴子向北，是解放区，李玉林不可能逃向那里，他一定会在中途转道向东，向五六百里地之外的长白山脉老林子里逃逸，如果他躲过追捕，藏进老林子，再搜捕难度极大。所以，必须要赶在他进入老林子之前堵住他。他们决定，关杰小队先行一步，走大路，向东北方向，直插二百里外的石砬子和夹皮沟一带，封锁进山道路，设下埋伏，堵截"飞天鹞"。海冬和春河小队继续沿途展开搜索，并迅速向东北方向推进，以形成前后夹击。

87

深夜，万籁寂静中，急促的马蹄声，如同鼙鼓震荡，如同疾风掠过。

关杰小队正沿着山野林间一条小路，奔向越来越险峻的深山。月色下，马踏山路，碎石飞迸，风声呼哨，卷过林梢，惊得宿鸟扑扑纷飞，声声尖啸。疾驰的马队几里路外就先声夺人，杀气肃肃，林间走兔、沟壑野狼，都如风声鹤唳，遁入洞穴。潜行暗处的逃敌，也正在这急速逼近的死亡威慑里，拼命奔逃。

时近深秋，山区通常下雪较早，极可能就在这几天，按惯例，猎人已经陆续出山，在山里耕种小片荒地的百姓也大多收割完回家了。李玉林找不到食物，一定会下山抢劫，否则，不可能穿山越岭走二百里路。关杰小队大张声势呼啸而来，就是震慑他们，使其不敢交火，更不敢出林子到山下村落抢劫，只能偷偷地隐蔽潜行。而鹰刀突击队却是武器精良，人强马壮，抢在匪徒前头，已成定局。

李玉林也没想到，他逃得又快又隐秘，追兵却在当晚就赶了上来。夜半风吹，林外传来滚雷似的马蹄声，让他魂飞魄散，乱了阵脚，慌忙叫住手下，龟缩在一块岩石后面。听着马蹄声渐渐远去，才长吁一声，暗自庆幸。但不敢马上继续行动，就吩咐手下猫在岩石后面，轮流睡觉。这个谙熟山林之道的惯匪，知道天亮之后，可以找到当年各个匪绺留在林中的路标，就能走出密林，找到山边的村镇，搞到些吃喝。他裹紧身上仅剩的破大衣，总算熬到黎明，起身在周边树上寻找，果然在一棵老黑松上发现了一块削掉树皮做成的标记。刀割的茬口，正是朝向东北方向，他叫醒几个匪徒四下搜索，在距离五百米的东北方，又发现一个标记。李玉林驱赶着手下，顺着标记指示的方向，向密林更深处蹒跚而去。

关杰和队员们已经越过了李玉林藏身的地方，继续向石砬子方向搜索前进。一夜急行，不免人困马乏，到天亮时，关杰命令就地休息。队伍停下来，他突然发现，他们脚下的小路通向一个村子。关杰想了想，认定这个小村在地图上没有标注，应该是山民和猎户多年在此生活，相互交往，相互帮衬，集聚而成的自然村落。而这条小路经过小村又伸向坡下，从那个方向应该能够下山出林。如果，李玉林知道这个地方，一定会沿途而来进村抢粮，必须在此截击他。按照时间和路程计算，李玉林最慢也应在第二天中午到达这里。关杰立刻派人进村，通知猎户和山民，组织起来自卫，其他队员借助有利地形构筑临时掩体。

关杰的分析和预先防备都没错，但李玉林却是在第二天早上就到了这里。他对此地很熟悉，知道有条近道，直接从山上穿过来。但他不敢贸然进村，躲在林中向村里瞭望，发现了村口掩体，隐约看到几个持枪的猎人和穿军装的士兵。他明白了，昨晚追击他的那一队骑兵，提前到了这里，堵住了下山的路。他只好饿着肚子，掉头又退回山林，一路不敢开枪狩猎，找了些野果子、山核桃、榛子勉强充饥，继续逃往石砬子方向。

等了一天，又等了一天，到黄昏，仍不见李玉林踪影，如果他已经越过此地，先行进入离这不远的黑岭镇，关杰小队就可能贻误战机。他给村里留下些手榴弹，便率领队员快速赶到黑岭镇，会合了海冬和桂春河小队以及随后赶上来的徐义彪小队。几个人再次汇总情况，尽管没有发现李玉林踪迹，但山外到处是解放区，他无路可逃，只能继续向深山老林里潜藏。而且一定会在较大村镇补充粮草，黑岭镇就是他们必选之地。

鹰刀突击队当晚驻守黑岭镇，等待李玉林入网。

88

一天后，李玉林一伙行将末路的穷寇，到了黑岭镇附近。

他们半夜潜入离镇子十几里外小石村，杀了一家猎户四口人，吃了两只野鸡，睡了一晚，在黎明时分，又摸向黑岭镇。

早上，村里有人到黑岭镇报告，海冬率桂春河小队赶往小石村，防止李玉林从那里转道进山，而不进黑岭镇。海冬和桂春河在小石村了解到，这伙匪徒虽然杀了人，却没向村里其他人家下手。这说明，他们没有抢到更多粮食，也不会马上再进山，必定会像海冬预计那样，到最近的黑岭镇解决口粮。海冬率队立即赶回黑岭镇，进行搜捕。

这时，李玉林已经进了镇子，他让两人住进林海客栈，一旦被人发现，扔下他们拖住追兵，掩护自己逃离。他和另两人住进裕泰客栈，轮流猫在客房窗后观察动静，随时准备逃离。

镇上民兵配合鹰刀突击队，对所有旅店客栈都进行了检查，但谁都不认识李玉林，单看装束口音也无法辨别匪徒，搜查没有收获。

以往战斗大多是与身份明确的敌人正面作战，这次却不同，客栈住客大多是老百姓，匪徒一定混在百姓中，一旦区分错误，就会误抓或在发生冲突时误伤百姓。

晚上，在镇公所临时驻地，海冬和桂春河等人商量如何再次抓捕。

海冬说："咱们现在是投鼠忌器，李玉林却是丧心病狂，咱们抓捕困难很大，随时可能突发战斗，必须要保持高度警觉和迅疾反应，又不伤及百姓，还要准确甄别敌我，捕获或击毙负隅顽抗的匪徒。"

"啥叫投鼠忌器？"徐义彪悄悄问。

"你家炕琴上摆着两个瓷花瓶，旁边有只老鼠，你要打老鼠，是不是得害怕打碎瓷瓶啊？"桂春河形象地解释说。

"俺连家都没有，哪来的啥炕琴，更别说瓷瓶啦！"徐义彪还是不懂。

白翎瞪了他一眼，撇嘴道："那是打比方，你家有瓷瓶，不成不地主老财啦？这么跟你说吧，咱们有盆豆腐，豆腐上落了只苍蝇，你要是打苍蝇，是不是会把豆腐打碎？打还是不打，不打，苍蝇把豆腐弄脏了，要打，豆腐就碎了。咋办？"

"那还不好办？俺先把苍蝇哄起来，凭俺的本事，鹰刀唰地一出手，准能削掉苍蝇的小脑袋瓜子。"徐义彪借机炫耀自己。

海冬听了一笑："对啦，彪子能动脑子想办法啦。咱就这么办，先把敌人惊动，他们像苍蝇一样一飞，咱就能逮住他了。"

桂春河又说："这在兵法上叫敲山震虎，引蛇出洞。让隐藏的匪徒动起来，咱们再动手，这叫守株待兔，张网捕鱼，瓮中捉鳖。"

徐义彪直摇头："别跟俺说那么多词，记不住，整不明白，你就说咋干吧。"

白翎又瞪了他一眼："整不明白，就废话少说，听喝吧！"

吵架不是徐义彪的强项，他嘴笨，可他动作不笨，海冬说夜间再一次行动，他嗖一下就蹿了出去。

鹰刀队员们特意骑上了马，疾风似的马蹄，在静寂的街道上大造声势。这是海冬又一次采取心理震慑战术，就像猎人骑马在围场里摇旗呐喊，把藏在草里的黄羊狍子吓出来，然后缩小包围，步步逼近，弓箭齐发，必定斩获颇丰。

裕泰客栈一个房间里，李玉林和两个手下正在迷糊着。尽管躲过了白天搜查，晚饭喝了不少酒，已十分困乏，但街上骤然而起的马蹄声，还是吓得他们醒了酒。李玉林从热炕上爬起来，没敢点灯，揭开破棉布窗帘向街上窥视，除了呼啸远去又疾风而回的马队，街上空空荡荡。

"飞天鹞"李玉林早年为匪，砸窑（上门抢劫）绑票也这样干过，骑着马在城镇街上跑来跑去故意张扬。有钱的主儿就会心慌肉跳，带着金银细软跑路，他就在途中截住。难道共产党也会此招？只要自己起来跑路就露馅了。李玉林坐在黑暗里琢磨，眼珠子一转，心生一计，派一个手下到林海客栈，告诉那两个手下，"窑变"（出事）了，"大柜"（匪绺头领）已经先"滑"（溜走）一步，让他们天亮前悄悄出镇，到黑岭镇南边三十里外的小龙山会合。

两个匪徒偷偷溜出镇子时，被埋伏在镇外的徐义彪抓住。他们只好供出，"大柜挪窑"（头领转移）小龙山了。

89

队员们押解两个匪徒，即时出发，赶往小龙山，随即包围了这个小村。但是，李玉林根本没来，返回黑岭镇再搜查，才发现裕泰客栈有三个人不辞而别了。

李玉林没告诉这两人自己住在哪家客栈，他让这两人误导解放军追向小龙山。他们三人半夜从裕泰客栈后墙翻出去，但没有出镇，而是顺着胡同，来到一条小街，钻进一户人家菜窖里藏起来躲过巡逻队。黎明时分，他们带着一些土豆萝卜，爬出菜窖，摸进镇外的林子，撒腿向东。

鹰刀突击队下一步向哪里追击？海冬阴沉着脸，半天不说话。桂春河悄悄捅捅关杰，拿出地图，关杰马上会意，把地图放在海冬面前。桂春河已在地图上画出了两条线，一条指向小龙山，又转回黑岭镇，另一条从黑岭镇向东，指向石砬子。海冬很快明白，李玉林其实根本没离开黑岭镇，却故意把我们引向小龙山，他必经石砬子，再逃进老林子。而且可能已备了三四天的食物，能够维持到达石砬子，在那里再补充食物，继续向老林子深处逃窜。

于是，关杰率队转向，先行插向石砬子，设下最后一道屏障。

仓促间临时决定是否有纰漏？海冬和桂春河同时一激灵。虽然李玉林必经石砬子进山，但他对山林极熟悉，如果找到猎人藏粮的地窖子，或猎杀野鸡兔子等动物，就无须再冒险去石砬子。密林里有土匪留下的路标，很快就能进入老林子找到早年的密道，如食物和路标两个条件同时具备，他会直接转向长白山，那就与他们预测的方向和路线背道而驰了。怎样才能迫使这个狡诈的"飞天鹞"，按照我们预测方向和路线进入关杰的设伏地点？

海冬和桂春河立刻翻身上马，率领两个小队，分两路向长白山密林入口处的三道岭合围。徐义彪勇猛多于智谋，关键时候不能让他蛮干，由海冬带着他的小队一路向东北，桂春河与白翎、山妮一路向东南，两路追兵，拉开一张弧形大网，步步紧逼，步步收网。即使不能在沿途捕获李玉林，也会提前绕到三道岭布网设堵，迫使他转道石碴子。前面已经有关杰设伏，后面有海冬和桂春河追击，把这伙残匪赶进陷阱。这便是海冬和桂春河及时更改的方案。

偌大的林子里，潜行几个人，如同虱子藏在牛毛里，就是用梳子、用篦子一时也很难找到。况且通晓山林的残匪行动并不慢，又是先于鹰刀突击队逃进山林，一天工夫，已经跑出了几十里。李玉林以为，已经成功地把解放军引向小龙山，自己有充裕时间，在他们回过神再追上来之前，抵近长白山麓。他们不了解密林里到底啥样，山高林密，马队不一定比人跑得快，一定会"麻达山"（迷路），不饿死在这林子里，也得累趴下。他找到了一处又避风又有山泉的洼地，停下来歇口气，胡乱啃了些生土豆胡萝卜，以恢复体力，再向密林深处逃窜。

他不知道，这时，海冬和桂春河两路人马，已经距离他们不到二十里地了。

海冬放出了一直窝在林生背囊里的巴图鲁，把它熟悉的红布条拴在鹰腿上。桂春河手里也有一条红布条，巴图鲁认得这红布条，它会在密林中找到桂春河。

90

深秋，湛蓝的天空明净透彻，映衬着巴图鲁舞动的鹰翅。鹰哨在风中穿过，悠悠的长唳，划破空气，清晰又悦耳。

听到熟悉又亲切的哨音，桂春河知道海冬也已到达附近。他砍下一根树枝，掏出红布条拴在上面摇起来。巴图鲁立刻捕捉到摇动的红布条，俯冲下来，落在桂春河肩上。桂春河解下它脚上写着海冬名字的红布条，又拴上写有自己名字的红布条，抚了抚巴图鲁的头，一抬手，送它再次飞上蓝天。

从巴图鲁飞出，再到返回，海冬从它往返时间和方向计算出，桂春河小队位于东南方向，距离约二十公里。按照他和桂春河的分析，李玉林只能选择这个方向逃进老林子，昨天凌晨到今天正午，三十个小时的时间，再快也只能行进七八十里。尽管山林中树丛灌木阻碍战马，但仅仅只靠步行逃亡的残匪，也不会跑得很远，此时一定在计划围堵的区域之内。前面十几里地，就是预定设伏拦截的三道岭，山崖两边都陡峭得无法攀越，像一座大门，而三道岭就是一道门槛，绝不能让这伙残匪抢在前头过了这道门槛。海冬又带着徐义彪小队，加快速度，赶往三道岭，与桂春河小队会合。

巴图鲁的鹰哨，让极有山林经验的李玉林再次警觉。因为，只有猎人驯服的猎鹰，才会拴着鹰哨，这只带有鹰哨的鹰，出现在这里，附近一定有猎人。而且，凡带着猎鹰狩猎的，至少会是三四个猎人一起围猎。如果与他们遭遇，自己只有三人，即使能干掉他们，枪声也会引来可能就在身后的追兵。李玉林不敢再继续前行，急忙向东北方向转移。这一路逃窜，他也一直琢磨，那些快马极可能已经抢在自己前头，封堵了进山的路。那么，距离进山之路不算很近的石碴子，就不会有重兵防守，可以趁虚而入，潜藏两天，再闹出些动静，引诱他们赶去石碴子，进山的路无人封堵，他就可以趁机逃向长白山。

与此同时，海冬和桂春河已在三道岭会合，埋伏在岭上等了许久不见李玉林。海冬派林生和山虎子分头循着东、南两个方向来路去侦察。半天之后，林生从南路返回报告，仍不见李玉林踪迹，而东路的山虎子却迟迟未归，全体队员立即沿东路寻找山虎子。黄昏时分，他们发现，山虎子牺牲在一棵大松树下，胸口流出的血迹已经干涸，已经变得僵硬的右臂伸展着，手里的鹰刀指着东北方向。

山虎子胸上的创伤是刀口，他遭遇了匪徒的袭击。愤怒中的海冬，突然冷静下来，山虎子的鹰刀所指，肯定是匪徒逃窜的方向。山虎子穿着军装在山林中出现，这让李玉林警觉，三道岭这道进山门槛已经被封堵，他们唯一的选择，只能逃向石碴子。他立即命令队员们驮上山虎子遗体，向石碴子追击。

天亮时分，李玉林三人摸进石碴子镇，被关杰小队发现，追上来，接连击毙两个匪徒，李玉林钻进了一条小胡同，发现身边是一家碾坊，有一盘大石碾正适于藏身，便爬了进去，拖过一只装粮食的木槽，挡住了自己。他一直龟缩在石碾下面，躲过了搜查。

这时，海冬和桂春河、徐义彪两个小队赶到了。海冬命令桂春河小队向镇外林子追击，关杰小队继续把守住镇内主要街路，徐义彪小队再次搜索各个胡同，绝不放过一个旮旯死角，敲锣打鼓撵耗子，把他从地洞里赶出来。

饿了一天一夜的李玉林，拣着碾盘底下的高粱谷子正嚼着，碾坊里出来两个女人来碾米，拖开木槽子，便惊叫起来。李玉林爬出来，抡起枪把子打倒了她们，急步跑出胡同，迎面又遇上了徐义彪和他的队员。他凭着惯匪快速出枪的功夫，连着两枪打倒了徐义彪，返身蹿进胡同。到了尽头才知道，这是个死胡同，两边都是高墙，人们听到枪声也都紧闭院门，追击而来的队伍封了退路，他无计可施，甩开双枪，负隅顽抗。海冬和关杰带队赶到，命令队员们停止射击，隐蔽在墙边把住出口。徐义彪胸前血肉模糊，已无法抢救了，海冬嘶哑着声音命令准备手雷，却被关杰拦住了，手雷威力太大，恐怕炸坏民房会伤到百姓。海冬让队员们守在胡同口，不时向胡同里打冷枪，压制李玉林。关杰环视四周，在街口处找到了一幢较高大的民房，占领那个制高点，李玉林就藏不住了。

关杰攀上房顶，便看见李玉林借着墙边一棵老树施展轻功攀上了房顶，正在准备向邻近的另一个房顶跳过去。他是想借助相邻的一排房顶逃出围堵，却不料仅仅几秒后，就在他跃身跳起时，关杰的狙击枪准确地击碎了他的脑袋。

鹰刀突击队离开石碴子时，怀着极为沉重的心情，悲痛地告别了亲密的战友。

徐义彪和山虎子埋在了镇外一座朝阳的小山坡上，一场初雪，在简朴的墓碑上落下晶莹的泪……

第十九章　剑指敌酋

91

辽沈战役的隆隆炮声，震颤着壮阔的东北大平原。

东总收到情报，蒋介石第八次飞抵沈阳督战，命令卫立煌、廖耀湘再度调集重兵收复锦州。鹰刀突击队再次出击，奔驰沈阳，剑指敌酋，以多个目标、多次反复、由小到大的攻击和袭扰，震慑老蒋，打乱他的部署。同时，对敌人守军形成巨大心理威慑，动摇军心，丧失斗志，促使更多守敌起义或投诚。

出发前，那武政委给海冬和关杰、桂春河讲了一个颇具传奇性的故事。

1935 年 3 月，红军长征进入贵州，蒋介石认为，这是消灭红军的千载难逢机会，他带着一批智囊、将军，乘专机飞抵贵阳督战。红军派出一支部队佯攻贵阳，蒋介石惊惶失措狼狈逃走。白匪乱了阵脚，红军突破围堵，胜利渡过金沙江……

这个经典战例的成功，鼓舞着海冬和鹰刀队员们，现在，他们同样担负光荣使命，如果这次真能干掉这老家伙，那该是多么巨大的胜利啊！但政委非常严肃地告诫他们，这次任务重点是袭扰，绝非老蒋这个目标，绝不可偏离主旨，只顾去杀蒋介石。那政委准确抓住鹰刀队员们的心理，敲了警钟……

鹰刀突击队曾多次穿插于东北辽阔大地，却是第一次来到沈阳，他们对这个大城市，十分陌生，况且城里城外到处暗藏着复杂而又变化无常的种种危机。

230

海冬反复琢磨着，究竟先从哪里下手，才能一击奏效。

白翎颇为豪气："首长说老蒋来沈阳了，那咱就朝这个反动派最大的头子下家伙，干掉这老小子，啥都解决了。"

关杰故意怂恿又泼冷水："好一个花木兰，你是要四面埋伏，智擒敌酋吧？可你知道那老小子在哪儿啊？"

"你爹可是大侦探，查敌情的活归你，俺只管打头阵杀老蒋。"白翎嬉笑着。

"你还是擂鼓助阵吧，他是韩世忠，你是梁红玉，般配！"桂春河取笑道。

"梁红玉是谁？擂鼓能管事？俺用的是枪！"白翎不知战金山的故事，也没听出桂春河的玩笑。

三人的玩笑，让海冬忽有所悟，舒展眉头："老蒋身边重重警卫，干掉他不是一时半会儿的事。咱们首要任务是扰乱军心，最快的办法，是找准一个重要目标搞他一下，让老家伙知道，咱们主力攻进城啦！只要他一跑，军心自然就乱了。"

白翎说："干老蒋是不容易，吓跑他，咱还是有把握的，能吓出他尿来！"

大家都笑了，对，抓不到他，咱的鹰刀也要在沈阳割他一块肉！

这个晚上，他们定下一个袭扰敌军首脑所在地的计划。而第一步就是要联络地下党，取得他们的协助。事不宜迟，子夜，一个六人小组便向沈阳进发。

喇咕屯到沈阳六十几里地，海冬、关杰、白翎、山妮、林生、石柱六人换上了百姓衣服，乘坐一辆马车，天亮时进了沈阳城。随后，桂春河率领着其他队员纵马驰骋，赶到沈阳城三十里外的王沟，在城里行动开始的同时，袭击守军外围阵地，策应海冬六人小组，造成内外合击的态势。

沈阳城周边有号称坚固的地堡群等永久性工事，而这时辽西战事正紧，东野部队一时半会儿打不到这里，守城敌军处于懒散状态中，进出城尚未受到严格控制。海冬一行顺利进了城，按照事先约定，来到清太祖修建的盛京故宫外一条小街上，这里有个古意轩旧货店，是地下党的联络站。

古意轩在战乱时期生意萧条，几乎无客上门。

林生和石柱在街上流动警戒，白翎和山妮在对面书摊上看书，监视四周动静。海冬和关杰进了旧货店，看到柜台里的掌柜，不禁一怔，这不是去年鹰刀突击队护送到吉林的苏连生同志吗？

吉林解放后，老苏又奉命来到这里潜伏，为解放沈阳做准备。而有了鹰刀突击队与他合作，成功已经十之八九了。他马上安排六人小组住进了旧货店后院，与海冬和关杰商量如何行动。

沈阳守军主要是五十三军、青年军二〇七师等步兵师团，以及部分坦克、大炮和骑兵等兵种十三万人，各自分布在城里城外。究竟选择哪个部分，作为沈阳之行的首战目标，老苏详细介绍了敌军布置情况后，拿出一个方案。沈阳地下党开辟了对敌斗争第二战线。东北局派遣地下党同志，对驻守在沈阳东陵一个师的高层进行了有效策反。今晚十点，部分起义官兵将向外围一段阵地发起攻击，掩护起义部队从南崴子出城去。这个计划恰好迎合鹰刀突击队的袭扰行动，与海冬曾预先设想的策反敌人兵力协同作战的方案不谋而合，而桂春河带着鹰刀三个小队正在沈阳城外待命，他们正好可以随时配合行动。

老苏又安排了第二步计划，城防司令部命令沈阳民众自卫总队征集两万民工，加固防御工事。地下党正在策反自卫总队几个长官，阻止修筑防御工事。鹰刀突击队也可以利用这个机会，再实施第二次行动，大造声势，形成更大威慑。

晚上，老苏带着海冬一队人马，前往东陵，配合起义行动。

白翎和山妮出城去王沟，通知桂春河赶到东陵地区南崴子，十点整准时打响。

92

沈阳东郊是一片三百年的皇家陵寝，葬着清太祖努尔哈赤和他的后妃叶赫那拉氏等，因而称为东陵。这里背靠天柱山，面临浑河，山上峰崖峭立，古树参天，陵墓建筑朱楼金瓦，气势威严，幽静肃穆，古色苍然。然而，此时这里已经不是游人自由观览之地，犬牙交错的堑壕工事、星罗棋布的碉楼暗堡、拦阻道路的鹿寨屏障、虎视眈眈的机枪大炮，壁垒森严，战火一触即发。

晚八点，老苏带着海冬一行和事先准备的武器弹药，乘坐一辆小型卡车到达东陵。部分起义官兵已经秘密到达南崴子，将在预定时间发起突袭。老苏和海冬等人要控制东陵附近一条大路，阻击赶来增援的敌人，确保起义官兵安全撤离。

夜里十点，一发红色信号弹腾空而起，起义部队一个炮兵营，开始向南崴子炮击。桂春河率领三个小队发起突袭，冲锋枪一阵猛打，敌人阵地乱成一团。三个碉堡里的机枪疯狂扫射，子弹编织着密集火网，拦成一道屏障。桂春河集中了四五个枪法好的队员，专门瞄准碉堡枪眼，打掉了机枪射手。四个队员冲上去，一捆捆集束手榴弹投进枪眼，碉堡被炸得半塌，部分起义队伍冲出了南崴子。

东山嘴子和南崴子的枪炮声，果然让敌人误认为东野部队已经开始攻打沈阳了，城防司令部下令拦截，刚从懵懂中缓过神来的东陵守军，急忙命令炮兵向南崴子轰击，封锁出入城区的道路。同时，大批敌军赶来城东增援，还未及完全撤出的部分起义部队被压制在这片开阔地上，面临巨大威胁。为解救起义部队，老苏和海冬立即改变在东陵路上阻击敌人援军的计划，迅速登上了山坡，沿着山道赶往敌人炮兵阵地，路上遭遇一伙巡逻队，五个人端着冲锋枪一边扫射一边冲过去，打得巡逻队四散溃逃。他们并不恋战，甩开这伙敌人，很快迂回到炮兵阵地后侧，居高临下向敌人投掷手雷，十几枚手雷引爆了阵地上堆放的炮弹，炸得火炮残骸和敌人尸体都飞上了天，炮兵阵地成了一片废墟。被压制的起义部队趁机突破封锁，全部撤出了沈阳城。正在城外接应的鹰刀突击队，立刻带他们转移到了王沟。

隆隆的爆炸好似滚滚雷声，震撼整个沈阳城，冲天火光映红半空。一个小时后，增援敌军占领南崴子，可是，这里只剩下一片灰烬了。

老苏和海冬五人正要返回城里，发现道路已经被大批援军占据，藏在林子里的那辆小型卡车，也被敌人拖了出来，他们回不去了。怎么办？

老苏说："进林子隐蔽，等到天亮，增援的敌人撤走，咱们再回去。"

关杰说："汽车已经被敌人发现，肯定要进林子搜查，咱们在这儿藏不住。"

"这里已让敌人围成了笼子，情况危急，不宜久留。我们可否越过这座小山，向东陵转移，在敌人还未开始进林子搜索之前，乘山上守敌为数不多，且已疲惫之时，从敌人围堵间隙中穿插，绕回城里。"海冬提议。

老苏不同意："不行，万一在那里打起来，就不单是死人的事啦。东陵是皇家陵寝，是咱老祖宗的圣地，从来没有遭遇战火，绝不能被毁坏。"

关杰说："咱也不能等着敌人搜山，把咱堵在这里啊！"

老苏看着阔大的林子，忽然有了办法："趁敌人目标还放在南崴子，咱们可从林子里穿过去，跳出包围，绕到东陵北边。那儿有条铁路，天亮前准有火车经过,咱们扒火车回城里。"

海冬说:"行,就这么办,先向东陵北侧转移。"

夜风阵阵,飘散着硝烟,空气中弥漫着焦煳的味道,林子里偶尔有几声号鸟的短啭,深夜更显寂静而幽冥。

趁敌人尚未展开搜索,一行人疾步穿行在山林里,向东陵北侧迂回。凌晨时分,远远看见铁路旁的路上,亮着点点车灯,隐约传来嘈杂的人声,敌人已经占据铁路线,准备拦阻我军沿铁路向沈阳城区进攻。

此时,不可能会有火车了,扒车回城的计划落空。一行人停下来,揣摩敌人意图,但不管敌人为何封锁这里,都必须赶在天亮前离开,否则仍然会有危险。

93

行动前反复研究过东陵一带情况,但没有料到,敌人会突然在这里设防。

海冬观察片刻,提出建议:"现在是东面和北面被封锁,西南方向尚有空档,找到口子,咱们就能冲出去。"

"这里打了半夜,敌人也已经疲惫,凌晨正是最易松懈的时候,况且咱们是向西南转移,离敌人越来越远,离城里却越来越近。这个办法可行。"关杰赞同海冬的提议。

"天没亮,敌人不敢进林子,咱们至少有两个小时的时间,完全可以赶在大批敌军展开搜捕之前,撤离这里。"海冬又补充道。

"好,就这么办。西南方也能绕回城里。海冬分析有道理,我们在东面袭击,已经吸引了敌人,西南方向就是防守弱点。我们还是走林子里,只要方向不错,两小时一定能走出去。"老苏点头同意。

"关杰,你和石柱前面探路,半小时联络一次,安全无事,三声猫头鹰叫,如有情况,放响箭。我和林生保护老苏同志,跟在你后面,如果遇敌太多,分头突围,各自为政,冲出去,回古意轩会合。"海冬又做了应对情况突变的安排。

老苏说:"东塔街北段的福民粮店是咱们备用联络点,如果城里戒严回不到我那里,可暂时在福民粮店隐蔽。不过,长武器不能带着,遇到检查过不了关。"

海冬说："记住这个备用点，没有意外，出林子前把枪埋好，做好记号。"

情况果如海冬所预判，他们到达树林西南山下，没有遇到拦截，他们从这个缺口穿过，进入城区，日上三竿时，到了马官桥。

老苏突然想起："我记得马官桥这里有敌人一个团部，既然咱已经到了这里，何不先做下侦察，抽冷子干他一下，给城里敌人再次造成恐慌。"

海冬想了想说："这也正是咱们的任务。不过，咱们现在没有应手的家伙，弹药也不足，光凭几支驳壳枪火力不够。而且，白天行动不便，也不利撤退。"

老苏说："分两步，先侦察，再准备武器弹药，半夜动手。"

关杰说："人多可能暴露，还是我和石柱先去侦察，你们回去等我俩。"

中午，关杰和石柱回到古意轩，拿出一张草图："这是一个四间大瓦房围在一起的四合院，门前有四个哨兵，一挺机枪，有电台天线，至少是团级指挥部。干他一家伙，会引起不小的动静。"

"附近有警卫吗？"海冬提出疑问。"大院西边还有三四户民房，都有敌人出现，应该是警卫连。"关杰在图上标出民房的位置。

"那么，打响后，咱们只能从南面撤离了？南面什么情况？"海冬问道。

关杰说："南面不远处有条小河，对岸有汽车，有吉普车、卡车，是汽车连。"

"先控制汽车连，抢辆车，抓个开车的，再炸掉小桥，阻止敌人追击。然后团部那边再打响，十分钟就撤，等他们醒过腔来（醒悟过来），咱们已撤离了。现在我们回东陵取枪。老苏同志，你看这样可以不？"海冬做了安排，又向老苏询问。

老苏点点头："好，就这样。我负责弹药，晚上到马官桥会面。"

傍晚，海冬四人带着冲锋枪从东陵返回，在马官桥与老苏会合。老苏带来的弹药不多，但也足够打一次突袭。他还带来了地下党两位同志，老苏说他们都会开车，不用敌人开车，免得暴露我们行踪。

他们在河边树林里隐蔽起来，夜色刚刚黑透，便分头开始行动。

关杰、石柱和两位地下党同志，在小桥上绑上四颗手雷，贴着桥边摸过去，抽出鹰刀干掉了两个哨兵。两位同志拣起冲锋枪，四人严密封锁了汽车连的出口。

海冬和老苏、林生靠近了敌人团部。关杰在对岸发出一声长长的口哨，三支冲锋枪一齐开火，顿时打掉了哨兵和机枪手，几间屋子里涌出来的敌人，除了被打倒的，剩下的都被子弹堵了回去。

关杰四人也将汽车连一伙敌人打了回去，立刻开动一辆卡车冲过小桥，关杰回手一枪，打爆了一颗手雷，引起连环爆炸，小桥顿时坍塌了。

不到十分钟，卡车已经驶入了黑夜……

沈阳城里连续几天不断发生袭扰，敌人守军如临大敌，到处都骚乱起来。

当晚，一架飞机仓皇起飞，遁入夜空……

94

古意轩灯火通明，门外停着几辆军车，大批军警包围了这里。

城防司令部侦缉处特务搜出了电台，抓了两个伙计，可苏老板不在店里。

老苏和海冬等人乘坐的那辆小型卡车，在东山嘴子被敌人拖走，很快就查出，是古意轩老板在车行租的，于是，古意轩这个地下党秘密联络点暴露了。

老苏和海冬返回这里时，刚到街口，距此不远，发现了古意轩情况危险，便迅速撤离，直奔东塔街福民粮店备用联络点

在马官桥抢来的这辆车已经不能再用了，临近东塔街时，一行人下了车，两位地下党同志继续开车前行，穿行于小街小巷，把这辆车扔在了浑河边。侦缉处特务查来查去，最后认定苏老板带人在东山嘴子发起袭击后，扔下租来的车，又在马官桥抢了一辆车，到浑河岸边弃车过河逃出了城。侦缉处以此结果向上峰交了差，这却使老苏得以隐蔽下来，和鹰刀突击队员们继续执行城内袭扰任务。

按照老苏第二步计划，配合已策反的沈阳民众自卫总队开展罢工行动，挫败敌人加固城防工事的企图。而行动需要地下党沈阳市工委协助，这天上午，老苏、海冬和关杰三人来到故宫里的凤凰楼，同党工委联络员齐世城接头。

凤凰楼周边一片萧索，冷风中，只有落尽树叶的枝条似乎发出嘤嘤啜泣。

齐世城已经在三楼等待接头，老苏登上楼梯，海冬和关杰守在一层楼梯口，以防万一有变。

齐世城告诉老苏，敌人已经注意到自卫总队内部动向，侦缉处严密监控首要人员，昨天已经开始抓人了。为保护被地下党争取过来的人，要抢先干掉侦

缉处特务头子韩青伍。据悉，蒋介石可能再来沈阳，准备起义的部分军官正在密谋，效法张杨发动事变。地下党工委交给老苏和海冬四人的任务是，干掉韩青伍，解救处于危险之中的人员，并配合准备起义部队，抓住机会，刺杀蒋介石。

回到福民粮店，老苏说自卫总队万树、史洪声、钟令全三位正副队长，下午三点在军官俱乐部与齐世城见面，韩青伍很可能也会出现在那里。

老苏和海冬、关杰穿上事先备好的敌军服装，两点一刻到了军官俱乐部。

这是一幢欧式建筑，大厅里圆柱高耸、穹顶华丽、宽敞明亮、气势恢宏，楼上楼下几十个包房，都装饰得金碧辉煌。二楼东首一号包房里，万树、史洪声、钟令全正在喝茶。老苏带着装扮成卫兵挎着汤姆枪的海冬和关杰，坐在一楼大厅角落的一张桌前。这张桌子位置很好，紧靠角门，进出的人却都在眼里，发生意外可从角门撤离。不到三点，老苏就看见穿军官制服的齐世城走进来，向他微微点头，径直走上二楼，进了一号包房。

韩青伍早就派两个特务盯上了自卫总队这几个人，他们到达军官俱乐部后，特务用电话向他报告，他立即带人赶来。

听到门外刺耳的刹车声，老苏暗暗在桌下掏出了手枪，海冬和关杰把顶上子弹的汤姆枪横在膝上，扣住了扳机。随着大门砰地被撞开，一队官兵闯进大厅，领头的正是韩青伍。齐世城说过，韩青伍最明显的特征就是一脸大胡子，像土匪一样凶悍。他命令几个士兵堵住大门，带着其他人冲上二楼直奔一号包房。可是，包房的门敞开着，桌上茶杯还冒着热气，却已不见一人。他又下令，在楼上楼下四处搜查，仍然不见万树、史洪声、钟令全。韩青伍下楼来到大厅里，挨桌巡查，海冬和关杰准备动手，老苏却迟迟不发指令，却站起来，向韩青伍打招呼。

"韩处长大驾光临，这里是有好戏看啦？"

见老苏和自己一样佩戴上校军衔，韩青伍的凶煞之气略有收敛，却又疑惑地问道："阁下贵姓？何处高就？你何以认得我？"

"鄙人胡雨风，三师副官处长。韩兄时常巡查我部，自然不面生了。"

"噢，老兄是三师的，贵部不是正在移防浑河以北吗，你这副官处长倒是清闲。"韩青伍继续发问，手里的枪却指向海冬和关杰。

老苏答道："我们熊师长一会儿要在这会见城防司令部张副司令，商谈我师移防后的给养供应。"

正说着，门外进来一行人，韩青伍一见，果然是张副司令，连忙跑过去敬礼："副司令长官，属下正在这里搜查叛党。"

"去去去，别在这里给我捣乱。我要来这里，早就派人警戒了，叛党还敢来吗？"张副司令厌恶地挥挥手，走上楼梯。

韩青伍撂下老苏，带着手下灰溜溜地离开。

虽然没在这里动手，可海冬和关杰已经近在咫尺地认清了韩青伍的长相，记住了他大胡子的特征。

95

军官俱乐部二楼一号包房有一个侧门，里面有一个隐蔽楼梯，直通一楼后侧便门，齐世城在韩青伍到达之前就带领万树三人撤离，隐蔽到福民粮店。

这一晚，老苏和海冬、关杰、万树等人定下一个干掉韩青伍的计划。

第二天，万树出现在自卫总队，告诉内勤，他要在西河沿三合旅馆休息几天，无大事不要打扰他。消息自然送到韩青伍那里，当晚，他带着侦缉处特务和一队士兵包围了三合旅馆，但他仍然扑了空。万树虽然不在这里，却在房间留下一些随身物品，韩青伍认定他一准会回来，马上撤走士兵，带着四五个特务藏在隔壁，一夜守株待兔，万树没有再出现。

韩青伍留下两个特务继续监视三合旅馆，便带着疲惫不堪的手下回到侦缉处。又得到密报，万树要在凌晨去东塔街的老奉天军械厂兵工署第九十工厂领取枪械弹药。这个消息是自卫总队潜藏的特务内线传出的，韩青伍不得不认为它是真的，又带着手下乘坐两辆中吉普，连夜赶去东塔街。

工厂已经被地下党暗中控制，组织起工人们拿起武器保护工厂，恰恰配合了地下党和鹰刀队员除掉特务头子。中吉普冲进院内，四周漆黑一片，韩青伍下令打开车灯，海冬和关杰迅速而准确地捕捉到他那一脸大胡子。海冬和关杰隐蔽在工厂二楼一扇窗后，两支汤姆枪同时交叉射击，韩青伍立刻被打成了筛子，剩下十几个特务，也在工人自卫队猛烈火力下悉数报销……

此时的沈阳已经处于风雨飘摇之中，地下党工委成功策反的一批军官，即将开始一场惊天动地的行动。

这天上午，一批秘密策划起义的高中级军官，包括万树、史洪声、钟令全和齐世城，商议在蒋介石再次来沈之时进行刺杀，如蒋不来，就扣押东北"剿总"首脑人物，并控制一批依然顽固不化的高级将领。尽管城防司令部侦缉处的一批骨干已经被消灭，但保密局特务仍然察觉了守军内部的策反和起义动向，抓捕东北"剿总"首脑人物的计划很难实现。因此，他们反复掂量，形成行动方案。

齐世城返回东塔街福民粮店后，向老苏和海冬通报这一情况。

"剿总"已获悉起义部队行动计划，命令宪兵团一营当夜突袭起义部队师部。情况紧急，当晚，老苏和海冬四人小组埋伏在宪兵团一营外，阻止敌人行动，保证起义部队顺利出城。地下党的一支工人队伍，也已到达这里，配合他们行动。

夜里十点，宪兵团一营的五辆汽车开出营房时，四人小组密集的子弹，骤雨一样扫向敌人，头辆车立刻瘫痪在路中。后面的车无法前行，士兵们跳下车来反扑，很快就被工人队伍压制。二十分钟后，老苏下令撤出战斗，重新组织起来的宪兵团一营却找不到对手了。当他们赶到城东时，部分起义部队已经渡过浑河，与接应起义的东野部队会合了。

这一天，离沈阳最后总攻只差三天了。起义指挥部秘密酝酿的方案，正紧锣密鼓地进行。他们得知，"剿总"司令长官卫立煌与城防司令、沈阳市市长等人当晚将在第二招待所开会，这正是兵谏良机。但他们担心执行扣押敌人首脑任务的部队实战经验太少，地下党工委派出海冬四人组和工人自卫队先行埋伏在第二招待所周围，阻击增援的敌人，保证起义部队完成抓捕任务。

当晚，一支小部队进抵第二招待所，却已是人去楼空。卫立煌早已得知特务密报，他和一批大员下午就仓皇乘机逃离了沈阳。虽然这一场几乎等同于"西安事变"却未能成功兵谏的行动鲜为人知，却对和平解放沈阳起到极大的推动作用。敌军群龙无首，沈阳已是风雨飘摇中的孤城，陷入一片混乱之中。

而在几天之前，敌人"西进兵团"在辽西即将被歼灭，蒋介石最后一次飞来沈阳。抵达前他已接到报告，沈阳有"可疑人士"活动，他不敢进城，分别急召杜聿明、卫立煌在机舱内议事，然后在沈阳上空转了一周，匆匆离去。

"剑指敌酋"行动逼得蒋介石惊慌逃离沈阳，打乱敌人部署。东野大军拿下锦州后，长春和平解放，又在辽西歼敌十万。十月末，乘胜东进，先后解放新民、抚顺、辽阳、鞍山、海城等沈阳外围据点，沈阳这个国民党在东北的最大也是最后一个据点，迅即成为被重兵包围的孤城。

但是，当桂春河率领鹰刀突击队三个小队潜入沈阳支援海冬时，才发现出了意外，情况万分危急……

第二十章　关东霞蔚

96

深秋之夜，孤月惨淡，悬在空中，冷风嗖嗖，树影乱舞。古意轩笼罩在阴森之中，像一只凶险的恶狼，张开血盆大口，等待吞噬猎物。

城防司令部侦缉处发现这个联络点后，没有更多收获，便弃之不顾。但是，"剿总"司令部二处少将处长胡丞一，却盯上了这里。国民党军队师以上部队都设有二处，实为同属国防部二厅和保密局的特务机构。胡丞一知道古意轩已被毁坏，但他不相信这里就此终结使命，他把古意轩当成诱饵，派二处行动队一组特务，进行秘密监控，抓捕接头的地下党。

联络站遭破坏，电台被毁，桂春河无从得知情况突变，率领鹰刀突击队三个小队进城后，先与两名队员来古意轩接头，此时，正面临危机。

古意轩里没有一丝灯亮，桂春河警觉起来。昨天，白翎和山妮已经先行进入沈阳，到这里传达命令，鹰刀突击队继续配合地下党协助五十三军起义。按约定，古意轩应当亮着一盏门灯，以三声猫叫为接头信号。可此时并未亮灯。桂春河立刻停下，蹲在黑影里，继续观察。

他决定试探一次，发出三声猫叫，等了一会儿，不见动静，怎么办？今晚联络不上，鹰刀突击队在到处是敌人的沈阳，会像暗流里失去方向的一叶孤舟，随时可能被卷入灭顶旋涡。桂春河决定冒险再试一次，他摸到一块小石子扔出去，打在了古意轩门上。突然，门开了，三四个人冲出来，手电筒四下晃着，发现了桂春河，随后，枪声响了。

桂春河与两个队员同时开火，瞬间干掉了几个特务，冲进古意轩。这里却空无一人，白翎和山妮下落不明，又不知海冬在哪里。但这里绝不能久留，他们会合隐蔽在附近的其他队员，穿过几条街道，藏进浑河西岸树林里。

第二天早上，桂春河放出一支响箭通知海冬，然后带着伪装成宪兵的队员们，又来到古意轩所在的小街。胡丞一带着一帮人在古意轩内外搜寻完毕，却毫无所获，看到一队宪兵，顿生狐疑，除了二处，没人知道秘密监控古意轩，也未指令其他部门参与行动，这队宪兵因何出现在这里？

胡丞一拦住队伍，喝问道："哪部分的？谁让你们来的？"

"长官，我们是宪兵二团巡逻队，半夜听到这里响枪，就来查看。这是职责所在，没什么不妥吧？"桂春河应对自如，又随口反诘。

胡丞一恼怒起来："给我滚蛋，别在这里碍事。"

桂春河带队撤离，但他们手上的汤姆枪和一地汤姆枪弹壳，让胡丞一再次生疑，昨晚袭击古意轩的，莫非是这队化装成宪兵的共军？他立刻派特务跟上他们。

桂春河万分焦急，白翎和山妮并不在古意轩，会在哪里？而海冬到现在仍然不与自己联络，是没有听到响箭？走在街上，他猛地意识到，主力部队正在攻打沈阳外围敌人阵地，一定是隆隆炮声压住了响箭声音，海冬自然听不到。接下来应该如何行动？是否放飞巴图鲁？桂春河紧张地思索着，街上不时出现的敌军汽车让他有了主意，他命令队员们分列路口两侧，摆开设卡盘查架势。

桂春河站在马路当中，不一会儿就拦下了一辆卡车。车上跳下一个中尉军官，看到桂春河是上尉，而且是宪兵，不敢怠慢，忙敬礼说，自己是"剿总"司令部军需处的，奉命前往秋林公司为长官运送食品。桂春河拍拍他肩膀："兄弟辛苦，我的弟兄们也很辛苦，麻烦你送我们一趟。"

中尉稍有犹豫，却又不敢违令，只好应承。桂春河一挥手，队员们上了车。桂春河挤进驾驶室，手枪随后对准中尉的后心……

不远处，跟踪的特务记下了显眼的蓝底白字车牌：剿—0526。

97

卡车拐进一条僻静胡同停下，桂春河说："我们是鹰刀突击队。"

两年来，鹰刀突击队的威名，令高级将领焦头烂额，下层官兵也闻风丧胆。中尉和司机面对声名显赫、荷枪实弹的队员们，只能乖乖听令。卡车开到秋林公司，装上一些大米面粉和面包罐头，有这些食品，鹰刀队员们就不愁吃喝。卡车又开往故宫，桂春河在倒车镜上拴上红布条，二林打开背囊放飞巴图鲁，通知海冬赶来。

沈阳地下党工委启用备用电台后，才得知鹰刀突击队已潜入城里，海冬小组立刻出动寻找桂春河。在各街区到处查找，两小时后才听到巴图鲁的鹰哨。海冬掏出红布条挥舞，巴图鲁落在他肩上，海冬为它拴上红布条，跟着它飞去的方向追踪。巴图鲁飞了十分钟，扎进一条胡同，海冬小组随后跟进，便看见了桂春河。

卡车开到故宫，海冬用门卫室电话接通福民粮店电话，老苏告诉他，潜伏在"剿总"的内线送出消息，胡丞一在联络站抓到两个接头人，但不知关在何处。这无疑是白翎、山妮，要找到她们，必须追查胡丞一行踪。海冬和队员们乘车前往"剿总"司令部，监控内线提供的胡丞一"剿—0035"号吉普车，跟踪他找到关押地点，实施营救。

卡车隐蔽在"剿总"司令部外一条胡同里，海冬和桂春河带四名队员在街口设下卡子进行监视。这时已是下午一点，胡丞一上午接到报告，那队宪兵上了一辆牌号为"剿—0526"的卡车后不知去向。查遍司令部全部车辆牌号，发现这辆卡车属于司令部军需处，而军需处跟宪兵毫无干系，这辆车仍下落不明，一定是被潜入的共军劫持了。

"剿—0035"号吉普车开出大门从街口驶过，桂春河立刻认出，坐在前排副驾驶座位上的正是胡丞一。海冬和队员们回身上车，跟在吉普车后面撵了上去。吉普车在街上转来转去，突然冲进一条狭窄的胡同，卡车进不去了。队员们下车追进胡同，吉普车已经没影了。

老辣的胡丞一刚出街口，就发现几个宪兵守卫，随后，失踪的"剿—0526"号卡车就一直跟在后面，他知道，潜入沈阳城的共军跟上了自己。他命令司机在街上转着，穿过几条大街，突然冲进他熟悉的这条胡同，甩掉跟踪。到达关押地点，即刻命令行动队全体出动，在"剿总"周边搜捕这辆卡车。

被胡丞一甩掉，海冬也立刻明白，他们被发现了，这辆卡车不能用了，而且鹰刀很快会遭遇敌人搜捕。他们迅速返回故宫，通过电话向老苏报告，老苏命令，立即将卡车及俘虏转移，然后到电报大楼隐蔽待命。

行动队特务在附近街上绕来绕去，始终找不到那辆卡车。胡丞一在秘密关押地点接到电话，立马命令行动队赶来设伏，他怀疑这个秘密关押地点已经暴露，共军小分队说不定正是乘坐那辆失踪的卡车，向这里赶来。

秘密关押地点，曾是法国汇理银行奉天支行，伪满时期是警察署。抗战胜利后被军统接收，后归保密局，但从未启用，除了胡丞一少数级别高的，没人知道。白翎和山妮到古意轩接头中了埋伏，藏在身上的手雷来不及拉响，被特务搜出，很快押送到这里。仅一天时间，胡丞一还来不及审讯，自己就被盯上了，所以他立即命令手下赶快来护卫，同时，也想用两个女共军当诱饵，消灭共军小分队。

鹰刀队员们集结在电报大楼后院一幢楼里，急切等待确切消息后出击。这里是地下党临时指挥部，老苏已打过电话，用暗语通知潜伏在"剿总"司令部的内线谢宜和，半个小时后在太原街一家典当行接头。海冬和关杰、石柱、二林联络老谢，一起查寻白翎和山妮下落。

太原街是"剿总"司令部驻地，不少军官正在典当行用值钱的物件换取逃亡资费。海冬等进入典当行，一身宪兵装束让他们更加惊慌，唯恐被找碴儿搜刮钱财，赶忙收拢东西，仓皇离去。

一个中校军官仍然安坐茶桌前，慢条斯理地喝茶。海冬傲慢地讯问："长官，戡乱时期，稳定为重。您在这里是典当物品吧，莫非要临阵脱逃？"

中校同样傲慢回应："世道越慌乱，东西越便宜。我是想淘换老物件倒倒手，变出更多钱，以备不时之需。都是自家人，都有难处嘛，抬抬手，何必较真。"

"看来长官是行家啊，那您可寻到好物件了？"关杰接着问。

"哈哈，一幅柳公帖，不真，是高仿。"

"前清仿的？民国仿的？写的是'随意春芳歇，王孙自可留'吧？"

"小兄弟也是猜谜高手，一语道出天机啊，我就是留这里等'春芳'的。"

他展开一幅字，正是王维诗句。海冬轻声说："老谢同志，下一步怎么安排？"

"跟我走。"谢宜和说完，先行出门。海冬等人随后跟他进入"剿总"大楼。

<h1 style="text-align:center">98</h1>

谢宜和是电讯组长，单独一个带套间的办公室，内间是密室，设有一部电台。

进入密室，谢宜和说："二处归保密局管辖，有秘密据点，但三个据点我都掌握，两位女同志不在那里，关押她们的地方可能是刚启用的，我还没有查到。胡丞一是下午就出去了，可能就是去了那儿。现在最快捷的办法，就是查找电话监听录音，我这里有一套秘密监听设备，就是对付二处的，查找他们今天的电话录音，应该有所发现。"

谢宜和打开了监听器录音机，戴上耳机仔细搜索。果然听到胡丞一命令二处行动队马上赶到他那里，却没说是什么地方，很可能就是刚刚启用的秘密据点。他马上查到电话是从原法国汇理银行奉天支行打来的，白翎和山妮一定关在那里。

老谢在墙上的地图上找到这个地方后，但他担心，胡丞一狗急跳墙会伤害被俘的同志，不能强攻，要智取。海冬让石柱留下待命，他和关杰、二林赶回临时指挥部，与地下党工委领导和老苏商量下一步行动。

晚八点，一个暗语电话打到电讯组传达指挥部。石柱协助老谢控制二处，逼迫留守的特务给胡丞一打电话报告，共军小分队正在五十三军煽动叛乱，利用胡丞一急于抓捕小分队的心理，诱使他离开秘密据点。海冬率关杰小队乘虚而入，速战速决营救白翎和山妮，老苏率桂春河小队前往五十三军，解决胡丞一。

谢宜和与石柱进入二处，两个特务在枪口威逼下，老老实实地按谢宜和的指令向胡丞一报告，共军小分队出现在五十三军军部。胡丞一果然信以为真，他已多次接到密报，五十三军有人通共，正密谋起义。留下四个人看守秘密据点，他带着二十几人气势汹汹扑向五十三军军部。

胡丞一离开秘密据点后，隐蔽在外的队员们立刻包围了这里。八点半，谢宜和打来电话说，马上打开大门，胡处长派一队宪兵增援，防备共军突袭。大门刚刚打开，队员们冲进去，海冬和关杰用两把鹰刀瞬间结果了两个特务，剩下两个也成了俘虏，他们乖乖地打开关押室，海冬和关杰救出了白翎和山妮。

关杰急忙查看白翎是否有伤，白翎直扑进他的怀里，关杰紧紧拥抱着她……

队员们乘坐由两个俘虏驾驶的中吉普和一辆摩托车，随即增援老苏和桂春河。

卫立煌逃离前，令第八兵团司令周福成主持沈阳防务。周福成突然间成为"剿总"最高长官，却毫无喜色，他深知，这是卫立煌扔给他的一个烫手山芋，他当然不会愿意在这座孤城当卫立煌的替死鬼，便躲进世合公银行大楼。

这时，已是10月31日晚上九点，离主力部队发起总攻的时间不到十二个小时了。周福成去向不明，策反工作无从下手，所以，老苏和桂春河到五十三军军部，除了解决胡丞一，还要查找周福成下落，促使他下决心率领五十三军起义。

五十三军军部在大北门朝阳街上，防务等战事现由赵副军长主理，赵副军长已经和地下党取得联系，准备趁周福成不在带着部下起义。桂春河率领二十名队员，在老苏带领下，于夜间九点进入五十三军军部。队员们把守了大门和各个通道，他们身着宪兵制服，震慑着人心惶惶的官兵，没人敢对他们有丝毫怀疑。

老苏和桂春河进入赵副军长办公室，老苏作为地下党联络员，曾与赵副军长见过面。无须寒暄，赵副军长直接说："周福成并没有真正下决心，由我带部队起义，请贵军协助我，尽快实施行动。"

队员们把守大门和通道，引起二处处长刘启的警觉，他是胡丞一派驻军部的特务。他已察觉赵副军长意图，近日正严密监视赵副军长一举一动，突然看到一队宪兵闯进来，并有人进入赵副军长房间密谈。他马上回到自己办公室，通过暗中设在赵副军长房间的监听设备听到密谈内容，他脸上浮现出阴险的冷笑，立刻打电话向胡丞一处报告。谢宜和告诉他，胡处长率领二处行动队随后赶到。

当刘启走出办公室，迎面被人拦住了……

99

地下党工委早就掌握敌军的二处是什么货色，老苏进入军部，立即派桂春河、林生监视二处。听到刘启在办公室打电话立马堵住门，刘启出门时，正好撞上。

刘启破口大骂："混蛋！敢对长官无理，你们他妈的活腻了？来人啊，给我把这俩不知趣的小子抓起来！"

另一间办公室冲出两个军官举起了枪，桂春河与林生瞬间出手，打掉了他们的枪，扭打在一起。刘启拔出枪，却不知向谁开枪。正犹豫间，却见刀光闪亮，两个军官被割断了喉咙。刘启胡乱开了一枪，回身撞进办公室，关上门上了锁，林生撞门时，他已从窗户跳了下去。

情况突变，来不及商量，老苏立刻要求赵副军长先行撤离，并请他派辆摩托，让林生去追刘启。赵副军长却说："我走了，弟兄们逃不脱保密局特务的毒手，我不能丢下他们自己逃命。再说，我走了，谁来指挥起义行动？"

老苏问："你的卫队有多少人？能不能在这里干掉敌人？"

"我的卫队有五十人，都是清一色的汤姆枪，火力不差。"

桂春河说："好，那我们就在这里设下包围，咱们配合，打一场歼灭战。"

赵副军长立刻将卫队分成两组，一组守住大门，行动队进来后立即封门，二组在楼内埋伏，全部干掉他们。桂春河率队在院外隐蔽，截击可能来增援的敌人。

大街上，摩托车急驶，紧追一气，却不见刘启踪迹。远处已有汽车正在驶来，二处行动队很快就会到达，林生的火力拦不住数倍于己的敌人，他立刻返回军部向海冬报告增援的敌人已经逼近。海冬和卫队长立即指挥所有队员和卫队士兵，在前厅一楼和二楼各处隐蔽，海冬和白翎、山妮、二林等，守住一楼几个出口，彻底封死了敌人的退路，确保一个敌人都跑不掉。

此时，静悄悄的五十三军军部，即将变成一个激烈的战场，陷敌于灭顶的深潭。

十分钟后，胡丞一和行动队二十个特务乘坐两台中吉普冲进军部大院，蜂拥而进，随即遭到冲锋枪密集扫射，顿时倒下一片。但是，尸体里没有胡丞一，混战中，谁也没注意这家伙跑到哪儿去了。胡丞一和刘启都没有被干掉，隐患就没有排除。这时，电话铃响了，赵副军长接听电话，"剿总"司令部督察处询问为何打枪，赵副军长说几个叛乱分子企图挑动士兵哗变，已经被镇压。虽然赵副军长机智的搪塞暂时瞒过了"剿总"，但是，胡丞一和刘启在哪里呢？会不会已经逃出朝阳街，甚至已经逃出了大北门地区呢？那样，他们必然引来更多的敌人，这里的战斗就会更加激烈，五十三军的起义将会被扼杀。情况万分紧急，不容迟疑，必须尽快搜捕这两个狡猾的特务。

海冬这时带领部分队员赶到了，他们一路并未发现胡丞一，他一定没有逃出这一带，必须迅速就近搜索。

"他们一定是避开了我们的视线，这时没准已经跑出朝阳街了。不能再等了，立刻派摩托队分两个方向去搜查，我和春河各带一队。"关杰说着就要走。

"不可能，行动队刚一进来，卫队立刻就关上了大门，一个人也跑不出去，胡丞一还在这个院子里。只要在这里，就跑不了他。"赵副军长命卫队继续搜查。

卫队士兵和鹰刀队员们楼上楼下挨个房间过筛子，连厕所的蹲位都没放过，却仍然找不到胡丞一。时间已近黄昏，天一黑下来，搜捕将更加艰难。赵副军长皱着眉头思索着，突然问道："一楼保密室内间搜了吗？帘子后面有个暗室啊。"

卫队长说："保密室平常严禁他人靠近，我们谁都没进去过，根本就不知道里面的情况，搜查没发现哪里有暗室啊？"

"那还等什么，快去再搜！一旦发现，就地击毙！"赵副军长吼叫起来。

保密室是个套间，里屋的墙壁拉着厚厚的帘子，掩盖了帘子后面暗室的小门，卫士们匆忙搜捕时，忽略了这堵墙，谁都没有发现布帘后的秘密。

海冬带二林和卫士们冲进保密室，拉开内间墙上的布帘，看见了小门。门已经敞开，里面黑洞洞的，二林正要冲进去，海冬一把拉住他，贴在墙边，掏出一枚手雷扔进去。一声爆炸过后，仍然没动静，海冬和二林冲进去，在尚未散尽的硝烟中，隐约看到，墙角还有一扇小门敞开着。海冬和二林钻出门外，却是墙外的一条胡同。然而，空荡荡的胡同里，不见一人，只残余着几缕硝烟。

显然，胡丞一是知道这个密室的，趁乱窜进了这里，又从这条暗道逃了出去。

100

此时，这个老谋深算的特务会逃向哪里？如果在短时间内不能置其于死地，接下来，他必然会再次引发一场激战。

赵副军长急迫之中突然一惊，朝阳街北端大北门驻扎"剿总"一个搜索营。那里距离五十三军军部，只有不到三公里，胡丞一无处可去，只能是逃往搜索营。

老苏和海冬也不禁一惊，搜索营虽然没有很强的战斗力，但他们加上胡丞一可能再次调集更多敌人，卫队和直属队也难以招架，必须要先下手主动迎战，在搜索营出动之前消灭他们。

海冬吼道："干掉搜索营，立刻出发！"

几辆汽车载着鹰刀突击队和卫队及直属队一百多人，旋即扑向大北门。

胡丞一和刘启果然先后逃到了大北门的搜索营，五十三军即将哗变，下属部队都不会再听从调遣，这时候只有距离五十三军最近的搜索营还能调动。胡丞一和刘启惊魂未定，正迫不及待地催促搜索营长官，即刻出发攻打五十三军军部。但是，他们还没有弄清五十三军的人是怎么追踪到这里的，就遇到了猛烈的攻击。老苏和海冬的速战决策恰好打出了这个时间差，以一百多人对付三百多人，出其不意，攻其不备，这正是鹰刀突击队的拿手好戏。

沈阳大北门又名"福胜门"，位于朝阳街北端，是建于三百多年前的盛京老九门之一，有高大的门楼和门外半圆形的瓮城，瓮城之下就是搜索营的营房。几辆汽车开到城门外，在海冬指挥下，分三路迅速行动，直属队先行登上瓮城，居高临下以突发强大火力攻击正在院子里集结的敌人，鹰刀队员们正面打进敌人营房，消灭残余，卫队包围两侧，防止敌人逃跑。

士兵们乱纷纷地正登车准备出发，头上突然泼来一阵弹雨，霎时就炸了营，顿作鸟兽散。一辆汽车突然启动，向大门外冲来，堵在大门两侧的鹰刀队员们连续点射，打死驾驶员，打爆了轮胎，后面的车堵在了院子里。地面和瓮城上交叉火力，刘草机一样再次从院子里扫过，敌人像被利刀割断的荒草纷纷倒地。原本就已厌战的士兵，不愿继续顽固抵抗，有的掉头逃跑，有的跪地投降。鹰刀队员们冲进了院子，海冬命令，白翎和山妮继续守住大门，桂春河小队收拢俘房，他带林生小队冲进营房，继续歼灭残余敌人，搜捕胡丞一和刘启。

白翎岂能放过杀敌的机会，飞快地换上一个满满的弹夹，抢着要冲进院子。

关杰眼疾手快，一把拽回来，将狙击枪交给她："说不定那老特务会跑出来，你必须截住他，干掉他！"

这任务当然极为重要，白翎愤愤吐出一口气，握住狙击枪，使劲推上了子弹。

搜索营营房，原是满清入关后最早设置的八旗驻防营房之一，称为护卫盛京的"健锐营"。后来，八旗官兵均"挈眷驻防"，就是可以带家属。所以，这座营房设置很特殊，既有士兵住所，也有长官家眷小宅院。各自房屋又是仿照八旗方位按左右翼分旗居住，整个院子房屋排列如同八卦迷魂阵，不知根知底，一时半会儿，摸不到门路。胡丞一和刘启正利用了这个营房区域的特殊设置，在遭遇瞬发突袭时，如同泥鳅钻进泥沼一样消失了。

一排排黑压压的房子，如黑暗中的虎口狼牙，十几个队员分散开来很难对付仍在负隅顽抗的敌人，特别是两个狡猾的特务隐藏在暗处，随时可能出现危情。海冬立刻叫停，收拢队伍，让林生找来卫队长，重新商议后，分工负责，齐头并进，逐一搜索，不放过一间房屋。

海冬说："黑灯瞎火的瞎闯不行，必须解决照明。"

卫队长说："这没问题，按惯例，营房区域内应该有探照灯。"

"不行，现在灯火管制，到处都断电，有探照灯也没用。"海冬仍有疑议。

"这里一定有柴油发电机，快，去找发电机。"卫队长命令几个卫士。

不一会儿，士兵带来一个俘虏，经讯问，发电机果然就在院内东南角一间屋子里。海冬对林生耳语，林生点点头，便带着两个队员押着俘虏去发动发电机。

海冬又对卫队长说："还得再找到配电室，分片分时控制营区供电。"

卫队长马上明白了，立刻让卫士押来几个俘虏，问清了配电室位置。海冬命令俘虏带路，让桂春河带两个队员立刻赶去控制配电室，听响箭号令一齐动手。

队员们和卫士们分成八个小组，迅速完成了对八幢营房的包围。二林放出了响箭，随着尖利的响声，搜索营院墙四角四只探照灯和八幢营房的灯，唰的一下，都亮了起来。一排排子弹飞沙走石，一块块玻璃崩裂迸碎，躲藏屋里的官兵们，死伤一片，剩下的大都扔下枪，举起了手。还有两三个妄想逃窜的突然冲出门来，立刻被瓮城上的机枪打翻……

但是，搜遍营区，仍然不见胡丞一和刘启。海冬的眼睛瞄向西南角家眷小院，一挥手，带着四名队员扑了过去。其中一幢房子却突然黑了灯，二林举枪打碎了玻璃。海冬迎着房门堵上去，兜头截住了正狼狈窜出的刘启，挥起鹰刀，刺中他举枪的右手，掐住脖子把他顶在墙边，一名队员扑上去，一把鹰刀插入他腋下，这家伙烂泥一样瘫倒在地上。

搜遍三幢房子，仍然不见胡丞一。海冬集中队员，又包围了第四幢房子。突然，门被撞开，胡丞一冲了出来，走在最前面的二林，被胡丞一的手枪迎面顶住额头。海冬喝令胡丞一放下武器，他狞笑着："再走近一步，我就打死他！"

二林面对胡丞一的挟持，毫无惧色，任他手枪顶着头，挺直身体纹丝不动。海冬命令队员们后撤。二林突然回头咬住胡丞一耳朵，两人的枪同时响了，二林倒下去了，胡丞一靠在墙上，肚子流着血，却又举枪对着海冬。海冬吼叫着端起枪，一气打出一梭子，胡丞一脖子断了筋，脑袋一歪，肮脏的下巴似乎不舍得离开那副同样肮脏的少将领章，胸前却已烂成一窝血窟窿……

队员们悲痛地抬着二林，走出搜索营的大门，白翎和山妮顿时泪流满面……

此时，已是 11 月 1 日拂晓。

尾 声

1948年11月1日，东野下达了总攻命令。

阵阵炮声，轰隆隆从市区上空滚过，像冬天里响起春天的惊雷，震耳欲聋。百姓们心中涌起许久不曾有的欣喜和兴奋，咱沈阳的天儿就要变啦！

攻城部队迅速突破国民党守军第一道防线，天柱山、马官桥、八里堡等外围阵地全部失守。新一军暂编五十三师在师长许赓扬率领下宣布起义，第五十三军一百三十师集体放下武器。沈阳的北大门已经顺利打开，部队通过文官屯、大韩屯、塔湾和二台子等地浩浩荡荡地向市区挺进。

和平区太原北街4号，占据"奉天满铁铁道总局"原址的"剿总"司令部，如同汤浇蚁穴火燎蜂房，大楼里像秋风刮过，满地凌乱不堪，一帮下级军官和士兵像没头的苍蝇到处乱窜。这时，两辆中吉普快速驶来，在司令部大门前急停，尖利的刹车声，传进大楼内，让人顿感毛骨悚然。一队佩戴宪兵臂章的士兵闯了进来，他们头上戴着耀眼的白色钢盔，胸前挎着崭新的美式汤姆冲锋枪，腰带上还吊着左轮手枪，脚上蹬着美军士兵的翻毛皮鞋，一副绑腿把小腿缠得紧紧，右边的绑腿里插着一把匕首。一看这装束，不论是下级军官还是士兵，都不免紧张，这不是执法队就是宪兵队，随手就能枪毙他们认为不轨的人。

二十个宪兵耀武扬威地分列在一楼大厅两侧，吓得官兵们不敢出声，一个个都顺墙边溜走。四个宪兵护卫一个长官，噔噔噔上了楼梯，翻毛皮鞋底下的铁钉踏得水门汀地面咔咔作响。楼上的人慌忙让开，唯恐躲避不及，遇了训斥甚至挨枪子。前头的长官正是海冬，四个宪兵是鹰刀突击队的队员，他们在二楼、三楼各处巡查，根本没遇到阻拦，几乎如入无人之境。他们来到电讯组会合了谢宜和及石柱，谢宜和带领他们，冲进"剿总"司令部长官卫立煌的办公室，几个不知所措的军官举手成了俘虏……

仅仅一天多时间，十三万国民党沈阳守军就全线崩溃。

1948年11月2日，当时东北最大的城市——沈阳市宣告解放。

11月2日一早，沈阳城的老百姓如潮水般涌上街头，热烈欢迎入城的人民解放军。海冬和鹰刀突击队的队员们，已于11月1日晚上回到喇咕屯，一早赶来，他们换上了自己的军装，跨上心爱的战马，向离开许久的根据地——吉林浑天岭，疾驰而去。

此时，旭日东升，关东大地朝霞满天，一片辉煌……